Herbjørg Wassmo

Die Geliebte des Spielers

Herbjørg Wassmo

Die Geliebte des Spielers

Roman

Aus dem Norwegischen
von Holger Wolandt

Droemer

Originaltitel: Flukten fra Frank
Originalverlag: Gyldendal Norsk Forlag, Oslo

Die Folie des Schutzumschlags sowie die Einschweißfolie
sind PE-Folien und biologisch abbaubar.
Dieses Buch wurde auf chlor- und säurefreiem Papier gedruckt.

Besuchen Sie uns im Internet:
www.droemer.de

Redaktion: Herbert Neumaier
Umschlaggestaltung: ZERO Werbeagentur, München
Umschlagabbildung: Mauritius, Mittenwald
Gestaltung und Herstellung: Josef Gall, Geretsried
Satz: Adobe InDesign im Verlag
Druck und Bindung: GGP Media GmbH, Pößneck
Printed in Germany
ISBN 978-3-426-19695-3

2 4 5 3 1

Das Kellerkind

Ein Mädchen steht mit nackten Füßen auf einem nass glänzenden Zementboden. Hoch oben in der Wand befindet sich eine Öffnung, ein kleines Fenster. Sie trägt nur Unterhemd und Unterhose. Es ist kalt. Dicke Ziegelmauern auf allen Seiten. In der Mitte des Fußbodens steht der große Bottich, in dem sie immer die Wäsche ausspülen. Er erinnert an den Sarg der verstorbenen Nachbarin, den sie in der Kirche gesehen hat. Sie weiß, dass der Eisenhaken außen an der massiven Tür eingehakt ist. Sie starrt auf den Boden. Eine gelbliche Pfütze umgibt glitzernd ihre Füße. Darin spiegelt sich verkehrt herum das Fenster in der Wand. Die Pfütze entstand, als die Vorsteherin sagte, sie müsse Gott und die Menschen um Vergebung bitten, weil sie eine »Kälte im Herzen« trage. Die Kälte spürte sie jedoch hauptsächlich an den Füßen. Von oben dringen Stimmen zu ihr. Dort sind die anderen, die Geräusche verursachen, auf den Treppen gehen, Türen schließen und Stühle herumschieben. Die so viele verschiedene Dinge sagen, dass sie sie nicht deuten kann. Dass sie nicht zu ihnen gehört, versteht sie jedoch. Sie weiß nichts über die Zeit, die verstreicht, und auch nicht, wie lang sie dort stehen muss. Aber langsam bewegt sich das Licht. Eine Möwe kreischt. Vermutlich sitzt sie auf dem Pfosten vor dem Küchenfenster, wird aber nur selten gefüttert. Sie stellt sich vor, wie schön es wäre, davonfliegen zu können. Weit weg. Sich von der Luft emporheben zu lassen. Schwerelos dahinzuschweben. Die Wände werden dunkler, und die Wunden im Putz verschwinden allmählich. Die Geräusche des Hauses verändern sich. Das Scharren herumgerückter Stühle wird zu einem Donnern. Jetzt ist vermutlich Abendessen. Dann rauscht es vielstimmig in den Rohren. Die Kinder waschen sich. Sie greifen zur Seife mit den schwarzen Streifen. Das ist Vorschrift. Die Möwe kreischt nicht mehr. Sie ist jetzt schon weit weg. Hinter den kleinen Inseln. Sie ist nur noch ein wogender Strich in der Ewigkeit.

Weich tapste der Regen auf das Dachfenster. Reste von altem Ruß rannen in Streifen die blanke Fläche hinab. Hinter dem Dunkel flackerte ein schwaches, unruhiges Licht. Als bewege sich dort jemand mit einer Taschenlampe. Als das Tapsen aufhörte, tauchte sie wieder auf.

»Wieso kommst du jetzt? Wir sind keine Kinder mehr«, sagte ich.

»Du hast geträumt, sie hätten dich wieder in den Keller gesperrt. Ich bin doch immer aufgetaucht, wenn es dort unten dunkel wurde, nicht wahr? Aber jetzt kannst du aufwachen. Du bist nicht im Keller. Im Gegenteil, wir sind fast oben auf dem Dach. Mach die Augen auf, dann siehst du, dass die Zeit für dich gearbeitet hat! Du bist jetzt erwachsen.«

In dem schwachen Tageslicht erkannte ich, dass ich nicht auf dem Steinboden lag. Ich hatte nur im Schlaf die Decke abgestrampelt. Ich stand auf, schloss das Fenster und zog den Frotteebademantel und die Filzpantoffeln an. Nachdem ich den elektrischen Heizkörper an der Wand eingeschaltet hatte, ging ich zum Schreibtisch und nahm das alte Tuch weg, das über dem Computer lag, wenn ich nicht schrieb. Früher war es die Tagesdecke eines kleinen Bettes gewesen, das ich nicht mehr besaß.

Ich konnte mich, wenn der Bildschirm zu sehen war, nicht im Zimmer aufhalten, ohne zu schreiben, schon gar nicht schlafen. Auch nicht, wenn es dunkel war. Es reichte, dass ich wusste, dass der Bildschirm nicht abgedeckt war. Jetzt glotzte er mich an. Ich knipste die Schreibtischlampe an. Eine Weile saß ich über die Tastatur gebeugt. Dann begann ich zu schreiben. Als glaubte ich an die Möglichkeit, auf das Leben zurückblicken zu können wie auf einen bösen Traum, der vorbei war. Vorbei. Je mehr der Keller in den Hintergrund verschwand, desto deutlicher wurde Frank.

Der Schreibtisch war nicht groß und stand auch nicht vor dem Fenster. Das Licht war dort zu aufdringlich. Er stand Richtung Hof und hatte genau neben der Schlafcouch Platz. Ich hatte ihn billig vom Vormieter gekauft und gründlich geputzt, bevor ich ihn zum ersten Mal benutzte. Er wies keine Spuren der Vorbesitzer auf, sondern es handelte sich um einen ganz normalen, leicht ramponierten Ikea-Schreibtisch mit drei Schubladen. Für Notizen und wichtige Papiere, für Umschläge und Briefpapier und die unterste für Zeitungsausschnitte. Ich hielt Ordnung. Das war fast schon eine schlechte Angewohnheit. Frank fand mein Zimmer geradezu steril. Er meinte das alles andere als positiv.
Was ich schrieb, interessierte ihn nicht sonderlich, aber mein letztes Buch hatte er gelesen. Weil es im Regal stand, wie er sich ausdrückte. Glücklicherweise sagte er nicht, er habe es gelesen, weil seine Frau es nun mal gekauft habe. Darauf reden sich Männer gern heraus, wenn sie zufällig einen Roman gelesen haben. Mir gefiel der Gedanke nicht, dass seine Frau mein Buch las.
Nach einer Weile wurden meine Füße warm. Je mehr ich schrieb, desto weiter rückte der Keller meines Traumes in die Ferne.
Frank äußerte sich nur selten negativ oder direkt verletzend, meinte jedoch, das Buch sei »seltsam«. Er interessierte sich hauptsächlich für Erstausgaben nicht mehr lebender Dichter, und mehr für die Einbände und Titelblätter als für den Inhalt der Bücher. Frank konnte sich schon Wochen vor einer Auktion über Einbände ereifern. Für einen Antiquitätenhändler, der sich hauptsächlich mit Porzellan und alten Drucken beschäftigte, war das natürlich.
»Wenn nicht alle Leute nach aufgefrischten und patinierten Bauernmöbeln mit unechten Messingbeschlägen verlangen würden, könnte ich einen ordentlichen Laden eröffnen und alte, aus ganz Europa importierte Kronleuchter, Meißener Porzellan und altes norwegisches Silber verkaufen. In einem Nebenzimmer könnte ich erlesene Drucke und Bücher, deren Erscheinungsjahr vor 1890 liegt, anbieten«, sagte er einmal.

Vielleicht war es nur Bequemlichkeit, dass er sich am primitiven Geschmack der Leute bereicherte, aber das ging mich nichts an. Er verkaufte nur ungern, was ihm selbst gefiel. Deswegen hätte er mit Erstausgaben kaum reich werden können. Frank lebte von den schnöden Bauernmöbeln. Die richtig großen Summen, über die er ab und zu verfügte, stammten wahrscheinlich von der Trabrennbahn in Bjerke. Oder er lieh sie sich. Von wem, war schwer zu sagen. Gelegentlich erhielt er zu den unpassendsten Tageszeiten unangenehme Anrufe. Auf der Schlafcouch beispielsweise. Manchmal schaltete er sein Handy aus, wenn er eine Nummer auf dem Display wiedererkannte. Dann versuchte er, was gar nicht seine Art war, unbekümmert zu lächeln.

Ich verstand nichts von Geld und Antiquitäten. Dinge, die vor mir bereits andere benutzt hatten, machten mich nervös. Es fiel mir schwer, sie mit bloßer Haut zu berühren. Frank hingegen spürte ich gerne mit meiner bloßen Haut. Äußerst selten erzählte er mit schläfriger, ziemlich tiefer Stimme wilde Geschichten.

»In dieser Branche geht's auf und ab. Man muss verlieren können und es verkraften, betrogen zu werden«, sagte Frank.

Aber vermutlich sprachen wir zu wenig miteinander. Ich besaß kein Talent, die Bagatellen plattzuwalzen, über die sich Leute unterhielten, wenn sie sich indirekt ihre gegenseitige Wertschätzung beweisen wollten. Ich konnte gut zuhören, und Frank brauchte Zuhörer.

»Nicht wahr?«, sagte er und fuhr fort zu reden, ohne zu merken, dass ich nicht antwortete. Einige Male nahm ich seine Hand, damit er innehielt. Oder ich lächelte. Das funktionierte oft.

Ich schrieb nicht schnell. Meine vorsichtigen Anschläge verhalfen mir zu einer Art Kontinuität. Ich war mir nicht sicher, ob sich Frank für einen Roman eignete. Schwer zu sagen, da ich ihn nur flüchtige Augenblicke um mich hatte. Vielleicht eignete er sich nicht einmal für eine Erzählung. Er eignete sich weder für Intrigen noch für schmerzliche Gefühle. Und schon gar nicht für Bitterkeit, Bösartigkeit oder Kampf. Meine Möglichkeiten, das Wichtigste über ihn in Erfahrung zu bringen, waren begrenzt. Ich kannte ihn sozusagen nur von der Schlafcouch.

In meinem Augen war Frank ein wohl geratener Mensch. Dank seines Charmes oder dieses Schwerdefinierbaren, das manche Menschen auszeichnet, setzte er oft seinen Willen durch. Wahrscheinlich besaß er nur wenige schlechte Eigenschaften. Eine Romanperson muss wohl mehr schlechte Eigenschaften haben.

Hätte mich Frank nicht erotisch angezogen, hätte ich vielleicht die Nase gerümpft, weil er nach alten Sachen roch und nach den Zeitungen, die in seinem Hinterzimmer stapelweise lagen. Das eine Mal, da ich einen Schönheitssalon aufsuchte, musste ich an Frank denken. Ich lag mit geschlossenen Augen da, genau wie mit ihm. Als die Dame den heißen Wasserdampf auf mein Gesicht richtete, nahm ich einen schwachen Duft nach irgendwas wahr. Nicht unangenehm. Wie vergessene Rosenblätter in einer Schale, Wind in einem Hochwald oder der Geruch von Erde. Das versetzte mich in eine überraschende Dimension des Wohlbehagens. Frank vermittelte mir immer ein Gefühl von Luxus, obwohl er sich viel in einem Keller aufhielt.

Einmal suchte ich sein Lager in der Industrigata auf, ohne dass er mich dazu aufgefordert hatte. Von Verzweiflung getrieben riskierte ich es, mich lächerlich zu machen oder abgewiesen zu werden. Damit verstieß ich gegen ein ungeschriebenes Gesetz. Frank durfte sich nicht bedrängt fühlen. Der Sommerabend war warm, und ich hatte unzählige, wie zusammengeschweißt auf Decken liegende Paare im Frognerpark gesehen.

Er schob mich ins Lager und schloss die Tür von innen ab. Wir liebten uns auf einer alten Chaiselongue. Sie stammte aus einer Wohnung, in der man auf Stil Wert gelegt hatte, möglicherweise aus einer verlassenen Villa in der Halvdan Svartes Gata, was wusste ich schon? Sie war mit pflaumenlila Samt bezogen. Ihre Troddeln baumelten im Rhythmus von Franks Stößen. Wir vergnügten uns hinter einem blassblauen Tellerbord aus Oppdal und einem Backbrett aus Jølster. In einem riesigen, ziemlich kühlen Kellerraum, der sich gänzlich von dem in meinem Traum unterschied. Durch ein kleines Fenster weit oben in der Wand drang ein Lichtstreif, in dem während unserer höchst freiwilligen Anstrengungen über zehn Jahre alter Staub tanzte. Wenn ich an tanzende Staubkörner dachte, dann nur deswegen, weil es Franks Staub war. Irgendwie ist es mir immer gelungen, zwischen dem, was mich und meinen Körper beeinträchtigt, und dem, womit ich mich abfinden muss, zu unterscheiden. Sonst hätte ich auch in dieser Welt nicht derart sorglos leben können.

Franks Gesicht war bleich und konzentriert, und seine Miene drückte schmerzliche Anspannung aus wie immer, wenn er sich über mich hermachte. Ich stellte mir vor, dass er mit eben jenem Gesichtsausdruck auf dem höchsten Brett stand, um mit einem Sprung die Goldmedaille zu erringen. Oder dass sich ihm ein unerwarteter Nachlass darbot. Letzteres hatte ich schon erlebt. Frank erledigte viel telefonisch.

Er hatte eine tiefe Falte zwischen den Brauen, und abwechselnd entblößte er seine Zähnen oder presste er die Lippen zusammen. Seine Nasenflügel bebten. Es bereitete mir große Freude, Frank so konzentriert zu sehen wie einen Stier, bevor er in die Arena stürmt. Selbst sein Haar wirkte konzentriert. Er bewegte die Haut seiner Stirn auf und ab, und schon legte sich sein Haar zurecht, als harre es ebenfalls der Dinge, die sich bald ereignen würden.

Dann war da sein Atem. Im Keller, als ich mich ihm unerwartet hingab, klang Franks Atem anders. Er kam gewissermaßen aus den innersten, verschlossensten Regionen. Ein hörbarer Sog. Natürlich strömt die Luft durch die Lungenflügel und Atemwege, aber dieses Mal vibrierten sowohl Franks Schädeldecke als auch seine Halsmuskeln. Ich konnte nicht verhindern, dass noch mehr Funken in mir gezündet wurden. Es war wie eine Einladung in Franks Körper. Er erwies mir großes Vertrauen.

Seine Hände hatten jene eifrige Weichheit wie damals, als ich ihn zum ersten Mal in seiner eigenen Umgebung auf einer Antiquitätenmesse in Sjølyst erlebt hatte. Breitbeinig und vornübergebeugt hatte er mit einem grauen Flanelltuch eine alte Tischplatte aus Mahagoni poliert. Ich postierte mich in seiner Nähe und beobachtete ihn unauffällig, indem ich so tat, als interessiere ich mich für einen alten Esstisch. Seine Finger waren kurz und kräftig, der Handrücken breit. Solche Hände hatte ich schon bei Pianisten gesehen, obwohl man bei ihnen ganz andere erwarten würde. Wahrscheinlich war Kraft ebenso wichtig wie Geschmeidigkeit, sowohl bei Pianisten als auch bei Frank. Für mich reichte es zu sehen, wie er das Mahagoni behandelte. Die kurz geschnittenen Fingernägel waren überraschend sauber – zu diesem Zeitpunkt wusste ich noch nicht, dass sich Frank mehrmals wöchentlich in einem Schwimmbecken regelrecht einweichte. Die Falten an den Fingerknöcheln wiesen eine dunklere Tönung auf als die übrige Haut, wie es mir schon bei Schwarzen aufgefallen war. Dieses Merkmal übte eine unerklärliche Wirkung auf mich aus. Jedenfalls blieb ich stehen, obwohl ich nicht das geringste Interesse an einem Esstisch für zwölf Personen hatte. Schließlich schaute Frank hoch, hob den Lappen und ließ dann den Arm fallen.
»Hallo! Bist du das? Was für eine Überraschung! Interessierst du dich für Antiquitäten?«
Erst meinte ich, einen spöttischen Zug in seinen Mundwinkeln zu entdecken, dann kam ich darauf, dass er das letzte Mal auch so ausgesehen hatte, bevor er lächelte. Wie jemand, der an einer Hasenscharte operiert worden ist.
»Nein, eigentlich nicht«, antwortete ich ehrlich.
Dann zeigte er diesen Reflex oder wie man das nun nennen will, der ihn für alle Zeiten von anderen Männern unterscheiden sollte. Eine höhnische Verletzlichkeit. Wie bei einem Kind, dem es nicht gelungen ist zu zeigen, wie furchtlos es ist.
Drei Tage später stand er in meinem Zimmer und reichte mir ei-

nen stabilen, grauen Pappkarton, dessen vierteiliger Deckel ordentlich geschlossen war.
»Ich weiß nicht, ob du Porzellan magst, aber ich möchte dir den hier schenken. Das ist Meißener Porzellan und mehr wert, als man vielleicht denkt. Es ist das größte Stück, dreiundzwanzig Zentimeter.«
Nachdem er eingesehen hatte, dass ich nicht sofort in Verzückung geraten und sofort alles stehen und liegen lassen würde, um es auszupacken, wies er mich ruhig auf dessen Zerbrechlichkeit hin. Ich stellte den Karton auf die Schlafcouch und öffnete ihn. Ein Rad schlagender Pfau mit blauem Hals kam zum Vorschein. Ich reagierte mit unmittelbarer Verzweiflung. Ich fand ihn kitschig und wusste nicht recht, wie ich mich bedanken sollte. Vorsichtig legte ich die Holzwolle zurück in die Schachtel, damit nichts daneben fiel und später im Bett kratzte. Außerdem wusste ich nicht, wo die Holzwolle herkam und was sie möglicherweise enthielt.
Ich sah Frank an, dass er Worte des Entzückens erwartete.
»Interessant … So kunstvoll! Ich bekomme nicht oft Geschenke … Vielen Dank!«, sagte ich, als sei ich es nicht gewohnt, mich zu bedanken.
Der Pfau aus Meißener Porzellan stand dann auf dem Schreibtisch und betrachtete uns mit einem schmalen, gelben Auge. Hinzu kam noch ein Auge auf jeder sorgfältig bemalten Schwanzfeder. Ich mied den Pfau mit meinen Blicken, bemühte mich aber, ein paar nette Worte über ihn zu finden, die nicht allzu geheuchelt klangen. Genauso klang es später, wenn er über meine Bücher sprach.
Ich weiß nicht, wie mir das gelang, aber ehe er ging, versprach er, ihn in einer seiner Vitrinen in der Industrigata zu verwahren. Vielleicht nahm er mir ja ab, dass ich befürchtete, er könne gestohlen werden oder zerbrechen. Jedenfalls packte er ihn wieder ein. Warum sagte ich nicht einfach die Wahrheit? Um ihn zu schonen? Oder um es mir zu ersparen, ihn gekränkt zu sehen?

Es war mir wichtig, dass sich der Pfau in Franks Obhut befand. So wurde er an meine Existenz erinnert. Ein Teil von mir war bei ihm.
»Wie geht es dem Pfau?«, fragte ich gelegentlich aus heiterem Himmel. Das war ein Spiel.
Er antwortete mit lächelndem Ernst. Er gab mir nie die gleiche Antwort, sondern variierte sowohl Form als auch Inhalt.
»Danke gut, aber heute hat er fürchterlich gekreischt. Ich glaube, ihm fehlt ein Weibchen.« Oder: »Wir haben heute keinen einzigen Blick gewechselt. Er ignoriert mich vollkommen.« Oder: »Ich musste die Vitrine öffnen und ihn abstauben. Die Federn waren schon ganz matt. Du weißt, dass sie funkeln sollen.« Oder: »Vielleicht entlasse ich ihn bald aus der Vitrine in die Freiheit. Man kann Vögel nicht in Vitrinen gefangen halten, egal, wie kostbar sie sind.«
Wie kostbar der Pfau war, erfuhr ich erst viel später. Einmal blätterte ich in einer Preisliste in seinem Keller. In der Serie »Bunte Vögel« stand er mit 2900,- Euro verzeichnet.
Es war wirklich rätselhaft, dass ich mit meiner chronischen Angst vor Verschlägen und Kellern einen Liebhaber wie Frank hatte. Dass er mich liebte, sagte er oft. Aber begriff er auch, was das bedeutete?

Sichtbarkeit und Scham

Gelegentlich besuchte ich Vorlesungen über Literatur, Religion oder Geschichte. Ich bildete mir ein, man könne an der Universität kommen und gehen, ohne den Argwohn zu erwecken, dass man sich nur als dazugehörig ausgab. Ich bereitete mich jeweils gründlich vor, und zwar mehr psychologisch als fachlich.
An diesem Wintertag wohnte ich einer Vorlesung im alten Universitätsgebäude bei. Sie wurde von einem Professor der Religionsgeschichte gehalten, einem auch im Ausland angesehenen Mann. Ich hatte lange gewünscht, Leute kennen zu lernen oder zumindest von Leuten zu erfahren, die durch ihr Wissen oder ihre Kunst Bedeutung erlangt hatten.
Die Vorlesung begann verspätet, weil der Vorgänger überzogen hatte. So entstanden oft Verspätungen. Eine Art Kettenreaktion, an der man die Schuld irgendjemandem zuschrieb, nur nicht sich selbst. Aggressionen und unschöne Szenen waren die Folge. Die Zuhörer, die ganz jungen und die bereits erwachsenen, standen mit mir auf dem Gang und warteten darauf, eingelassen zu werden. Einige waren sichtlich verärgert.
Es roch stark nach mindestens fünfzehnjährigem Schweiß und Prüfungsangst. Der Geruch nach Unruhe, die nicht meine eigene war, übte auf mich eine seltsam beruhigende Wirkung aus. Man roch natürlich allgemeinen Verfall und Unsauberkeit, andererseits aber auch Tradition und die Bemühung, es in der Welt zu etwas zu bringen.
Schließlich wurden die Türen geöffnet, und eine Schar Menschen strömte heraus. Die Luft war ziemlich verbraucht. Ich suchte mir einen Platz mitten im Auditorium, der einen perfekten Blick auf das Podium bot. Endlich begann der Professor. Nach anfänglichem Zögern sprach er mit großer Begeisterung vom Urknall. Es gelang mir nicht recht, seinen Gedanken zu folgen, weil ich auf

genau dieses Sujet nicht vorbereitet war und weil ich von einer schon etwas älteren Frau abgelenkt wurde, die dauernd etwas aus ihrer Umhängetasche zog und rasch wieder zurücklegte.

Es fiel mir auf, dass ich ständig von Menschen umgeben war, die irgendwohin unterwegs waren oder sich mit etwas anderem beschäftigen wollten.

Die blaue Tafel dort unten war von den nachlässigen Schriftzügen des vorhergehenden Dozenten bedeckt. Davor standen ein blauer, ein roter, ein gelber und ein grüner Stuhl und ein hoher, wackliger Barhocker. Einen Overheadprojektor und einen halbwegs modernen Computer gab es auch. Die Wände waren schmutzig gelb. In dieser Umgebung soll die heranwachsende Generation geadelt werden, sollen wir Älteren Weisheit finden, dachte ich und schämte mich für den norwegischen Staat.

Plötzlich hörte ich von dem Podium, besser gesagt dem Lehrerpult: »Nicht nur der Mensch hat Freude an der Fortpflanzung. Aber unsere Fähigkeit, andere Lebewesen auszurotten, ist einzigartig. Darin sind wir unübertroffen. Darüber hinaus unterscheidet uns die Fähigkeit, Bilder zu schaffen, von den anderen Tieren.«

Ich lehnte mich zurück und versuchte mich trotz der Unruhe um mich herum zu konzentrieren. Gerade als ich begonnen hatte zu hoffen, dass diese Vorlesung dazu beitragen könnte, meinem Tag einen Inhalt zu geben, trat eine Frau ein und verursachte einen ziemlichen Wirbel.

»Die nächste Vorlesung beginnt in fünf Minuten«, sagte sie mit lauter, wütender Stimme, die sie als Vorsteherin eines jeden Heims für unerwünschte Kinder qualifiziert hätte. Vielleicht sogar als Gefängnisaufseherin.

Der Professor geriet aus dem Konzept. Dann verhärtete sich sein Blick, als wolle er sich gegen etwas Unabwendbares stemmen und der Frau zu verstehen geben, dass er über etwas Wichtiges sprach.

»Der Fuchs ist ein Schelm«, sagte er und zeigte uns das Bild eines

Fuchses. Nachdem er mehrere Minuten gesprochen hatte, ohne dass ich etwas mitbekommen hätte, sagte er: »Die Sprache beginnt als ein Zeichen, verliert aber ihre ursprüngliche Bedeutung und endet als ein Geräusch. Dattelpalme bedeutete zu Anfang Schönheit. Eine Frau, die wie eine Dattelpalme ist, ist also schön! Das ist Keilschrift.«

Der Dozent gebrauchte seine Hände auf fesselnde, rührende Art. Er blätterte in seinen Papieren und überlegte einige Sekunden, wo er kürzen könnte, um zu einem würdigen, alles zusammenfassenden Ausklang zu kommen. Er hatte jedoch eine Viertelstunde verloren. Wahrscheinlich hatte er erst jetzt die wirkliche Aufmerksamkeit des Auditoriums gewonnen. Seine Vorlesung war vom Einstieg über die Exposition zu den Höhepunkten fortgeschritten. Das Wesentliche und den Schluss fasste er noch einmal zusammen. Aber die Konzentration war dahin.

Ich identifizierte mich stark mit seiner hoffnungslosen Situation. Wahrscheinlich hatte er viel Zeit auf die Vorbereitung dessen, was er sagen wollte, verwendet. Vielleicht hatte er sich darauf gefreut und gleichzeitig Angst gehabt. Jetzt musste er also Zeit aufholen, die ein anderer vergeudet hatte – um einer Person zu Willen zu sein, die mit unzivilisierter, schriller Stimme jemanden demütigte, der sich alle Mühe gab.

Als die Frau erneut hereinkam und kreischend zur Eile mahnte, geschah etwas Unvorhergesehenes. Ich erhob mich und öffnete den Mund. Worte kamen über meine Lippen. Ich verstand sie nicht sofort, konnte sie aber dann doch deuten, als ich sie ausgesprochen hatte: »Sehen Sie zu, dass Sie rauskommen! Raus hier!« Als ich begriff, dass ich das gesagt haben musste, verstummte ich natürlich. Aber ich blieb stehen. Alle sahen mich an. Der Professor ebenfalls. In der folgenden Stille schienen alle die Frau, die das Ganze ausgelöst hatte, vergessen zu haben. Sie war auch verschwunden. Die Tür war geschlossen. Ich hatte mir den ganzen Auftritt vielleicht nur eingebildet. Vielleicht war die Frau nie da gewesen, vielleicht hatte sie nie irgendetwas gesagt? Brauchte ich sie nur als Gegenspielerin? Brauchte ich sie, um deutlich zu machen, dass ich eine andere war als die, für die ich mich ausgab? Aber alle im Auditorium hatten mich und meine Äußerung erlebt. Ich sah es ihnen an. Sie waren real. War ich dafür wirklich stark genug?

Als ich mir, alle Blicke auf mich gerichtet, zwischen den Bankreihen einen Weg bahnte, besaß ich eine Sichtbarkeit, die mir fast unwirklich vorkam. Draußen auf der Straße überkam mich die Scham, meine Knie und Lippen zitterten. Ich entschied, dass der Vorfall mit der Frau Realität und es mein gutes Recht gewesen war, so zu reagieren. Aber ich war die Einzige gewesen, die reagiert hatte. Deswegen hatte ich Grund, mich zu schämen, weil ich mich dazu hatte verleiten lassen, so aufzutreten wie diese Frau. Ich schämte mich für die Menschen, die als Kettenreaktion und ohne Einfühlungsvermögen alles daransetzten, andere zu demütigen, zu schikanieren und sich zu rächen. Diese Scham war das Wesentliche, was mir von der Vorlesung, die ich mir tatsächlich gern angehört hatte, in Erinnerung blieb.

Ich ging durch den Schlosspark und den Hegdehaugsveien entlang, um im »Harlekin« eine Tasse Kaffee zu trinken. Da sah ich die beiden. An einem Fenstertisch, die Köpfe zusammengesteckt. Sie allein, ohne ihre Kinder. Ich begriff sofort, dass sie das war. Annemor. Sie sah ihn mit Besitzermiene an und hatte langes, blondes Haar und schwarze Augenbrauen. Die Augen lagen recht tief in den Höhlen. Sie wirkte nicht gerade fröhlich.

Es gelang mir nicht, einfach am Café vorbeizugehen, und noch viel weniger, einzutreten, sondern ich blieb stehen. Frank entdeckte mich nicht sofort, obwohl ich das Gefühl hatte, das ganze Fenster einzunehmen. Es hatte den Anschein, als sei ihm das, was er gerade sagte, unangenehm. Dagegen hatte ich nichts einzuwenden.

Sie sprach und gestikulierte eifrig und suchte seinen Blick. Da sah er mich. In dem Augenblick, in dem ihr aufging, dass er mich anstarrte, wirkte sie auf einmal müde. Erst maß sie mich mit einem Blick und einem Gesichtsausdruck, der wohl besagte, dass sie für diesen Schmutzfleck nicht verantwortlich sei. Ihre Augen waren wohlgeraten, wie in der Werbung. Groß, blau und glänzend. Mit einem fast traurigen Funkeln. Sie sahen direkt in mich hinein. Eine Sekunde lang spürte ich den Ekel, den es ihr verursachte, jemanden wie mich anzusehen. Trotzdem blieb ich stehen. Ihre Augen stechen wie Stopfnadeln, dachte ich – und sah, dass das nicht wahr war.

Sie trug einen roten Pullover mit einem breiten Kragen, den sie bis zu den Ohren hochgeschlagen hatte. Das wirkte kindisch. Sie hätte überall als Model arbeiten können. Ich konstatierte das so, wie jemand feststellt, dass ein Insekt schön ist.

Er hätte sie nicht dorthin mitzunehmen brauchen. Auf eine Art war das unser Café. Das Einzige, was wir gemeinsam hatten. Es kam vor, dass wir uns dort trafen, wenn er von der Arbeit kam – gewissermaßen zufällig. Nie lange. Ich war immer zuerst da, dann kam er und sagte laut: »Nein, wie nett, dass ich dich hier treffe!« Für den Fall, dass jemand im Café war, der jemanden kannte, der ihn kannte, und der tratschen würde.

Ich spielte mit und erwiderte: »Setz dich doch, wenn du willst.«

Das tat er, und wir sprachen über unverfängliche Dinge, damit niemand Verdacht schöpfen würde. Beispielsweise fragten wir uns, wie die Arbeit fortschreite.

Ich blieb also stehen, bis sie die Hand wie eine Scheuklappe vors Gesicht hielt und Frank auf den Tisch starrte. Ich war gesehen worden. Ich schämte mich. Ich demütigte mich nicht nur selbst, sondern auch Frank. Sozusagen vor offenem Kaffeehausfenster. Das verstieß nicht nur gegen alle Spielregeln, das konnte auch Konsequenzen für unser Verhältnis haben. Ich benahm mich bedrohlich. Statt anonym vorbeizugehen, ohne sie zu beunruhigen, hatte ich mich vor dem Fenster aufgebaut und sie angestarrt. Warum? Ich forderte Zeit, die mir nicht gehörte, und war nicht besser als die Frau, die rief, dass die nächste Vorlesung in fünf Minuten beginne. Ich war viel schlimmer. Das war reine Rücksichtslosigkeit. Ich nahm keine Rücksicht auf Franks Gefühle. Noch schlimmer. Das war Rache.

Ich schloss meine Wohnung auf und hängte meinen Mantel ordentlich auf den Kleiderbügel an der Tür. Das tat ich immer. Dann setzte ich mich auf den Klappstuhl und zog die Schuhe aus. Ich kochte den Kaffee, den ich im »Harlekin« nicht getrunken hatte. Er schmeckte bitter. Es war höchste Zeit, den Filter zu reinigen.

Ich sang gern beim Einschlafen. Meine Kindheit im Schlafsaal machte es mir jedoch bei bestimmten Gelegenheiten unmöglich, Geräusche über die Lippen zu bringen. Ich entwickelte eine Technik, in mir zu singen. Gelang mir das richtig, vibrierte die Melodie in meinem Kopf und in meiner Mundhöhle. Das war beruhigend und störte niemanden.

Einmal hatte ich ein bekanntes Stück im Klassiksender »Alltid klassisk« gehört. »Nachmittag eines Fauns« von Claude Debussy. Der Lautsprecher knisterte leise. Das störte die Musik, regte mich aber nicht sonderlich auf. Große, nasse Schneeflocken trieben langsam über das Dachfenster, als würde jemand sich die Mühe machen, gemächlich eine Flocke nach der anderen abzuwerfen. Langsam würde alles in Weiß versinken.

Es war absurd anzunehmen, dass dieses Stück eine Spur enthalten könnte. Trotzdem machte ich mir auf dem leeren Block links auf dem Schreibtisch Notizen.

Es fiel mir ein, dass ich im Fernsehen eine Sendung über zwei Autoren gesehen hatte. Sie hatten sich unwillig und etwas verlegen darüber geäußert, wie es gewesen sei, in dieser Saison einen Bestseller veröffentlicht zu haben. Sie schienen Angst zu haben,

jemand könne glauben, sie schrieben schlechte Bücher, nur weil diese sich gut verkauften. Sie waren stolz und demütig zugleich. Nein, gedemütigt. Ich musste mir eingestehen, dass ich gerne einer von ihnen gewesen wäre. Sichtbar. Aber wenn dieses Wunder geschehen würde, wäre ich dann auch stark genug, die Scham der Sichtbarkeit zu tragen? War es möglich, ein wichtiges Buch zu schreiben, ohne selbst sichtbar zu werden? Oder war das unmöglich?
Es war spät geworden. Ich hörte mit dem Schreiben auf und ging zu Bett. Nachdem ich das Licht gelöscht hatte, sah ich die Fernsehbilder der erfolgreichen Autoren vor mir. Und die Bücher der beiden. Stapelware in allen Buchhandlungen. Das hatte ich selbst gesehen. Hunderte! Eigentlich wirkte das vulgär. Es war vulgär. Als würde man zwangsweise damit gefüttert.
Ich versuchte, innerlich Bruchstücke von »Nachmittag eines Fauns« zu summen. Das gelang mir nicht. Ich beschloss, eine Aufnahme auf CD zu kaufen. Wenn ich die Melodie gründlich lernte, konnte ich sie mir vorsingen, nachdem ich mich hingelegt hatte. Als sei sie eine Spur, die mich handeln lassen und mein Leben verändern könnte.

Am nächsten Morgen erwachte ich mit Kopfschmerzen. Mein erster Gedanke war, dass ein Schnupfen im Anzug war, deshalb blieb ich, nachdem ich Kaffee getrunken hatte, einen Augenblick untätig sitzen.
Mein letzter Roman, den niemand wahrgenommen hatte, lag ganz rechts auf dem Schreibtisch. Er war bereits vor mehreren Monaten erschienen. Ich bemerkte, dass eine dünne Staubschicht auf der Fensterbank lag. Deshalb stand ich auf und nahm ein Mikrofasertuch aus dem Schrank. Es kratzte leicht auf der Handfläche. Nachdem ich über die Fensterbank gefahren war, zeigte es eine hellgraue Staubschicht. Es war merkwürdig, sich vorzustellen, dass alles langsam verschwinden würde, wenn man das Staub-

wischen unterließ. Die Welt würde sich in eine Wüste verwandeln, wenn die Zeit nur lange genug arbeiten dürfte.
Die ersten Wochen nach dem Erscheinen meines Romans hatte ich mir eingeschärft, dass ich warten müsse. Die Rezensionen würden schon noch gedruckt. Sie hatten einfach so viel zu tun, die Kritiker. An manchen Tagen glaubte ich, nur geträumt oder phantasiert zu haben, dass ich ein Buch veröffentlicht hatte.
Ich spülte den Lappen aus und hängte ihn zum Trocknen in den Schrank. Dann ging ich zum Schreibtisch. Auf dem Buchumschlag ging eine Frau im Minirock und mit struppigen Haaren durch eine Tür. Die Tür war nicht von Wänden umgeben, nur mit einem Türrahmen. Der erste Anblick des Umschlags war ein Schock gewesen. Ich verstand nicht, warum man so ein Bild verwendet hatte. Es passte nicht zum Inhalt des Buches. Die Farben waren hässlich. Ja, schlimmer, die Farben erinnerten an Erbrochenes. Sie rochen förmlich nach Erbrochenem.
Als ich es in der Hand hielt, wusste ich es bereits. Dieses Buch würde niemand kaufen, egal was drin stand. Niemand kauft ein Buch mit einem solchen Umschlag. Niemand. Wieso hatte ich nur nicht darum gebeten, den Umschlag sehen zu dürfen, ehe er in Druck ging?
Zwei Jahre hatte ich in diesen Roman investiert. Es gibt sicher viele, die schneller oder langsamer schreiben. Aber das hatte ich geleistet. Ich erwog, beim Verlag anzurufen und zu fragen, wie viele Exemplare verkauft waren. Aber dann ließ ich es sein. Schließlich und endlich war es besser, es nicht zu wissen, als zu erfahren, dass die Verkaufszahl identisch mit der Zahl der Pflichtexemplare für die Bibliotheken war. Solange ich es nicht wusste, gab es noch Hoffnung. Das war zwar ein sprachliches Klischee, aber in diesem Fall wahr.
Meine ersten beiden Bücher waren eher zurückhaltend besprochen worden und hatten sich nicht gut verkauft. Kaum ein Buch wurde gut verkauft, nicht nur meine. Ich hatte damals jedoch

nicht wie jetzt das Gefühl gehabt, zwei Jahre Arbeit seien für die Katz gewesen. Dieses Mal blieb alles still. Unheimlich. Als wäre ich tot. Als befände sich das Buch, auf das ich zwei Jahre verwendet hatte, nur in meinem eigenen toten Schädel. Irgendwo in der Erde sah ich Würmer und Käfer vor mir, die langsam und sorgfältig meinen Roman auffraßen. Unendlich langsam und unaufhaltsam.

Ab und zu kam es zu Diskussionen in den Medien, dass in Norwegen zu viele Bücher erschienen. War das richtig, dann zählte mein Buch zu diesen Büchern. Einen Augenblick wog ich es in der Hand und legte es dann in die unterste Schreibtischschublade. Irgendetwas musste ich unternehmen. Knut Hamsun behauptete einmal, Dichter besäßen keine Scham. Also war ich keine Dichterin.

Den ganzen Herbst hatte ich mir die Schaufenstern der Buchhandlungen angesehen. Mein Buch lag nie dort. Aber auf diese Art sah ich viel von der Stadt, die Zeit war also nicht vollkommen verloren.

Ich war sogar in eine Buchhandlung in Majorstuen gegangen und hatte dort ein Exemplar meines Buches entdeckt. Unauffällig und alphabetisch eingeordnet stand es im Regal. In einem unbeobachteten Augenblick legte ich es ins Schaufenster. Gleichzeitig brach mir der Schweiß aus und mir wurde eiskalt, aber ich tat das trotzdem. Es stand leicht schief neben einem Stapel von Ketil Bjørnstads neuestem Roman. Aber jedenfalls stand es da. Sanne Svendsen: »Der unentrinnbare Schatten«.

Anschließend eilte ich nach draußen und blieb eine Weile vor dem Schaufenster stehen. Der Umschlag war, so betrachtet, gar nicht mal so schlimm. Im Licht, neben den anderen Büchern. Dann kam mir der Gedanke, dass mich vielleicht jemand beobachtet und gesehen hatte, was ich getan hatte.

Ich machte einen langen Spaziergang im Frognerpark und dachte unter anderem daran, dass ich das Buch in meiner Wohnung in

eine Schublade gelegt, an einem öffentlichen Ort jedoch unerlaubt ausgestellt hatte. Als ich eine Stunde später wieder an dem Schaufenster vorbeikam, stand das Buch immer noch da. Am nächsten Tag würde es natürlich nicht mehr dort stehen.
In den Wochen nach dem Erscheinen hatte mit Ausnahme von Frank und dem Lektor niemand das Buch erwähnt. Ich rechnete nicht mit Frank. Gelegentlich glaubte ich, dass er verstand, wie es mir ging. Da begann ich, Dinge zu erfinden, um ihn nicht treffen zu müssen. Ich bildete mir ein, dass ich mich weniger schämte, wenn ich allein war. Es war nicht ganz sicher, ob das richtig war, aber weil ich oft dachte, dass es sich so verhielt, war es am sichersten so.
Natürlich sah ich mich gezwungen, an andere Dinge als an das Buch zu denken, wenn ich mit anderen zusammen war und ihrer Unterhaltung folgen musste. Aber im Grunde war die Scham permanent und überragte alles. Ich brauchte nicht an sie zu denken, trotzdem war sie da.
Allein, im Dunkel eines Kinosaals, legte sich die Handlung meines Buchs über die Filmbilder und machte sie unklar. Oder direkt hässlich. Wenn ich mit jemandem sprach, dann hemmte dieses Gefühl die Worte und alles kam zum Stillstand. Wie damals als Kind, wenn die Erwachsenen sich einen von uns aussuchten, was selten vorgekommen war. Es gelang mir nicht einmal, sie zu begrüßen. Zum Schluss war ich zu groß gewesen, um noch ausgesucht zu werden. Sie wollten immer ein kleines, süßes Kind. Die letzten Jahre hatte ich versucht, mich zu verstecken, wenn jemand kam. Ich hatte mich daran gewöhnt. Als sei, nicht ausgesucht worden zu sein, ein Makel, den alle sehen und abstoßend finden.

Protest

»Nein, du kannst am 1. Februar nicht kommen. Ich gehe beim Fackelzug gegen die Gewalt mit«, sagte ich.
»Du? Auf einer Demo?«, erklang Franks Stimme aus dem Handy.
»Ja, irgendwas muss ich tun.«
Einen Augenblick blieb es still.
»Weißt du was? Da geh ich auch mit. Da sind so viele Menschen, dass es nicht weiter auffällt, wenn wir uns dort zufällig …«, sagte er.
Freude wäre ein zu starkes Wort gewesen. Aber trotzdem. Beide übergingen wir die Szene vor dem »Harlekin«.
Das rote Handy hatte er mir zu Weihnachten geschenkt. Damit er mich erreichen könne. Es gelang mir nicht, zu protestieren, obwohl ich Mobiltelefone nicht mochte. Gelegentlich beschlich mich das Gefühl, mein Gehirn sei eine durchlöcherte Blechdose, wenn ich darauf wartete, dass er anrief. Gelegentlich machte ich lange Spaziergänge, ohne das Telefon mitzunehmen. Natürlich war diese Art, ihn zu bestrafen, lächerlich. Manchmal erwarteten mich dann verärgerte Nachrichten. Sogar diese negativen Dinge waren mir wichtig. Sie zeigten, dass es Frank ein Bedürfnis war, mit mir zu sprechen.
Am 1. Februar fror ich bereits vor dem Aufstehen. Ich schaute auf das Thermometer. Elf Grad minus. Frank hatte nicht angerufen und das Ganze vermutlich bereits vergessen. Ich sagte mir, dass das auch keinen Unterschied machte. Aber das war selbstverständlich gelogen. Die Demonstration gegen Gewalt und Rassismus sollte um sechs Uhr auf dem Youngstorget beginnen.
Agda, die im Kinderheim arbeitete, erzählte uns Kindern, der Gemischtwarenhändler sei während des Krieges Nazi gewesen. Das musste er, nachdem der Krieg vorüber war, büßen. Seine Tochter auch. Man schnitt ihr die Haare ab und jagte sie davon. Fast alle

meinten, sie habe es nicht besser verdient. Die Küchenmädchen, ja, sogar die Vorsteherin sprachen darüber. Rita hieß diese Tochter. Was sie verbrochen hatte, außer Tochter des Gemischtwarenhändlers zu sein, war schwer nachzuvollziehen. Mit dem Feind habe sie sich eingelassen, behauptete Agda, ohne das näher zu erklären. Rita kam nie mehr in den Ort zurück, obwohl ihr Haar vermutlich nachwuchs. Das war leicht zu verstehen. Als der Gemischtwarenhändler aus dem Gefängnis entlassen wurde, warf sein Bruder ihn aus einem Fenster im ersten Stock. Niemand fand etwas dabei. Der Sturz oder was immer machte ihn leicht benebelt im Kopf. Jedenfalls war er zu nichts mehr zu gebrauchen, und der Bruder verkaufte den Laden. Agda meinte, der Gemischtwarenhändler sitze dort immer noch auf dem Speicher. Ein ehemaliger Nazi, der seine Strafe verbüßt hatte, in selbstauferlegtem Hausarrest. Passiert war das, ehe ich geboren wurde. Aber man erzählte sich noch nach Jahren davon.

Ich hatte Agda beim Teigkneten geholfen. Ich formte kleine Brote und backte sie oben auf dem Ofen. Sie wurden immer schwarz. Agda hatte ein rosa Gesicht und rosa Hände und Arme. Ihre Schürze war weiß. Und das nicht nur vom Mehl. Sie hatte einen eigenen Geruch, und gelegentlich erhellte ein plötzliches Lächeln ihr Gesicht, das ebenso schnell erlosch, wie es gekommen war. Es hieß, sie sei etwas einfältig. Das merkte ich nicht. Sie sah mich nie an, während sie sprach. Aber jedenfalls redete sie mit mir.

Es sei ein Zufall gewesen, dass sie sich Rita geschnappt hatten. Genauso gut hätten sie sich die Tochter des Amtmanns oder sonst jemanden vorknöpfen können. Mehrere Mädchen hätten Naziväter gehabt. Aber Rita hätten sie geschnappt. Sie sei die Schönste gewesen – und erst sechzehn. Agda flüsterte, sie hätten sie in ein Zimmer gesperrt, lange, während sie sie verhörten. Sie kannte auch eine Geschichte aus dem Norden. Dort habe man die jüngste der Nazitöchter mit den Vernehmungsbeamten eingesperrt.

»Sie haben ihr nicht nur die Haare geschoren, sie haben auch Eiszapfen verwendet«, flüsterte Agda.
»Eiszapfen?«
»Sie haben Eiszapfen genommen. So!«, sagte sie und deutete mit dem Kochlöffel auf ihren Unterleib.
Ich erinnere mich, dass es mich erstaunte, dass man so etwas einem Kind antun konnte, das Eltern besaß. Ich versuchte mir vorzustellen, wie das hatte ablaufen können. Die Kälte, das schon. Aber mehr gelang mir nicht. Jedenfalls nicht damals.
Es gab sie sicher in allen Lagern. Die Rächer. Und es gab immer jemanden, an dem man sich rächen konnte. So war es stets gewesen. Die Literatur war voll davon. In meinem Buch stand davon nur wenig. Im Gegenteil. Es handelte von Menschen, denen es nicht gelang, etwas zu rächen. Die nicht wussten, an wem sie sich rächen sollten. Aber niemanden interessierten die Unsichtbaren. Mich auch nicht.
Nein, ich hätte vermutlich über die Sichtbaren schreiben sollen. Die Rabiaten. Einen Neonazi beispielsweise. Aber über Neonazis wusste ich nichts. Ich empfand nur Abscheu. Recht großen Abscheu in Anbetracht der Tatsache, dass ich keinen kannte. Konnte man über einen Menschen schreiben, vor dem man Abscheu empfand?
Ich trat von einem Fuß auf den anderen, während ich auf die Straßenbahn wartete. Elf Grad minus und außerdem windig. Die Straßenbahn war voll, und ich musste stehen. Das machte nichts. An der Trennwand hing ein Plakat mit einem Gedicht von Liv Lundberg. Es handelte von Linien. Dass in allem Linien seien. Ziemlich erotisch. Es war sicher schön, sein eigenes Gedicht in der Straßenbahn hängen zu sehen. Das war außerordentlich sichtbar. Natürlich hatten nicht alle Lust, es zu lesen. Aber einige taten es. Vielleicht lasen sie dieses Gedicht jeden Morgen auf dem Weg zur Arbeit? Und erst nachdem eine ganze Arbeitswoche vergangen war, wurde ihnen bewusst, dass sie ein Gedicht von Liv Lundberg

gelesen hatten. Aber das wäre nicht zu spät. Bei Gedichten war es fast nie zu spät. Bei Romanen hingegen sehr schnell. Nach Weihnachten war es für alles zu spät. Jetzt war der 1. Februar.
Mir war sofort klar, dass sich viele Leute auf dem Youngstorget einfinden würden. Bereits als ich aus der Straßenbahn stieg, sah ich sie von allen Seiten herbeiströmen. Ein zielstrebiger Strom. Die Kälte ließ sie rascher gehen. Ich überlegte, ob wohl auch Nazis dabei waren. Die alten Nazis waren inzwischen sicher Greise.
Die Stimme des Ministerpräsidenten ertönte aus einem schnarrenden Lautsprecher. Vermutlich war es ihm wichtig, deutlich zu sprechen, trotzdem konnte ich seine Worte nicht richtig verstehen, da eine Mutter laut auf ihren Sohn einredete, der schreiend in seinem Sportwagen saß. Wenn ich ein Kind gehabt hätte, hätte ich nie gewagt, es hierher mitzunehmen. In einem solchen Gedränge konnte schließlich alles Mögliche passieren. Wahrscheinlich war für diese Mutter eine Tragödie nicht im Bereich des Möglichen. Sie war nicht die Einzige. Es gab viele Kinder.
Ich stolperte über etwas wie eine Eisenstange. Es war ein Fahrrad in einem Fahrradständer. Die Schlange zu den Fackeln verlief quer über den Fahrradständer. Die Leute standen so dicht, dass man ihre Rücken nicht sehen konnte, von einem Fahrradständer ganz zu schweigen.
Im Fackelschein leuchteten alle Farben warm. Die blau gefrorenen Gesichter glühten. Eine ganze Familie war in das Eisengitter eines jungen Baums geklettert. Wahrscheinlich war der Baum im letzten Frühjahr gepflanzt worden. Er schwankte bedrohlich.
Die Demo hätte sich schon lange in Bewegung setzen sollen. Aber alles stand still. Nur Stimmen waren zu hören. Die Spruchbänder und Fahnen blieben, soweit ich sehen konnte, an derselben Stelle. Die Leute um mich herum begannen gutmütig zu protestieren. »Jetzt müssen wir aber bald los«, murrten sie. Sie froren. Eine junge Frau mit zwei Kindern zündete meine Fackel an. Funken sprühten auf die Haare ihrer Mädchen.

Der Himmel leuchtete violett über dem Rauch und Fackelschein. Die Gebäude erschienen unwirklich. Die Menschenmassen hatten sich vom Bild losgerissen. Sie hingen an ihren Fackeln und schwebten über den Platz. Alle strebten hoch, um die Gemeinschaft zu sehen. Hoch! Wie eine Mauer standen die Häuser um alles herum. Eine Sperre, die man hinnehmen musste.
Es gelang mir, durch die Menschenmenge bis zu einer Hauswand vorzudringen. Versuchte zu raten, wo sich der Zug als Erstes in Bewegung setzen würde. Ich hatte Glück und tippte richtig. An einer Stelle bat uns eine Polizistin eindringlich und mit Autorität, die Fackeln zu löschen, weil ein zu großes Gedränge herrsche. Es war unmöglich, wieder zum Hauptzug zu stoßen. Ich folgte dem Strom in eine Seitenstraße und hoffte, mich an einer anderen Stelle anschließen zu können, mehr in der Nähe des Stortings. Die Leute trugen ihre Kinder auf den Schultern. Manche klammerten sich an Kinderwagen. Ein Mann fuhr mit seinem Rollstuhl Amok. Einige gingen eng beisammen, Arm in Arm. Viele brauchten eine freie Hand, um sich einen Schal oder den Kragen vors Gesicht zu halten. Der Atem stand sichtbar vor ihrem Mund, und die Augen wirkten größer. Schöne Farben. Sie glichen einem Werbefilm für Tiefkühlfisch.
Fast niemand ging allein. Niemand ging allein. Nur ich. Als ich mich umschaute, entdeckte ich, dass alle Verbindung zu mindestens einem Individuum in der Menge hatten. Ein Druck entstand in meinem Kopf. Nicht Bedrücktheit, sondern etwas, was schwerer zu definieren war. Endlich bahnte ich mir einen Weg auf die Karl Johansgata. Die Menge war riesig. Aus allen Seitenstraßen strömten Menschen herbei. Glühende Flüsse verwandelten sich in ein Flammenmeer. Fassaden stiegen aus dem Licht auf. Engel, Amoretten, Gesimse. Fensterflächen. Die Schatten dahinter. Die grellen Kontraste des Neonlichts.
Ein Polizist wiederholte für alle, die es hören wollten, dass sie ihre Fackeln löschen müssen, ehe sie den Universitätsplatz betreten.

Gehorsam steckte ich meine in einen schmutzigen, vereisten Schneehaufen. Das hatten vor mir schon viele getan. Der Schneehaufen sah aus wie ein brennender Eisklumpen. Zwischen den Fackeln steckten Briefe und Blumen.

Ich ging in ein Café, um mich aufzuwärmen. Blieb an der Theke stehen, weil es keinen freien Platz gab. Der Rotwein kam aus einer offenen Flasche und war ziemlich herb. Ständig wurde die Tür geöffnet. In der Zugluft lief das Wachs über die Arme eines schiefen Messingkandelabers. Eine Kerze lag zur Hälfte geschmolzen auf der Theke. Niemand kümmerte sich darum. Die jungen Kellner unterhielten sich miteinander, wenn sie nicht servierten. Niemand verschwendete einen Blick auf den Kandelaber. Das bedrückte mich.

Niemand kümmerte sich um das, was ihm nicht gehörte. Für den gemeinsamen Besitz fühlte sich niemand verantwortlich. Vielleicht ging der Kommunismus ja deswegen zum Teufel. Die wenigen, die etwas besaßen, kümmerten sich nur noch um ihre Habe.

Plötzlich saß sie da. Beim Trinken ließ sie Mütze und Handschuhe an. Ihre Jacke war lächerlich dünn. Und kurz. Ein seltsamer, wenig kleidsamer Rock bedeckte ihre Beine bis zum Boden. Sie war weder alt noch jung. Unbestimmbar.

»Hast du einen Kaugummi?« Die Stimme war fast frech. Sie hob ihre Hand, bereit den Kaugummi entgegenzunehmen.

»Leider nicht«, antwortete ich.

»Bist du bei der Demonstration mitmarschiert?«, fragte sie unerwartet.

»Ja.«

»Die war nicht schlecht, oder?«

»Ja.«

Sie zog die Handschuhe aus, ehe sie wieder etwas sagte:

»Bist du allein mitgegangen?«

»Ich war verabredet, aber es kam was dazwischen.«

»Oh? Du meinst, er hat es vergessen?«
Ich antwortete nicht. Es ging sie nichts an, ob ich mit jemandem verabredet war.
»Glaubst du, ein Fackelzug hilft?«, fragte sie.
»Etwas muss man schließlich tun.«
»Hätte man die Banditen nicht lieber nach ihrer eigenen Methode an den Ohren aufhängen sollen?«
»Bemühen wir uns nicht, in einer zivilisierten Gesellschaft zu leben? Strafe ist nicht gleich Rache. Man muss versuchen, ihnen begreiflich zu machen, was sie getan haben, damit sie sich bessern können.«
»Das macht mich wütend. Wie viele sollen denn noch sterben, ehe man aufhört, an eine Besserung zu glauben?«
»Ich weiß nicht«, murmelte ich.
»Da siehst du!«
Sie wischte sich recht ungeniert mit dem Handrücken die Nase ab. Wie ein Kind. Daran erkannte ich sie. Es war peinlich. Die Regel besagte, dass wir uns nur allein trafen. Jetzt hatte ich das Gefühl, sie hätte ein Loch in mich gebohrt. Meine Eingeweide flossen auf den schmutzigen Boden. Ich war eine Puppe voll Sägemehl. Vorsichtig schaute ich mich im Lokal um, aber niemand starrte uns an.
»Du hast heute Morgen ein neues Buch angefangen, nicht wahr?«, sagte sie plötzlich.
Ich zuckte zusammen. Das hörte sich so seltsam an. Die Worte kreisten widerhallend in meinem Kopf. Aber nicht wie das Echo im Fjäll, sondern mehr wie in einem Hangar oder Keller.
»Warum sagst du das?«
»Du bist Sanne Svendsen. Das klingt ziemlich gut.«
Als sie meinen Namen sagte, wurde mir schwarz vor Augen.
»Ich habe dein letztes Buch gelesen. Irgendwie hat es mir gefallen, jedoch nicht die Hauptperson. Sie führt so ein langweiliges Leben. Ist nach meinem Geschmack zu brav. Ich weiß natürlich,

dass Leute so leben, aber trotzdem ... Sicher ist das in vieler Hinsicht ein richtiges Buch.«
»Richtig?«
»Ja. Es erzählt doch die Wahrheit.«
»Es ist Fiktion.«
»Was heißt schon Fiktion? Es ist doch nicht mehr Fiktion als du oder ich.«
»Was meinst du damit?«
Die andere starrte nachsichtig in die Luft, dann zuckte sie mit den Achseln.
»Ach, nichts. Vergiss es!«, sagte sie aggressiv, als hätte ich sie beleidigt.
»Es gibt da große Unterschiede«, versuchte ich einzulenken.
»Vergiss es! Jetzt versuchst du über Frank zu schreiben. *Schreib ihn für immer in dir fest!* Fiktion hin oder her. Du willst ihn. Auch wenn du nicht unter seinem Einfluss stehst.«
Plötzlich rutschte sie von ihrem Hocker und war verschwunden. Ihre Handschuhe hatte sie liegen gelassen. Schwarz mit grauem Futter. Ich setzte mich eine Weile, dann zog ich sie an und trat hinaus in die Kälte.

Frank

Er war auf der Mailbox des Handys, als ich nach Hause kam. Die Stimme klang resigniert. Er meinte, wir seien verabredet gewesen. Ich dachte einen Moment darüber nach, wo er sein könnte. Zu Hause war es problematisch für ihn, wenn ich anrief. Trotzdem wählte ich seine Nummer.

»Wo warst du? Du warst nicht daheim, als ich bei dir geklingelt habe.«

»Ich war auf der Demo«, sagte ich.

»Wir wollten uns doch treffen!«

Einen Augenblick lang hatte ich eine Art schlechtes Gewissen.

»Ich habe euch am Freitag gesehen. Du hast sie in unser Café mitgenommen.«

»Sanne! Hör schon auf! Sie ist meine Frau!«

Mir war klar, dass er auf eine Antwort wartete, aber ich erwiderte nichts.

»Sanne? Bist du noch da?«

»Ja.«

»Das ist Unsinn! Wollen wir uns nicht lieber treffen?«

»Wann? Heute Abend?«

»Nein, morgen. Nach der Arbeit. Um fünf.«

»Nein.«

»Was meinst du damit?«

»Ich bin bereits verabredet.«

»Sei nicht kindisch! Natürlich bist du nicht verabredet. Du bist einfach nur sauer, weil niemand dein Buch beachtet hat. Das bist du jetzt schon lange. Aber du kannst das nicht an mir auslassen!«

»Ich glaube, ich muss jetzt auflegen«, sagte ich. Das kam mir ganz richtig vor, aber trotzdem wie eine leere Geste. Und als er nicht klein beigeben wollte, tat ich es wirklich.

Er drängte sich in die Wohnung, sobald ich aufgeschlossen hatte. Das tat er immer. Er blieb nie auf der Fußmatte stehen, um mich zu betrachten oder zu lächeln. Frank tat nichts, bevor er nicht in der Wohnung und die Tür zwischen uns und der Welt geschlossen war. Dann ließ er alles fallen und umarmte mich. Sein Geruch war eine Mischung aus teurem Rasierwasser, Weichspüler und dem, was von seinen Antiquitäten in seinen Kleidern hängen geblieben war. Letzteres lag wohl daran, dass er meist direkt von der Arbeit kam.

Erst küsste er mich auf den Hals, dann auf den Mund, dann schob er mich mit einem genüsslichen »M…m…mehr« ins Zimmer. Schwer atmend stieß er Geräusche aus. Das gefiel mir.

»Ich habe anderthalb Stunden Zeit«, murmelte er, als sei von einem Jahr die Rede.

»Ich gestatte dir nicht, sie in unser Café mitzunehmen«, sagte ich und fuhr mit den Händen unter seine Jacke. Er fühlte sich fest an. Und warm.

»Was meinst du?«

»Du hattest sie im ›Harlekin‹ dabei. Ich habe euch gesehen.«

»Das war ein Zufall. Sie wollte dahin.«

»Wieso das?«

»Woher soll ich das wissen. Hör schon auf!«, sagte er gutmütig und machte sich los, um sich auszuziehen.

Ich umarmte ihn erneut und begann sein Hemd aufzuknöpfen.

»Wenn das nochmal vorkommt, erlebst du dein blaues Wunder.«

Er seufzte und ließ sich ausziehen.

Von hinten war Franks Kopf eiförmig. Er hatte kräftige, aber nicht sonderlich breite Schultern. Seine Nackenmuskeln zeichneten sich deutlich ab und gingen in die Schultern über. Vermutlich kam das von seiner Vergangenheit als Schwimmer und Turmspringer. Ich hatte mich von dem breitschultrigen Ideal verabschiedet. Es war zu grotesk.

Lange vor Frank hatte ich einen Mann mit breiten Schultern ge-

kannt. Er hatte mir so imponiert, dass ich mich schwängern ließ. Im Nachhinein konnte es den Anschein haben, als sei das nur wegen irgendwelcher Schultern passiert. Das war natürlich nicht die ganze Wahrheit. Auch nicht, dass ich nur verliebt gewesen war. So etwas ist viel später nicht leicht zu analysieren. Wer gleichzeitig mit ihm durch eine Tür wollten, musste warten. Er trainierte nie. Schwer zu sagen, wie seine Schultern jetzt aussahen.
Frank schwamm mehrmals die Woche, aber vermutlich nicht wegen seiner Schultern. Er ließ überhaupt nicht erkennen, ob er sich anstrengte, um gut auszusehen. Vermutlich tat er nur, was ihm Spaß machte. Seltsam, an alle Dinge zu denken, die man unternehmen konnte, nur um gemocht zu werden. Oder akzeptiert. Wie diese Dinge allmählich zu dem wurden, was man selbst wollte.
Während ich mit dem Breitschultrigen zusammen war, gewöhnte ich mir an, Beefsteak zu essen. Blutig und mürbe musste es sein. Ich aß sogar in ein Kartoffelfladenbrot eingerollte Bockwurst. Aber alles hat ein Ende. Wahrscheinlich würde ich ihn nie mehr wiedersehen. Dafür hatte ich auch keinen Grund. Zumindest jetzt nicht mehr. Aber seltsam war es trotzdem. Man war jemandem nahe, glaubte, dass man ihn liebte, dann verging die Zeit und Dinge passierten. Wichtige Dinge, die niemand ändern konnte. Und dann waren die Gefühle wie weggeblasen. Oder noch schlimmer: Man verwandelte sie in Abneigung – oder Hass.
Ich hasste ihn nicht. Auch damals nicht, als er verschwand. Vielleicht war Hass auch deswegen undenkbar, weil ich gerade Frank betrachtete. Aber ab und zu dachte ich an ihn. Ganz neutral. Denn die Geschichte mit dem Lastwagen hatte diesen Mann in meinem Leben überflüssig gemacht. Er war wie ein Wintermantel, aus dem ich herausgewachsen war und an dem andere jetzt Freude haben konnten.
Frank war eher schmal, als habe er seine ganze Kindheit in einem Streckverband gelegen. Damen ließ er immer den Vortritt. Vermutlich waren es solche Dinge, die mir zuerst an ihm gefielen.

Dass er einen wahrnahm. Frank sagte selbst immer, er sei ein verwöhntes Kind. Er sprach gut von seiner Mutter. Immer.
»Mama würde dich mögen«, sagte er einmal. Dann merkte er, was er gesagt hatte, flüsterte leise: »Entschuldige!«, und umarmte mich. Aber seit dieser Episode erkundige ich mich oft nach seiner Mutter.
Als ich Frank nackt am Spülbecken stehen sah, empfand ich so etwas wie Zärtlichkeit. Als wären Frank und ich Geschwister oder gute Freunde gewesen. Und als er sich vorbeugte und sich die Vertiefung entlang der Wirbelsäule so deutlich abzeichnete, dass die Wirbel vor meinen Augen ein Muster bildeten, hätte ich weinen können. Aber als er sich zu mir umdrehte, sich langsam aufrichtete und lächelte, verschwand dieses Gefühl.
Das einzig Animalische an Frank außer seinem Geschlecht war sein Brustkorb. Er war stark behaart. Er war kindisch stolz darauf. Ich sah das an der Art, wie er an sich hinabschaute, wenn er oben herum nackt war. Die Art, wie er sich zurücklehnte. Genüsslich. Seine Mundwinkel und halbgeschlossenen Augen sagten: Schau! Schau mich an!
Die Waden waren nicht ganz gerade und weniger behaart. Allerdings trug Frank keine Shorts, es spielte für mich also keine Rolle. Seine Mutter hatte ihn offenbar gut erzogen. Sein Vater war gestorben, als er noch das Gymnasium besuchte.
»Für Mama war das nicht so schön«, sagte er einmal, als habe ihm der Tod des Vaters nicht sonderlich zu schaffen gemacht. Aber ich war mir bewusst, dass das dennoch der Fall gewesen war. Er wollte nur nicht darüber sprechen. Wenn es jemanden gab, der solche Manöver verstand, dann ich. Ich ließ ihn in Frieden. Trotzdem vertraute er mir an, sein Vater habe sich im Esszimmer an dem Haken für den Kronleuchter aufgehängt.
»Mama hatte sich immer einen Kronleuchter gewünscht«, sagte er.
»Und du?«

»Ich verscherbel sie lieber«, sagte er mit einem ironischen Lächeln.
Aber in diesem Augenblick hatte ich ihn erkannt. So war er. Verletzlich. Nie würde er zugeben, dass ihm sein Vater fehlte.
»Ich wurde ziemlich wütend«, sagte er.
»Das ist verständlich. Er hätte schließlich das Haus verlassen können, um seinen Verrat zu begehen«, meinte ich, ohne absehen zu können, ob er mit dieser Bemerkung klarkommen würde.
Er sah mich an. Ich bildete mir ein, dass ich in seinen Augen so etwas wie Sympathie las. Vielleicht sogar die Liebe eines Augenblicks?
»Danke!«, sagte er.
In einer Anwandlung taktloser Neugier, die ich mir vermutlich in der Küche des Kinderheims angewöhnt hatte und die mir selbst verhasst war, fragte ich: »Wohnt sie immer noch dort?«
»Ja. Sie hat ihr Bett ins Esszimmer gestellt. Unter den Haken. Dort schläft sie seit seiner Beerdigung.«
Es war, als würde er einen Roman erzählen. Ich begann zu denken, wie die durchschnittlichen Kritiker. Frauen taten so etwas nicht. Frauen waren zartbesaitet und mieden den Tod. So hatte ich das jedenfalls immer verstanden. Frauen beweinten ihre Toten, und man erwartete von ihnen nicht, dass sie den Ort des Todes aufsuchten. In Geschichte und Literatur werden ein paar unschöne Gegenbeispiele beschrieben. Diese Frauen gelten sicher als unfeminin. Aber Franks Mutter tat dergleichen. Das ließ mich Frank mit größerem Respekt betrachten oder jedenfalls auf eine andere Art. Ein Mann mit einer Mutter, die jede Nacht die Todesstätte ihres Mannes aufsuchte, war nicht irgendjemand. Ich hatte ein großes Bedürfnis, ihn genauer auszufragen.
»Ist deine Mutter stark?«
»Die? Nein! Sie ist nur einfach stur.«
»Stur?«
»Ja, sie hatte hoch und heilig geschworen, dass er nicht entkom-

men würde. Niemals. Sie hat dasselbe gesagt wie du, dass er das woanders hätte tun können. Ich glaube, sie fand das richtig gemein von ihm, sich am Haken im Esszimmer aufzuhängen. Vermutlich machte sie es ihm zum Vorwurf, dass er damit ihren Traum von einem Kronleuchter zerstören wollte.«

»Hat sie inzwischen einen … Kronleuchter?«

»Nein, ich wollte ihr einen schenken, aber sie hat ihn nicht angenommen. ›Ich werde unter Vater schlafen, bis ich daran sterbe‹, sagt sie immer. Jedes Jahr zu Heiligabend dieselbe Geschichte. Der Esstisch steht in der Küche, also essen wir dort. Aber Annemor mag es nicht, dass wir an diesem Festtag so makabere Reden führen. Sie hat Angst, dass die Mädchen daran Schaden nehmen könnten.«

»Wie das?«

»Eine rachsüchtige Großmutter und ein Großvater, der sich aufgehängt hat, sind nicht eben romantisch. Aber so sehen die Kinder das nicht. Sie sind immer ganz Ohr, obwohl sie die Geschichte bereits kennen. Es ist Annemor, die …«

»Haben deine Eltern keine gute Ehe geführt?«

Frank stand vor der Kochzeile meines Mansardenzimmers in seiner knappen, gestreiften Unterhose und trank Bier aus der Flasche. Ich spürte noch das Nachbeben seiner synkopierten Stöße gegen den Muttermund. Nachdenklich wischte er sich mit dem Handrücken über den Mund, ehe er antwortete: »Irgendwas Übles muss gewesen sein, schließlich hat er sich aufgehängt.«

»Depressionen?«

»Deprimiert war immer sie. Sie war nie etwas anderes als deprimiert. Sie sagt das sogar: ›Ich bin so deprimiert, dass ich jederzeit sterben kann, das wäre dann eine Erlösung‹, sagt sie.«

Er machte sie nicht nach, sondern zitierte sie mit einer Stimme, als würde er den Bericht über die Zahngesundheit in Norwegen nach dem Zweiten Weltkrieg zitieren. Etwas sagte mir, dass nicht diejenigen, die vorgaben deprimiert zu sein, am schlimmsten dran

waren. Vielleicht auch nicht die Toren, die nicht einmal zugeben wollten, dass sie deprimiert waren. Einen Augenblick lang fühlte ich eine gewisse Verwandtschaft mit Letzteren, aber diesen Gedanken schüttelte ich rasch ab.
»Er hätte sich schließlich von einer Brücke oder ins Meer stürzen können«, meinte ich und versuchte meine Stimme tröstlich klingen zu lassen.
»Nein, er vermied es, Aufzug zu fahren, und hielt sich am liebsten zu Hause auf«, erwiderte Frank knapp.
Hätte ich selbst Eltern gehabt, hätte ich über eine solche Bemerkung vielleicht gelacht. Aber ich hatte keinen guten Grund dazu und Frank wohl auch nicht. Außerdem wäre es unpassend gewesen.
»Du meinst, er brauchte in den letzten Sekunden seines Lebens die Geborgenheit seines Zuhauses, das Wissen, wo der Fußboden ist?«
»Ja, etwas in der Art.«
Ich sah Franks Vater vor mir, wie er den Esstisch beiseiteschob, sich das Seil um den Hals legte, einen Bierkasten oder einen Hocker holte und darauf kletterte. Dann hängte er sich mit seinem ganzen Gewicht an das Seil, um auszuprobieren, ob der Haken hielt. Etwas zittrig, aber im Übrigen ruhig. Was wusste ich schon? Aber ich sah es vor mir.
»Ist er der Einzige … in deiner Familie?«, fragte ich mit derselben Taktlosigkeit, die diese ungewöhnliche Unterhaltung überhaupt erst in Gang gebracht hatte. Ich fühlte mich wie eine Katze, die auf der Lauer nach Franks Familientragödien lag.
»Ich weiß nicht«, sagte er verwirrt. »Ich glaube. Wieso?«, meinte er noch.
»In manchen Familien ist das endemisch. Wie eine Rache. Bei denen ist das erblich und überträgt sich auf die nächste Generation.«
Frank betrachtete mich nachdenklich.
»Ich glaube, Mutter würde dich gerne kennen lernen.«

»Wieso das?«
»Ich weiß nicht recht. Aber ich glaube, ihr geht auf dieselbe Art mit den Dingen um.«
»Wie das?«
»Wenn ihr euch ausnahmsweise einmal mit dem Unaussprechlichen befasst, dann auf eine direkte und handfeste Art. Als würdet ihr das Hinterzimmer ausräumen, Sachen, die nicht verkauft worden sind. Das erlebt man nicht gerade oft.«
»Dir gefällt das nicht? Dass Frauen so sind?«
»Es kommt mir vor wie ein Muster, ob es mir gefällt oder nicht. Das ist okay. Ich habe nicht die Absicht, etwas zu verändern.«
»Mich auch nicht?«
»Dich schon gar nicht«, sagte er und leerte die Bierflasche. Er hielt sie gegen das Licht und sah mich durch das Glas hindurch an. Dann streckte er spöttisch die Zunge heraus, wie er das oft tat, fasste mich dann mit der freien Hand um die Taille und zog mich an sich.
Ich widerstand der Versuchung, mich danach zu erkundigen, wie seine Mutter war. Vielleicht hatte ich auch nicht die Kraft, mich damit auseinanderzusetzen.
»Man kann doch wohl seine Eltern nicht verändern«, sagte ich stattdessen.
»Seine Kinder auch nicht«, erwiderte er ernst.
»Du musst ein Auge auf deine Kinder haben. Familientragödien wiederholen sich oft in jeder zweiten Generation.«
Franks Augen bedeckte plötzlich ein Schleier wie die einer Eule, auf die das Licht eines Scheinwerfers fällt.
»Du ersparst einem auch nichts«, sagte er nur und igelte sich ein. Frank war ein Igel im Gras. Langsam stellte er seine Stacheln auf. Das bedeutete: Sei so nett, berühr mich nicht! Jetzt ist es genug. Seine Herkunft hätte mich noch mehr interessiert, aber die Audienz war vorbei. Frank war Frank. Meine Aufgabe bestand darin, so gut wie möglich mit ihm auszukommen. Aber die Unterhal-

tung ließ mich einsehen, dass unser Verhältnis nicht durch lange, vertrauliche Gespräche geprägt sein konnte.
Das Zimmer mit Schlafcouch, einer Tür zu einem briefmarkengroßen Bad, Küchenzeile und Schreibtisch veränderte sich in dem Moment, in dem Frank eintrat. Dann lebten wir dort unsere Lust aus. Die Unterhaltung bestand aus einsilbigen Worten und kurzen, konkreten Sätzen. Oder Stöhnen. Das gab einem Kraft, war aber kaum als Unterhaltungen zu bezeichnen. Eher als hochgradige Konzentration.
Frank liebte auf eine Art, die einem ehemaligen Sportler würdig war. Seine gleitende Ausdauer war gefühlvoll und voller Hingabe. Danach war nicht der richtige Zeitpunkt, Themen anzuschneiden, die die Stimmung verderben und es ihm schwer machen konnten zu gehen. Er benötigte einen mentalen Freiraum, in dem er sich erholen konnte. Meist sorgte ich dafür, dass er diesen auch bekam. Anschließend, wenn er noch eine halbe Stunde Zeit hatte, kam mir gelegentlich sein Körper in die Quere. Er schien mich auf etwas hinzuweisen, was ich verdrängen musste, die Tatsache nämlich, dass er bald verschwinden würde. Als wollte ich bereits, bevor er ging, diesen Schmerz hinter mich bringen. So war sein Körper ein Verlust, wenn er abwesend war, und die Warnung vor einer schmerzlichen Entbehrung, wenn er anwesend war.
Frank fuhr nach Bjerke zum Pferderennen, wenn er gute Geschäfte feiern wollte. Ich hatte ihn in Verdacht, dass er auch schlechte und mittelprächtige Geschäfte feierte. Aber dafür brauchte er sich bei mir nicht zu rechtfertigen. Ich hatte die Vorstellung, dass es dazu eine Ehefrau gab. Aber das konnte ich nicht sicher wissen.
Hin und wieder gewann er. Dann bestellte er Essen bei Smør-Petersen und brachte ein paar Flaschen guten Wein mit. In ein Restaurant gingen wir nie. Jemand hätte uns sehen können.
»Beim nächsten großen Gewinn fahren wir ins Ausland und bleiben ein ganzes Jahr weg«, sagte Frank immer.

Das erste Mal fragte ich ihn, ob er Frau und Kinder auch mitnehmen wolle. Da war er so beleidigt, dass ich mir solche Bemerkungen in Zukunft sparte.
»Das wäre sicher nett«, sagte ich schnell und bemühte mich, ihn verträumt anzusehen. Das gefiel ihm besser. Überhaupt sagte ich meist Dinge, von denen ich annehmen konnte, dass sie Frank zusagten, bei denen er sich entspannte und gute Laune bekam.
Als ich aus dem Bad kam, hatte er Wein eingeschenkt. Das war Routine. Jedenfalls in dem Maße, in dem in Liebesdingen von Routine die Rede sein kann. Ich wusste auch, dass er bereits auf die Uhr gesehen hatte. Ich stellte den Wecker so hin, dass er immer, wenn er wollte, einen Blick darauf werfen konnte, denn ich ertrug es nicht, dass er sich über seinen Arm beugte, um auf die Uhr zu schauen. Dann verschwand sein Gesicht. Oder es lag an der Bewegung. Bereits auf dem Weg weg von mir.
Ich setzte mich auf die zerwühlte Schlafcouch und dachte daran, dass sie ihn die ganze Zeit im Haus hatte. Wie war das? Ihn nachts bei sich zu haben? Mit solchen Gedanken konnte ich mich beschäftigen, bis ich ganz leer war. Wusste sie von mir? Ich glaubte ganz sicher, dass ich es bemerkt hätte.
»Skål, Frank!«, sagte ich und überlegte, dass ich es bemerkt hätte.
»Auf dein Wohl!«, sagte Frank von der Couch her. Es war nicht ganz einfach, sich in der Horizontalen zuzuprosten.
»Hast du noch länger darüber nachgedacht, worüber wir uns unterhalten haben? Die Zukunft?«, fragte ich vorsichtig. Ich versuchte, an die wichtigen Gespräche anzuknüpfen, obwohl ich merkte, dass das nicht klug war.
»Die Zukunft?«
»Die Scheidung«, sagte ich rasch.
Frank stellte sein Glas auf den Boden und knöpfte sein Hemd zu. Seine Knie ragten ins Zimmer wie zwei Wächter auf ihrem Posten.
»Sie will sich nicht scheiden lassen, das ist das Problem«, sagte er

leicht irritiert, als wäre das mein Fehler. Als wäre es mir nicht gelungen, seine Frau davon zu überzeugen, was für alle Beteiligten am besten war.

»Aber du sagst doch selbst, dass sie sich beklagt, wie eiskalt die Beziehung sei.«

»Na ja, sie sucht die Schuld bei mir, weißt du. Das ist natürlich. Und dann will sie, dass die Kinder ein Zuhause haben. Beide Eltern. Geordnete Verhältnisse.«

Wenn er doch nur etwas gemurmelt hätte und ausgewichen wäre! Aber er sah mir direkt in die Augen und sprach laut und deutlich, als erläutere er mir eine Ungerechtigkeit des Finanzamts. Etwas zu deutlich. Wahrscheinlich hatte er sie gar nicht gefragt und war deswegen so verärgert. Und er erklärte mir, dass Kinder ein geordnetes Zuhause und beide Eltern brauchten. Dazu erdreistete er sich auch nur, weil er nichts über mich wusste.

»Alle tot«, hatte ich bei seiner einzigen Nachfrage gesagt.

Ich weiß nicht, ob ich so naiv gelogen hätte wie Frank, wenn ich an seiner Stelle gewesen wäre. Aber die Wahrheit hätte ich sicher gemieden. Genauso wie ich ihm aus irgendeinem Grund nicht die Wahrheit über mich erzählte.

»Das versteht sich, dass sie in geordneten Verhältnissen aufwachsen sollen. Aber schließlich geht es hier auch noch um andere«, sagte ich.

»Sanne, nun mach mal halblang! Jetzt hatten wir es doch so nett. Oder nicht?«

Seine Stimme klang nicht mehr unfreundlich, eher flehend. Deswegen antwortete ich nicht.

Ich hatte mir jedes Wort zurechtgelegt. Ruhig wie eine OP-Schwester, die sich um alle lebensnotwendigen Requisiten kümmert und ein Auge darauf hat, dass alle Tupfer und Klemmen auch wieder zum Vorschein kommen, hatte ich mir ausgerechnet, was er ertragen konnte. Schließlich hatte ich ihn nicht gezwungen zu sagen, es sei nur eine Zeitfrage, wann er die Scheidung einrei-

chen würde. Das war mehrere Monate her. Ich ließ nur einfach nicht locker.
Er zog sich jetzt vollständig an. Ich trank meinen Wein in kleinen Schlucken und sah ihm zu. Das machte ihn nervös, und er wandte mir den Rücken zu. Als er fertig war, ging er ins Bad und schloss die Tür hinter sich. Ich nutzte die Zeit, das Bett wieder in eine Couch zu verwandeln. Dann goß ich mir noch einen Schluck Wein ein. Ihm nicht. Er musste gehen.
Als er aus dem Bad kam, war er verändert. Als hätte die Unterhaltung nicht stattgefunden. Als hätten wir nur miteinander geschlafen, sonst nichts. Er flüsterte mir ins Ohr und streichelte mich, als ginge es um Leben und Tod. Und im Grunde ging es darum auch.
»Nach Ostern muss ich nach New York. Du kannst mitkommen«, sagte er leichthin. Viel zu leichthin.
»Ist das dein Ernst?«
»Natürlich ist das mein Ernst, sonst hätte ich das nicht gesagt.«
»Was machst du in New York?«
»Geschäfte.«
»Amerikanische Antiquitäten?«, fragte ich zweifelnd.
»Ich lade dich ein, in die USA mitzukommen, und du willst nur wissen, was ich dort vorhabe. Ist das nicht etwas sonderbar?«, sagte er lachend.
»Entschuldigung! So habe ich das nicht gemeint«, erwiderte ich beschämt.
»Und weißt du was? Wir werden schön wohnen.«
Er war zum Aufbruch bereit. Ich strich ihm einen Schweißtropfen von der Oberlippe. Im Zimmer war es nicht sonderlich warm.
»Ich freue mich. Das wird wie ein Traum!«, sagte ich und sah bereits das Regal mit den New-York-Reiseführern bei Tanum vor mir. Alle konnte ich nicht kaufen. Aber vielleicht zwei.

Der Traum von New York

Der Winter näherte sich seinem Ende, und es wurde langsam Frühling. Ich fühlte mich seltsam beschwingt, was ich so nicht kannte. Das Leben erschien mir plötzlich sympathischer. Hätte ich einschlägige Erfahrungen besessen, hätte ich das vielleicht Freude oder Optimismus genannt. Aber wahrscheinlich wäre das übertrieben gewesen. Jedenfalls empfand ich einen unerwarteten Kräfteüberschuss.

Vormittags, wenn nicht zufällig Frank vorbeikam, schrieb ich, darin war ich eisern.

Die Nachmittage verbrachte ich entweder damit spazieren zu gehen oder zu lesen. Die Abende waren der Höhepunkt des Tages. Dann beschäftigte ich mich mit den Parks, Hotels und Sehenswürdigkeiten von New York. Zum Fernsehen fehlte mir fast die Zeit.

Wenn Frank bei mir war, versuchte ich ihn für meine Pläne zu begeistern. Es verstand sich von selbst, dass er sich nicht so gut auskannte wie ich. Das war ganz in Ordnung. Aber ich fühlte mich gekränkt, weil er keine größere Begeisterung dafür an den Tag legte, dass wir New York zusammen erleben würden. Ich wollte ihm Orte im Buch und auf dem Stadtplan zeigen. Aber er fand das beschwerlich.

»Das überlasse ich dir. Lass uns zusammen sein und nicht rumsitzen und in Bücher glotzen«, sagte er.

»Kennst du dich in New York aus?«, fragte ich einmal.

»Auskennen? Nein … In so einer Stadt kennt man sich nie aus. Sie ist riesig. Aber dort gewesen bin ich schon.«

»Was hast du besichtigt?«

»Besichtigt? Schön essen war ich«, meinte er abwesend und küsste mich.

Mehr war bei ihm nicht zu holen. Ich musste meine New-York-Pläne schmieden, ohne ihn damit zu behelligen. Ich tat es trotzdem. Oft kamen mir ganz ungewollt Fragen über die Lippen. Franks Antworten ließen erkennen, dass er nicht sonderlich weltmännisch und selbstsicher war. Ja, ich hatte den Eindruck, dass er der Reise mit Sorge entgegensah. Ich nahm mir vor, dass wir uns immer am Stadtplan orientieren und an ungefährliche Viertel halten würden. Dann musste alles gut gehen. Schließlich waren wir zu zweit. Wie diese ungefährlichen Stadtviertel aussehen würden, darum wollte ich mich später kümmern.

Es kam nicht oft vor, dass ich die Stadt verließ. Aber Reiseberichte und Reiseführer las ich ständig. In der Bibliothek lieh ich die merkwürdigsten Bücher aus. Ich fand sie beruhigend. Auf bequeme Art wurde ich mit dem Globus vertraut, auf dem ich lebte. Natürlich war das kaum die Welt, in der ich mich bewegte, aber als Kulisse war sie von Bedeutung. Wenn sich Leute über fremde Länder und Orte unterhielten, kam es vor, dass ich mehr wusste als sie. Schon das freute mich. Manchmal verriet ich mein Wissen, aber eher selten. Entweder riskierte ich, dass das bei den anderen nicht gut ankam oder dass sie mich fragten, ob ich auch schon einmal dort gewesen sei. Ich scheute mich, Rechenschaft abzulegen, wo ich schon gewesen war und wo ich herkam.

Vermutlich hatte Frank gar keine Angst vor der Reise, er hatte einfach viel um die Ohren. Vielleicht hatte er ein schlechtes Gewissen seiner Familie gegenüber? Das konnte er natürlich nicht mit mir besprechen. Möglicherweise hatte ich ihn mit meiner Unruhe verschreckt. Es waren viele Gründe denkbar, warum Frank nicht über New York reden wollte.

Den ganzen Februar und März fühlte ich mich wundersam beschwingt. Die Kälte spürte ich nicht. Der Frühling war noch nie so eindringlich gewesen. Ich musste nur Ostern hinter mich bringen, damit Frank und ich nach New York fahren konnten.

Am Karfreitag, dem 13. April, als ich gerade die Hand nach dem Handtuch ausstreckte, zwitscherte das Telefon neben dem Wasch-

becken. Das war ein kühner, aber willkommener Tag für einen Anruf. Frank wollte nach Geilo in die Skiferien mit der Familie.
»Sanne! Ich muss jetzt nach New York. Kurzfristig, verstehst du. Ich ruf dich nur schnell an, damit du nicht glaubst, dass ich dich vergessen habe. Ich fliege gleich. Alles recht überstürzt … die Reise kommt mir wirklich sehr ungelegen. Ich hatte den Kindern schließlich Skiferien versprochen … Aber ich kann nichts daran ändern …«
Die Seife war fast zu Ende. Ich musste neue kaufen. Außerdem musste ich den Boden im Bad putzen. In der Duschecke auch. An der Dichtungsleiste der Wandverkleidung waren dunkle Streifen. Ich legte das Telefon aufs Waschbecken und holte Lappen und Scheuerpulver. Nach einiger Zeit brannten meine Handflächen, eine Segnung.

Am Ostermontag hatte ich Bad, Zimmer mit Kochnische und Diele geputzt. Schließlich war die Wohnung nicht sonderlich groß. Außerdem hatte ich alles im staatlichen Fernsehen gesehen mit gelegentlichen Abstechern auf andere Kanäle. Das erzeugte Leere und verzweifelte Bereitschaft für etwas Neues.
Ich ging ins Gimle-Kino und sah einen französischen Film über einen verheirateten, reichen und ungebildeten Geschäftsmann, der sich in eine eher unbekannte Schauspielerin verliebt. Eigentlich handelte der Film von verschiedenen Menschen, ihrem beschwerlichen Leben und unterschiedlichen Geschmack. Er gefiel mir, aber nachher war ich ungefähr genauso froh wie ein von jemandem vergessenes Huhn.
Während ich in der Dunkelheit nach Hause ging, kam mir in den Sinn, dass Frank seine Frau nicht verließ und mit mir zusammenzog, weil er mich nicht liebte. Denn das stimmte. Wir waren einfach zu verschieden und hatten einen zu unterschiedlichen Geschmack. Er hatte Angst, dass es nicht funktionieren würde, weil ich so verdammt intellektuell war, wie er sich ausdrückte. Das war

natürlich auch der Grund dafür, dass er New York nicht zusammen mit mir erleben wollte. Schließlich hätte ihm bewusst sein müssen, dass ich weniger als eine Viertelstunde benötige, um eine Tasche mit dem Allernötigsten zu packen und mich in die Schnellbahn zum Flughafen zu werfen.
Diese Diagnose von Franks Schwäche war ein Trost, obwohl ich wusste, dass sie unmöglich die ganze Wahrheit sein konnte. Immerhin sah ich ein, dass meine Enttäuschung nur die einer erwachsenen Frau war, nichts im Vergleich zu dem, was die kleinen Töchter an diesem Osterfest ohne ihren Vater empfinden mussten.
Oft ging ich allein ins Kino. Ganz selten trafen Frank und ich uns wie zufällig in einem Kinosaal, weil er zwei Plätze nebeneinander gekauft und mir eine Karte gegeben hatte. Wir sprachen dann kaum miteinander und sahen uns nur den Film an. Schließlich hätte uns jemand sehen und sich seinen Teil denken oder Franks Frau etwas erzählen können, was schlimmer gewesen wäre.
Hin und wieder gingen wir an Orten spazieren, an denen sich sonst niemand aufhielt oder von denen er annahm, dass er dort niemanden kannte. Letzten Winter nahm ich die Straßenbahn Nr. 19 zum »Café Utsikten« und wartete hinter dem hässlichen Gebäude auf ihn. Er kam mit dem Auto. Zufällig war ich zuerst da. Die Böschung zum Haus war glatt, und ich rutschte aus und fiel hin. Ich sagte mir, dass sich vielleicht Teenager mit solchen Versteckspielen abfanden, nicht aber erwachsene Frauen. Als dann Frank auch auf seinem Hintern den Abhang herunterschlitterte, musste ich über soviel gekränkte Selbstgefälligkeit lächeln.
Ich beschloss, noch öfter ins Kino zu gehen. Das Beste am Gimle-Kino waren nicht immer die Filme, sondern die Bestuhlung. Außerdem konnte man dort im Dunkeln Wein trinken und, ohne gesehen zu werden, das Leben anderer beobachten.
Aus Protest gegen mein frisch geputztes Zimmer machte ich einen Umweg und ging ins »Burum's« im Frognerveien. Die Nische

ganz hinten war frei. Von dort konnte ich, wenn ich wollte, die Theke und den größten Teil des Lokals überblicken. Ich konnte auch mein Schreibzeug herausholen. Ich ging nur gelegentlich dorthin. Der Wein hätte billiger sein können, aber ich trank immer nur ein Glas. An den Wänden hingen viele gerahmte Porträts, einige sahen aus wie Familienbilder. Man weiß nicht, wer das sein soll. Aber das braucht man auch nicht zu wissen. Die Bilder mit nur einer Person sind teilweise recht frivol. Besonders die auf der Toilette, was natürlich besonders für die Darstellung von Frauen gilt.

Sie war flinker als ich. Jetzt ließ sie sich auf den Stuhl sinken und winkte dem Kellner. Dieses Mal war ich nicht so überrascht. Ich hatte an sie gedacht. Besonders beim Putzen der Wohnung. Ich hatte den Eindruck, dass sie so etwas nicht oft machte. Gewissermaßen war es eine Erleichterung, dass sie da war.

»Das war es also!«, sagte sie, als der Wein serviert war.

»Was?«

»Du wusstest doch, dass daraus nichts werden würde! New York!«

»Wieso sagst du das?«

»Um dir zu helfen, wie ein intelligenter Mensch damit umzugehen.«

Sie war nicht so feindselig wie am 1. Februar, aber auch nicht wirklich freundlich.

»Wieso sagst du das?«, wiederholte ich. Mir war nicht ganz wohl.

»Weil mir klar ist, dass du dich immer wieder von Frank betrügen lässt. Man kann kaum glauben, dass du erwachsen bist.«

»Kennst du Frank?«

»So gut wie dich. Aber mach dir keine Sorgen, ich bin auf deiner Seite!«

»Ich brauche niemanden auf meiner Seite«, wies ich sie ab.

»Gut. Dann lass uns den Spieß umdrehen! Ich brauche dich auf meiner Seite.«

»Was soll das heißen?«
»Dass das Leben auch aus anderem besteht als Frank. Er ist ein Virus. Du musst ihn ausschwitzen und mit ihm fertig werden. Oder ihn für etwas gebrauchten, worauf er keinen Einfluss hat.«
»Was?«
»Du bist Schriftstellerin. Frank ist eine Fundgrube für einen Schriftsteller!«
Ehe ich mich's versah, widersprach ich bereits, obwohl ich diesen Gedanken auch schon mehrfach gehabt hatte. Mir war unbehaglich zumute, denn ich hatte keine Erfahrung darin, literarische Ideen mit jemandem zu diskutieren.
»Wenn du ihn zu einer Nebenperson in deinem Buch machst, verliert er die Macht über dein Leben. Du kannst dann buchstäblich mit ihm machen, was du willst.«
Schweigend leerte ich mein Glas. Da ich nicht sonderlich viel gegessen hatte, bemächtigte sich eine Leichtigkeit meiner Gedanken.
»Möchtest du noch ein Glas?«, fragte sie.
»Ich trinke immer nur eins«, antwortete ich ausweichend.
»Wir bestellen noch eine Runde«, sagte sie energisch.
Ihre Stimme klang jetzt fast fürsorglich. Sie wirkte viel vertrauenerweckender und nicht so sonderbar wie bei unserer letzten Begegnung. Es imponierte mir, dass sie sofort die Aufmerksamkeit des Kellners auf sich zu lenken vermochte.
»Wer bist du eigentlich?«, fragte ich.
»Kennst du mich nicht mehr? Ich bin Frida. Aus dem Keller des Kinderheims. Erinnerst du dich nicht, dass wir stundenlang dort unten standen? Wir werden erwachsen, weißt du. Sogar aus uns wird etwas.«
»Das ist schon merkwürdig«, erwiderte ich matt.
»Nicht im Geringsten! Du, ich habe einen Plan, wie du Frank literarisch verwerten kannst. Du verwendest natürlich deine eigenen Träume als Basis. So ordnet er sich zwangloser deinen Plänen

unter. Du kümmerst dich einfach nicht darum, dass er glaubt, er habe sein Leben in der Hand.«
»Wie das?«, fragte ich eher neugierig als abweisend.
»Wenn du Frank in dein Manuskript hineindichtest, kann er nie wieder entwischen. Dann gibst du die Rahmenbedingungen für sein Leben vor. Verstehst du?«
»Nenn mir ein Beispiel!«, bat ich zweifelnd.
»Aber dann muss ich so tun, als sei ich du«, sagte sie listig und lehnte sich zufrieden zurück.
»Meinetwegen«, erwiderte ich, ohne zu wissen, worauf ich mich da einließ.
Sie lehnte sich noch weiter zurück und schnalzte mit der Zunge: »Wir wohnten im ›Algonquin Hotel‹ in New York. Ich hatte eine Menge über dieses Hotel gelesen. Natürlich hätte ich dankbar sein sollen, dass er endlich mit mir verreisen wollte, aber in der fremden Umgebung fühlte ich mich allein. Das Hotel war der einzige Ort, an dem ich mich zu Hause fühlte. Eines Abends saß ich in der Lobby und wartete auf Frank, während er einige geschäftliche Besprechungen, wie er das nannte, hinter sich brachte. Ein cowboyähnlicher Mann, der auch an einen verkleideten Indianer erinnerte, strich herum, während er offenbar auf jemanden wartete. Er wirkte unruhig, wie das viele in Hotellobbys tun. Nicht nur sein Blick ließ darauf schließen, sondern sein ganzer Körper. Er trug eine fleckige Lederjacke mit langen Fransen und dazu passende Hosen, Cowboystiefel und einen weißen Hut. Er hob sich deutlich von den Damen fortgeschrittenen Alters in zu rotem und zu blauem Kostüm ab, die auf dem Weg zu einem frühen Abendessen vor der Show mit Nancy Wilson waren.
Ich hatte das Gefühl, ein Teil des Ganzen zu sein. Wir warten alle oder sind auf dem Weg irgendwohin. Wir erwarten, dass etwas geschieht, jemand kommt, sich etwas ändert. Die Zeit wird uns verändern. Weil der oder das, worauf wir warten, uns verändern wird. Ich war in New York und wartete auf Frank. Ich saß in

einem Lehnstuhl ganz hinten in der Lobby, wo diese ins Frühstückszimmer mit dem Foto von Dorothy Parker in Hut und mit Freunden übergeht, und wartete.

Durch die Türen von der Straße und aus den Fahrstühlen strömten die verschiedensten Menschen und zogen ihre Koffer hinter sich her. Schwarze, graue – sogar rote. Einigen half der Boy mit seinem Wägelchen. Aber nicht allen. Und das irritierende Geräusch, das Rattern dieser Koffer, die sie wie eine Verlängerung ihrer selbst hinter sich herzogen, wurde Bestandteil der Lobby. Man konnte sich kaum noch vorstellen, wie es gewesen wäre, wenn diese Koffer keine Räder gehabt hätten und die Leute sie wie früher hätten tragen müssen. In so einem Fall hilft nur eines, und zwar sich rein körperlich dem Rattern von Plastikrädern auf Steinböden oder Bürgersteigen zu entziehen. Sonst kann ich keinen klaren Gedanken fassen.

In diesen Tagen in New York ähnelte ich dir vermutlich mehr. Ich dachte an den quälenden, nicht nachlassenden Terror des Alltags. Das Gefühl der Unterlegenheit und der Unruhe, Unpässlichkeit, Muskelschmerzen, Dinge, die mir nicht gelangen und die mir irgendwie zu schaffen machten. Die An- oder Abwesenheit von Leuten. Ganz zu schweigen von der ständigen Lärmkulisse, der man nicht entgeht, wenn man unter den Menschen lebt. Diese ganze sogenannte Musik, die am Gehirn zerrt und einem jeden Gedanken raubt. Sie war überall, in den Läden, auf den Straßen, in den Cafés und Restaurants. Niemand schien die Macht zu besitzen, diesem süchtig machenden, entnervenden Terror Einhalt zu gebieten. Die Welt war nun mal so beschaffen, und kam man damit nicht zurecht, musste man sich in eine Gebirgshöhle zurückziehen. In einer Höhle im Gebirge würde man dem Lärmterror vielleicht entgehen, aber alles andere würde einen trotzdem begleiten. Das Leben war von der Wiege bis zum Grab ein einziges Terrorbombardement. Schreiend tritt man ins Leben. Tut man es nicht freiwillig, so hilft die Hebamme mit einem Klaps auf den Hintern nach. Und das allerletzte Gefühl auf Erden ist Angst oder zumindest Unruhe vor dem unbekannten Tod. Zumindest wenn dazu noch Zeit ist.

Während ich also auf Frank wartete und an die Schrecken des Lebens von der Wiege bis zum Grab dachte, nahm ich Kontakt mit dem Cowboy auf. Als Frank kam, stand ich demnach nicht zu seiner alleinigen Verfügung. Ich stellte die beiden einander vor und unterbreitete Frank den Vorschlag, den Cowboy in unser etwas wackliges Verhältnis einzubeziehen. Mit einem Drink zu dritt an der Bar beispielsweise? Frank war natürlich verärgert und machte das durch seine Körpersprache, Proteste auf Norwegisch und Augenkontakt deutlich. Aber ich tat einfach, als würde ich ihn nicht verstehen. Ich wiederholte immer wieder: ›Ich verstehe nicht, was du meinst‹, und das bereitete mir große Freude.

Später, als uns der Cowboy ins Jazzlokal ›Birdland‹ begleitete und wir gemeinsam Jimmy Scott zuhörten, genoss ich meinen Sieg über Frank. Ich betrachtete den alten Kastratensänger, als sei er ein Sexobjekt, und beschloss, mir den Cowboy für später aufzuheben. Ich hatte Frank bereits für eine Reihe konkreter Episoden bestraft, an die ich mich schon nicht mehr erinnerte. Ich betrachtete den alten Sänger, als sei er der Einzige im Raum. Der winzige Mann sang, und alle im Lokal saßen andächtig da, als lauschten sie etwas Religiösem, das ihnen Vergebung für ihre Sünden versprach.

Mein Blick verweilte auf dem Kopf des alten Sängers, dessen Scheitel einen Streifen seines Schädels entblößte. Er erinnerte an ein Küken, ein schwarzes Küken mit einem weißen Kopf. Majestätisch und rührend zugleich. Aber dennoch ein Küken. Die Hände waren kleine, freundliche Klauen mit einer beachtlichen, funkelnden Uhr, vielleicht einer Rolex, am linken Handgelenk. Sein oft getragener, aber sicher frisch gereinigter Smoking mit Klappen an den Taschen erinnerte mich an einen alten Film mit Frank Sinatra, dessen Titel mir entfallen war.

Es sah aus, als steckte kein Körper in den Kleidern des Sängers, keine Knie in den merkwürdigen weiten Hosen. Aber etwas Unsichtbares ließ ihn in aufrechter Haltung in seinen Lackschuhen stehen. Ein schwarzer Propeller betonte den Übergang zu Haut und Kopf. Das Wangenbein erhob sich gleich einem glatten Fels aus einer kleinen Schneelandschaft – dem Gesicht. Die Augen waren die einer neu geborenen Katze – noch geschlossen. Die Arme wirkten lang wie eine schlaffe Vertäuung seiner zukünftigen Bewegungen an den Knochen der Vergangenheit.
›It's beautiful‹, sang er und bot dabei das Bild einer lebenden Mumie, die sich im Widerspruch zu den Gesetzen der Schwerkraft aufrecht hielt. Die Ohren wirkten viel zu groß für seinen Kopf. Ich musste daran denken, gelesen zu haben, dass die Ohren das ganze Leben lang wachsen und mit zunehmendem Alter immer größer werden. Sogar im Falle der Taubheit wächst der von rosa Haut überzogene Knorpel weiter. Während der Rest des Körpers seine Spannkraft verliert und schrumpft, triumphieren die Ohren. Sie lassen sich von der Frühlingssonne durchscheinen, als wären sie zwei großartige Trophäen mit borstigen Haaren. Die Nase des Sängers war flach und hatte etwas Erstauntes, als wisse sie nicht recht, wozu sie da sei. Sein Hemd leuchtete allzu weiß durch den Zigarettenqualm wie eine Neonreklame für Waschpulver. Die Zähne des alten Mannes waren anfangs nicht zu erkennen, als hätten die Dunkelheit und der Jazz sie verschluckt oder versucht, die Tatsache zu verbergen, dass er keine mehr hatte. Aber da brach plötzlich, von den Mundwinkeln ausgehend, ein Lächeln auf und ließ eine Reihe von Zähnen aufblitzen, die an alte Perlen erinnerten, die jahrelang in einem zu warmen Tresor aufbewahrt worden waren.
Der Mann ging vollständig in seinem Song auf, wobei es sich nicht um Gesang im eigentlichen Sinn handelte, sondern um die zärtliche Hingabe des Alters an die Musik. Es klang wie die Stimme eines Greises oder der Schrei eines Neugeborenen, als wollte

jemand keine Schönheit entstehen lassen, sondern nackten Schmerz ausdrückten. Oder vielleicht nicht einmal das, sondern nur Nacktheit.

›I never meant to make you cry. I never meant to hurt you.‹ Seine Hände umfassten das Mikrofon. Man konnte sich gut vorstellen, wie sie andere Dinge, eine Hand, ein Kleidungsstück oder einen Rasierapparat hielten oder vielleicht eine Tür öffneten. Aber hier hielten sie Kraft und Konzentration im Gesang zusammen.

Welch ein erstaunlicher Abend! Und am nächsten Vormittag ging ich mit dem Cowboy ins Bett, während Frank geschäftlich unterwegs war.«

»Das hast du nicht getan! Das ist nicht wahr! Du hast in New York nicht mit einem anderen geschlafen. Nicht, während Frank dort war«, sagte ich.

»Nur als er mit anderem beschäftigt war. Und nur ein einziges Mal. Und ich habe ihm erzählt, es sei aus reiner Angst vor der Einsamkeit der Großstadt geschehen.«

»Hat er dir das geglaubt?«

»Anscheinend«, sagte sie leichthin.

»Wie war der Cowboy?«, fragte ich und vergaß, den Mund zu schließen.

»Am nächsten Tag nahm er mich ins World Trade Center mit. Hundertzehn Stockwerke, glaube ich, und ganz oben aufs Dach des südlichen Turms. Ich trat bis ans Geländer und schaute runter in die unwirkliche Tiefe. Die Stadt, die winzigen, raschen Bewegungen in den Straßen, die Lichter, die insektenartigen Menschen, die sich wie unter dem Mikroskop ruckartig bewegten, und die grünen Felder, die Parks markierten. Die geraden Straßen, die eine Art Schachbrett bildeten wie ein Flickenteppich aus verwaschenen Baumwollstoffen mit unterschiedlichen Mustern. Blaugrau, rostrot und schwarz, leuchtend weiß, dazu die veränderlichen Striche und Flächen der Schatten. Ein kompliziertes Muster, von dem wir gerade einmal undeutlich die Oberfläche wahrnahmen. Die Wolkenkratzer sahen aus wie kleine aufeinandergestapelte Bauklötze. Der hellblaue Himmel mit den milchweißen Wolken erschien wie ein wichtiger Bestandteil des amerikanischen Traums. Die Farben veränderten sich, während wir zusahen. Die Sonne beschien alle Winkel, auch jene, von denen ich nur ahnen konnte, dass es sie gab. Irgendwie konnte ich mir vorstellen, was Gott sieht, wenn er uns betrachtet. Kleine, kriechende Ameisen, die glauben, groß zu sein, weil sie etwas in den Händen halten, vor sich herschieben oder weil sie sich in so ein Blechding setzen und dort unten davonfahren können. Mit nur einem Atemzug, mit einem kleinen Stoß oder indem Er sich mit den Untertanen anderer Götter verbündet und diese dazu veranlasst, Gegenstände durch die Luft zu schicken, kann Er Tausende von uns vernichten.«

»War Frank nicht dabei?«

»Ich dachte, du wolltest etwas über den Cowboy hören? Nein, Frank war geschäftlich unterwegs, das habe ich doch gesagt. Oder was auch immer.«

»Kam es dir nicht komisch vor, dass Frank geschäftlich in New York zu tun hatte?«

»Nein, wieso?«

»Er handelt doch mit Bauernmöbeln«, sagte ich, ohne meine Zweifel zu verhehlen.

»Du bist immer noch so wie früher! Mir war es wirklich egal, weswegen er dort war. Ich hatte nicht genug Geduld, um die wenigen Augenblicke abzuwarten, die wir zusammen waren. Ich dachte, du wolltest etwas über den Cowboy hören?«

»Wo ist es passiert?«, fragte ich eingeschnappt.

»Natürlich in seinem Zimmer im ›Algonquin‹. Er hatte unglaublich große Füße, was mir erst auffiel, als er seine Cowboystiefel neben dem Bett parkte. Einen langen Hals hatte er auch. Seine Ohren glichen Kleiderhaken. In dem einen trug er einen breiten Goldring. Die Nase hatte er eindeutig von Sitting Bull geerbt, ganz klar, was bei jemandem, der seine ganze Kindheit Indianercomics gelesen hat, nicht verwundert. Er hatte sein Haar zu einem grauschwarzen Zopf geflochten. Ich hatte noch nie mit einem Mann geschlafen, dessen Zopf mir die ganze Zeit ins Gesicht fiel, was eher seltsam als erotisch anmutete. Aber körperlich war er fit. Er wirkte fast gegrillt. Ich sah vor meinem inneren Auge, wie er mit Hilfe von Saugnäpfen an Armen und Beinen langsam rotierte, um die gleichmäßige amerikanische Bräunung zu erlangen. Er war aus Texas und hatte schmale Hüften und nicht diesen typisch amerikanischen Stiernacken, den man, wie ich gehört habe, kriegt, wenn man genveränderte Lebensmittel isst. Oder Kalbfleisch von Tieren, die so dicht beieinanderstehen, dass sie sich nicht bewegen können. Der Cowboy erzählte mir, man könne wegen des stehenden Gestanks von Rinderpisse die Gehege schon auf mehrere Meilen Abstand riechen.«

»Habt ihr euch über Rinderpisse unterhalten?«

Frida lachte laut und schloss die Augen. »Wieso nicht?«

»Wie alt war er?«

»Schwer zu sagen … Er war jedenfalls ein erfahrener Cowboy, der keine Angst davor hatte, sich lächerlich zu machen. Er ließ sich Zeit. Kein Wunder, dass sich junge Frauen Männer suchen, die älter sind als ihre Eltern. Die meisten sind schließlich verzweifelt auf der Suche nach ordentlichen Vätern, außerdem verfügen ältere Männer häufig sowohl über Status als auch Geld. Dieser hier auch. Er hatte Bücher geschrieben, von denen ich noch nie gehört hatte, die sich aber selbst für amerikanische Verhältnisse wahnsinnig gut verkauften. Er gab damit nicht an, sondern erwähnte es nur, als wir im Bett saßen und ein Bier tranken. Er lobte auch meine Kondition. Mit einem richtigen Texasakzent. Ich bekam den Eindruck, dass er mich eher wie ein Pferd als einen Menschen betrachtete, was mich mehr erregte als beleidigte. Schließlich hatte ich ihm nicht vorführen wollen, wie geistreich ich war. Es heißt immer, dass man nicht in der Lage ist, sich daran zu erinnern, wie

es war, mit jemandem geschlafen zu haben. Sollte ich mich in meinem Leben nur an ein einziges Mal erinnern, so kommt dieses wirklich in Frage.
Der Cowboy zeigte mir außerdem den Central Park. Während Frank den letzten Tag mit Besprechungen hinter sich brachte. An den Laubbäumen spross junges Grün und brachte mich auf großartige Gedanken. Über Trauer und Tod. Dazwischen standen Bäume mit rosa Blüten, an deren Namen ich mich nie erinnern kann. Die Temperatur erreichte über zwanzig Grad, und der Himmel entsprach immer noch einem amerikanischen Traum. Der Cowboy nahm mich nach Harlem mit und lud mich in ein sonderbares westafrikanisches Restaurant zum Mittagessen ein. Das offensichtlich miteinander verwandte Personal sprach Französisch und verstand kaum Englisch. Es gab kein Bier, aber das junge Mädchen erbot sich, welches auf der anderen Straßenseite für uns zu besorgen. Sie machte uns dieses Angebot flüsternd, was, glaube ich, nicht auf Schüchternheit beruhte, sondern auf der Anwesenheit ihres Vaters, der in einer Ecke auf seinem Gebetsteppich kniete. Als sie zurückkam, das Bier halb unter dem Arm versteckt, kam plötzlich Leben in das magere Hinterteil ihres Vaters. Er sprang auf und begann sie auszuschimpfen. Vom Gebet zur Bestrafung war offenbar kein weiter Weg. Sie vergoss ein paar kleidsame Tränen, blieb aber im Übrigen ganz gelassen.
Der Cowboy erklärte mir, der Alkoholausschank verstoße gegen ihre Religion. Das Essen war fürchterlich. Graue, gekochte Hachsen – unklar von welchem Tier. Und Reis, der so aussah, als hätte er den ganzen Winter draußen gelegen. Ich aß nur wenig. Aber der Cowboy war begeistert. Du mit deinem Sauberkeitsfimmel hättest dir mal die Toilette anschauen sollen! In einem Glas, an dem sich Zahncreme- und Spuckereste eines halben Jahres abgesetzt hatten, steckte eine fast kahle Zahnbürste. Ich probierte sie nicht aus, obwohl sie mich irgendwie an den Zopf des Cowboys erinnerte. Mir war übel – und ich war begeistert«, schloss sie.

Spuren im Sand

Im Mai und Juni traf ich Frank nur selten. Seine Vorbereitungen für eine Antiquitätenmesse nahmen viel Zeit in Anspruch. Aber das Telefon klingelte dauernd.

»Sanne! Habe ich dir gefehlt?«

»Ja, natürlich«, antwortete ich pflichtschuldig, auch wenn das nicht stimmte.

Ich redete mir ein, dass ich bei meiner Affäre mit Frank unser beider Bedürfnis nach Zärtlichkeit im Auge behalten müsse. Dieses Wort gebrauchte ich sehr viel, seit ich den Film »Zeit für Zärtlichkeit« gesehen hatte. Ich war wie ein Kind, das ein Wort anwendet, das es gerade gelernt hat, aber noch nicht recht versteht. Ich entdeckte, dass ich nicht die Einzige war, die dieses Wort gebrauchte, wenn wichtige Beziehungen zur Sprache kamen.

Eines Tages gab ich vor, Kundin in Franks Antiquitätengeschäft zu sein, aber natürlich wollte ich ihn einfach nur sehen.

Da hörte ich, wie eine Dame zu ihm sagte: »Ich empfinde eine solche Zärtlichkeit für meine kleinen Figuren aus Meißener Porzellan. Können Sie das verstehen?«

»Das verstehe ich gut«, erwiderte Frank galant und wickelte ihre eben gekaufte Schäferfigur in mehrere Lagen Seidenpapier, während er mir heimlich warnende Blicke zuwarf.

Als sie gegangen war, schloss er den Laden ab und gab mir das, dessentwegen ich seiner Meinung nach gekommen war.

Im Schlosspark duftete der Flieder die ihm zugemessene Zeit. Dann war es vorbei. Den ganzen Juni über verfolgte ich die Bemühungen und Versäumnisse der Parkverwaltung. Am Teich im Schlosspark wurde das Talent der Enten zur Vermehrung zum Warenzeichen der Melancholie allein stehender Damen.

Ausdauernd und unermüdlich gab ich tagtäglich mit einem Fleiß,

der selbst mich erstaunte, meine Wörter in den Computer ein. Aber als sich herausstellte, dass Frank fast den ganzen Juli mit seiner Familie verreisen würde, erlahmte ich wie eine alte Wanduhr, die man nicht aufgezogen hat. Ich sah ein, dass Fridas Idee, Frank in mein Manuskript hineinzuschreiben, um ihn ganz für mich zu haben, nicht funktionierte. Das Tuch blieb auf dem Computer liegen.
Kurz bevor Frank seine Reise antrat, besuchte er mich mit Armen voller Wein und Essen. Es regnete. Er hatte wohl eine gewisse Verstimmung geahnt, obwohl ich mir nie gestattete, ihm Vorwürfe zu machen, denn ich befürchtete, das Wenige, was ich hatte, auch noch zu verlieren.
Es war auch lange her, seit das Wort Trennung ausgesprochen worden war. Gelegentlich stellte es sich bei Frank wirkungsvoller heraus, nichts zu sagen. Wie ein Drogenhund witterte er das Ungesagte, das Verborgene. Erst kam die Körpersprache. Er trottete scharwenzelnd und sich schüttelnd hin und her. Dann erforschte er systematisch jeden Winkel, bis ich nicht mehr an mich halten konnte. Jedoch nicht mit Hilfe tiefsinniger Gespräche oder Gebell, sondern eher durch einsilbiges Herumschnüffeln.
»Du weißt, dass ich es tun werde?«, sagte er plötzlich.
»Was?«
»Mich trennen. Sobald ich kann. Ich muss die Firma nur erst konsolidieren.«
Genau wie beim letzten Mal unterhielten wir uns über diese Dinge, während er sich anzog. Ich kannte Franks Angewohnheiten beim Ankleiden bis ins Kleinste. Seine Geschicklichkeit beim Verschließen der Gürtelschnalle, seine nachlässige Art, in die Socken zu schlüpfen, seine Konzentration beim Zuknöpfen des Hemds, immer zuletzt nach den Hosen und Socken.
»Meinst du damit, dass die Firma darüber entscheidet, wie dein Verhältnis zu ihr aussieht?«, fragte ich undiplomatisch.
»Ich bitte dich!«, sagte er und zeigte deutlich, dass ich ihn ge-

kränkt hatte. Ich begriff, dass er ausnahmsweise einem Streit nicht ausweichen würde, und sagte nichts mehr.
Die Männer, mit denen ich den Versuch einer Beziehung unternommen habe, haben mit Unbehagen und Unmut auf meine mangelnde Ausdauer beim Streiten reagiert. Einer nannte das einen »feigen Rückzug aus dem Kriegsgebiet«. Er bekleidete einen hohen Rang beim Militär und hatte im Nahen Osten Dienst getan. Aber sein Vergleich war weder relevant noch sonderlich treffend. Die Sache war nämlich die, dass es mir die Sprache verschlug, sobald ich Angst bekam. Ich verstummte einfach. Aber ich erzählte es niemandem. Und man kann von den Leuten nicht verlangen, Gedanken lesen zu können.
»So leid es mir tut«, sagte Frank, als wir gegessen hatten, »ich muss nach Hause zu den Kindern. Annemor trifft ihre Freundinnen.«
Frank sprach nicht oft von seiner Familie, aber es kam vor, dass er sie erwähnte, insbesondere dann, wenn er eine Entschuldigung brauchte, mich zu verlassen. Zumindest deutete ich das so.
»Ich habe es ihr versprochen … verstehst du …«
Und ich verstand. Na klar. Schließlich war es meine eigene Schuld, dass ich mich mit einem verheirateten Mann eingelassen hatte. Besonders klar wurde das, wenn er einen darauf aufmerksam machte, dass er zu seinen Kindern nach Hause musste. An seine Frau dachte ich kaum. Von ihr sprach er fast nie. Die wenigen Male, an denen er das tat, nannte er sie idiotischerweise Annemor, als sei sie eine Puppe oder minderjährig. Ich versuchte sie zu verachten, ohne sie zu kennen. Schließlich ging er zu ihr, wenn er nach Hause ging. Eifersucht ist die denkbar unseligste Beschäftigung, sie führt zu nichts. Deswegen ist es interessant, dass so viele erwachsene Menschen wie ich dennoch viel Zeit auf sie verschwenden. Aber immerhin konnte man seiner eigenen Psyche eins auswischen, indem man die Dinge von ihrer lustigen Seite betrachtete. Aber das fiel einem nicht ganz leicht.
Nachdem er gegangen war, begannen sich die Wände unangenehm

an mich zu klammern. Ich zog meine langweiligen flachen Schuhe an und latschte zum Frognerpark. Es hatte aufgehört zu regnen, und der Himmel war fast klar. Der Monolith war fett wie eh und je, vielleicht sogar noch fetter. Aber sowohl der Springbrunnen als auch die Rosen machten sich sehr gut in der Abendsonne.

Während ich blinzelnd in die Schatten unter den Bäumen starrte, tauchte Frida auf. Ich hatte nichts dagegen.

Erst gingen wir ein Stück, dann sagte sie: »Reservier dir ein Zimmer am Meer!«

»Wo? In einem Ferienlager für unerwünschte alte Kinder?«

»Lass den Kopf nicht hängen! Ruf zum Beispiel im ›Strand-Hotel‹ in Fevik an.«

»Wieso gerade da?«

»Du hast eine Ansichtskarte von da, aber bist noch nie dort gewesen.«

»Fevik?«, fragte ich zweifelnd.

»Ja, der Name kommt vermutlich daher, dass sie dort früher das Vieh zusammengetrieben haben. Jetzt gibt es nur noch Seevögel und streunende Hunde. Und Menschen natürlich. Wenn man das Essen serviert und das Bett gemacht bekommen will, muss man die Menschen ertragen. Vielleicht gelingt es dir ja, deine restlichen armseligen Gedanken zusammenzuklauben. Das Meer, du weißt schon …«

»Ein mehrtägiger Aufenthalt in einem Hotel am Meer kostet viel mehr, als ich mir leisten kann. Dann weiß ich nicht, wovon ich im Herbst leben soll«, wandte ich ein.

»Das kümmert dich nur, solange du deine Reservierung nicht getätigt hast. Anschließend wird dich die Barmherzigkeit des Gehirns vor der Unruhe über deinen Lebensunterhalt bewahren.«

Die Reise verlief viel glatter als erwartet. Öffentliche Verkehrsmittel müssen nicht immer so unangenehm sein, wie man denkt. Das Hotel lag genau wie auf der Ansichtskarte direkt am Ufer.

Ich setzte mich auf die Terrasse und notierte: »Weißes funktionalistisches Sommerhaus rechts auf dem Hügel verschweigt den Familienkrach.
Die Spatzen veranstalten nach dem Frühstück ein Festessen auf der Terrasse.
Der Wind flirtet mit den riesigen Kiefernkronen, die ihm ihren grünen Dschungel und ihre uralte Rinde darbieten.
Der Wind flieht und stapelt Wolken in treulosen Formationen an einem naturpornografischen hellblauen Himmel auf.
Die Quallen fallen in der Tiefe über den Menschenkörper her. Plötzliches Klatschen natürlicher Bösartigkeit.
Der zerstörte Kai winkt mit einer über den Winter vergessenen, vielgliedrigen Pontonbrücke.
Die Segel enthüllen den allerfrechsten Schären ihre Dreiecke.
Das winzige Licht mit dem roten Dach kontrolliert jede Bewegung.
In scharf umrissener Silhouette angeln der Mann und die Jungen am Felsen.
Der weiße, runde Pavillon am Ufer, an dem Kinder und Erwachsene in einer Schlange ihre Einsamkeit zur Schau stellen, um Eis zu kaufen.
Ein kleines Mädchen steht an der Steintreppe und beweint lautlos das ganze Elend.«

In der Bar hingen mehrere Fotos des Schriftstellers Roald Dahl in riesigen Goldrahmen. Er war früher hier Stammgast gewesen und hatte im einzigen Zimmer mit Balkon gewohnt, der aussah wie ein weißes Vogelnest, das sich an die zweite Etage schmiegte.
Unverdienterweise und ohne mein Zutun bekam ich ein Zimmer ganz oben mit Aussicht aufs Meer. Das Geräusch der sich am Ufer brechenden Wellen rief mir eine unbekannte Frau aus meiner Kindheit in Erinnerung, die mir sauren Rahm auf die sonnenverbrannte Haut gestrichen hatte. Ich war nicht in der Lage, diese

Frau in einen wirklichen Zusammenhang zu setzen, war mir aber sicher, dass es sich nicht um eine Geschichte handelte, die mir jemand erzählt hatte.

Ich packte meine wenigen, aber notwendigen Dinge aus und legte ein dreiunddreißigseitiges Manuskript auf den Nachttisch. Ich wollte es während meines Aufenthaltes hier noch einmal genau lesen und durchdenken. Einerseits zweifelte ich an der Idee, Frank in mein Leben festzuschreiben. Was sollte ich außerdem mit Frida anstellen? Andererseits hatte dieser Gedanke eine Eigendynamik entwickelt. Ich konnte nicht aufgeben. Die Wörter bargen alle Möglichkeiten. Ich machte einen Punkt und wusste, dass er widerrufbar war. Es gab andere Möglichkeiten, neue Wörter. Verborgen in diesem Dickicht aus Möglichkeiten nahm das Manuskript erste Konturen an.

Ich legte einen Bleistift und einen Radiergummi neben den Papierstoß und dachte, alle Manuskripte seien ein Rätsel. Im Grunde wusste man nur wenig darüber, bevor man in einer Buchhandlung stand und sein eigenes Buch vor einen Bestseller stellte.

Das Kreischen von Seevögeln? Wellen? Lange war es her, dass ich solche Geräusche in mich aufgenommen hatte. Sie öffneten etwas Unerklärliches. Etwas, was ich verloren und was ich nie besessen hatte. Ich fiel im »Strand-Hotel« in einen tiefen und gleichwohl leichten Schlaf. Im Traum spürte ich, wie jeder meiner Muskeln mit mir einschlief. Für gewöhnlich schlief ich, träumte und erwachte wie ein frisch aufgezogenes mechanisches Spielzeug, das sofort zu funktionieren hat.

Am ersten Morgen schlug ich die Augen mit dem Gefühl auf, dass die Tür zu einem Zimmer, das ich verlassen hatte, einen Spalt weit offen stand. Unten auf der Terrasse schoben die Gäste bereits die Stühle hin und her, und der Kaffeeduft stieg durch das offene Fenster bis zu mir. Das Frühstück wurde serviert. Ich stand auf und zog die Gardinen zur Seite.

Obwohl niemand meine Nacktheit sehen konnte, trat ich einen

Schritt vom Fenster zurück und schaute übers Meer. Ich musste nichts planen. Mir fiel auf, es fehlt mir nicht einmal, dass mich Franks Abwesenheit nicht berührte. Noch nicht.

Die Meeresoberfläche sah aus, als wäre sie aus Millionen Gänseblümchen zusammengesetzt. Dicht an dicht, kilometerweit. Das Sonnenlicht verwandelte die Seevögel in glitzerndes, schwimmendes Metall. Ich hatte vor, das Unbeschreibliche dieses Bildes in Worte zu fassen, kam aber darauf, dass es zu romantisch war und außerdem nicht stimmte. Der Grund dafür, dass ich das Meer so sah, war, dass mir die Brille schief auf der Nase saß. Das Sonnenlicht wurde von dem Metallgestell reflektiert, was meine Wahrnehmung der Wirklichkeit aufs Gröbste verzerrte.

Als ich vormittags auf einem weißen Plastikstuhl am Ufer saß, tauchte zwischen Strand und Rasen eine Gestalt auf. Langsam dahinschlendernd.

Ich folgte dem Mann mit den Augen, bis er zwischen den Felsen zu meiner Linken verschwand, und ich wünschte mir nur eins: dass es Frank wäre.

Um nicht länger diesem Gedanken nachzuhängen, wünschte ich, dass es sich bei dem Weg, den der Mann entlangging, um einen überwachsenen Kiespfad zwischen kahlen Felsen und Strandvegetation und nicht um einen schmalen Betonsteig handelte. Aber mir war klar, dass das Meer den alten Weg immer wieder weggespült hatte, weshalb man ihn mit Beton befestigt hatte. Eigentlich führte er nirgendwo hin. Nur zu einem morschen Sprungbrett und einigen seltsamen Fundamenten, vielleicht von Kanonen. Das ist eigentlich typisch für Wege, dachte ich. Folgst du ihnen, dann begreifst du nach einiger Zeit, dass sie nicht dorthin führen, wo du hinwillst. Wege sind die Bewegung auf ein imaginäres Ziel zu. Oder nur eine Art zu entkommen. Sich vorbeizustehlen.

Der Mann war jetzt ebenso wenig sichtbar wie noch vor einem Augenblick Frank. Plötzlich empfand ich den grauen, massiven

Streifen zwischen den Klippen als Bedrohung. Als müsste ich den Rest meines Lebens hier sitzen und auf den Beton starren, ohne in meinem eigenen Leben zugegen zu sein. Die Stimmung, in der ich erwacht war, hatte sich verflüchtigt. Ich bin regelrecht erschöpft, dachte ich erstaunt. Das Gefühl wirkte fast körperlich. Wie bei starker Trauer hatte ich das Bedürfnis, in mein Notizbuch zu schreiben. Aber wieso eigentlich? Was wusste ich schon von Trauer? Abgesehen von einem einzigen Fall. Mit dem Lastwagen. Welcher Egoismus beherrscht die Menschen, die sich in unserer Welt das Recht auf eine private Trauer vorbehalten?
Nach einer Weile stellte ich den Plastikstuhl unter eine Kiefer und versuchte, eine Tageszeitung zu lesen. Vor mir im Sand sah ich Fußabdrücke, was mich verwirrte. Ein ziemlich langer, schmaler Fuß mit deutlichen Abdrücken von Ferse und Zehen. Im Feld dazwischen, das keinen Abdruck hinterlässt, liegt die Spannkraft, dachte ich. Und ich dachte an den Mann, der nach links verschwunden war. Gleichzeitig irritierte mich mein Interesse an ihm. Deswegen schwamm ich in Gedanken hinaus in das sicherlich kalte Wasser. Ich spürte, wie es mich lindernd umschloss. Nicht nur den Körper, sondern auch Hals und Kopf. Auf diese Weise fiel es mir leichter, mit meinen Gedanken umzugehen, während ich bequem und trocken im Schatten eines großen Baumes saß.
Nachdem die Mittagsgäste die Terrasse verlassen hatten, herrschte Stille, und der Wellenschlag war deutlicher zu vernehmen. Ein gedämpftes, aber trotzdem ungezähmtes Geräusch. Die Wellen erhoben sich mit einem Brausen, dann hielten sie in der Luft inne, ehe sie den Sand überschwemmten. Harzgeruch entströmte den großen Kiefern. Als ich hinaufsah, schwindelte es mich. Ich hatte das Gefühl, ein Teil der großen, ausladenden Kronen zu sein. Eine fast unmerkliche Vibration wurde vom Wind oder etwas in meinem Inneren ausgelöst. Das Wort Harz schien einen tieferen Sinn zu haben, den ich aufschreiben musste. Unwillkürlich musste ich an Teer

denken. »Teergeruch ist Leben«, würde in meinem nächsten Buch stehen. Ich vermochte nicht, es zu begründen, und das hatte auch nichts mit dem Projekt Frank zu tun. Aber für mich stand es fest. Feuer. Holz. Diese zwei Größen. Die eine verzehrt, die andere lässt sich verzehren. Aber solange es mir nicht gelang, die richtigen Worte zu finden, war es Zeitverschwendung, etwas aufzuschreiben.
Mein inneres Bild vom Rücken des Mannes geriet zwischen das Geräusch des kommenden und gehenden Meeres und das Geschrei eines Kindes am Ufer. Sein Schatten wurde immer deutlicher. Als bewegte er sich irgendwo auf der anderen Seite des Bildes und wüsste, dass ich seinen Schatten sah. Auch dass der Harzgeruch dieses Bild verstärkte und eine heilende Wirkung selbst auf das ausübte, was gar nicht geheilt werden konnte. Dadurch veränderte die Landschaft ihren Charakter. Die Farben wurden klarer. Die Rosen auf der Terrasse bargen das gesamte Spektrum der roten Möglichkeiten dieser Welt in sich, obwohl mir bereits aufgefallen war, dass ihnen Wasser und Nährstoffe fehlten und sie ernsthaft von Blattläusen befallen waren. Die Gewissheit, dass Frank ein Element im zukünftigen Manuskript war, wurde zu einer Barmherzigkeit zugunsten der Rosen. Das ermöglichte mir, das langsame Wachstum der Baumkronen und ihre Bewegungen über mindestens fünfzig Jahre hinweg nachzuvollziehen. Eine gewaltige Kraft entsprang der Erde und brachte die trockenen Grasbüschel dazu, wie neue zu erbeben – im Wind.
Mir wurde bewusst, dass ich diese Gedanken nicht gehabt hätte, wenn ich in meinem Zimmer in Oslo geblieben wäre. Nicht einmal unter den Bäumen im Frognerpark. Noch kannte ich nicht alle Codes im Manuskript. Ich brauchte Zeit und Geduld, um die unterschiedlichen Rollen zu enthüllen, in die ich schlüpfen musste. Es war merkwürdig, dass mir meine eigene Rolle am undeutlichsten erschien.
Die Menschen, auch die wirklichen, leben wie zufällig, während sie darauf warten, dass sich ihr Leben gestaltet. Der Zufall ist die

eigentliche Grausamkeit. Wie eine Sense, die das Gras mäht und in der Sonne trocknen lässt, damit die Tiere etwas zu fressen haben. Oder das Gras im Regen verrotten lässt, ohne ihm einen Gedanken zu opfern.

Ein kleines Mädchen ließ mich aufschrecken, indem es einen Ball hart auf die Fliesen der Terrasse schlug. Pang, pang! Ein explosives Geschöpf, von Aggressionen gekrümmt, in schmutzigen Shorts und T-Shirt. Sie knallte ihren Ball gefährlich nah an einem wackligen Campingtisch, an dem ein altes, gut gekleidetes Ehepaar beim Kaffee saß, gegen den Boden. Plötzlich erhob sich eine Frau in kurzen Shorts von einem Liegestuhl und warf einen Schatten aus Frustration auf das kleine Mädchen und mich. Vermutlich war sie die Mutter. Ihre Stimme pfiff wie eine dünne Messerklinge durch die Luft. Jetzt steckte sie im Stamm der Kiefer. Spitz, als wolle sie eine Sünde rächen. Sie bog ihre bleichen Beine durch, sodass ihre Knie gewissermaßen im Gelenk verschwanden. Sie spannte die Oberschenkel, als hinge ihr Leben davon ab. Woraus ich schloss, dass diese Mutter weder sich noch die Tochter, noch die Situation sonderlich zu schätzen wusste.

Solchen Szenen lösten in mir immer ein starkes Unbehagen aus. Ein Gefühl der Übelkeit veranlasste mich, wieder auf die Fußspur im Sand zu schauen. Ich musste wieder an den Mann denken, der auf dem Betonweg zwischen den Felsen verschwunden war.

Das Bild der Mutter und des kleinen Mädchens blieb im Fußabdruck vor mir liegen. Stammte dieser Abdruck vom Fuß des Mannes? Vielleicht war das der Schlüssel für etwas, an das ich mich gern erinnern wollte? Ich meinte ihn mit abgewandtem Gesicht zu sehen, während ich an den Tag dachte, an dem ich »Nachmittag eines Fauns« im Radio gehört hatte. Ich hatte mir immer noch nicht die CD gekauft. Ich hatte es auch versäumt, mir die Melodie zu merken. Jetzt war sie vollkommen aus meiner Erinnerung verschwunden. So ist es mit allem, was man unterlässt. Es verschwindet.

Was hatte die vergessene Melodie mit dem Mann zu tun? Welche fein eingestellten Mechanismen brachten die Assoziationen dazu, ineinanderzugreifen? Ich verwechselte Frank mit dem Mann. Die Wirklichkeit war undeutlich geworden. Vielleicht hatte ich nie mehr als seinen Rücken gesehen? Hatte er ein T-Shirt und eine helle Jeans getragen? Oder waren seine Beine nackt gewesen? Konnte dies sein Fußabdruck sein? Den ich in diesem Fall eigener Verwendung zugeführt hatte?
Wenn ich an mein Leben zurückdachte, dann war es von Menschen bevölkert, die immer nur vorübergehend anwesend waren. Sie wollten eigentlich woanders hin, anschließend. Ihr Verhältnis zu mir ließ sich dahingehend charakterisieren, dass sie nur darauf warteten, ihre Schicht möge zu Ende gehen. Gesichter und Hände veränderten sich, aber alle taten im Großen und Ganzen dieselben Dinge. Einige besser als andere. Weicher. Oder mit einem Lächeln. Auf solchen Kleinigkeiten beruhte es, dass ich gewisse Stunden besser fand als andere. Es müsse Ruhe und Ordnung herrschen, sagten sie. Aber Ordnung gab es nie. Wir waren zur Verwahrung da, und das wussten wir. Ja, wir hofften es.
Die Hoffnung ist etwas Merkwürdiges. Eine Elastizität des Gehirns, die Risse und totalen Zusammenbruch verhindert. Nein, keinen einzigen Augenblick gab ich die Hoffnung auf.

In meiner zweiten Nacht im »Strand-Hotel« träumte ich, ich säße in einem Straßencafé vor einem riesigen Fabrikgebäude. Vor einer hohen Tür befand sich ein rostiges Eisengitter. Wasser sprudelte flutartig durch das Gitter und in einen Schacht hinab. Plötzlich sah ich eine Menge gelber Küken, die hinter dem Gitter gegen den Strom ankämpften. Es waren Hunderte, vielleicht sogar mehrere Tausend. Vergebens versuchten sie ihren Schnabel über Wasser zu halten, das ihnen wie der Niagarafall vorkommen musste. Die Schnäbel tauchten immer wieder in den Schaum. Dann ga-

ben sie auf und wurden einen kurzen Augenblick piepsend gegen das Gitter gedrückt, ehe sie in den Wassermassen verschwanden. Im Traum stand ich auf und ging zu dem Gitter. Ein gelber Streifen lebender Küken rotierte dort unten, und ein vereintes Piepsen stieg aus dem Tosen des Wassers auf. Ich kniete mich hin, streckte meine Arme in das kalte Wasser und versuchte mehrere Hundert, vielleicht mehrere Tausend halb ertrunkene gelbe Küken mit zwei Händen zu fassen, was mir natürlich nicht glückte. Daher rief ich nach einem uniformierten Wachmann, der rauchend an der Wand lehnte. Ich wollte ihn dazu bewegen, das Wasser abzustellen, damit ich die Küken retten konnte. Er zuckte mit den Achseln und rauchte weiter. Ich gab mir einen Ruck, richtete mich zu voller Größe auf und packte ihn an beiden Handgelenken, damit er etwas unternehme. Ich erzählte etwas von Tierquälerei und norwegischen Gesetzen. Aber der Mann schüttelte den Kopf und antwortete, der Chef habe das Sagen.
Schließlich rief ich: »Hilf ihnen! Hilf ihnen!«
Das klang ungemein feminin und kläglich. Der Klang meiner Stimme erzürnte mich über alle Maßen.
»Reichen Sie eine Beschwerde ein!«, sagte der Wachmann.
»Wo?«, kreischte ich.
»Bei der Zeitung«, antwortete er und drückte seine Zigarette auf meinem Rucksack aus.
»Aber die sterben in wenigen Sekunden!«, klagte ich und merkte gleichzeitig, wie sich bei dem Gedanken, Artikel und Aufrufe zu verfassen, eine lähmende Müdigkeit meiner bemächtigte. Das erschien mir als die langwierigste und unwirksamste Methode, um etwas auf dieser Welt zu verändern.
»Mir ist das alles egal. Ich arbeite hier nur über den Sommer«, sagte der Wachmann ohne jede Aggression.
Glücklicherweise wachte ich in diesem Moment auf. Allerdings hörte ich die Wassermassen immer noch. Aber das waren nur die Wellen in ihrer ewigen Umarmung. Es war fünf Uhr morgens. Ich

blinzelte zum Fenster und fühlte mich klamm und verschwitzt, aber erlöst.

Wieder sah ich dieses Bild vor mir. Die Spuren im Sand. Der Rücken, der verschwand. Der Mann, der links aus dem Bild verschwand. Die Melodie, die verklang, ehe ich noch die CD kaufen konnte. Die Sehnsucht danach, mich mit dem Wasser hinaustreiben zu lassen, ohne auf eine einzige Feuerqualle zu stoßen. Ohne ein einziges unangepasstes Kind zu sehen. Keine einzige allein stehende Mutter. Keine Träume von Sackgassen und schon gar nicht das Gesicht von einem, der verschwunden war.

Als ich aufgab, begriff ich, an wen mich der Rücken erinnert hatte: an den Vater des Kindes. Er hatte bei mir keinen Namen mehr. Aber wieso hatte ich es mir nicht erlaubt, an einen der wenigen Menschen zu denken, die in meinem Leben Spuren hinterlassen hatten? Es war nicht seine Schuld gewesen, dass der Lastwagen kam.

Unglaubliche Wirklichkeit

Das Handy weinte auf dem Schreibtisch. Das konnte nur Frank sein. Ich ließ es einige Male klingeln, ehe ich mich meldete.
»Du hast davon gehört!«, rief er unvermittelt.
Wir sprachen eigentlich nie mit erhobenen Stimme.
»Ja, natürlich«, antwortete ich. Der Fernseher war an und zeigte immer wieder dieselben Bilder. Als sei der Sendeleiter gegangen und habe alles sich selbst überlassen. Die Flugzeuge rasten direkt ins World Trade Center. Flammen. Manhattan in Rauch gehüllt. Ganz oben links ein azurblauer Himmel. Ich hatte mich gerade als nicht normal diagnostiziert, da das Wort »Schönheit« durch meinen Kopf geisterte. Irgendwie musste ich doch begreifen, dass das die grausame Wirklichkeit war.
»Die Welt ist aus den Angeln gehoben. Und wo warst du?«
»Zu Hause. Und vorher … beim Gynäkologen.«
»Der große Tag ist angebrochen! Wieso gehst du dann nicht dran, wenn ich bei dir anrufe?«
»Ich hatte vergessen, das Telefon mitzunehmen.«
»Was hat es für einen Sinn, dass ich dir ein Telefon schenke, wenn du es nicht mitnimmst?«
»Unter den Ruinen liegen Menschen. Vielleicht leben sie noch.«
»Du hörst nicht, was ich sage. Du interessierst dich nur für Katastrophen.«
»Da hätten wir dabei sein können.«
»Natürlich ist das fürchterlich. Aber was können wir schon tun? Das weißt du selbst. Außerdem muss ich dir etwas Phantastisches erzählen.«
»Was?«
»Nicht am Telefon. Ich komme morgen bei dir vorbei.«
»Wann?«
»Das weiß ich noch nicht. Ich ruf vorher an.«

»Soll ich etwa zu Hause sitzen und warten, bis du anrufst?«
»Nein, du sollst dein Handy mitnehmen.«
»Und mich nicht weit weg bewegen, damit ich sofort nach Hause eilen kann, um mir anzuhören, was du zu sagen hast?«
»Warum bist du so sauer?«
»Was glaubst du, was die da unten denken?«
»Wo?«
»Unter den Ruinen. Unter Tonnen von Beton. Wie funktioniert das Gehirn unter so extremem Druck? Und erst die Angst! Die Klaustrophobie!«
Einen Augenblick wurde es still.
»Sanne, dein Einfühlungsvermögen ist lobenswert, und ich verstehe, dass du aus dem Häuschen bist, das sind wir alle, aber kannst du dich nicht ausnahmsweise einmal ein wenig freuen?«
»Freuen? Worüber?«
Franks Seufzer klangen nicht immer nur resigniert, sondern ab und zu auch beruhigend. Das gefiel mir. An diesem Tag auch.
»Du könntest schließlich auch mal ein wenig an mich denken und an die freudige Botschaft, die ich dir überbringen will, oder?«
»Das will mir heute irgendwie nicht recht gelingen«, sagte ich und hörte selbst, wie hohl und gekünstelt das klang.
»Kann ich also kommen?«, fragte Frank und seufzte noch einmal.
»Natürlich!«
»Ich rufe dich an. Ich bringe eine Flasche Wein mit. Wir haben etwas zu feiern.«
»Zu feiern?«
»Ich erzähle dir dann mehr.« Er lachte leise und gurrend und legte auf.
Ich machte den Fernseher aus und trat ans Fenster. Aber es gelang mir nicht, mich auf etwas zu konzentrieren. Das Gefühl, dass das Leben nie mehr dasselbe sein würde, hatte sich in mir festgesetzt.

Vielleicht befand ich mich ja mental in New York? So etwas ließ sich nie ganz ausschließen. Jedenfalls begann ich zu weinen. Ein Sprungtuch glitt vor die Vorstellung, die ich mir von den Toten in den Ruinen gemacht hatte. Auf diesem stand: *Frank hat die Scheidung eingereicht.*

»Ich zahle alles auf dein Konto ein«, sagte Frank.

Dass wir uns nicht die Nachrichten im Fernsehen anschauten, war wie sonst. Mehrere Minuten lang hatte ich nicht an die einstürzenden Türme in New York gedacht. Außerdem saßen wir uns am Schreibtisch gegenüber, die Weinflasche zwischen uns. Das war ungewöhnlich. Wir lagen sonst immer auf der Schlafcouch.

»Wieso kannst du das Geld nicht selbst in Verwahrung nehmen? Du kannst dir doch ein zweites Konto einrichten?«

Er wirkte ratlos.

»Mir wäre es lieber, wenn du – und niemand sonst – das Geld in Verwahrung nimmst.«

Ich lachte, ohne zu wissen, warum. Was er sagte, war nicht die Spur lustig.

»Wieso das?«, fragte ich schließlich.

»Das ist … das Sicherste.«

»Das Sicherste?«

»Ja, Annemor weiß von dem Geld nichts. Ist auch nicht nötig. Ihr fehlt nichts.«

Irgendwo in Franks Kopf gab es einen Knoten, über den ich noch nicht nachgedacht hatte. Jedenfalls bisher nicht. Er hielt sehr wesentliche Dinge vor seiner Frau geheim. Beispielsweise, dass er reich geworden war. Als sei das etwas wie Untreue. Da stimmte etwas nicht. Nichts von dem, was er mir über seine Frau erzählt hatte, deutete darauf hin, dass sie ihn ruinieren würde, falls sie von seinem Geld erfuhr. Und noch etwas: Wenn Frank *ihr* so etwas Wesentliches verschwieg, war es wahrscheinlich, dass er vor mir noch mehr geheim hielt. Abwartend sah ich ihn an. Ich wartete darauf, dass er meinen Verdacht zerstreute. Beispielsweise hätte er sagen können, dass er sich endlich trennen würde! Dass das der eigentliche Grund dafür sei, dass seine Frau nichts erfahren darf. Als Verflossene würde sie natürlich ihren Teil des Hauptgewinns von der Bjerke-Trabrennbahn einfordern. In dem blassen Nachmittagslicht sah er aus wie ein zufriedener Kater, bis ihm aufging, dass ich auf eine Erklärung wartete.

»Na ja, es gibt auch noch andere Gründe«, meinte er schließlich.

»Welche?«

Ich weiß nicht, wo ich diese ungeniert inquisitorische Art plötzlich herhatte. Möglicherweise hatte ich sie dem amerikanischen Präsidenten abgeschaut, der sich im Fernsehen, unzählige Male wiederholt, gerechtfertigt hatte. Vielleicht wird man schließlich zur Blaupause dessen, was man im Fernsehen sieht. Vielleicht kam ich Frank vor wie eine fundamentalistische Terroristin. Er wirkte labil. Erst reckte er sich nervös, dann beugte er sich vor und klopfte mir kameradschaftlich auf die Schulter. Das wirkte verdächtig. Wir waren nie kameradschaftlich miteinander umgegangen. Nie. Unser Umgang bestand aus zärtlichen Umarmungen, Liebkosungen und Vereinigungen.

»Die Firma ist im Augenblick nicht sonderlich solvent. Ich schulde einer Menge Leute Geld, die einen nicht gerade mit Glacéhandschuhen anfassen … Ich will dieses Geld also irgendwo verwahrt wissen, wo niemand Einblick hat. Verstehst du das?«

»Aber wird das nicht veröffentlicht? Ich meine … wer gewinnt?«

»In diesem Fall nicht, und es wäre dumm, wenn meine Gläubiger den Gewinn schmälern würden«, sagte er mit einem liebenswürdigen Lächeln.

»Aber solltest du, wenn du viel Geld gewonnen hast, nicht zuerst deine Schulden bezahlen?«

»Du moralisierst«, sagte er und fasste mich unter dem Kinn. »Es ist immer gut, Schulden zu haben. Das lässt einen in der Gesellschaft glaubwürdig erscheinen. Die Leute sehen, dass du investierst. Außerdem ... wir, du und ich, könnten mit diesem Geld dann auch verreisen.«

»Wann?«

»Später ... Sobald ich freinehmen kann. Das verstehst du doch? Kleine Sanne? Du nimmst dieses Geld doch für mich in Verwahrung?«

Ich weiß nicht, was ich eigentlich verstand, denn ich wartete noch immer darauf, dass er um meine Hand anhielt. Aber zumindest hatte ich jetzt eine Ahnung, dass mein Wissen über Frank ziemlich lückenhaft war. Knoten entstanden im Kopf, im Bauch, im Nacken. Mein Wissen über Frank hatte ich, brutal ausgedrückt, einzig und allein aus der Schlafcouchperspektive erworben.

Als er mit meiner Kontonummer auf einem Haftzettel gegangen war, wurde es schlimmer. Ich sah ein, dass diese Perspektive seit mehreren Jahren mein Selbstbewusstsein geschmälert hatte. Allerdings hatte ich, bevor ich Frank begegnet war, auch kein sonderliches Selbstbewusstsein besessen. Eine Zeit lang war er es gewesen, der mein Selbstbewusstsein gestärkt hatte. Aber allmählich wurden Verschweigen und Geheimniskrämerei zu einem Dschungel aus Unsicherheit.

4.340.000.- Norwegische Kronen. Auf meinem Bankkonto. Dort hatte ich vorher ein Guthaben von 1362 Kronen 60 Øre besessen.

Die letzten Jahre seit meiner Kündigung, um mich ganz dem Schreiben zu widmen, war ich mit sehr wenig Geld ausgekommen. Einige Male hatte ich ein Stipendium erhalten. Das war immer zu wenig zum Leben und zu viel zum Sterben. Einmal hatte ich Schulden gemacht, und das hatte mir den Schlaf geraubt, bis ich alles zurückgezahlt hatte.

Dass Frank mir ohne weiteres seinen Gewinn von der Trabrennbahn anvertraute, zeigte mir deutlich, was er von mir hielt. In seinen Augen war ich ungefährlich und total zuverlässig. Blind vertraute er meiner Hingabe und Ehrlichkeit. Von mir aus! Dann reichte er eben nicht die Scheidung ein, aber um sein Eigentum zu beschützen, brauchte er mich.

Das war demütigend. In mir schrillte der Katastrophenalarm. Ich begann zu schwitzen und meinte, ersticken zu müssen. Je länger ich in mich und in Frank hineinschaute, desto weniger Sauerstoff bekam ich.

Ich zog mich an und ging auf die Straße. Einen Augenblick blieb ich stehen und zählte, soweit ich sehen konnte, die Straßenlaternen. Sieben Stück. Dann machte ich mich auf den Weg. Als ich das »Lorry« betrat, war der Tisch hinten links am Fenster frei. Ich setzte mich und bestellte eine Tasse Tee und ein Krabbenbrot.

Ich kratzte gerade die Mayonnaise vom Brot und lud sie auf den rechten Tellerrand ab, da nahm sie Platz. Ihre Bewegungen und ihre gesamte Erscheinung wirkten wütend. Ich hatte genug mit mir zu tun und beschloss, sie zu übersehen. Am liebsten wäre ich gegangen, aber ich wollte erst noch fertig essen.

Zunächst sagte sie nichts. Ihre mageren Hände hatten einen Blauschimmer, als friere sie ständig. Ein Zeigefingernagel war abgebrochen.

»Nach dir habe ich Ausschau gehalten. Du gehst nicht oft aus.«

Ich konzentrierte mich auf die Krabben. Sie waren schlecht gepult.

»Ihr geht nicht oft aus«, fuhr sie mit Betonung auf dem »Ihr« fort.

Ich aß weiter.

»Wie war es im Juli am Meer?«

»Schön«, murmelte ich und kaute, als hätte ich Radiergummis im Mund.

»Kamen dir irgendwelche wichtigen Gedanken, die du verwenden konntest?«, fragte sie weiter.

Das Ganze begann peinlich zu werden. Was wollte sie eigentlich?

»Jedenfalls schreibe ich …«

»Natürlich. Du bist ja auch immer so bescheuert fleißig.«
Sie schien es zu genießen, unhöflich zu sein. Mir machte dergleichen keine Freude. Der Auftritt damals im Auditorium der Universität war eine Ausnahme gewesen. Einmal las ich in einer Zeitschrift über Selbstverwirklichung, dass, wer die Stimme erhebt, bereits verloren hat. Ich wusste nicht, ob ich sie mochte. Die letzten Krabben hatten sich in meinem Mund in einen Klumpen gebrauchter Mullbinde verwandelt. Ich schluckte und konstatierte, dass es ihr nicht darum ging, mir wie in meiner Kindheit den Rücken zu stärken. Ganz im Gegenteil, sie war unberechenbar. Vielleicht sogar gefährlich.
»Und jetzt hat Frank also dieses Geld gewonnen. Hast du darüber nachgedacht, was für Möglichkeiten sich da auftun?«
Ich ließ das Messer aufs Tischtuch fallen.
»Warum will er das Geld bei dir verstecken und zahlt es nicht auf sein eigenes Konto ein? Er hat bei irgendwelchen lichtscheuen Gesellen Schulden. Hast du schon mal von Profikillern gehört? Frank bestimmt. Er geht kein Risiko ein. Seine Gläubiger werden versuchen, an sein Geld zu kommen. Darauf kannst du Gift nehmen! niemand und ich wiederhole: Niemand darf von diesem Gewinn erfahren. Deswegen braucht er dich und dein Bankkonto.«
Es gelang mir nicht zu antworten.
»Fahr weg! Nimm das Geld und fahr weg! Weit weg! Kündige deine Wohnung! Verschwinde aus der Wirklichkeit!«
»Das tut man nicht«, flüsterte ich.
Ihr Lächeln war infam. »Er hat dir doch vorgemacht, dass ihr zusammen verreisen würdet? Glaubst du das etwa? Erinnerst du dich, was war, nachdem er dich nach New York eingeladen hatte?«
Ich sah mich selbst mit ihren Augen. Peer Gynts treue Solveig, die wartete, bis sie alt und grau war. Nicht einmal ein Kind hatte ich, das ich verwöhnen konnte. Und noch ehe sie den Mund öffnete, wusste ich, was sie sagen würde.
»Frank hatte nie die Absicht, mit dir zusammen zu verreisen. Er

benutzt dich nur, wenn es ihm gerade in den Kram passt. Du bist es, die Frank liebt. Das ist im Grunde nicht sein Fehler. Frank lebt, wie es ihm gerade in den Sinn kommt. Du kannst Frank nicht zur Liebe bekehren. Vielleicht macht ihn das so anziehend«, schloss sie herzlos.
»Aber allein zu verreisen würde mir doch keinen Spaß machen«, flüsterte ich.
»Wer sagt denn, dass du allein verreisen musst?«

Gelegenheit macht Diebe

Frank wollte Donnerstag nach der Arbeit kommen. Ich wusste, dass er nur eine knappe Stunde Zeit hatte. Trotzdem bereitete ich mich wie sonst vor, duschte, bürstete mein Haar, schnitt die Nägel und stellte Weingläser auf den Tisch und eine frische Rose ins Fenster.

Ich hatte eine halbe Stunde gewartet, da rief er an. Bereits beim ersten Klingeln wusste ich, dass er es war. Ich wusste auch, dass er absagen würde. Genauso gut hätte ich es lassen können, ans Telefon zu gehen. Aber ich meldete mich.

»Sanne! Du, tut mir leid, aber es geht nicht.«

»Ach?«

»Nein, ich … verstehst du … Ich weiß nicht, wie ich das sagen soll, aber …«

»Sag einfach, was Sache ist«, erwiderte ich so unberührt, wie ich konnte.

»Die Mädchen haben sich angesteckt … Krätze!«

»Was sagst du?«

»Ich weiß nicht, ob ich auch ansteckend bin, und hoffe nicht, dass du dich bei mir angesteckt hast.«

»Heutzutage hat niemand mehr die Krätze«, meinte ich. Ich hätte auch sagen können, er lüge mich dreist an, aber auch so war es schlimm genug.

»Doch, verdammt! Alle drei sind hysterisch. Die Mädchen kratzen sich, und Annemor heult. Sie werden sich das in der Schule oder im Hort eingefangen haben … wer weiß. Ich muss in die Apotheke. Sie weigert sich, selbst die Salbe zu kaufen. Sie heult einfach nur, ich weiß nicht, was ich machen soll.«

Die Pausen, sein Atem und seine Stimme ließen mich eine Entscheidung fällen: Er sagte die Wahrheit! Bei diesem Gedanken wurde ich ganz kühl. Die Läuse meiner Kindheit begannen aus

dem Handy zu krabbeln. Die Kinder in der Schule hatten nichts mit uns zu tun haben wollen. Die Lehrer und das andere Personal auch nicht. Man hatte sie in ihren Augen lesen können: die Abscheu. Die Angst, ebenfalls Läuse zu bekommen. Befallen, nicht Anfassen! Sozusagen aussätzig.
»Musst du zum Arzt? Braucht man ein Rezept?«
»Nein, glücklicherweise nicht. Der Arzt sagt, das Mittel ist rezeptfrei. Aber die ganze Familie muss sich einreiben, auch wer keine Symptome hat. Von der Ansteckung bis man von der Schweinerei was merkt, vergehen zwei Monate.«
»Zwei Monate?«
»Ja. Und, Sanne?«
»Ja.«
»Du solltest dich ebenfalls einreiben. Ich kann dich bereits … Verstehst du?«
»Ja.«
»Schön! Ist das Geld bei dir auf dem Konto?«
»Das weiß ich nicht«, log ich.
»Frag gefälligst! Ich ruf dich an. Du bist die Beste auf der Welt. Tschüs!«
Das rote Telefon hatte Fettflecken auf dem Display. Ich wischte sie mit dem Daumen ab. Dann legte ich es weg und hielt meine Handflächen vor mich hin. Betrachtete sie genau. Drehte die Hände um und untersuchte die Handrücken. Die Adern standen hervor. Ich sah, wie sich das Blut fast unmerklich in den Pulsadern bewegte. War das ein Fleck am linken Zeigefinger? Ein roter Fleck? Ja! Ein Fleck etwa, den ich nicht kannte? Der nichts mit mir zu tun hatte?
Ich schlug in dem medizinischen Ratgeber nach, den ich aus unerfindlichen Gründen besaß.
»Sarcoptes scabiei: Juckende Hautinfektion, von Milben übertragen, die sich durch Hautkontakt ausbreiten. Krätze befällt meist die gesamte Familie. Haben die Milben sich erst auf dem Körper

niedergelassen, bohren die Weibchen in die Haut eine Vertiefung und legen dort etwa vierzig Eier. Nach einiger Zeit schlüpfen die Larven. Sie kriechen auf dem gesamten Körper herum, bis sie erwachsen sind, sich paaren und selbst wieder Eier legen. Das erste Jucken ist kaum unangenehm, nimmt aber allmählich so zu, dass an Schlaf nicht mehr zu denken ist. Winziger Schorf ist auf der Haut zu sehen, besonders zwischen den Fingern, manchmal mit einem schwarzen Punkt. Das ist die weibliche Milbe. Behandlung: Der ganze Körper wird mit Spezialpräparaten eingecremt, mit Benzylbenzoatliniment, Cuprollösung oder Hexicidcreme. Die Milben sterben rasch, wenn sie keinen Kontakt zur Haut haben, befallene Kleider sollten bei Kälte zum gründlichen Lüften nach draußen gehängt und anschließend ausgebürstet werden.«

Er hatte Recht behalten. Ich brauchte kein Rezept. Aber wie sah man aus, wenn man in der Apotheke gerade nach dieser Salbe fragte? Wussten sie, dass sie gegen Krätze war? Natürlich wussten sie das. Diese Leute hatten studiert und wussten alles. Wussten sie auch, dass ich mit Frank geschlafen hatte, weil er gerade ebenfalls in derselben Apotheke gewesen war? Ich entschloss mich, nach Grünerløkka zu fahren und dort eine Apotheke zu suchen.

Als ich den Zettel mit dem Namen des Präparats über den Tresen reichte, begann es zu jucken. Das war unmöglich. Bei Frank waren noch keine Symptome aufgetreten, und er konnte mich deswegen nicht so frühzeitig angesteckt haben, dass es bei mir bereits juckte. Trotzdem empfand ich einen Juckreiz zwischen den Fingern der rechten Hand. Ich behielt die Handschuhe an, damit die Verkäuferin nicht fürchten musste, ich würde sie anstecken. Und es gelang mir, nicht zu kratzen.

Die Verkäuferin hatte freundliche Augen und eine breite Nase und sprach nur gebrochen Norwegisch. Sie stellte keine Fragen, sondern warf mir nur einen raschen Blick zu. Das hätte auch ein allgemeiner Blick, ein Verkäuferin-Kundin-Blick, sein können.

Aber ich war mir da nicht so sicher. Ich schaute nach unten. Das Bild aus dem Ärztebuch kroch förmlich über den Tresen.
Als ich nach Hause kam, knöpfte ich mir alles vor, was ich in den letzten Tagen angefasst hatte. Ich zwang mich zu größter Aufmerksamkeit, um nur ja nichts zu vergessen. Bis ich endlich in der Badewanne lag, vergingen vier ein viertel Stunden.
In der Badewanne begann ich zu weinen. Das machte nichts. Ich war bereits nass, und niemand sah mich. Nach einer halben Stunde hatte ich rote, aber trockene Augen und war bereit, mich von Kopf bis Fuß einzucremen. Die Fußsohlen, unter den Nägeln, Öffnungen, Hautfalten. In den Ohren. Bis zum Haaransatz und Kinn. Das Gesicht sei auszulassen, stand auf dem Beipackzettel. Aber darauf wollte ich mich nicht verlassen, sondern sparte nur Augen und Mund aus. Schwierigkeiten hatte ich mit einem Stück des Rückens, an den ich nicht rankam. Ich drückte Salbe auf einen Waschlappen und schmierte mich ein, indem ich ihn mit beiden Händen zwischen den Schulterblättern hin und her zog. Anschließend ließ ich mich auf den Deckel der Toilette fallen. Frank hatte nicht angerufen. Schließlich konnte er mit drei anderen die Krätze teilen. Ich war mit meiner auf der Welt allein.
Ich kratzte mich die ganze Nacht. Erwachte und schlummerte ein. Erwachte und sagte mir, alles sei nur Einbildung. Schlief wieder ein. Nur um zu träumen, dass ein mehrere Quadratkilometer großes Heer mikroskopischer Milben über mein Bett marschierte und mich stundenlang vollkommen einhüllte. Sie aßen und gruben, legten Eier und gruben wieder. Sie verlustierten sich in allen meinen Öffnungen, legten Eier und krabbelten weiter.

Am nächsten Tag war ich so viel wie möglich draußen. Sogar die Sprünge im Bürgersteig wirkten gesünder als meine befallene Wohnung. Mein Versuch, sie zu reinigen, hatte nichts genützt. Lange saß ich auf der Bank an der Straßenbahnhaltestelle, ohne irgendwohin zu wollen.

»Sitzt du einfach hier rum?«, sagte sie plötzlich. Ich hatte nicht bemerkt, dass sie gekommen war.
»Ja, Frank hat mir die Krätze vermacht!«
»Du hast doch schon lange gewusst, dass das nicht so weitergehen kann. Das ist jetzt die Gelegenheit! Als Erstes gibst du die alte Handynummer ab und legst dir eine neue, geheime zu. Dann gehst du zur Bank und richtest dir ein neues Konto ein, auf dem du mehr Zinsen für Franks Geld bekommst. Aber weiterhin unter deinem Namen! Kauf dir ein Notebook statt des großen Computers! Pack das Allernötigste zusammen und kündige die Wohnung!«
»Aber dann muss ich doch noch für den ganzen Monat bezahlen?«, meinte ich zögernd.
»Hast du vergessen, wie viel Geld auf dem Konto ist?«
»Das ist doch nicht meins«, wandte ich ein.
Ihr Gelächter umfing uns beide. Es machte mir Angst, aber ich entkam ihm nicht.
»Gib alles auf! Wir fahren nach Berlin!«
»Wieso ausgerechnet Berlin?«, fragte ich.
»Das ist der ideale Ort für Heimkinder, um in die Welt zu sehen. In dieser Stadt schlägt das Herz Europas.«
Im Laufe einer Stunde hatte ich alle ihre Vorschläge in die Tat umgesetzt. Die neue Telefonnummer organisierten wir bereits von der Haltestelle aus. Die Bank lag gleich um die Ecke. Anschließend ging ich in die Wohnung und nahm das Tuch vom Computer, aber nicht um an dem Manuskript weiterzuschreiben. Ich war auf der Suche nach deutschen Maklern.
Ab und zu streifte mich der Gedanke an Frank. Vielleicht versuchte er gerade mich zu erreichen. In diesem Fall antwortete ihm nur eine metallische Stimme vom Band: »Der Anschluss ist im Augenblick außer Betrieb.«
Einmal glaubte ich, die Klingel zu hören, aber ich wusste, dass das kaum möglich war. Frank kam nie unangemeldet, das musste ich

ihm lassen. Trotzdem war ich ganz schön nervös, bis ich endlich im Taxi saß.

»Ich wusste, dass du es schaffst, wichtige Entscheidungen zu treffen«, sagte Frida triumphierend, als wir unser schmutzigbraunes Hotelzimmer in Besitz nahmen, in dem andere Gäste jahrzehntelang überall Zigaretten ausgedrückt hatten. Adresse und Lage waren zentraler, als mir lieb war, aber Frank würde nie auf die Idee kommen, dass ich hier eingezogen war.

»Seit wann?«, fragte ich und nahm zögernd die Bettwäsche in Augenschein.

»Seit du auf den Hausfreund im Kinderheim gekotzt hast.«

»Was erzählst du denn da? Daran kann ich mich nicht erinnern …«

»Nein, aber vielleicht taucht ja alles Mögliche wieder aus dem Unterbewusstsein auf, wenn erst der Anfang gemacht ist. Jetzt erledigen wir das Geschäftliche«, sagte sie munter.

»Wir sind doch auf Reisen«, murmelte ich.

»Das eine hängt mit dem anderen zusammen. Komm! Wir kaufen ein Auto.«

»Aber warum denn?«

»Überlass das alles mir! Ich brauche nur deine Unterschrift«, behauptete sie.

Anschließend fuhren wir mit dem Taxi zu einem Autohändler in Helsfyr.

»Bei so einer weiten Strecke sollte man den Bus nehmen«, sagte ich.

»Hör schon auf, so kleinkariert zu denken! Sonst nehmen dir die Leute nicht ab, dass du Geld hast.«

Ein neuer Honda CR-V mit riesiger Stoßstange stand zum Verkauf. Den wollte Frida. Nachdem alles erledigt war und wir nach Drøbak brausten, fragte ich: »War der nicht etwas teuer?«

»Wir benötigen einen guten Wagen, weißt du. Es ist eine weite Reise.«

»Du musst fahren, ich traue mich nicht.«

»Das ist mir schon klar«, erwiderte sie trocken und überholte einen offenen Sportwagen, an dessen Steuer ein junger Mann mit Bodybuildermuskeln saß.
»Was haben wir eigentlich in Drøbak verloren?«, fragte ich.
»Gar nichts. Ich war nur einfach noch nie mit dem Auto da«, antwortete sie und lachte. Etwas an ihrem Lachen erfüllte mich mit Wärme. Einem großen Gefühl von Lebendigkeit und Freiheit. Als flöge ich durch die Luft und hielte gleichzeitig jemanden an der Hand.
Frida öffnete das Schiebedach. Der Fahrtwind riss an ihren Haaren, die Sonne raste mit einer wahnsinnigen Geschwindigkeit über den Himmel, und der Herbst leuchtete hellviolett. Ab und zu wurde das Leuchten von den Autofenstern, die vorbeiflogen, reflektiert.
»Bei diesem Tempo kommen Leute zu Tode«, sagte ich.
»Ja, nicht wahr?«, erwiderte Frida zufrieden.
Ich lehnte mich zurück. Merkwürdige Bilder nahmen Gestalt an und begannen zu leben. Als seien sie ein Teil der Gegenwart:
Eine junge Frau erhebt sich aus einem Liegestuhl auf Deck. Sie unternimmt zum ersten Mal eine Reise. Keiner ihrer Mitpassagiere kennt sie. Fast zwei Tage lang ist sie nun schon mit vielen Menschen zusammen, die nicht wissen, woher sie kommt. Niemand scheint es irgendwie merkwürdig zu finden, dass sie da ist. Sie kann aufstehen, kommen und gehen. Sie kann Dinge aus der Tasche ihres abgetragenen, aber sonst tadellosen Mantels nehmen. Oder aus der Tasche, die sie von jemandem geerbt hat, den sie nicht kennt und für die sie sich deswegen nicht bedankt hat. Einen Bleistift, Papier von einem Block aus dem Konsum, Münzen für Kaffee, Sicherheitsnadeln, ihre Fahrkarte – wenn sie sich vergewissern will, dass sie sie noch hat –, eine kleine blaue Dose Niveacreme, das braune Papier einer Freia Blockschokolade, mit dem sie sich die Wangen reibt, wenn sie findet, dass sie krank aussieht. Die Tasche ist aus weißem Plastik und fast neu. Sie

nimmt sie überallhin mit. Nachts im Salon benutzt sie sie als Kopfkissen. Gegen vier wird eine Bank frei, und sie kann sich endlich ausstrecken. Vorher hatte sie den Kopf auf die Arme gelegt, an einem Tisch gesessen und den Geruch des weißen Plastiks eingeatmet. Sie muss nicht einmal aufwachen, um zu wissen, dass sie die Tasche noch hat. Jetzt, während sie sich von ihrem Liegestuhl erhebt und ihre Tasche ergreift, hat sie alles bei sich, was sie besitzt. 107 Kronen und 40 Øre. Die anderen Passagiere sind viel älter als sie. Aber sie weiß, dass sie auch nicht zu den Reichsten gehören, denn dann wären sie erster Klasse gefahren. Irgendjemand hat immer ein Buch oder eine Decke abgelegt, um einen bestimmten Platz zu reservieren. Sie hätte das natürlich auch tun können. Doch das hätte dann ihr Mantel oder die Zeitschrift »Romantik« sein müssen, die ihr das Küchenmädchen geschenkt hat. Aber den Mantel darf sie nicht verlieren, und das Heft würde vermutlich niemanden davon abhalten, den Platz in Besitz zu nehmen. Außerdem hat sie gar keine Verwendung für einen ganz bestimmten Platz. So etwas ist sie nicht gewohnt. Wo sie herkommt, ist es ungeschriebenes Gesetz, dass, abgesehen einmal vom Bett, alle Plätze, wo nicht schon jemand sitzt, dem Stärksten zur Verfügung stehen. Wer etwas haben oder erreichen will, muss selbst zugegen sein. Hier und jetzt.

Berlin

Dieser Teil Kreuzbergs war während dem, was wir den »letzten Weltkrieg« nannten, verschont geblieben. Aber einige Fassaden wirkten, als verberge sich unter dem Schmutz von fünfzig Jahren der Rauch unzähliger Brände. Das Vermieterpaar behauptete, es sei attraktiv, hier zu wohnen. Darauf verstand sich Frida besser als ich.

Ich weiß nicht, was ich erwartet hatte. Aber ich war nicht darauf vorbereitet, dass man durch mehrere Zimmer gehen musste, um ins Bett zu kommen. Bereits in der Diele tauchte der Gedanke an Frank auf. Dort stand ein alter Bauernschrank und zwinkerte mit den Türen. Das war erst der Anfang. Die Wohnung war voller Antiquitäten.

»Ich kann nicht mit Sachen leben, die irgendwelche Fremden hundert Jahre lang um sich hatten«, sagte ich verzweifelt.

»Das ist wirklich eine angenehme und elegante Wohnung. Und so viel Platz! Sogar eine Terrasse gibt es mit noch grünen Kletterpflanzen. Davon hast du dein ganzes Leben geträumt«, meinte Frida.

Vorsichtig ging ich durch die Zimmer und war darauf gefasst, mich zu verteidigen, falls Schränke, Türen, Tische und Regale etwas dagegen einzuwenden hätten, dass ich mich hier aufhielt.

»Lediglich ein Zimmer wäre vermutlich besser gewesen«, sagte ich vorsichtig und versuchte gleichzeitig, mir vorzustellen, was Frank interessant gefunden hätte.

»Ein Zimmer! Was für ein Unsinn! Der Schrank im Wohnzimmer mit dem geschliffenen Glas in den Türen ist übrigens ein Schmuckstück«, sagte Frida.

»Der Schrank im Schlafzimmer sieht aus, als stamme er aus einer Ritterburg und als seien in ihm Schwerter und Rüstungen aufbewahrt worden«, klagte ich.

»Seit wann hast du was gegen Ritter?«, knallte mir Frida vor den Latz und öffnete die Weinflasche, die uns die Vermieter zum Einzug geschenkt hatten.
»Vielleicht kann man sich daran gewöhnen, so viele Sachen um sich herum zu haben«, murmelte ich zweifelnd.
»Hast du gesehen, dass man vom Schreibtisch aus die Straße sieht? Er ist aus Glas!« Lächelnd stand Frida im Zimmer.
»Vermutlich ist es mir dort zu hell.«
»Sanne! Wenn du nicht mutig genug sein kannst, dich über das hier zu freuen, dann mache ich nicht mehr mit«, sagte Frida und leerte ihr erstes Glas.

Es war Mitte Oktober. Ich überquerte die Straße vor dem Haus, in dem wir wohnten, und ging das kurze Straßenstück entlang, das von der Willibald-Alexis-Straße abzweigte. In einer Anwandlung von Optimismus fand ich, dass die Sonne jeden der glatten Pflastersteine dermaßen golden aufglänzen ließ, dass man mit dem Gold einen mittelgroßen Kirchturm hätte decken können. Von den Balkons hingen verblühte Sommerblumen und verwandelten die schmutzigen und ausgebleichten Fassaden in exotische hängende Gärten.
Aus einem offenen Fenster im ersten Stock erklang Musik, die Frida als Barbiepuppenmusik bezeichnete. Hinter einer Haustür bellte ein Hund. Weiter die Straße entlang kam ich an einem imposanten Wasserturm vorbei, in dem allerdings schon lange kein Wasser mehr war, sondern Jugend und Kultur. Ich überquerte die Fidicin-Straße und betrat den Friseur, den mir Sofie, die Wohnungsbesitzerin, empfohlen hatte.
Ein junger Mann mit Ring im Ohrläppchen empfing mich in der Tür und sagte: »Ich bin Frank!«
Irgendwie war das lächerlich. Ich war vollkommen unvorbereitet darauf, dass ein lebender Mensch so etwas sagen konnte. Hier! Seit wir nach Berlin gekommen waren, hatte ich an Frank ge-

dacht. Das war unvermeidlich. Gewissermaßen war die Wohnung eine Erweiterung seines Antiquitätengeschäfts. Aber alles war anders als in Oslo. Die Überlegungen von dort waren hier nicht zu gebrauchen. Auf so vieles musste man Acht geben, so vieles herausfinden. Das Neue nahm einen in Beschlag. Vom ersten Tag an hatte ich mir die Zeit streng eingeteilt. Einige Stunden wollte ich am Schreibtisch im Wohnzimmer sitzen, auch wenn ich nur auf die Straße starrte. Frida war stets unterwegs, ich wusste nicht immer, woran ich mit ihr war.

Dieser Frank führte mich galant zu einem Friseurstuhl. Wir führten ein kurzes, sachliches Gespräch auf Englisch-Deutsch, anschließend schnitt er mir fast eine Dreiviertelstunde lang die Haare. Mit halb geschlossenen Augen und vibrierenden Nasenflügeln wie ein Seehund, der sich auf einer Eisscholle sonnt, saß ich da und nahm alle Düfte wahr. Öffnete ich die Augen ganz, sah ich büschel- und bergeweise Haare auf dem Boden. Gefärbte und sonnengebleichte. Staub hatte sich an den Fußleisten, in Fugen und in schattigen Winkeln eingenistet. Wie immer an solchen Orten roch es durchdringend nach Ammoniak und billigem Parfum oder Deo.

Frank roch in Berlin nicht wie in Oslo. Diese Ausgabe roch nach Friseur. Trotzdem nahm ich deutlich die Gerüche *meines* Frank wahr. Der unverkennbare Geruch von alten Zeitungen, Schimmel, Schweiß und Staub. Und von etwas anderem? Frischem Sperma?

Aber dieser Frank war ganz einfach ein anderer. Die Stimme war jung. Ich hörte, dass er nicht über Franks Naturtalent und seine Erfahrung, in der immer das Unerwartete lauerte, verfügte. Außerdem hatte ich den Eindruck, dass er sich wohl nicht von Frauen verführen lassen würde. Ich konnte es nicht fassen, dass dieser sonst so sympathische Junge den Namen Frank trug, ohne Franks Strategien zu kennen. Aber das war natürlich nicht sein Fehler. Wahrscheinlich waren ihm synkopierte Stöße unbekannt, diese

Betonungsverschiebung, die darin besteht, dass ein unbetonter Takt mit einem nachfolgenden betonten verbunden wird. Oder, wenn man es rein linguistisch betrachtete, handelte es sich um den Ausfall eines schwach betonten Vokals oder einer Silbe in dem aktuellen Hohlraum. (Oh-h-h!) Oder man betrachtete das Ganze als medizinische Apokope, nämlich einen plötzlichen, kurzzeitigen Bewusstseinsverlust. Und schließlich das Synkopieren, das natürliche Zusammenziehen.
Was wusste dieser Junge von so etwas? Er roch nach Friseur und ließ sich dafür bezahlen, sich meinem Haar zu nähern. Ich dachte an die Zufälle. Dass wir uns in einem Karussell aus Zufällen befinden. Wer den Zusammenhang sehen will, muss es ertragen, dass die Details nicht stimmen. Dann wird man leicht verrückt. Falls ich nur ein wenig die Augen geöffnet hätte, hätte ich seine Hand sehen können, die etwas nach oben gebogene Daumenspitze, wenn er einen Schnitt machte. Denn er schnitt nicht, er machte Schnitte. Wenige Millimeter vom Ohr und der Halspulsader entfernt. Sichere, rasche und trotzdem zögernde Bewegungen.
Ich sah, wie Frank bei seinem letzten Besuch bei mir seinen kurzen Mantel anzog. Dann steckte er die Daumen unter den Kragen und zog ihn am Hals zusammen. Das Mal davor, das letzte Mal, dass wir miteinander geschlafen hatten, hatte ich alles verdorben, indem ich mir überlegt hatte, ob er endlich die Scheidung eingereicht habe. Und dieses letzte Mal, als wir nicht miteinander geschlafen hatten, hatten wir nur über Geschäfte gesprochen. Frank und ich! Eine Beziehung kann nie mit Hilfe eines Bankkontos überleben. Gespräche über Geld machen viel kaputt. Sie sind eine Katastrophe. In dem Augenblick, in dem man eine Beziehung aus der Bankperspektive betrachtet, ist alles vorbei, dachte ich. Zwischen den Haarbüscheln auf dem Fußboden tauchte ein Tableau auf:
Eine junge Frau schaltet das Radio ein. Der Moderator sagt den »Nachmittag eines Fauns« an. Sie dreht den Ton lauter und nimmt

das Kind aus dem Korb, obwohl es nicht schreit. Dann hält sie es an die Brust und tanzt vorsichtig durchs Zimmer. Den Mund am Kopf des Kindes summt sie mit. Deswegen hört sie nicht, dass es klopft. Der Mann steht vor ihr, ehe sie sich noch besinnen kann. Sie ist überrascht und freut sich über sein Kommen. Aber sein Lächeln wirkt verlegen oder unsicher.
»Ich habe schlechte Nachrichten«, sagt er.
Sie weiß nicht, ob er das Kind halten will, wenn er etwas Wichtiges zu sagen hat, deswegen legt sie es wieder in den Korb.
»Man hat mich in den Norden versetzt«, erzählt er beschämt.
Sie sieht ihn an. Er ist derselbe wie das letzte Mal. Aber trotzdem ein Fremder. Dazu hat sie nicht viel zu sagen. Schließlich ist das nicht sein Fehler.
»Ich komme oft und besuche euch«, sagt er und umarmt sie. Seine Arme sind genau wie früher.
»Du brauchst dir keine Sorgen zu machen, dass ich euch im Stich lasse. Sie sollen mir das vom Lohn abziehen. Das Geld hast du dann immer pünktlich auf der Bank«, sagt er und lässt sie los, um sich über den Korb zu beugen.
Sie nickt. Die Musik ist zu Ende, dann stellt sie das Radio ab.

Mit kurzem Haar fühlte ich mich freier. Aber der Gedanke, dass mir etwas Wesentliches fehlte, wollte mir nicht aus dem Kopf. Das Stichwort lautete Freude. Richtige Freude. Jedes Mal, wenn ich nur in die Nähe dieses Gefühls kam, geriet etwas dazwischen. Oder ich dachte, dass das doch nicht von Dauer sein würde, es hatte also keinen Sinn, dass ich mich mitreißen ließ. Vielleicht war die Freude nur inszeniert, damit ich nicht aufgab. Beispielsweise dass jemand in einem Friseursalon in Kreuzberg stand und sagte: »Ich bin Frank.«
Als Frida und ich in einem Straßencafé am Gendarmenmarkt saßen und darauf warteten, dass eine Demo für Frieden in Afghanistan endlich an uns vorbeizog, meinte sie resigniert: »Du bist

nicht gerade eine inspirierende Gesellschaft. Worüber grübelst du nach? Über den Krieg?«

»Nicht über diesen Krieg. Ich lasse mich irgendwie nur treiben, und das Leben zieht an mir vorbei. Außerdem geht es mir auf die Nerven, dass mir nie einfällt, wie die Sachen auf Deutsch heißen.«

»Du bist so damit beschäftigt, dir Gedanken zu machen, dass du darüber das Leben vergisst. Du kriegst von der Wirklichkeit nichts mit, weil du dich von deinen Hirngespinsten einfangen lässt. Wenn du wenigstens alles aufschreiben würdest, dann hätte es zumindest einen Sinn. Etwa, dass du die ganze Zeit darauf wartest, dass Frank dich findet.«

»Sag das nicht!«, erwiderte ich.

»Einmal angenommen, es gelingt ihm, dich aufzuspüren. Glaubst du, dass er dich grün und blau schlagen würde?«

»Frank würde keiner Fliege was zuleide tun.«

»Da siehst du! Du brauchst keine Angst zu haben«, meinte sie.

Es war nicht das erste Mal, dass Frida mögliche Katastrophen bagatellisierte. Sie atmete einfach durch, konstatierte etwas und redete weiter, als existierten keine Gegenargumente und Schwierigkeiten, solange sich eine Lösung in Worte kleiden ließ. Aus Erfahrung wusste ich, dass nichts so einfach war. Deswegen antwortete ich nicht.

Überall standen grün uniformierte Polizisten. Ballons schwebten durch die Luft. Blau, mit dem Bild einer Taube. Leute drängten sich an unserem Tisch ganz außen vorbei. Kinderwagen, schwitzende Eltern. Leute mit Spruchbändern und Parolen: »Wozu ist Krieg gut? Zu nichts!«

Ein paar Jungen trugen bündelweise Trillerpfeifen um den Hals, die sie denen anboten, die sie anrempelten. Es gab Leute, die bereicherten sich an jedem Krieg. Andere, junge, waren die Fassade des Französischen Doms hochgeklettert oder klammerten sich ans Schillerdenkmal vor dem Schauspielhaus. Die Polizisten versuchten gar nicht erst, sie dort herunterzuholen. Solange sie nicht mit Gegenständen warfen, entschied die Schwerkraft darüber, wie lange sie dort stehen durften. Stürzten sie ab, dann war das eben so.

Jägerstraße, Taubenstraße und Charlottenstraße waren voller Menschen. Aber wir hatten Glück gehabt und einen freien Tisch im Straßencafé ergattert. Trotz des Gedränges war alles friedlich, scheinbar unter Kontrolle. Wie eine imponierende Feder auf einem Hut ragte ein roter Kran über der Kuppel des Doms in den Himmel. Vom Dach des Deutschen Doms aus behielt eine kleine Armee grün Uniformierter alles, was sich bewegte, im Auge. Wie Spielzeugfiguren hoben sie sich vom Himmel ab.

»Ich weiß nicht, ob du gehört hast, was ich gesagt habe?«, sagte Frida. »Ich will Deutsch lernen. Du kannst das natürlich nicht, du musst schreiben, zu Hause. Damit bist du doch ausgelastet, oder?«

»Ausgelastet? Wie meinst du das?«

»Es ist doch wichtig, dass dein Buch fertig wird. Schließlich sollte dich diese Reise nie am Schreiben hindern. Im Gegenteil.«

»Du hast mir doch gerade zum Vorwurf gemacht, dass ich die Wirklichkeit nicht wahrnehme, weil ich mir zu viele Gedanken mache. Und jetzt liegst du mir plötzlich mit dem Schreiben in den Ohren.«

»Es gibt einen Unterschied zwischen Sich-Gedanken-Machen und Schreiben«, erwiderte Frida trocken.

»Da bin ich mir nicht so sicher«, meinte ich.

Eine eitle, lautsprecherverstärkte Stimme störte uns. Einige Male erinnerten ihre Appelle erschreckend an die Hitler-Reden, die ich aus dem Radio kannte. Vermutlich lag es an der Sprache und der eindringlichen Stimme, auch an den Menschenmassen. Die Herde sollte verführt werden und die Botschaft glauben.

Ein Hubschrauber kreiste über uns, und alle möglichen Kameraleute umschwärmten uns wie Bienen. Menschen warfen seltsam verzerrte Schatten an die Fenster des Deutschen Doms. Die Szene

erinnerte mich an Filme Fellinis. Wir saßen im Parkett in der ersten Reihe direkt vor der Leinwand.
Ein Mann drängte sich an uns vorbei. An seinem Fahrrad hatte er ein Plakat befestigt: »Make love, not war«, dazu die krude Zeichnung eines kopulierenden Paars, zwei Männer. Ein Dunkelhäutiger mit Turban nahm einen Hellhäutigen von hinten. Bin Laden und Bush.
Jemand rief dem Mann lachend etwas zu. Ein anderer schlug wütend mit der Faust auf die Pappe und ging weiter. Im Übrigen war alles ruhig. In Berlin gehörten Demonstrationen vermutlich zum Alltag.
Der Mann schob sein Fahrrad unangenehm nah an meiner Wade vorbei. Ich protestierte, er drehte sich um, und seine Lippen bewegten sich, vermutlich entschuldigte er sich. Sein Gesicht war nackt, frisch rasiert. Die Augen hielt er halb geschlossen, als wage er nicht, sich anzuschauen, was er angerichtet hatte. Irgendwas an seiner Nase und seinem Kinn nahm mir den Atem. Ich hätte seinen Namen rufen können.
Einen Augenblick später sah ich nur noch ein Stück seines karierten Hemds im Gewühl der Menschen. Aber eine Wärme verbreitete sich von meinem Schoß aus in alle Blutgefäße. Ich spürte seine Hand auf meiner Schulter. Unsicher, aber trotzdem fest. Dieses Mal ließ er mich entkommen. Eigentlich begehrte er mich nicht, er wollte nur, dass ich auf die Bank mitkomme.
Am Nachbartisch spielten sie ein altes Kartenspiel, Schwarzer Peter. Der etwa acht- oder neunjährige Junge brachte seinen Vater dazu, den Schwarzen Peter zu ziehen. Er lächelte mit softeisverschmiertem Mund. Sein kurz geschnittenes Haar war borstig. Er war verschwitzt und glücklich und scherte sich nicht weiter um die Demonstration. Ein Tableau erschien:
Das Mädchen sitzt mit ein paar anderen Kindern an dem rohen Holztisch im Schlafsaal. Draußen regnet es. Die Karten werden verteilt. Die Erste, die sie aufhebt, ist der Schwarze Peter. Das ist

sie schon gewohnt, weiß aber nicht recht, wie es zugeht. Die anderen wirken fröhlich. Sie versucht, ihre Karten so anzuordnen, dass, wer zieht, am bequemsten den Schwarzen Peter nimmt. Aber das funktioniert nicht. Die anderen meiden die überzählige Karte. Mit ihr kann man kein Paar bilden. Sie wird nicht genommen. Deswegen muss sie sie behalten.

Der Dirigent und die Verrückte

Frida hatte darauf bestanden, die U-Bahn zum KaDeWe zu nehmen und dort in der Lebensmittelabteilung einzukaufen. Ihr war aufgefallen, dass ich nicht gern ausging. Berlin war gar nicht so weit von Oslo entfernt, jemand könnte mich erkennen. Nach dem Einkauf saßen wir auf dem Wittenbergplatz. In meinen Augen kein sonderlich ansprechender Ort. Das erste Mal hatten wir an einem warmen Abend mit über zwanzig Grad dort gesessen. Wir hatten uns weltgewandt gefühlt und waren relaxed gewesen, während ein weiß lackierter Mond langsam über die Hausdächer gerollt war. Frida hatte dem Platz den Namen Mondscheinplatz gegeben.

Aber an diesem Abend schien weder der Mond noch war es warm, wir setzten uns also ins Innere des Cafés. Die kühle Luft verfolgte uns. Ich spürte sie durch die Sitzfläche des Stuhls und durch die Kleider. Frida legte ihr Handy vor sich auf den Tisch.

»Wärst du so freundlich, das Ding woanders hinzulegen«, sagte ich unruhig.

»Du weigerst dich nicht nur auszugehen, jetzt schaust du auch schon das Handy scheel an. Du wirkst gehetzt. Was macht dir eigentlich so zu schaffen?«, brauste sie auf.

»Glaubst du, Frank hat die Bank dazu gebracht, den Bewegungen auf meinem Konto nachzugehen?«, fragte ich.

»Schaust du deswegen die ganze Zeit über deine Schulter? Du meinst, dass es sich nur um Stunden handeln kann, bis die deutsche Polizei vor unserer Tür steht?« Frida seufzte.

»Frank muss inzwischen ganz verzweifelt auf der Suche nach seinem Geld sein.«

»Hast du vor, ihm dabei zu helfen?«

»Nein, aber früher oder später wird es ihm gelingen, mich aufzuspüren.«

»Na und? Falls er kommt, hat er sicher nicht seine Frau dabei. Das wäre doch eine Begegnung! Vielleicht legst du es ja genau darauf an. Dass er dich verfolgt. Und sei es nur wegen der Kohle.«
Da ich für Fridas Frotzeleien nichts übrig hatte, entgegnete ich nichts.
»Wie sollte er erfahren haben, wo du bist?«, fuhr sie fort.
»Das Auto ist schließlich auf meinen Namen angemeldet, und wir sind mit der Fähre nach Kiel gefahren.«
»Denk doch mal nach! Wie soll er erklären, dass er dir das Geld überwiesen hat, ohne irgendwelche Sicherheiten zu verlangen? Glaubst du, dass so was bei der Polizei höchste Priorität hat? Die haben zu wenig Personal, da kannst du Gift drauf nehmen. Außerdem werden sie ihm nicht glauben.«
»Er kann doch sagen, wie es ist. Dass er das Geld verstecken wollte. Und dass er mich sehr gut kennt. Vielleicht hilft ihm dann die Bank, das Geld ausfindig zu machen? Ich glaube, ihn auf der Demo gesehen zu haben.«
»Weißt du was? Hätte ich nicht so gute Laune, dann würde ich jetzt behaupten, dass du unter Verfolgungswahn leidest«, knallte mir Frida vor den Latz.
»Ich bin es nicht gewohnt, so zu leben«, beklagte ich mich.
»Du bist es überhaupt nicht gewohnt zu leben, das ist das Problem. Du hattest dich entschlossen, das zu ändern. Wärst du vielleicht so nett, dich darauf zu konzentrieren, dass du dich buchstäblich auf dem Weg befindest.«
Frida weigerte sich offensichtlich, meine Unruhe ernst zu nehmen.
»Du musst unter Menschen und dich über andere Dinge austauschen als deine persönlichen Belange.«
»Ich gehöre nirgendwo dazu. Ich weiß nicht, worüber ich mich mit den Leuten unterhalten soll«, murmelte ich.
»Kannst du mir die Logik erklären? Du willst, dass deine Bücher gelesen werden. Du stiehlst das Geld deines verheirateten Liebha-

bers, um im Ausland zu leben. Wieso um Himmels willen kannst du dann nicht mal etwas Mumm haben? Beispielsweise könntest du ein wenig von den Leuten lernen, die ein Leben außerhalb deiner Romane führen.«
»Ich bin es nicht gewohnt, mit Leuten zu verkehren, die Deutsch sprechen.«
»Wir können auch irgendwohin gehen, wo du dich nur mit mir zu unterhalten brauchst. In die Oper, ins Theater, ins Konzert. Die ›Paris Bar‹.«
»Ich weiß nicht, was ich anziehen soll«, sagte ich – und hörte selbst, dass das ein Satz aus einem uralten Werbespot für Damenbekleidung von der Stange war.
»Kannst du dir nicht irgendwas kaufen?«, wollte Frida wissen.
»Kommt nicht in Frage. Das kostet Zeit und Geld.«
»Frank kann sich das leisten«, erwiderte Frida grinsend.

Wir bereiteten die Delikatessen aus dem KaDeWe zu. In der Küche war Frida bereits voll in Fahrt. Ich hatte es mir angewöhnt, alle kleineren Kleidungsstücke ins Gefrierfach zu legen. Jetzt entdeckte Frida meinen akribischen Reinlichkeitsfimmel.
»Wirklich auffällig, dass es bei dir jedes Mal zu jucken anfängt, wenn du meinst, mit irgendwas nicht fertig zu werden. Du bist verrückt!«, stellte sie fest, als sei bereits das ein Verbrechen.
»Es wäre mir peinlich, jemanden mit der Krätze anzustecken.«
Schließlich hatte sie mir die Salbe gekauft. Weit weg von unserer Wohnung in einer Apotheke in Berlin-Mitte. Sie war mit einem Mittel gegen Kopfläuse nach Hause gekommen. »Die medizinische Terminologie ist ein Dschungel«, meinte sie seufzend, aber ging tapfer zurück und ließ sich etwas Kräftigeres geben, um das Ungeziefer loszuwerden. Antiscabiosum 25 %. Eine große Flasche in einer grünen Schachtel von einer Strathmann AG in Hamburg. Etwas ganz anderes als die winzige Tube, die ich in Oslo erstanden hatte. Deutsche Gründlichkeit eben, die ihre

Wirkung nicht verfehlen würde. Glaubte ich zumindest. Es waren viele Wochen vergangen, aber noch immer hatte ich Symptome.
Ich trottete hinter Frida her in die Küche. Obwohl sie nicht glaubte, dass ich Krätze hatte, brauchte ich jemanden, der an der Ungewissheit teilhatte.
»Okay, ich gebe auf. Du hast die Krätze. Du unterziehst dich jetzt noch einmal einer Behandlung, um das üble Zeug loszuwerden und damit du niemanden ansteckst. Bist du jetzt zufrieden?«, sagte Frida.
Aber ich war nicht zufrieden. Sie sprach mit mir, als sei ich nicht ganz bei Trost oder ein Kind. Deshalb antwortete ich nicht. Während sie das Hühnerfilet briet, begann ich, unseren Lieblingssalat zuzubereiten,. Aber zuerst wusch ich noch sorgfältig die Hände, betrachtete sie und trocknete sie mit einem Papierhandtuch ab. Das Papierhandtuch warf ich in den Müll.
Der Salat aus Ruccola, Frühlingszwiebeln, Tomaten und fein gehacktem Ingwer war mit einer Sauce aus weißem Pfeffer, Weißweinessig und Olivenöl angemacht. Dass ich mich an die Zutaten erinnerte und beim Mischen die Farben unterschied, beruhigte mich.
»Es ist mir auch klar, dass es nicht lustig sein kann, sich aussätzig zu fühlen. Können wir nicht Frieden schließen?«, sagte sie nach einer Weile.
»Gerne«, erwiderte ich.
Frida begann, vor sich hin zu pfeifen. Die Töne klangen nicht ganz sauber, aber ich verkniff mir eine Bemerkung.
»In Oslo hast du davon geträumt, dir ein Abonnement für die Philharmonie zu kaufen, aber konntest es dir nicht leisten. Jetzt kannst du dir das Gastspiel der Wiener Philharmoniker in Berlin anhören. Der Dirigent ist überaus charmant«, sagte sie.
»Ich habe ihn im Fernsehen gesehen, man hat ihn in den Adelsstand erhoben.«

»Ja, in England adeln sie natürlich alle möglichen Leute, damit es in der Oberklasse nicht zu Inzucht kommt. Er ist sicher Sir genug, die Jungs aus Wien unter Kontrolle zu halten«, meinte Frida respektlos.

»An wie vielen Geldautomaten haben wir in Berlin Geld abgehoben?«, fragte ich Frida, nachdem wir die Billetts mit Karte bezahlt hatten.
»Fängst du schon wieder damit an? Ein Automat mehr oder weniger spielt keine Rolle.«
»Ich weiß nicht, ob es besonders schlau ist, noch viel länger hier zu bleiben«, meinte ich.
»Wenn du so weitermachst, kannst du genauso gut gleich zur Polizei gehen. Ich schlage vor, du konzentrierst dich auf das Konzert. Die Musik. Summe oder singe! Egal was«, sagte Frida.
Ich bereitete mich vor, ohne zu singen. Ich würde die Wiener Philharmoniker bei den 51. Berliner Festwochen erleben unter einem Dirigenten, den ich bisher nur im Fernsehen gesehen hatte. Auf dem Programm stand Beethovens Zweite Sinfonie, nach der Pause die Fünfte.
Wir saßen in der dritten Reihe. Ich hatte den Platz Nummer zwölf. Der Dirigent war kleiner, als ich ihn aus dem Fernsehen in Erinnerung hatte. Es ist immer anders, Leute in Wirklichkeit zu erleben. Sie entsprechen dann überhaupt nicht mehr den Vorstellungen, die wir uns von ihnen gemacht haben. Der wirkliche Mensch zerstört gewissermaßen unsere Träume. Das Haar war nicht so golden, wie ich es in Erinnerung hatte. Schon eher stahlgrau. In dieser Beleuchtung wirkte alles grau und schwarz. Er wandte uns den Rücken zu, nur nicht wenn er kam und ging. So ist das eben bei Dirigenten. Er betrat die Bühne mit einer selbstbewussten, beiläufigen Eleganz. Diese Routine war zu seiner zweiten Natur geworden, wie bei jemandem, der über Jahre in derselben Zeitung das Kreuzworträtsel löst. Weiß

man, wie es aufgebaut ist, dann löst man es sogar mit einem Kater.
Ich machte mir Gedanken darüber, was mit unseren Vorstellungen über bekannte Persönlichkeiten passiert. Wir ergreifen von ihnen Besitz und formen sie in unserem Kopf um. Sie haben keine Möglichkeit, dieser Umwandlung zu entgehen. Je mehr sie uns von sich zeigen, desto mehr Einfluss gewinnen wir über sie. Es ist vorstellbar, dass sie schließlich aufhören, selbständige Wesen zu sein, und nur das Leben leben, das wir ihnen zubilligen.
Nach einer Pause vollführte er eine kleine Bewegung in der Luft, eine Liebkosung der Wange mit der linken Hand. Als würde er etwas zwischen den Fingerspitzen halten. Mit halboffenem Mund wandte er sich dann zur Seite, um bestimmten Musikern ihren Einsatz zu geben. Ein richtiger Verführer. War es dem Menschen überhaupt möglich, seiner eigenen Verführung gerecht zu werden? Lohnte sich das Leben dafür?
Oder war dieser adlige Dirigent auf eine ganz andere Art und Weise als Frank ein Opfer von etwas Größerem als der eigentlichen Verführung? War es die Musik, die dieses Opfer von ihm forderte und das in einem solchen Umfang, dass er nicht einmal selbst wusste, ob er für die Kunst oder aus Eigeninteresse verführte? Auch nicht, wenn er mit dem Taktstock dort stand oder im Fernsehen interviewt wurde? Einigen legendären Persönlichkeiten gelingt es, in der Meinung, die die Leute von ihnen haben, zu überleben und in den Aufzeichnungen, die über sie existieren. Auf diese Art leben sie, wenn auch nicht besser, so doch zumindest deutlicher als in der Wirklichkeit.
Jetzt war der Dirigent zu nah an den Rand seines Podiums geraten. Das Geländer würde ihn nicht halten, wenn er einen weiteren Schritt zurück machte. Stürzte er? Nein. Verspielt trippelte er nach vorn, als kontrolliere er alles mit Zehen- und Fingerspitzen. Er machte sich das ganze Orchester in einem bebenden dritten Satz gefügig.

Im letzten Satz, Allegro-Presto, begann ich, wahrscheinlich an der falschen Stelle, zu weinen. Ich besaß einige Saiten, von denen ich nichts wusste. An diesem Abend waren sie vollkommen außer Kontrolle geraten.

In der Nacht nach dem Konzert träumte ich, dass ich über eine Frau schrieb, die den Dirigenten von einem Konzert zum nächsten verfolgte, von einer Stadt in die nächste, um die ganze Welt. Obwohl die Personen ziemlich echt wirkten, waren sie Romanfiguren. Vielleicht sogar die Gestalten eines dreibändigen Romans.
Ich verstand die Frau, obwohl sie genau das Gegenteil von dem tat, das meine Flucht vor Frank darstellte. So hatte sie nicht nur die Musik, sondern jedes Mal zwei Stunden lang die Freude, sich im selben Raum aufhalten zu können wie er. In meinem Traum versuchte sie sogar, sein Hotelzimmer zu betreten. In einem unbeobachteten Augenblick gelang es ihr, seinen Zimmerschlüssel an der Rezeption zu entwenden. Ich konnte allerdings nicht erkennen, in welcher Stadt und in welchem Hotel sich das abspielte. Überhaupt hätte ich mich gern besser an diesen Traum erinnert. Aber ich spürte deutlich, wie besessen sie war. Ich, die das alles nur träumte, spürte, wie ihr Herz schlug. Sie nahm den Fahrstuhl, fuhr viele Stockwerke nach oben und schritt durch Korridore mit dicken Läufern. Plötzlich schloss sie eine Tür ohne Nummer auf. Alle anderen Türen hatten zierliche Messingnummern.
Die Tür ging nach innen auf, und es zeigte sich, dass die Frau kein Hotelzimmer aufgeschlossen hatte, sondern eine riesige Bühne mit einem großen Orchester, das selbstverständlich mit dem Rücken zu ihr saß. Alle warteten auf den Dirigenten. Vor dem Orchester lag ein dunkler Konzertsaal mit mehreren Hundert Menschen. Die Augen in der ersten Reihe funkelten, eine der Frauen hatte eine filigrane Brosche mit auffälligen Windungen an ihrem Kleid befestigt.
Dann war er da! Der Dirigent. Er kam von rechts herein und

ging dicht an der Frau vorbei, die glaubte, sein Zimmer aufgeschlossen zu haben. Einen Augenblick lang stand er mit dem Rücken zu ihr und nahm den Applaus entgegen, dann drehte er sich um, zu ihr – und zum Orchester. Mit halb geschlossenen Augen hob er den Taktstock und wurde zum Faun im »Nachmittag eines Fauns«.

Ich sah, was die Frau sah, als handele es sich um Nahaufnahmen im Fernsehen. Ein Mann mit flinken Bewegungen, durchdringendem Blick und einer flirtenden Arroganz, die die Männer im Saal sicherlich irritierte. Diese Gestalt war nicht nur ein Verführer, für Einzelne war er sogar eine Gefahr. Seine halblangen Locken waren in dauernder Bewegung. Die Mundwinkel, die einmal nach oben, dann wieder nach unten zeigten, luden zu etwas ein, was sich nicht recht beschreiben ließ. Und jedes Mal, wenn man glaubte, er sei dämonisch, fast rasend, ganz in der Musik gefangen, blitzte ein rasches Lächeln auf, das einen zu dauerhafter Bekanntschaft zu ermuntern schien.

Die Frau, die glaubte, sein Zimmer aufgeschlossen zu haben, sich aber plötzlich im Rampenlicht sah, glaubte, von ihm auserwählt zu sein. Er hatte den Blick eines Menschen, der für etwas lebte, das sich nicht messen, wiegen und bewerten ließ. Nur erleben. Der Blick eines Menschen, der seine Begabung inszenierte. Das war das Wesen des Künstlers.

Die Frau im Traum stand hinter dem Orchester und starrte. Ein Scheinwerfer tauchte sie in gleißendes Licht, aber sie rührte sich nicht, obwohl sie wusste, dass alle im Saal sie sehen konnten. Nur so konnte sie ihm begegnen. Erst glaubte ich, bei diesem Vorgang handele es sich nur um erotische Besessenheit. Aber nach einiger Zeit ging mir auf, dass das Entscheidende die Jagd war. Sie begehrte etwas, von dem sie sich einbildete, das es viele gesehen und erlebt hatten und deswegen besitzen wollten. Sie nahm es auf sich, diejenige zu sein, die ihm am nächsten kam. Nahm es auf sich, das Wagnis einzugehen, sich nicht nur in dem Raum einzuschließen, von dem sie annahm, er sei das Hotelzimmer des Dirigenten, sondern auch stehen zu bleiben, nachdem die Scheinwerfer sie entlarvt hatten. Sie wusste auch, dass sie diesen Menschen, wenn es ihr gelang, ihr Ziel zu erreichen und ihm ganz nahe zu kommen, verlieren würde. Aber sie war verrückt genug, sogar das auszuhalten. Sie sah den Blick, der das Orchester kontrollierte. Diesen Blick, den man vom Saal aus nie erlebt.

Als ich erwachte, setzte ich mich sofort an den Schreibtisch und zwang Frank in meine Szene. Jagte er mich wirklich, um mich zu entlarven, dann wollte ich zumindest diesen Vorteil genießen:

Eine Frau überquert die Straße. Vielleicht ist sie unaufmerksam, denn sie stolpert und stürzt. Mit einem stechenden Schmerz im Knie bleibt sie liegen. Als sie den Kopf zur Seite dreht, um nicht auf einer Bananenschale liegen zu müssen, sieht sie Waden in blauen Jeans. Sie gehören einem Mann, der sich hingekniet hat. Als er sie berührt, versteht sie, dass er nicht fiktiv ist. Obwohl man sich nie sicher sein kann.

»Ist mit Ihnen alles in Ordnung?«, hört sie, nachdem eine Straßenbahn direkt an ihrem Kopf vorbeigefahren ist.

Sie spürt einen starken Arm um ihren Rücken und kommt so weit auf die Beine, dass sie sich an einem Laternenpfahl festklammern kann.

»Sie haben ein Loch im Knie«, sagt er und stützt sie weiterhin.

Sie schaut nach unten. Es blutet durch ihre zerrissenen Hosen. Sie haben fast siebenhundert Kronen gekostet und sind vermutlich nicht zu flicken. Es handelt sich zwar nicht um sonderlich viel Blut, aber das Ganze wirkt trotzdem nicht sonderlich kleidsam. Der Mann hilft ihr zu ein paar Treppenstufen und krempelt ihr Hosenbein hoch. In der Eile kann sie sich nicht erinnern, ob das jemals jemand für sie getan hat. Jedenfalls nicht so. Man kann sich alle möglichen Dinge vorstellen, die ein Mann in seiner Brieftasche aufbewahrt. Dieser hier hat ein Pflaster, das groß genug ist für ihre Wunde. Das ist noch nie passiert, dass jemand für sie ein

Pflaster bereit gehabt hätte. Zumindest kann sie sich nicht erinnern. Dass sie später erfährt, dass er zwei kleine Töchter im Stolperalter hat, nimmt der Angelegenheit nichts von ihrer Bedeutung.

Die Klebefläche des Pflasters ist von seiner Körperwärme geschmeidig. Nach einiger Zeit fällt ihr auf, dass er kurz geschnittenes blondes Haar hat. Es ist nicht leicht zu entscheiden, ob er wütend und irritiert oder begeistert und konzentriert ist. Er nimmt beim Sprechen seine Hände zur Hilfe.

»Das wird schon wieder, aber Sie müssen das Knie schonen. Ich helfe Ihnen. Wie wäre es mit einer Tasse Kaffee?«

Da sie noch nichts Unziemliches getan haben, gehen sie ganz unbekümmert ins »Harlekin«.

Wer hat das Gesicht des Bösen?

Ein zerbrochener, in einen Blitz umgeformter Davidstern und eine gigantische Kluft teilten das gesamte Gebäude. Mehrere Gänge führten zu einem Holocaustturm ohne Fenster. Es war November, und wir waren im Jüdischen Museum, die Winkel schief, der Gesamteindruck zersplittert und die Linien zerbrochen. Die gewohnte Vorstellung, wie ein Haus auszusehen habe, war zerstört. Aber die eigentliche Grausamkeit war dort nur in geringem Maß anzutreffen. Zu meiner Erleichterung hatten sie den Schwerpunkt auf die Geschichte gelegt, auf Familien, Handelshäuser, Alltagsgegenstände. Mehrere leere Räume symbolisierten den totalen Verlust.

Erst im Filmsaal wurde das Ergebnis des Bösen deutlich. Wir bekamen einen authentischen Film über die Freilassung der Gefangenen aus den Konzentrationslagern zu sehen. Apathische, totenkopfartige Gesichter in Türöffnungen. Menschen, die in ihrer gestreiften Lagerkleidung über offene Plätze taumelten. Verhutzelte Gestalten mit rasierten Schädeln und trüben Augen. Kleine Kinder, die nie in Freiheit gelebt hatten. Die Umgebung eine Wüste, draußen und drinnen. Stockbetten mit vielen Etagen. Ohne Bettwäsche. Wie Boxen in einem Stall. Entkräftete Gestalten, die nicht mehr gehen konnten. Die Kameraführung zitterte. Die Betroffenheit des Kameramanns war spürbar.

Frida und ich gingen, ohne ein Wort zu sagen, Unten den Linden entlang zum Landwehrkanal. Die Natur wurde zuviel, selbst in einer Stadt. Die Bäume, die Enten im Wasser, die in der Sonne spielenden Kinder und die wie hingeworfenes Spielzeug am Ufer vertäuten Kähne.

»Wir gehen was trinken«, sagte Frida, als wir zu einem Café kamen.

Erst bestellten wir nur eine Tasse Milchkaffee. Der Schaum auf dem braunen Inhalt erinnerte mich an Jif-Scheuerpulver in einer Kloschüssel.
Frida griff nicht zu dem Buch, das sie immer las, wenn sie sich nicht unterhalten wollte, und ich schrieb auch nichts auf. Im Café waren nicht viele Gäste. Eine junge Frau mit entblößtem, gepiercteem Nabel trank Tee und starrte aus dem Fenster. Zwei ältere Männer, offensichtlich Türken, beugten sich über ein Brettspiel. Hin und wieder verschob einer von ihnen einen Stein. Aus dem Hinterzimmer oder der Küche ließ sich ein schrilles Pfeifen vernehmen, bei dem es einem durch und durch ging. Über unserem Tisch hing eine schiefe Lampe und schaukelte in der Zugluft. Ich fror an den Beinen.
»Wie konnte der nur dastehen und so laut reden?«, fragte Frida entrüstet.
»Wer?«
»Der Mann im Museum, in dem Raum, der der Stille und Kontemplation vorbehalten war.«
»Vermutlich arbeitete er da. Es gibt immer Leute, die …«
»Gut, dass du ihn zum Schweigen gebracht hast«, sagte sie.
»Das hätte ich nicht tun sollen. Meine Aggressionen so auszuleben, macht mich auch nicht besser als ihn.«
»Erinnerst du dich an die Frau im Gang vor dem Filmsaal? Vielleicht war sie ja im Lager gewesen. Vielleicht hat sie sich wiedererkannt.«
»Wie schaffte sie das nur, sich das anzusehen?«
»Wahrscheinlich hatte sie noch Schlimmeres gesehen und inzwischen Abstand gewonnen.«
»Kann man zu so etwas überhaupt Abstand gewinnen? Ich konnte dabei nur weinen«, sagte ich.
»Es wirkt wie Zeitvergeudung, jetzt noch Tränen zu vergießen. Die Leute hätten damals weinen, toben und handeln sollen!«, sagte Frida und bestellte Wein. Ein Kellner in kariertem Hemd

und mit Lederschürze vor seinem Bierbauch schenkte den Wein ein. Ich ließ den Rest des Kaffees stehen.
»Aber es ist wichtig, darüber zu sprechen«, sagte Frida, nachdem der Kellner gegangen war.
»Ja«, erwiderte ich.
»Immer muss *ich* irgendwelche Sachen aufs Tapet bringen«, stellte sie fest, als hätte das auch nur das Geringste mit der Angelegenheit zu tun. So war sie.
»Kann schon sein, aber ehrlich gesagt, was spielt das jetzt für eine Rolle?«
»Ich muss das doch noch sagen dürfen, oder?«
»Ja natürlich, wenn es dir Spaß macht.«
Die junge Frau mit dem nackten Nabel schaute von der Bar verstohlen zu uns herüber. Der Kellner kam aus dem Hinterzimmer und begann den Nachbartisch abzuräumen.
»Bist du deprimiert? Hast du Angst?«, fragte sie.
Es gelang mir nicht, einen berechtigten Grund zu finden, warum ich deprimiert sein sollte. Nicht, nachdem wir im Jüdischen Museum gewesen waren.
»Es ist grotesk, dass ich das Unglück der anderen dazu benutze, mich in mein eigenes zu versenken«, murmelte ich.
»Die Welt ist bevölkert von unglücklichen Leuten, die alles haben und nur mit sich beschäftigt sind, denen aber der Mut und die Gabe für alles andere als die Leere fehlt. Die Geschichte ist voll von Menschen wie uns. Die Literatur ist voll von uns«, stellte Frida fest.
Ich suchte in meinen Taschen nach einem Taschentuch.
»Du kannst uns persönlich doch keinen Vorwurf machen!«, sagte ich, so ruhig ich konnte.
»Wir sitzen hier nur rum und starren in die Luft! Wir! Du solltest darüber schreiben, und zwar so verdammt gut, dass die Welt es begreift.«
»Falls es einem gelingt, den kollektiven Schmerz ständig zu verin-

nerlichen, und zwar in jeder Minute, glaubst du nicht, dass man dann zugrunde geht?«, flüsterte ich und spürte, wie ich auf meinem Stuhl immer kleiner wurde.
»Wer, glaubst du, waren sie, die Henker?«, fragte ich nach einer Weile.
»Menschen, die fürchteten, ihre Privilegien zu verlieren, oder die keine Chance hatten, wenn sie nicht bestimmte Regeln befolgten. Vielleicht auch solche, deren Leben bedroht war, weil sie die Gesetze des Regimes nicht befolgten. Das alles sind potentielle Henker. Erst soll man vielleicht nur einem Mitmenschen seine Freiheit rauben und ihn einsperren, einen Tag später soll man einen Gefangenen dazu bringen, jemanden anzuschwärzen. Vielleicht müssen dem Gefangenen Schmerzen zugefügt werden, weil er nicht reden will. Schmerzen zufügen vor dem Mittagessen wird rasch zur Routine. Zum Abendessen fließt Blut, Arme werden gebrochen. Ein Menschenleben ist so zerbrechlich, dass der Tod leicht vor dem Frühstück eintritt. Anschließend, beim Nachhausekommen, passiert es, dass sich das Bedürfnis einstellt, besonders liebevoll zu den Kindern zu sein. Das ist vor allem bei den Leuten so, die unter keinen Umständen über ihre Erfahrungen reden dürfen. Mit niemandem. So vergehen Stunden, Tage und Jahre. Jeder von uns ist ein nützliches Werkzeug, zusammen sind wir eine effektive Maschinerie im Dienste des Bösen.«
Ich schaute auf den Tisch, und flimmernd erschien ein Tableau: Ein zehn- oder elfjähriges Mädchen steht vor dem Lehrerpult im Klassenzimmer zusammen mit zwei Jungen. Der kleinere blutet an der Lippe, der größere starrt trotzig zu Boden. Der Lehrer fragt das Mädchen, ob es weiß, was draußen losgewesen sei. Erst antwortet es nicht. Der Lehrer wird wütend, und das Mädchen sieht ein, dass es etwas antworten muss.
»Ich war in dem Moment nicht dabei.«
»Aber du warst dort, als ich kam.«
»Ja, da war ich gerade gekommen.«

»Du warst die ganze Zeit da«, schluchzt der Junge, der blutet.
»Stimmt das?«, fragt der Lehrer.
»Ich erinnere mich nicht«, flüstert das Mädchen.
»Hast du gesehen, dass Jon zugeschlagen hat?«
»Nein.«
»Hast du gesehen, dass Atle gefallen ist? Dass er sich verletzt hat, weil er gefallen ist?«
Das Mädchen zögert.
»Kann sein.«
»Du bist dir nicht sicher?«
»Nicht ganz.«
»Wie sicher bist du dir denn?«
»Fast … ganz.«
»Dann ist es also nicht, wie Atle behauptet, dass Jon ihn geschlagen hat?«
»Ich glaub nicht …«
»Ist es nicht so, wie Atle behauptet, dass Jon ihn ständig schlägt, tritt und quält, wenn ihr von der Schule nach Hause geht?«
»Weiß nicht … davon weiß ich nichts.«
»Aber ihr geht doch immer zusammen zurück ins Kinderheim, alle drei?«
Das Mädchen antwortet nicht. Sie beginnt zu weinen.
»Von Schlägen will ich nichts hören, denkt daran!«, sagt der Lehrer und macht eine Runde um das Katheder. Seine Schuhe knarren streng.
»Atle, du bleibst hier! Ihr beiden könnt gehen«, sagt er schließlich und seufzt.
Das Mädchen und Jon gehen auf den Schulhof hinaus. Die anderen Kinder sind alle schon weg. Der Schulhof ist leer. Sie hatte gehofft, dass noch jemand da war, dem sie sich anschließen konnte. Sie bleibt stehen und hofft, dass Jon vorausgeht.
»Komm, verdammt! Hier wird nicht noch mehr gepetzt!«
Das Mädchen kann hören, dass er wahnsinnige Angst hat. Dann

ist er am gefährlichsten. Also trottet sie hinter ihm her. Er dreht sich um und vergewissert sich, dass sie ihm auch folgt.
»Petzen ist feige!«, faucht er, als sie den Weg entlanggehen.
»Ich hab nicht gepetzt.«
»Nein, aber viel hat nicht gefehlt. Du hast angefangen zu heulen. Der Lehrer hat Atle mehr geglaubt als uns. Das war deine Schuld. Wenn du dich nicht zusammennimmst, dann gibt's Prügel.«
»Ich hab nicht …«
»Schnauze! Halt verdammt nochmal die Schnauze, du blöde Drecksgöre!«, sagt er und reißt einen frischen Birkenzweig von den Büschen am Wegrand. Beim Weitergehen schlägt er ihn hart auf die Erde. Nach einer Weile hat der Zweig fast keine Blätter mehr.
Sie darf nicht zu langsam gehen. Viele Tage wird er sie jetzt schikanieren. Aber es sind fast schon Sommerferien, und er wird zwei Wochen in der Hütte des Hausfreunds verbringen. Dieses Jahr ist er an der Reihe. Wenn er zurückkommt, hat er vielleicht alles vergessen.

Ich schlief schlecht und wachte beim geringsten Geräusch vom Hof auf. Im Licht des Morgens war alles anders als in der Nacht. Ich stand am Küchenfenster und schaute nach draußen, während der Kaffee durchlief. Große, schwarze Laubbäume, die ich nicht bestimmen konnte. Mit Ausnahme der Birke. Jemand wie ich erkennt eine Birke immer.
Der Hof, eine Art Park auf verschiedenen Ebenen, war recht groß, weil er zu allen Häusern des Karrees gehörte. Auf die Treppen war Sand gestreut. Schließlich war mit heimtückischem Glatteis nicht zu spaßen. Altes Laub in Haufen versuchte vergebens die leuchtenden Herbstfarben zu bewahren.
Während ich noch am Fenster stand, begann es zu schneien. Einige Häuser waren orange und gelb, als sollten sie die Sonne ersetzen. Ein junger Mann kam mit leeren Flaschen und ließ sie klir-

rend in einen Container fallen. Mehrere Minuten lang erfreute ich mich an dem durchdringenden Geräusch splitternden Glases. Ein kleines Mädchen in grüner Daunenjacke kam angehüpft. Plötzlich blieb sie stehen und schaute hoch, als hätte sie etwas gesehen. So blieb sie recht lange stehen. Reglos.

Als ich bemerkte, dass Frida neben mir stand, fragte ich: »Haben in Auschwitz die Vögel gesungen?«

Puppen im Grenzland

Frida fand, dass ich das Wort Tableau nicht im Roman verwenden sollte.
»Warum nicht?«, fragte ich.
»Darunter kann sich niemand etwas vorstellen. Das hört sich an wie eine fixe Idee. Genau wie das mit der Krätze. Außerdem glaube ich, dass das nicht funktioniert. Du erzählst eine Geschichte. Bewegung. Ein Tableau steht still«, meinte sie.
»Manchmal muss man schreiben, was man selbst für richtig hält, auch wenn die anderen es für falsch halten.« Ich war erstaunt, dass meine Stimme so stur klang.
Resolut holte ich mein Norwegisch-Wörterbuch, um das Wort »Tableau« nachzuschlagen und dessen ursprüngliche Bedeutung. Ich verließ mich nicht darauf, was sich Frida unter diesem Wort vorstellte. Ich hatte oft erlebt, dass Wörter eine ganz andere Bedeutung bekommen hatten, nachdem Vorurteile und Verzerrungen sie entstellt hatten.
Ich las laut: »Tableau: (Theaterstück oder Revue) effektvoll aufgestellte Gruppe von Schauspielern; malerische Darstellung einer solchen Gruppe; (als Ausruf bei peinlichen Vorfällen) *diejenige, über die die Gesellschaft getratscht hatte, kommt hinter einer Portiere hervor – Tableau*; Teil eines Theaterstücks.«
»Aber du schreibst doch einen Roman«, wandte Frida ein.
»Muss man dieses Wort so eng fassen? Schließlich geht es um eine Geschichte in der Geschichte.«
»Ja. Wenn sie dir wirklich so wichtig ist, dann kannst du sie doch einfach in den Text einfügen, ohne sie mit einem Etikett zu versehen.«
»Das funktioniert nicht richtig«, sagte ich mutlos.
»Okay. Ich will mit dir nicht streiten«, meinte Frida. »Wie viele Seiten hast du übrigens heute schon geschafft?«

»Du weißt sehr gut, dass es nicht auf die Seitenzahl ankommt, sondern darauf, was draufsteht.«

»Stimmt. Aber ohne dass eine Zeile geschrieben wird, steht schließlich nichts auf dem Papier.«

Ich ließ mich nicht zu einer Antwort herab, sondern nahm nur das Wörterbuch mit ins Wohnzimmer und setzte mich an den Schreibtisch.

Auf Dauer wurde es mir zu still. Nach einer Weile sagte ich: »Jemand hat geklingelt, ehe wir aufgestanden sind. Weißt du, wer?«

»Vermutlich der Briefträger.«

»Es gibt doch einen Briefkasten. Außerdem kriegen wir nie Post.«

»Vermutlich kam er mit der ›Aftenposten‹ und kriegte sie nicht durch den Briefkastenschlitz.«

»Ich muss die Zeitung abbestellen. Es war ein Fehler, sie nachschicken zu lassen.«

»Glaubst du im Ernst, dass Frank bei der Post nachgefragt hat?« Sie seufzte. Aber aus irgendeinem Grund suchte sie dann doch nach der Telefonnummer und bestellte die Zeitung innerhalb von wenigen Minuten ab.

»So! Jetzt hast du nichts mehr zu befürchten«, sagte sie anschließend.

Aber um meine Konzentration war es geschehen. Ich konnte nicht mehr schreiben. Besonders, da ich wusste, dass der Name Frank im Manuskript ein Faktum war.

»Wir können nicht hierbleiben. Wir müssen weiterziehen«, sagte ich und klappte das neue Notebook zu. Es war viel flacher als ein Diplomatenkoffer.

»Okay. Es ist auch höchste Zeit, um etwas Außergewöhnliches zu unternehmen. Wir fahren nach Prag! Das bringt uns auf neue Gedanken und Ideen«, sagte Frida.

»Nach Prag?«

»Das wird aufregend. Wir sind doch frei, oder etwa nicht? Wir machen das, was wir wollen.«

»Was sollen wir dort? Ich meine, wieso ausgerechnet Prag?«
»Weil wir noch nie dort waren. Du hast doch sogar einen Reiseführer über Prag.«
»Lieber einen ruhigeren Ort. In letzter Zeit war es mit meiner Konzentration nicht so weit her. Der Stoff lässt sich immer schlechter in den Griff bekommen, und die Tage vergehen. Ich kann mich nicht über neue Erlebnisse freuen, wenn mich dauernd ein schlechtes Gewissen quält, weil ich nicht arbeite.«
»Bei deinem Gewissen geht es um Franks Geld, nicht ums Schreiben! Aber ohne zu leben und etwas zu erleben hast du doch nichts, worüber du schreiben kannst.«
»Das verstehst du nicht«, erwiderte ich resigniert.
»Wenn du meinst. Aber ich habe bereits über eine Veränderung nachgedacht, seit du angefangen hast, dich dauernd auf der Straße umzudrehen. Ich habe ein Jugendstilhotel aus dem Jahr 1905 ausfindig gemacht. Es wird in allen Veröffentlichungen über Prag erwähnt. Darüber stand auch mal was in ›Aftenposten‹, dann muss es schließlich gut sein. Das ›Grand Hotel Europa‹.«

Wir fuhren durch Deutschlands fruchtbare Landschaft, in der die eine oder andere Scheußlichkeit den Eindruck nicht verderben konnte, dass es sich bei diesem Land um einen wohl bestellten Garten handelt. Wir waren so inspiriert, dass wir einen Umweg machten, in die Gegend von Meißen. Die Bäume waren noch grün, als sei erst Frühherbst, und Ausflugsdampfer fuhren auf der Elbe. Die Landschaft erinnerte an ein Gemälde aus dem achtzehnten Jahrhundert, dessen Farbe noch nicht getrocknet ist.
Hier waren Franks Porzellanfiguren geschaffen worden. Er besaß nicht viele und wollte sie eigentlich nicht verkaufen. Deswegen zeichnete er sie mit einem hohen Preis aus. Sie standen in Vitrinen ganz hinten im Laden, hinter einem aus einem Holzstück geschnitzten Stuhl und einem Küchentisch. Man musste über

eine Schlafbank aus Småland klettern, um durch die verstaubten Scheiben etwas sehen zu können.

Frank hätte darauf bestanden, in den Ort zu fahren, um die Manufaktur oder einen Laden zu suchen. Anschließend hätte er das Auto mit diesen Gegenständen voll gestopft, die ich immer sehr anstrengend fand, weil sie so zerbrechlich waren. Frank hingegen nahm sie immer recht ungeniert aus der Vitrine und schmuste fast mit ihnen. Als seien sie flauschige Kätzchen, die einen Schubs vertragen konnten. Auch wenn man sie nicht im Genick packen sollte, sollte man zumindest ungezwungen mit ihnen umgehen. Dass er das Wertvollste mit so fahrlässiger Liebe handhabte, war seltsam.

»Sollen wir in die Stadt reinfahren?«, fragte ich, gewissermaßen, um Frank zu helfen.

»Vielleicht auf dem Rückweg. Jetzt müssen wir uns dranhalten, dass wir noch durchs Gebirge und über die Grenze kommen«, antwortete Frida zerstreut.

Wir fuhren auf der Autobahn weiter und donnerten durch Ölgemälde, von denen eins üppiger als das andere war. Leichter Dunst legte links und rechts einen grün-goldenen Schleier auf die endlose Reihe von Autos, die sich bei einhundertfünfzig Kilometer in der Stunde wie auf eine Schnur auffädelten. Pittoreske kleine Dörfer in Tälern und auf Anhöhen. Erst tauchte die Spitze des Kirchturms auf, dann am Rand des Gesichtsfelds die zusammengedrängten Häuser.

Nachdem wir an Dresden vorbei waren, wurde alles anders. Bedrohlich. Irgendwie war auf alles kein Verlass mehr. Ich versuchte positiv zu denken, wie es so schön heißt. Beispielsweise, dass wir im Erzgebirge waren, in dem die kitschigen, lustigen Holzfiguren hergestellt werden. Da es sich um Handarbeit handelte, kosteten sie ein Vermögen. Frida hatte einen Kobold, der Pfeife rauchen konnte, gekauft – in einem Laden in Berlin.

An einer Stelle ging die Landschaft direkt in den regenschwarzen Himmel über. Die Eisenbahnlinie, die regelmäßig links von der Straße aufgetaucht war, endete hier. Wie eine Warnung. Falls wir bisher an die westliche Zivilisation geglaubt hatten, so war diese jetzt an diesem stillgelegten, halb vergrabenen Bahnhof unerbittlich zu Ende. Eine Anhöhe mit geraden, flechtenbewachsenen Tannen tauchte auf, zwischen denen ein kleines, fast privates Bassin blauen Himmels flimmerte, als versuche es, den Eindruck von Ödnis abzumildern. Vorher waren wir an einer Kirche vorbeigekommen, an der ein großes Plakat wie eine Reklame für dauerhafte Werte und Ordnung zur »heiligen Messe« einlud.

Dann ging es hinauf in das Schwarze, Graue und Weiße. Meine Geografiekenntnisse hatten mir einen Streich gespielt. Ich war mir nicht klar darüber gewesen, dass wir sozusagen die Alpen überqueren mussten, um nach Tschechien zu kommen. Ich bemerkte, es sei gut, dass wir neue Reifen hatten. Es könne glatt werden. Frida nickte und konzentrierte sich aufs Fahren.

Kurz vor der Grenze kam die Sonne etwas hervor. Langsam rollten wir vor zur Passkontrolle. Da er offensichtlich nichts zu beanstanden hatte, winkte uns der Uniformierte durch. Frida gab Gas, und wir glaubten schon, alles hinter uns zu haben. Aber die lauten Rufe zweier Männer, die neben unserem Wagen herrannten, belehrten uns eines Besseren. Als wir anhielten, umringten uns fünf oder sechs Uniformierte. Mich überkam ein Gefühl der Unwirklichkeit, und mein Herz führte sich auf, als wisse es, dass wir mehr als nur ein Skelett im Schrank hatten. Zumindest Papiere des deutschen Geheimdienstes, die topsecret waren. Oder hatte die norwegische Polizei an alle Grenzübergänge in Europa unsere Autonummer und einen Haftbefehl durchgegeben?

Meine Knie zitterten, und ich war froh, dass ich saß. Frida kurbelte die Scheibe herunter und starrte dem, der ihr am nächsten stand, ins Gesicht. Barsch sagte dieser etwas auf Tschechisch. Hier ging man ganz offenbar keine Risiken ein. Die Autos wurden sowohl von deutschen als auch von tschechischen Grenzposten kontrolliert. Als Frida ihn auf Englisch ansprach, begann der Mann uns in einer Art lokalem Englisch sehr gründlich auszufragen. Er wollte nicht verstehen, dass wir nach Prag fuhren, um mit eigenen Augen die Brücken und Kirchen zu betrachten. Ja, fast war es so, als wolle er uns von einem solchen Plan abraten. Er schaute durch beide Türen auf der Fahrerseite ins Auto. Dann erwachte auf einmal sein Interesse an der Heckklappe, und Frida musste sie öffnen.

Mit zwei Fingern hob er eine Reisedecke an. Etwas kam ihm verdächtig vor. Glaubte er etwa, dass wir Franks Geld bündelweise im Kofferraum mitführten? Die Decke hatte während der Fahrt durchs kühle Gebirge auf meinen Knien gelegen, vielleicht bekam er nun Franks Krätze. Von der Schadenfreude würde ich allerdings nichts haben, denn ich würde nie etwas davon erfahren. Wahrscheinlich säße ich dann schon den dritten Monat in einem schmutzigen Grenzgefängnis oder, reines Wunschdenken, bin wieder zurück in der Wohnung in Kreuzberg.

Jetzt zitterten auch meine Hände. Es hatte den Anschein, als sei mein Pass verdächtig. Er nahm ihn zu einem Kollegen mit, der etwas abseits stand. Dieser blätterte ausgiebig in dem Dokument und kam dann zum Wagen, allein.

Mein Gesicht legte sich in Falten, und ich hoffte, dass das einem Lächeln glich. Ich streckte die Hand aus und sagte ein paar einfache Sätze auf Deutsch. Er antwortete zögernd. Dann ging irgendetwas in ihm vor. Er erwiderte mein Lächeln und reichte mir meinen Pass. Leicht verlegen, ja regelrecht linkisch. Wie ein Junge, den jemand in eine Uniform gesteckt hat, damit er Verbrecherinnen aus Norwegen beim Überschreiten der deutschen Grenze mit der nötigen Härte begegnet.

Ich nahm mich zusammen und beugte mich vor. Wir wechselten noch ein paar Worte. Dann hob er die Hand an seine Mütze, lächelte breit und winkte uns weiter. Der Gesichtsausdruck seiner

Mitläufer besagte, dass Kontakt mit Menschen an Grenzübergängen so unangenehm sei wie Ameisen in der Unterhose.
»Jetzt kannst du zumindest ausatmen. Sie haben uns an der Grenze kontrolliert und für ausreichend leicht befunden. Niemand ist hinter uns her«, sagte Frida lachend.
»Ich habe geglaubt, sie haben uns«, erwiderte ich seufzend, nachdem wir die Uniformierten ein paar Meter hinter uns gelassen hatten.
»Ich bin etwas zu schnell gefahren. Ich hätte auch merken können, dass da zwei Kontrollposten sind. Wahrscheinlich hat es sie provoziert, dass ich einfach durchfahren wollte. Aber die Stimmung änderte sich doch radikal, als wir unseren Charme einsetzten.«
»Der Grenzposten erinnerte mich an jemanden, den ich früher kannte, wahrscheinlich hatte ich deswegen eine positive Einstellung.«
Der Asphalt glich einem nassen, schwarzen Fahrradschlauch, aufgeschnitten und zwischen den Honda und das Hotel in Prag gespannt. Wir mussten uns nur noch ziehen lassen.
»Fremde Gesichter erinnern mich manchmal an Menschen, denen ich schon begegnet bin oder die ich gekannt habe. Ich denke dann mehr an die von früher als an die, die vor mir stehen. Falls es sich um positive Erinnerungen handelt, benehme ich mich entsprechend. Gelegentlich hat man einfach Glück, wie jetzt gerade«, sagte ich.
»Der Kaffee ist kalt. Kann ich einen heißen bekommen?«, fragte Frida.
Der Motor hatte einen tiefen, dröhnenden Bass. Die Steigung stellte eine Herausforderung für die Automatik dar. Mit einem monotonen Hämmern trafen dic Reifen auf die Fugen der Betonpiste. Der Lastzug auf der rechten Spur hatte Probleme. Er spuckte grau und heulte hässlich. Eine weiße Nebelwand kam plötzlich von der Seite. Als würden dort irgendwo Riesen kochen.

»Hat er dich an den Vater deines Kindes erinnert, so wie er damals war?«, wollte sie plötzlich wissen.
»Ich glaube, es war der Mund. Der des Tschechen … er sah ganz gleich aus«, erwiderte ich. »Es fiel mir auf, dass er sich kaum verändert hatte, obwohl er älter geworden war. Ein paar Sekunden lang glaubte ich wirklich daran. Ich meine, dass er das war.«
»Wieso hast du mit ihm gebrochen?«
»Vermutlich zweifelte ich daran, dass ich es schaffen würde. Er erwartete etwas, was ich nicht geben konnte. Ich schaffte das nicht.«
Der Weg war der Steigung müde, jetzt rasten wir durch eine Ebene. Das Tachometer zeigte einhundertvierzig.
»Und du? Was hast du erwartet … was er vielleicht nicht einlösen konnte?«
»Dass er all das geben würde, was mir fehlte«, räumte ich ein.
»Alles oder nichts. Und dann lief es also auf nichts hinaus?«
»Nach dem Lastwagen war da nur noch das nichts.«
»Wie ist er damit klar gekommen?«, wollte sie wissen.
»Das weiß ich nicht.«
»Hast du ihn nicht gefragt? Du musst doch was gemerkt haben?«
»Damals … ich glaube nicht, dass ich dafür eine Sprache hatte. Ich war mir nicht sicher, dass ich auch nur die einfachsten Dinge ausdrücken konnte.«
»Ist das der Grund dafür, dass du dich gelegentlich immer noch vollkommen hölzern ausdrückst? Weil du deiner eigenen Sprache nicht vertraust?«
Wahrscheinlich war das Frotzelei, aber ich war gekränkt. Hatte ich ihr etwa nicht gerade Dinge anvertraut, die ich bisher noch niemandem erzählt hatte?
»Du hast ihm nie gesagt, dass er dir sehr viel bedeutet? Ihm hast du es aufgebürdet, stets zu wissen, was du empfindest, war es nicht so?«, fuhr sie fort, als merke sie nicht, dass ich auf Distanz ging.
»Vermutlich«, gab ich zu.

Es begann zu schneien. Mehrere Kilometer lang protestierten meine Eingeweide, aber Frida fuhr nicht langsamer. Nach einer Weile flog im Schneegestöber ein Schild vorbei, wahrscheinlich trug es die Aufschrift »Teplice«. Anschließend wurde es heller, und ein selbst gezimmertes Nachtclubschild tauchte auf. Ich las das vielversprechende Wort »Eden«, umgeben von einem Herzen, von dem die Farbe abblätterte. Etwas weiter stand »Casablanca« über zerschlagenen, vergitterten Fensterscheiben. Schilder mit »Camel« wie in einem Cowboyfilm, Marktstände mit traurigem Plastikramsch auf regenverzogenen Brettern, Weihnachtsmänner in blassen Farben und E.T.-Figuren, wie sie vor mindestens zehn Jahren angesagt gewesen waren. Kein Kunde weit und breit.
»Sagst du mir seinen Namen?«
»Wieso? Das ist lang her ...«
»Ich glaube, das ist wichtig für dich.«
Heruntergekommene Mietshäuser mit kaputten Scheiben tauchten auf. Unzählige, ganz nah an der Straße. Offenbar verlassen, unbewohnbar und trotzdem mit Schatten menschlichen Lebens.
»Steinar ...«, sagte ich zögernd. Es war ganz deutlich zu hören. »Er hieß Steinar.«

Ich war vollkommen unvorbereitet. Ich dachte diesen Gedanken gar nicht. Aber wie misshandelte Porzellanpuppen ohne Kleider tauchten sie auf einmal auf. Die Erste hatte weiße Hotpants und nackte Schenkel. Ihre dünnen Beine steckten in viel zu weiten, hochhackigen, weißen Cowboystiefeln. Trotz dieses makabren Anblicks sah ich plötzlich Daisy Duck mit ihren riesigen Schuhen vor mir, die Entenbrust bis zum Hals hochgeschoben. Eine offene, rosa Spitzenbluse flatterte wie ein havariertes Segel im Wind. Die mageren Arme schimmerten bläulich. Sie standen seitlich ab wie stählerne Stricknadeln aus einer unfertigen Handarbeit.
Erst wollte ich meinen Augen nicht trauen. Diese kleinen Mädchen im Schneegestöber am Straßenrand konnten nicht wirklich

sein! Es waren viel mehr, als ich zählen konnte. Verfroren, halbnackt und mit grotesk geschminkten Gesichtern. Die meisten standen vor Wechselstuben mit Panoramafenstern zur Straße. Laster und Privatwagen parkten davor. Im Warmen saß, wer sich einen Platz in einem Schaufenster leisten konnte. Die meisten waren so jung, dass sich die Freier strafbar machten. Einige trugen nur Unterwäsche oder noch weniger. An jedem Puppenkopf leuchtete eine blutrot angemalte Ritze. Unabhängig von der geografischen Position wäre nicht klar gewesen, ob es sich um den Mund oder das Genitale handelte. Für die, die anhielten, spielte es wahrscheinlich keine Rolle. Das Haar der meisten war blondiert, fast weiß, und effektvoll frisiert.

Wir fuhren durch ein Dorf mit Scharen dieser Puppenhuren zwischen Kirche, Bank, Bäcker und Schule. Sie streckten uns ihre blau gefrorenen Hände entgegen und schnitten Grimassen, die ein liebliches Lächeln darstellen sollten, bis sie bemerkten, dass wir sie mit unserem maskulinen Auto und seine riesigen Stoßstange zu betrügen suchten.

Eine Frau wollte mit ihrem Einkaufsroller die Straße überqueren, um auf den Markt zu kommen. Weder uns noch die Kinderhuren würdigte sie eines Blickes. Sie blieb stehen und wischte sich den nassen Schnee aus dem Gesicht, während sie darauf wartete, dass man sie über die Straße lassen würde.

Der Wagen vor uns hielt, was die jungen Elenden dazu veranlasste, herbeizustürmen und sich buchstäblich auf die Kühlerhaube zu legen. Der Fahrer fuhr an den Rand und blieb stehen. Eine plötzliche Übelkeit befiel mich.

»Ja, verdammt!«, hörte ich Frida fauchen. »Verdammt! Kauf sie dir! Gib ihnen Geld, damit sie nicht erfrieren, ehe sie ihre Kindheit hinter sich haben!«

Drei kleine Mädchen mit schon ausgeleierten Genitalien und einem Blick, der vermutlich alles gesehen hatte, lehnten sich, während wir abbremsten, damit der Freier auf den Parkplatz fah-

ren konnte, auf unser Auto. Eine legte die Hand auf die Windschutzscheibe und schnitt eine Grimasse, als sie sah, dass wir keine Männer waren. Ihr Gesicht war fleckig von Make-up. Oder Schmutz? Wahrscheinlich von beidem. Ihr Blick wirkte gedopt oder vielleicht auch nur apathisch. Wie das Ende einer erloschenen Zigarre. Als gehörten die Augen einer Toten oder einem Roboter. Eine Barbiepuppe, die jemand in den Straßengraben geschmissen hatte, ohne sie erst noch umständlich anzukleiden. Aber an der Frisur war wie bei einer achtzigjährigen amerikanischen Blondine, die sich regelmäßig ondulieren lässt, nichts auszusetzen.
Statt die deutschen Geldscheine, die ich in der Tasche hatte, aus dem Fenster zu werfen, begann ich idiotischerweise zu heulen. Zwei Lastzüge und zwei Personenwagen mit deutschen Kennzeichen standen vor einer der Buden, wo halbnackte kleine Mädchen auf Barhockern ausgestellt wurden. Flüchtig bekam ich, gerade als die Straße frei wurde und wir weiterfahren konnten, mit, wie sich eine von ihnen erhob, um zur Arbeit zu gehen. Die, die die Grimasse geschnitten hatte, stieg in den nächsten Lastzug. Als sie die Leiter hochkletterte, nahm sie bereits, um Zeit zu sparen, ihre kleinen Brüste aus der Bluse.
Frida bedachte den Lastwagenfahrer, der das Kind auf die Pritsche hinter dem Fahrersitz schlüpfen ließ, mit einem eiskalten Segen. Ich fühlte mich an das Aquarium erinnert, das ich in einem Café in Kreuzberg gesehen hatte. Goldfische mit weißgrauen Lippen und perlhuhnfleckigen Flanken. Augen auf beiden Seiten des Mauls und ein winziges, schlaffes Ding unten am Bauch wie ein Faden, ein Penis, den jemand an der Vorhaut langgezogen hatte, ein deformierter Trichter. Flachköpfig und flossenwedelnd schwammen sie im Kreis, hielten einige Sekunden inne und setzten ihren Weg fressend fort. Es gab auch Neonfische mit leuchtenden Rücken und roten Flanken, die mit kleinen, raschen Unterleibsbewegungen herumstrolchten, als übten sie für den

Beischlaf. Jetzt schwammen sie gemeinsam mit dem Bild von dem kleinen Mädchen auf der Leiter und dem Lastwagenfahrer mit dem aufgedunsenen Gesicht in der offenen Fahrertür in meinem Kopf im Kreis. Die Kussfische saugten sich am Glas des Aquariums fest und entblößten ihr Organ. Über den Steinen, den halbtoten Pflanzen und dem schmutzigen, ständig strömenden, sprudelnden Wasser. Und Kalksteinen mit grauen Öffnungen und Hohlräumen.

Gleichzeitig und sehr unsachlich tauchte das Porträt von Václav Havel vor meinem inneren Auge auf. Er wirkte müde und nicht sonderlich fröhlich. Hier verstand ich das viel besser als früher. Wie müde er in seinem Schloss hinter dem riesigen Pförtnerhaus, das ich auf Abbildungen gesehen hatte, sein musste! Seine Wächter wirkten wie ausgestellt, wie die toten Puppen an der Grenze. Sie strahlten jedoch Würde aus, ihre Waffen und Uniformen befanden sich hinter kugelsicherem Glas. Und Präsident Václav? Wusste er, dass der Selbsterhaltungstrieb diese Kinder dazu zwang, ihre Geschlechtsorgane an Kühlerhauben und übergewichtige Familienväter zu kleistern? Oder war er zu müde, das zur Kenntnis zu nehmen?

Die Vorsteherin steht am Schreibpult und schaut auf ein Mädchen in grauer Strickjacke, die ein Loch im Ellbogen hat. Das Mädchen wird bald konfirmiert und muss deswegen examiniert und auf den baldigen Auszug vorbereitet werden. Die Vorsteherin hat sie holen lassen. Auf dem Tisch liegt etwas in Packpapier eingewickelt. Die Schnur ist bereits entfernt, als habe ein Gefängniswärter den Inhalt kontrolliert, ehe das Paket an den Häftling ausgehändigt wird.

»Pack aus!«, sagt die Vorsteherin, nicht unfreundlich, aber energisch wie immer.

Das Mädchen geht die zwei Schritte zum Tisch und beginnt auszupacken. Wahrscheinlich hat das Frühjahr noch nicht richtig begonnen, denn der Baum vor dem Fenster macht noch einen recht öden Eindruck. Im Packpapier liegt ein Stück Wolldecke. Verschlissen, aber eindeutig grau. Die eine Seite ist mit großen Stichen gesäumt, wie es bei dieser Art Decken üblich ist: grauer Wollfaden, u-förmiger Stich. Die anderen drei Seiten sind ausgefranst, das Stück hat jemand aus einer größeren Decke herausgeschnitten. In einem altmodisch lila gefütterten Umschlag liegt ein unleserlich beschrifteter Zettel.

»Der Umschlag war damals, als sie dich gefunden haben, nicht dabei, nur der Brief. Er war so durchnässt, dass sich die Schrift nicht mehr entziffern ließ. Aber vermutlich wollten sie aufheben, was da war. Hier ist es«, sagt die Vorsteherin und räuspert sich kaum hörbar. Ihre Augen sind nicht eigentlich ungeduldig, sondern unstet, als wünsche sie, dass das Leben rasch weitergeht.

»Dein Name, von dem sie angenommen haben, dass er im Brief steht, der ist auch unleserlich«, sagt die Vorsteherin und zieht, ohne das Mädchen anzusehen, das Schreiben aus dem Umschlag. Das Papier raschelt leise. Ein Geräusch, das vierzehn Jahre lang in einem Umschlag eingeschlossen war.

»Sie haben ihn auch nicht in Erfahrung bringen können. Weder die Behörden noch die Heilsarmee. Es ist nicht einmal sicher, ob dort Susanne oder Sanne steht … Jetzt, bei deiner Konfirmation, können wir dir helfen, den Namen anzunehmen, den du dir wünschst. Aber vermutlich hast du dich an diesen gewöhnt.«

Irgendetwas sagt dem Mädchen, dass es für die Vorsteherin auch nicht leicht ist. Dass sie es ihr so einfach wie möglich machen sollte, indem sie alles so lässt, wie es ist. Die Vorsteherin hat Sorgen genug. Die Rechnungen, außerdem ist das Küchenmädchen verschwunden, ohne ein Wort zu sagen. Im Keller ist das Pökelfleisch in der Tonne verdorben. Eine endlose Reihe täglicher Sorgen. Dieser Brief ist schließlich alt. Fürchterlich alt. Das Mädchen empfindet seine vierzehn Jahre als ein Joch, an dem zwei Eimer hängen. Jetzt wird sie in die Welt hinausziehen und nur noch sich selbst zu tragen haben. Was soll da noch ein alter, unleserlicher Brief?

»Glauben Sie, es lässt sich noch herausfinden? Wer mich in die Decke gewickelt hat?«, fragt sie trotzdem.

»Deine Papiere liegen auf dem Amt. Dort haben sie die ganze Zeit gelegen. Man fand heraus, dass es sich bei denen, die dich dort hingelegt haben, um fahrendes Volk gehandelt haben muss. Du stammst nicht von hier, soviel ist sicher. Eine hiesige Mutter hätte sich verraten. Sie haben nachgeforscht … Wir haben getan, was wir konnten, das kannst du mir glauben«, sagt die Vorsteherin und seufzt tief.

Das Mädchen würde sich am liebsten auf den Stuhl setzen, denn es glaubt zu schwanken. Aber sie kann nicht darum bitten. Die Vorsteherin sagt vermutlich die Wahrheit, denn sie hätten jede Chance genutzt, sie anderweitig unterzubringen. Sie hat das Kinderheim in den Jahren, in denen niemand Anspruch auf sie erhob, viel Geld gekostet.

Zwischen der zusammengefalteten Wolldecke liegt ein Tuch aus dünner Spitze und mit Fransen. Sie berührt es vorsichtig mit den Fingerspitzen. Offenbar ist es nicht gewaschen worden, seit sie darin gelegen hatte. Sie hält es vor sich in die Höhe, obwohl sie weiß, dass die Vorsteherin keine Zeit hat. Die Spitze ist an mehreren Stellen schadhaft. Aber das lässt sich reparieren. Braune Flecken – Feuchtigkeit, die schon lange getrocknet ist – bilden eine unleserliche Karte. Als wollten sie ihr ihre Geschichte erzählen und es gelänge ihnen nicht. Das Stück Stoff ist nicht groß, aber einmal war es für sie groß genug.

Ein brauner Umschlag im Format eines Schreibhefts liegt auf dem verschrammten Schreibtisch. Die Vorsteherin deutet auf ihn, ohne ihn in die Hand zu nehmen.

»Das gehört jedenfalls alles dir. Zeugnisse. Papiere. Merkblätter. Du bist geimpft, und alles ist in Ordnung.«

Prag bei Frost

Der Empfangstresen war mit rotem Leder verkleidet. Die Wandlampen an den braunen Säulen erinnerten an beleuchtete Schilde aus der Ritterzeit. Die durchgesessenen Fauteuils hatten Polster aus verschossenem grünem und rotem Plüsch. Sie lehnten sich aneinander wie vergessene Requisiten auf einer stillgelegten Bühne.

Auf jedem Stockwerk gab es ein großes Foyer wie aus einem Horrorfilm. Überall hingen Kronleuchter mit bedrohlichen Speerspitzen, die auf einen zielten, wenn man sich erdreistete, unter ihnen hindurchzugehen. Abgetretene Teppiche aus einer weit zurückliegenden großen Zeit bedeckten Böden und Treppen.

Zimmer 202 war auf den ersten Blick schäbig und romantisch. Die Einrichtung bestand aus zwei alten schmutzig gelben Holzbetten mit geschnitzten Kopfenden und passenden Nachttischen sowie einem Kleiderschrank mit brüchiger Spitzengardine in der Glastür, der einen gewissen fadenscheinigen Charme hatte. Die Tapeten hatten ihre große Zeit ebenfalls bereits hinter sich und erinnerten an Schrankpapier in einem abbruchreifen Kellerabteil. Am authentischsten war jedoch das Bad. Es gluckerte ständig, ohne dass wir auch nur einen Wasserhahn aufgedreht hatten.

»Die Klosettschüssel erinnert an den Eingang eines Grubenschachts«, bemerkte ich. Es schauderte mich beim Anblick der großen, exkrementfarbenen Öffnung, die seit vielen Jahren niemand mehr saubergehalten hatte. Ich konnte das Reinigungspersonal verstehen.

»Immer mit der Ruhe! Dir sind sterile Klos zu wichtig«, erwiderte Frida nachsichtig.

Im Übrigen bestand das Bad aus einem Labyrinth aus Ecken und Spalten, Rohrenden und schadhaften Fliesen aus den beschwingten zwanziger Jahren. Mörtel, uralte Spinnweben und eine Fauna, vor

der man nur die Augen schließen konnte, wurden geboten. Ich schaute auf den Klodeckel, und ein Tableau erschien:
Ein kleines Mädchen sitzt auf einer gluckernden Klosettschüssel in einem Verschlag an einem kalten Gang. Sie hat viel zu kurze Arme, um die Tür zuhalten zu können, falls jemand kommt. Man darf die Tür nicht mit dem Haken verschließen, das ist verboten. Mit knapper Not gelingt es ihr, fertig zu werden, ehe einer der großen Jungen kommt. Sie wetzt nach draußen und eine Treppe hinunter zu dem Waschbecken, das einen Sprung hat. Zögernd streckt sie die Hand nach einem großen, auf dem Rand liegenden Stück Seife aus. Viele haben es vor ihr verwendet. Alter Schmutz hat sich in schwarzen Streifen abgesetzt. In der Ecke steht eine Badewanne. Das gelbe Email ist rissig, die Rohre sind verrostet. Jeden Samstag baden die Kinder, die kleinen zu dritt. Für die großen gibt es nicht immer frisches Wasser, je nachdem, wie schmutzig die kleinen waren. Bibbern und Proteste hängen in den Wänden. Sie hört das, selbst wenn sie allein dort ist. Am Samstag bekommen sie auch die sauberen Kleider, die sie dann die ganze Woche tragen. Es graut ihr bereits davor, dass sie einmal groß wird und man sie ausschimpft, weil ihre Unterhose blutbefleckt ist. Diese Schande ist fürchterlich.

»Wir müssen das Zimmer wechseln!«, sagte ich energisch, nahm den Schlüssel und ging nach unten.
Das Filmteam im Foyer würdigte mich keines Blickes. Schauspieler in seltsamen Kostümen räkelten sich auf Stühlen und dem Sofa. Sie schienen auf jemanden zu warten. Vermutlich wäre es ihnen gleichgültig, wenn ich als unerwartete Statistin im Film mitspielte. Hier musste man seinem eigenen Drehbuch folgen.
In ein anderes Zimmer umzuziehen sei nicht möglich, sagte die Dame am Empfang. Brauen und Lippen hatte sie sorgfältig nachgezogen. Auf Englisch erklärte sie, alles sei belegt.
»Das Bad ist der reinste Slum«, meinte ich noch, fast unhöflich.

Sie behauptete, das könne nicht sein, davon wisse sie nichts. Außerdem könne sie nichts für mich tun, denn das »Grand Hotel Europa« habe das Glück, ein ganzes Filmteam zu beherbergen und zu bewirten. Ich versuchte es mit Strenge, aber sie breitete nur die Arme aus und hob die Achseln fast bis zu den Ohren. Schließlich übersah sie mich einfach und wandte sich an den Mann hinter mir. Nach seinem Anzug zu urteilen, handelte es sich um einen Schauspieler, der auf seinen Auftritt wartete.
Frida versuchte, mich das Betrübliche vergessen zu machen. Sie zeigte mir die Aussicht aus dem Fenster und behauptete, alles sei »aufregend«. Ohne zu antworten wischte ich den Staub vom Nachttisch und packte aus. Ja, ich wagte mich sogar in die Grotte von einem Badezimmer und machte mich für das Abendessen frisch.
Dabei entdeckte ich mehrere rote Flecken unter der einen Brust. Ich nahm mir vor, vor dem Schlafengehen zu duschen und die Flecken einzucremen. Ich hatte angefangen, alle roten Flecken, die ich an mir entdeckte, mit Salbe zu behandeln, um zu töten, was sich töten ließ. Gelegentlich – wie jetzt – hatte es noch nicht einmal angefangen zu jucken, ehe ich mit der Salbe anrückte. Meine Kleidung hielt ich peinlich genau sauber. Das führte zu einem ziemlichen Verbrauch an Plastiktüten und aufwändiger Planung.
Dieser Zustand war der Laune nicht gerade zuträglich. Ich hatte es mit einer permanenten Niedergeschlagenheit zu tun, an deren Ursache ich mich nicht immer erinnerte, da sie bereits sehr lange andauerte. Einige kleine und große Dinge erzeugten einen ständigen Druck und eine anhaltende Leere, gegen die ich nichts unternehmen konnte.

Es war kalt und deswegen vollkommen verrückt, einen Rock zu tragen. Unter dem dünnen Mantel hatte ich zu wenig an. Das Hotel lag am Wenzelsplatz, über dem auf einer Anhöhe das Nationalmuseum thronte. Wir gingen zum Staroměstské-Platz. Die St.-Niklas-Kirche beeindruckte mich nicht weiter. Auch nicht die Teyn-Kirche und das Bild der heiligen Maria mit dem Kind. Als wir an der astronomischen Uhr vorbeikamen, an der zu jeder vollen Stunde die Apostel eine Prozession veranstalten, hatte ich schon kein Gefühl mehr in den Zehen. Dafür hatte ich das Gefühl, dass mir klein gemahlene Rinde im Hals steckte. Ich hustete. Der Mond, die Sterne und das Funkeln der bunten Kirchenfenster ließen mich begreifen, dass das alles nicht für jemanden wie mich war.

»Ich friere, ich muss ins Hotel«, sagte ich klagend.

»Aber du bist doch in Prag!«, rief Frida.

»Wer friert, nimmt das Erlebte nur in begrenztem Umfang auf.«

»Und nicht nur das. Überlebte Vorstellungen stehen dir im Weg. Eigentlich spielt es keine Rolle, wo auf der Welt du bist. Du lässt dich nicht mitreißen, weil dich die Vergangenheit ablenkt. Die Kindheit. Frank. Und dein Manuskript. Ich habe doch Recht?«

»Du verstehst das nicht. Eine meiner katastrophalsten Schwächen besteht darin, dass ich mich nicht verständlich machen kann«, erwiderte ich mutlos.

Schließlich gingen wir weiter und schauten uns gotische Haus- und Kirchenfassaden und die Buden des Weihnachtsmarkts an. Wir kamen an Krippen, Tannenzweigen, Laternen und fröstelnden, in zahllose Tücher gewickelten Menschen vorbei. Es fiel mir auf, dass alle wie ich mit zu dünnen Schuhen über die raureifglatten Pflastersteine klapperten und schlurften.

Auf alten Ölfässern mit glühenden Kohlen wurden Esskastanien geröstet. Liebespaare gingen Arm in Arm und warfen die Schalen auf die Erde. Die Luft war von Stimmen und Straßengeräuschen erfüllt. Ein Musikant, wie ein Narr verkleidet, hüpfte herum. Auf dem Kopf trug er eine Schellenkappe, die an einen Tintenfisch erinnerte. Er wollte Geld. Das bekam er natürlich von uns. Unter dem kalten Himmel und zwischen den Monumentalbauten von

früher vertrat er mit Pulswärmern und müden Augen die verfrorene Menschlichkeit.
Vielleicht lag es an der Kappe des Musikers, dass ich auf einmal Frank zusammen mit seiner schönen Ehefrau hinter dem Fenster des Café »Harlekin« im Hegdehaugsveien vor mir sah. Ich erinnerte mich wieder an das Gefühl von damals, als ich wie ein verschmähter Frosch durch die Scheibe geglotzt hatte. Ich wünschte, dass sie unglücklich wären, sich stritten, sich schlügen und einander in Stücke rissen. Ich wünschte, ihre Kinder würden im Heim enden. Aber in dem Augenblick, in dem mir dieser Gedanke bewusst wurde, blieb ich wie angewurzelt stehen und presste die Hände an die Schläfen. Ich wollte Frida nicht zeigen, dass ich mir leid tat, weil ich so böse war.
»Wie immer leidest du wegen Frank«, sagte sie.
»Passiert dir so was nie?«
»Ich bin froh, dass wir diesen Coup auf seine Kosten gelandet haben und er nicht weiß, wo wir sind.«
»Bereust du nie was?«
»Nein, was wäre die Alternative gewesen? In Oslo ohne Einkünfte, Freunde und Frank Trübsal zu blasen?«
»Du bist so zynisch! Fast gefühllos.«
»Du und ich, wir haben unterschiedliche Rollen, liebe Sanne.«

Am nächsten Tag kletterten wir über die Requisiten und die Ausrüstung der Filmleute und nahmen unser Frühstück auf einer Art Galerie ein, die mit ausrangierten Möbeln unterschiedlichster Provenienz vollgestellt war. Der Verfall alter Größe war überall sichtbar. An den Wänden, Gesimsen und Kronleuchtern. Die Tischwäsche schien vom Flohmarkt zugunsten irgendeiner Klassenkasse zu stammen, die Servietten waren rosa und verblichen, als hätten sie jahrelang in einem Südfenster gelegen. Die Serviererin erinnerte mich an eine Gefängniswärterin, obwohl ich nie einen Fuß in eine Haftanstalt gesetzt hatte. Jedenfalls bisher nicht.

Das Frühstück bestand aus trockenem Brot, Margarine in Plastikschälchen, schwitzenden Wurstscheiben und Marmelade aus einem unbestimmbaren Rohstoff. Ich kaute langsam und umständlich, und ein Tableau erschien:
Die Wände in dem Zimmer, in dem die Kinder essen, sind einmal hellgrün gewesen. Irgendwie ist die Farbe verschwunden, und zwar besonders dort, wo der Tisch und die Stühle stehen. In Höhe des Stahlrohrs am Ende der Stuhllehne zieht sich ein deutlicher Streifen die Wand entlang. Niemand weiß, wie er dorthin gekommen ist, denn es ist verboten, mit dem Stuhl an der Wand anzustoßen. Zwischen den Fenstern hängt ein Bild in einem Goldrahmen. Jesus segnet einen Jungen und ein Mädchen. Die Kinder tragen schöne Kleider, die wie angegossen passen. Der Rock des Mädchens, dessen Stoffgürtel mit einer großen Schleife gebunden ist, hat einen Volant. Vielleicht sind die Kleider sogar aus Samt wie der Kragen am Sonntagskleid der Vorsteherin. Auf dem Esstisch liegt ein geblümtes Wachstuch. Einige Blumen sind bis auf den Stoff abgewetzt. Das Wachstuch hat hier und da Spalten und Risse von Messern und anderen scharfen Gegenständen. Die ganze Oberfläche ist matt, als würde sie bereits lange an einem Fieber leiden. An der Schmalseite des Raums befindet ist die Durchreiche zur Küche. Dort stehen, wenn es Essen gibt, die fertigen Teller. Jedes Kind nimmt seinen und setzt sich. Das ist Vorschrift. Morgens gibt es am Vorabend gekochten Haferbrei, zum Abendessen zwei halbe Brotscheiben. Die Dauerwurst erinnert an einen winzigen, trockenen Halbmond. Der Käse auf der anderen halben Brotscheibe wirkt ebenso verloren. Sie isst ihn immer zuletzt, als letzten Trost. An diesem Morgen gibt die Köchin dem Küchenmädchen eine Ohrfeige, weil es den großen Jungen zu viel Margarine aufs Brot gestrichen hat. Das ist fast erhebend, wenn ausnahmsweise nicht eines der Kinder eine Ohrfeige bekommt. Anschließend kratzt das Küchenmädchen die Brotscheiben so gründlich ab, dass sie rau werden. Was in die Gläser gegossen

wird, dürfen die Kinder nicht selbst tragen. Das Küchenmädchen und die großen Jungen stellen die Gläser auf den Tisch. Kein Tropfen darf verschüttet werden. Milch ist teuer, obwohl sie blau schimmert. Der verdünnte Sirup an den Feiertagen ist hellrot und gelegentlich fast farblos, trotzdem ist auch er teuer.

Als wir die Vltava auf der Karluv Most oder Charles Bridge, laut meinem englischen Reiseführer, überquerten, merkte ich, dass ich mich in einer der schönsten Städte der Welt befand. Zwischen den beiden Türmen Staré Mĕsto und Malá Strana traten wir auf die Brücke. Unter uns floss funkelnd der Strom wie ein mit einem Esslöffel geglättetes Stanniolpapier aus Kindertagen. Hier und da kräuselten sich Wellen bei Planken, Booten, Enten und Möwen. Diese schrieben sich pflugförmig verbreitende Wellen in den Fluss. Ich fühlte mich den Flüssen verwandt. Niemand wusste etwas über unsere Herkunft.
»Nächstes Mal möchte ich im Frühling herkommen«, rief Frida.
Wir stiegen die Treppe hoch und kamen an Puppenwerkstätten, Souvenirgeschäften und einigen Antiquitätenläden vorbei. Das Ziel war die alte Burg und dahinter die Straße an der Mauer, Zlatá ulička oder Golden Lane, gesäumt von »malerischen kleinen Häuschen aus dem späten sechzehnten Jahrhundert«, wie in meinem Reiseführer stand. Wir reihten uns in eine Schlange ein, um in das winzige blaue Haus mit der Nummer 22 zu kommen. Es hatte ein kleines Dachfenster und zwei Sprossenfenster an der Vorderseite. Ab 1917 wohnte und schrieb hier Franz Kafka. Sein Porträt zeigte wie immer einen traurigen jungen Mann mit großen dunklen Augen und leicht abstehenden Ohren, tadellosem weißen Kragen und einem breiten Krawattenknoten.
Auf dem Rückweg ging ich in einen der Puppenläden. Die Verkäuferin erklärte ihre Puppen und stellte die Mitarbeiter im Hinterzimmer vor. Einer setzte eine Puppe zusammen, ein anderer malte ein Gesicht auf eine Holzkugel. Eine junge Frau nähte Pup-

penkleider auf einer alten Nähmaschine mit Fußantrieb. Ich hatte nie eine Puppe besessen außer der, die ich nach der Geschichte mit dem Lastwagen bei der Heilsarmee abgegeben hatte. Da war ich bereits zu erwachsen gewesen oder das, was sich eine ehemalige Mutter bezeichnen lässt.
Hier hingen die Puppen an Fäden, die an einem kleinen beweglichen Holzkreuz befestigt waren. Begeistert gab mir die Verkäuferin eine Einführung in der Kunst, eine Marionette zu führen. Sie ließ, als seien sie lebendig, zwei Zwillingspuppen unter einer runden weißen Lampe miteinander tanzen.

Das Mädchen würde sich gern mit dem Kind anfreunden, das von einem entfernten Verwandten zu Weihnachten eine Holzpuppe bekommen hat. Die Puppe hat zwei Gesichter. Ein lächelndes und ein weinendes auf der entgegengesetzten Seite des Kopfs. Man kann die Stimmung wählen, indem man den Kopf dreht und ein Gesicht in Haaren aus gelbem Strickgarn verschwinden lässt. Alle Kinder wollen den Kopf herumdrehen. Deswegen geht er bald ab. Das Mädchen, dem die Puppe gehört, weint untröstlich. Die anderen wissen nicht, was sie tun sollen. Sie will vorschlagen, sie in einem Schuhkarton zu begraben. Aber es ist Winter, es liegt ein Meter Schnee, und nirgendwo wachsen Wiesenblumen, also sagt sie nichts. Irgendwie ist sie erleichtert, dass sie keine Puppe besitzt und deswegen keine verlieren kann. Später sitzt sie vor einem hohen Schrank. Das Zimmer ist groß. Die Fenster sind gewissermaßen über die Gardinen hinausgewachsen. In einer ungeraden Linie hängen die Vorhänge ein Stück über der Fensterbank. Das erinnert sie an ein Kleid, das sie von einem Mädchen geerbt hat, das ausgezogen ist. Es ist zu kurz und kneift an den Oberarmen. Sie muss es am 17. Mai tragen, aber dieser eine Tag vergeht schnell. Von der Decke hängt an einer Metallstange, die in einem blanken Metalldeckel endet, eine weiße runde Glaslampe. Kaltes weißes Licht strömt auf das Mädchen herab, und es friert. Die Schranktüren sind offen. Im Innern stehen fünfzehn braune Holzkästen. In diesen verwahren die Kinder ihr Spielzeug. Das Mädchen hat einen eigenen Kasten. In diesem liegt eine Griffelschachtel aus Holz mit drei Tischlerbleistiften und einem Fach für den Radiergummi. Aber dieser ist verschwunden, und sie wagt nicht zu fragen, ob ihn jemand gesehen hat. In dem Kasten bewahrt sie auch zwei Holzklötze auf, die einmal rot waren. Sie glaubt, dass sie einmal viele davon besaß, aber auch die sind verschwunden.

Ich kaufte die Zwillingspuppen. Sie trugen Ballettröckchen und hatten wallendes, psychedelisch gefärbtes Haar. Vorsichtig verpackte die Verkäuferin sie in Seidenpapier. Dann legte sie sie in Kartons, die leicht zu tragen waren. Erst als ich den Laden verließ, begann ich an Franks Töchter zu denken. Zumindest glaubte ich, dass es erst anschließend war. Wenn Frank dabei gewesen wäre, hätte ich ihm vorschlagen können, sie für seine Mädchen mitzunehmen.

Unvorsichtigerweise erwähnte ich das Frida gegenüber. Ihr Schweigen war von so viel Mitleid erfüllt, dass ich zu weinen begann.

Eine Ahnung des Kommenden

Wir fuhren durch die hässlichen Vorstädte Dresdens, vorbei an verwahrlosten Wohnhäusern und verfallenen Lagerhallen. Der Verkehr war deprimierend. Wir trugen das Unsere dazu bei. Das war die Stadt, die die Alliierten vollkommen in Schutt und Asche gelegt hatten, nachdem der letzte Krieg fast vorbei gewesen war. Als eine Art gerechter Rache am deutschen Volk.

»Es ist gut, wieder nach Hause nach Berlin zu kommen!«, sagte Frida plötzlich.

»Sei so nett und schau auf die Straße!«, erwiderte ich und versuchte, diese Worte wie alles, was uns in die Quere kam, hinter uns zu lassen.

Ich konnte mich nicht erinnern, jemals das Wort Zuhause für den Ort, an dem ich wohnte, verwendet zu haben. Wahrscheinlich versteckte ich mich hinter Sätzen wie »Ich muss gehen«, »Ich muss das Bett finden« oder »Ich breche jetzt auf«.

Die Bemerkung »Ich gehe nach Hause« löste bei mir oft Widerwillen gegen den aus, der sie aussprach. Zu wissen, dass das ungerecht war, machte es auch nicht besser. Frank sagte ständig: »Ich muss nach Hause.« Das Modalverb muss deutete an, dass er das eigentlich nicht wollte, sich aber dazu gezwungen sah. Trotzdem hinterließ es einen unangenehmen Nachgeschmack. Nicht zuletzt deswegen, weil ich ihn nicht darum bitten konnte, es ungesagt zu lassen.

»Für mich stimmt immer irgendwas nicht. Die Lage, das Zimmer, der Ort, das Haus – oder die Atmosphäre. Das Wort Zuhause ist ohne Substanz, ohne Bezug«, erklärte ich.

»Entschuldigung!«, sagte Frida. Für sie kam diese Reaktion unerwartet.

»Heute Nacht habe ich geträumt, in einem Haus mit vielen Menschen zu Gast zu sein. Alles schien sehr idyllisch, aber allmählich wurde mir klar, dass es nicht für mich bestimmt war. Die anderen erledigten ihre Sachen oder unterhielten sich leise miteinander. Niemand wandte sich an mich. Ich versuchte herauszufinden, warum ich mich in diesem Haus befand, aber niemand wollte mit mir reden. Die anderen kommentierten die Einrichtung oder tauschten sich über die nächste Mahlzeit, andere Gäste, Handtücher, die sie noch bereitlegen mussten, und Ähnliches aus. Die Zimmer waren perfekt: Blumenschmuck, Möbel, Gemälde, Farben, alles. Es waren mehr Frauen als Männer anwesend. Die Männer befanden sich irgendwie am Rand, in einem angrenzenden Zimmer, oder ich sah sie durchs Fenster. Plötzlich war Nacht, und alle waren eingeschlafen, wo sie gerade standen, saßen oder gingen. Sie waren erstarrt wie Schaufensterpuppen in einem eleganten Warenhaus. Ich begann durch die Zimmer zu gehen. Es wurde immer dunkler. Nach einiger Zeit war ein Geräusch zu vernehmen wie eine ferne klagende Stimme. Als ich die Tür zum Keller öffnete, kam das Jammern näher. Ich stieg die schmale Treppe hinunter, obwohl ich das eigentlich nicht wollte. Ein Scheinwerfer ging unvermittelt an, und ich sah einen großen Kellerraum mit einer Matratze in der Mitte. Ein kleines Mädchen lag seitlich zusammengekrümmt auf einer grauen Wolldecke, ein Tuch um den Unterleib. Die klagenden Laute kamen von ihr. Nach und nach verstand ich, was sie zu rufen versuchte: ›Mama, hilf mir!‹ Die Worte waren fast nicht zu verstehen. Als ich zu ihr ging, um sie anzufassen, verschwand sie. Aber ich wusste, dass sie da war.«

»Du hättest, als du erwachsen warst, Anzeige erstatten sollen«, sagte Frida.

»Das wäre beschämend gewesen und außerdem nicht zu beweisen. Nicht nur ich war betroffen. Und schließlich kam es nicht jede Woche vor.«

»Hast du nie jemandem davon erzählt?«

»Nein, wieso auch?«
»Zwecks Aufklärung und Verbesserung.«
»Einer der Jungen hat einem Verwandten davon geschrieben. Der Brief wurde entdeckt und sicherlich nie weitergeschickt. Er wurde ins Büro der Vorsteherin bestellt. Der Hausfreund war ebenfalls dort, er half ständig … und kümmerte sich um uns. Ich glaube, dass er das Heim mit Geld unterstützte. Aber vielleicht habe ich das auch nur geträumt.«
»Was ist mit dem Jungen passiert, der den Brief geschrieben hat?«
»Das Übliche. Er war eine Weile unten im Keller. Und alle mussten versprechen, nie etwas Böses über das Kinderheim oder jemanden, der dort arbeitet, zu sagen. Ja, der Junge kam klar. Wahrscheinlich hatte er jemanden, an dem er sich abreagieren konnte. Ich war es jedenfalls nicht.«
»Kannst du dich an andere solche Episoden erinnern?«
»Nein, sie lassen sich nicht beweisen. Die Leute würden glauben, ich hätte das alles nur geträumt. Oder erfunden. Schließlich schreibe ich Bücher. Auf die Wirklichkeit ist kein Verlass. Sie entwischt. An vieles sollte man sich auch besser nicht erinnern. Schließlich muss man darüber hinwegkommen.«
Frida konzentrierte sich aufs Fahren. Große Schilder wiesen darauf hin, dass die Straße wegen Bauarbeiten bald schmaler wurde. Wir gerieten in eine Art Trichter mit Leitplanken auf beiden Seiten. Es gab in beiden Richtungen jeweils nur noch eine Spur, und wie immer wollte sich ein Laster vordrängen. Aber Frida beharrte stur auf ihrem Recht und ließ ihn nicht vor. Der Lastwagenfahrer hupte. Frida grinste ihn nur an. Sie behielt die Oberhand, aber ich zitterte.
»Du schimpfst ja gar nicht über meinen Fahrstil«, meinte sie, als es wieder zwei Spuren gab und der Verkehr ruhig dahinfloss.
»Nein.«
»So ist das eben. Man spricht nur selten über die wirklichen Ge-

danken und Gefühle. Die meisten Unterhaltungen verbergen etwas. Das wirkliche Leben kommt selten oder nie an die Oberfläche. Es existiert nur in den Köpfen der Menschen.«
Der Regen peitschte gegen die Windschutzscheibe, und die Scheibenwischer liefen unablässig.
»Glaubst du, es gibt offene, geradezu übernatürliche Leitungen zwischen uns, gleich denen zwischen Fiktion und Wirklichkeit?«, fragte ich.
»Ja! Auch zwischen dir und dem Kind im Keller. Schreib darüber!«, sagte Frida.
»All das … lässt sich nicht in Worte fassen.«
»Warum nicht?«
»Ich habe nicht genug Abstand«, räumte ich ein.
»Wie kannst du dann behaupten, dass du das hinter dir lassen musst, wenn du nicht einmal Abstand dazu gewonnen hast?«
Ich antwortete nicht.
»Du könntest das Leben beschreiben, ohne einen Gedanken daran zu verschwenden, wie sehr dich dies kompromittiert, entlarvt oder in ein schlechtes Licht rückt. Du darfst nicht daran denken, dass dein Schreiben einen Einfluss darauf haben könnte, wie die Leute dich sehen. Selbst wenn manch einer, der nicht einmal wagt, sein eigenes Leben unter die Lupe zu nehmen, das, was du ihm gibst, nicht mag, musst du es trotzdem wagen. Du musst den ersten vorsichtigen Gedanken vertrauen, die dazu geführt haben, dass du an gerade jener Stelle jene Worte verwendest. Du musst zulassen, dass der Leser liest, verwirft, sich freut, sich ärgert oder entrüstet ist. Sollen sie doch dein Buch weglegen, weil sie das, was du zu geben hast, nicht wollen! Das ist ihr Problem, nicht deines. Wahrscheinlich ist es ihnen wichtig, jemanden zu haben, den sie verhöhnen oder hassen können. Vielleicht wollen sie ihn auch erst lieben, um ihn dann zu hassen. Oder umgekehrt. Schöpfe aus dem, was sich nie vollkommen beschreiben lässt. Das Absolute existiert nicht

in der Wirklichkeit, wieso soll sich dann die Fiktion damit abmühen. Du musst die Träume beschreiben, um die niemand gebeten hat. Nur so kannst du uns aus dem Keller befreien«, schloss Frida.

Wir hielten an einer Raststätte. Parkten unter ein paar Linden mit Aussicht auf drei grüne Müllcontainer. Dort aßen wir unsere Brote und tranken den bitteren Kaffee aus dem »Grand Hotel Europa«.

»Lass uns lieber etwas Ordentliches essen, wenn wir nach Hause kommen«, sagte Frida und studierte die Landkarte. »Dann gehen wir direkt ins ›Zorba‹, das haben wir uns verdient.«

Augenblicklich sah ich das griechische Restaurant vor mir, sog den Duft von Scampispießen ein und verspürte den Anisgeschmack des Willkommensouzo auf der Zunge. Ich sah das Bild von Che Guevara auf dem Regal mit den Gläsern und Miniaturflaschen vor mir, als handelte es sich um das Wohnzimmer einer alten Verwandten.

»Das tun wir«, sagte ich und fand den Regenschirm, den ich nach dem letzten Toilettenbesuch hinter den Sitz gesteckt hatte.

Einige Minuten später erreichten wir die Autobahn. Die Scheibenwischer kämpften gegen einen Wasserfall an. Der alte ostdeutsche Straßenbelag schluckte das Scheinwerferlicht der entgegenkommenden Fahrzeuge, und die Bäume neigten sich wie eine dunkle Wand über die Außenspur.

»Es gibt da was, was ich sagen muss«, meinte Frida.

»Ja?«

»Ich habe in Franks Laden angerufen. Niemand ist ans Telefon gegangen.«

»Was soll das heißen?«

»Anschließend habe ich bei seiner Mutter angerufen und mich als eine Geschäftsfreundin ausgegeben. Er sei schon geraume Zeit nicht mehr bei ihr gewesen, meinte sie, und bat mich, bei ihm zu Hause anzurufen. Sie hat mir sogar die Nummer gegeben.«

»Frida!«, rief ich und hatte das Gefühl, ein Verkehrsunfall stehe kurz bevor.

»Ich habe mit Franks Frau geredet. Ich habe behauptet, wir hätten einen geschäftlichen Termin vereinbart, und wollte wissen, warum er nicht in seinem Laden anzutreffen sei. Erst behauptete sie, das Kindermädchen zu sein und keine Ahnung zu haben. Aber schließlich gab sie sich zu erkennen. Sie wirkte recht erschöpft.«

»Wann hast du in Norwegen angerufen?«

»Ehe wir aus Prag abgereist sind«, gab sie zu.

»Und das erzählst du mir erst jetzt?«

»Eigentlich wollte ich es dir überhaupt nicht erzählen. Aber dann hatten wir diese gute Aussprache über … Dieser Telefonkontakt könnte für die weitere Entwicklung deines Manuskripts ausschlaggebend sein.«

»Wieso hast du angerufen?«

»Das habe ich doch eben erklärt. Wegen des Manuskripts. Um herauszufinden, was Frank macht und ob er uns wirklich auf den Fersen ist.«

»Und ist er das?«, schluchzte ich.

Ein riesiger Lieferwagen versuchte sich in unsere Spur zu drängen. Frida gab Gas, um deutlich zu machen, dass sie ihn nicht vorlassen würde. Mir wurde übel.

»Es hat nicht den Anschein. Aber ich konnte sie schließlich nicht direkt fragen«, erwiderte Frida.

Der Lieferwagen gab auf, aber jetzt drängte sich ein Laster von links in unsere Spur. Frida reagierte blitzschnell. Sie bremste, um einen Zusammenstoß zu vermeiden. Das schwere Fahrzeug mit Anhänger saugte sich am Straßenbelag fest und schnitt uns. Gerade noch rechtzeitig gelang es Frida, eine zufällige Lücke in der Nebenspur zu finden.

»Ich glaube, Frank hat sich von einflussreichen Freunden Geld

geliehen, die ungewöhnliche Methoden verwenden, um ihr Geld zurückzubekommen«, sagte sie.
»Was soll das heißen?«
»Nun, er leiht sich sein Geld nicht bei der Bank, sondern bei Leuten, die ihm nicht den Gerichtsvollzieher vorbeischicken können. Und die haben ihre eigenen Methoden.«
»Ich glaube, das wird mir alles zuviel. Wir schicken ihm sein Geld und bitten ihn, die Sache zu vergessen«, sagte ich.
»Was für ein Unsinn! Er würde damit sowieso nicht seine Spielschulden begleichen. Nicht bevor es ihm nicht an den Kragen geht.«
»An den Kragen? Mal nicht den Teufel an die Wand!«, rief ich.
»Ich male nicht den Teufel an die Wand. Außerdem sind wir nicht für seine Spielschulden verantwortlich.«
»Hör schon damit auf! Wie willst du überhaupt wissen, dass er Spielschulden hat?«
»Ich weiß es nicht, aber ich spüre es«, seufzte sie.
»Du erzählst mir lauter Halbwahrheiten«, erwiderte ich vorwurfsvoll.
»Hinter allen Wahrheiten liegen verdächtige Hintergedanken und mildernde Umstände. Franks Gläubiger sind sicher gefährlicher für ihn als für uns.«
»Ich bitte dich! Erzähl mir alles!«, flehte ich.
»Ich habe mit seiner Frau und mit seiner Mutter gesprochen und versuche mir aufgrund dessen ein Bild der Lage zu schaffen«, antwortete sie.
Zum Glück saß nicht ich am Steuer, denn sonst wären wir im Graben gelandet.
»Wie konntest du dir nur so etwas Schwachsinniges einfallen lassen.«
»Wusst' ich's doch. Du denkst immer gleich, dass jede Wahrheit eine Katastrophe zur Folge hat. Aber die Wahrheit kann auch eine Lösung beinhalten. Du bist nicht die Einzige, die Probleme mit

Frank hat. Sie hat auch welche. Im Augenblick ist sie schlimmer dran. Er betrügt sie schon wieder. Sie will von ihm loskommen. Aber da sind schließlich noch die Kinder … Erst dachte sie, ich sei Franks neue Geliebte. Die Ärmste!«

»Tut sie dir etwa leid?«, rief ich.

»Dir tut sie doch auch leid, du gibst es nur nicht zu.«

Advent

Ich erwachte von meinen eigenen Schluchzern, blieb eine Weile liegen und rang nach Luft. Als ich das Bett und das Zimmer wiedererkannte, begriff ich, dass ich mich in Kreuzberg befand. Mein Hals schmerzte, und ich hatte die Zähne zusammengebissen. Von der Nylongardine vor dem Fenster ging eine Kälte aus. Wie eine graue, aufgerichtete Eisscholle, überschattet von weit verzweigten, schwarzen Ästen. Sie wirkten, als seien sie von außen am Fenster festgefroren.

Ich hatte von einer Frau und einem Mann, die das Schlafzimmer teilten, geträumt. Beide wussten, dass einer von ihnen in dieser Nacht sterben würde, nicht jedoch wer. Ich selbst war nur zugegen, indem ich wusste, was sie dachten. Eine Drahtzieherin, die Acht gab. Sie sahen mich nicht. Oder ich ging davon aus, unsichtbar zu sein, da keiner der beiden mich beachtete. Aber ich war mir nicht ganz sicher. Vielleicht war ich auch nur so bedeutungslos, dass sie sich nicht weiter um mich kümmerten. Sie hatten genug miteinander und jeder mit sich selbst zu tun. Hauptsächlich mit sich selbst. Die Frau fürchtete den Tod. Sie fand es nicht rechtens, dass sie, die so wenig gelebt hatte, bereits sterben sollte. Es gab keinen logischen Grund, denn sie war nicht krank. Sie war einfach noch nicht an der Reihe. Vor einem großen Doppelbett ging sie auf und ab und redete unablässig darüber, wie ungerecht es sei, dass Leute sterben müssen, ohne sichtbar krank gewesen zu sein oder einen Unfall gehabt zu haben. Sie trug ein weißes Nachthemd mit altmodischen Spitzen an Schultern und Brust. Ihr Haar war blond und lang. Es war offenbar auf große Lockenwickler eingerollt gewesen und jetzt kunstvoll, fächerförmig um ihr Gesicht drapiert. Gelegentlich schüttelte sie den Kopf, und das erinnerte mich daran, dass ich Kopfschmerzen hatte. Man stirbt nicht an Kopfschmerzen, dachte ich mitten im Traum. Der Mann saß sehr aufrecht an ein großes Kissen gelehnt im Bett und dachte, dass aller Wahrscheinlichkeit nach er es sei, der sterben würde, da er die Voraussetzungen dazu hatte. Für ihn war die Frau einfach »sie«. Weder Geliebte noch Ehefrau. Er dachte, dass es besser für sie wäre, wenn er stirbt. Dann müsste sie sich keine Sorgen machen und könnte über seinen beziehungsweise ihren gemeinsamen Besitz verfügen.

Er war sich nicht ganz sicher, wie groß dieser im Moment war, aber das spielte keine Rolle. Deshalb meinte er beruhigend: »Mach dir keine Sorgen! Du kannst alles haben. Das Auto auch.«

»Das ist ja gerade das Traurige! Wenn ich tot bin, kann ich doch nicht Auto fahren!«

In diesem Stadium des Traums begann ich für ihn und gegen sie Partei zu ergreifen. Ich begann die beiden und ihre Reaktionen zu beobachten, als sei ich im Theater.

»Komm, leg dich hin! Näheres erfahren wir ohnehin erst morgen früh«, sagte er.

»Ich kann doch nicht schlafen gehen, wenn ich nicht mal weiß, ob ich morgen noch lebe!«, antwortete sie.

»Was ist wohl schlimmer, zu sterben oder der zu sein, der allein zurückbleibt?«, fragte er.

»Man wird es nie erfahren, denn so oder so stirbt einer«, antwortete sie wütend.

Da begann der Mann zu weinen. Er hatte sich vermutlich gewünscht, dass sie etwas anderes sagen würde, dass sie sich fürchterlich allein fühlen würde, falls er stirbt. Er versuchte sein Gesicht zu verbergen. Die Frau überging sein Weinen. Aber ich sah es und stellte fest, dass sie kalt und herzlos war. Es wäre das Beste, wenn sie sterben würde. Denn er war ein guter Mensch, der es verdiente, am Leben zu bleiben.

Aber sogar im Traum wusste ich, dass Leben und Tod nicht nach Verdienst verteilt wurden. Deswegen musste ich etwas unternehmen. Ich schob sie aufs Bett, ohne dass sie es merkte. Dann legte

ich meine Hände um ihren Hals und drückte zu. Es war ganz leicht. Sie wehrte sich nicht.
Da spürte ich plötzlich die Hände des Mannes um meinen Hals. Er war stark. Fürchterlich stark. Ich ließ die Frau los und versuchte mich aus seinem Griff zu winden, aber das ging nicht. Der Griff um den Hals und das Gefühl des Erstickens waren anders als jeder Schmerz, den ich jemals empfunden hatte. Alles drehte sich im Kreis. Immer schneller. Ich geriet in einen Strudel und wurde auf eine dunkle Ebene geschleudert. Ich hatte das Gefühl, mich durch eiskaltes Wasser zu bewegen. Um mich herum explodierten sternenähnliche Gebilde und rissen kleine Stücke aus mir heraus. Zum Schluss war ich vollkommen schwerelos.
Als ich ganz wach war erhob ich mich vom Bett. Steif und ungelenk. Der Zeiger des viereckigen Weckers stand noch nicht auf fünf. Ich stolperte durchs Zimmer und öffnete die Tür zum Flur. Die Lampe an der Decke war an, und das Licht schmerzte. Als ich auf dem Klo saß, wusste ich, wer der Mann aus dem Traum war.
Ich wusch Hände und Gesicht und trocknete mich ab, ohne in den Spiegel zu schauen. Die Vormieter hatten an der Wand mit einem Saugnapf einen Plastikbehälter befestigt. Wahrscheinlich für die Zahnbürsten. Er fiel aber dauernd runter. Bisher hatte ich ihn unermüdlich immer wieder aufgehängt. Jetzt lag er wieder auf dem Boden. Ich hob ihn auf und warf ihn in den Mülleimer.
Wer war die Frau, die nicht sterben wollte? Hatte ich Angst davor, dass alles bald zu Ende sein würde? Oder war es bereits zu Ende? War diese Reise unter Fridas Regie nur Zeitverschwendung?
Hatte ich nie richtig gelebt? Nicht einmal in den kurzen Augenblicken mit Frank? Hatte ich all meine Kraft darauf verschwendet, die nicht vorhandene Zeit hinter mich zu bringen, weil die wirkliche Zeit erst danach begann? Und war meine Schriftstellerei nur eine Art, die Zeit zu vertreiben, während ich wartete? Worauf? War mein Körper eine weiche Hülle um das Nichts?
Ich setzte mich an den Schreibtisch und schaltete den Computer

an. Während er summte und sich darauf vorbereitete, mich in seine elektronische Wirklichkeit zu schicken, hörte ich Fridas Stimme, als sei *sie* die Hauptperson des Buches.

»Franks Frau kann einem leidtun.«

Ich hatte mich darauf gefreut, in die Wohnung in Kreuzberg zu kommen und einfach nur ruhig am Schreibtisch zu sitzen. Aber das Gespräch im Auto auf dem Rückweg von Prag störte meine Konzentration. Unentwegt dachte ich an die Neuigkeiten aus Norwegen. Frida übte einen erschreckend großen Einfluss nicht nur auf mich, sondern auch auf das Manuskript aus. Unter dem Vorwand, meine Verbündete zu sein, hatte sie nicht nur über mein Leben Macht, sondern auch darüber, wie ich mein Manuskript gestaltete. Am besten wäre es, sie loszuwerden. Aber würde ich ohne sie zurechtkommen?

Schon als wir um die Ecke zum Café mit dem Schild »Frühstück ab 8.00 Uhr bis 16.00 Uhr« bogen, bemerkte ich sie.

»Sie folgen uns schon ein Weilchen«, sagte ich.

Frida drehte sich rasch um und schüttelte dann den Kopf.

»Unsinn! Das sind doch ganz gewöhnliche Türken, Berliner in der dritten Generation! Die werden wohl noch in ihrem eigenen Viertel herumlaufen dürfen.«

»Sie sind stehen geblieben, als wir am Geldautomat waren.«

»Sanne!«, erwiderte sie warnend.

»Ich bin mir ganz sicher«, meinte ich.

»Okay. Dann wollen wir das mal testen. Wir setzen uns hier hin.«

Vor der Tür des Cafés standen Gartenstühle, mintgrüne Wäscheleine auf schwarzlackiertem Stahlrohrgestell. Irgendjemand hatte einen Elektroherd einfach auf dem Bürgersteig stehen lassen. Als wir uns setzten, taten die beiden Männer das ebenfalls. Ich umklammerte den Rucksack auf meinem Schoß und bemühte mich gleichzeitig ungezwungen auszusehen. Der Kellner kam, und die

beiden Männer bestellten. Ich wollte schon wieder aufstehen, als wir an der Reihe waren, aber Frida verlangte Kaffee.
Einer der beiden betrachtete uns mit halb geschlossenen Augen. Der andere trommelte mit den Fingern auf den Tisch. Er vertrieb sich die Zeit. Sie unterhielten sich nicht. Ich versuchte, nicht zu ihnen hinüberzuschauen.
Offenbar war es hier üblich, alles, was man nicht mehr haben wollte, einfach auf die Straße zu stellen. Eine schiefe Stehlampe mit schadhaftem Schirm und eine aufblasbare Sexpuppe mit einem Mund aus rotem Plastik, der an einen riesigen Schraubverschluss erinnerte. Schlaff hing sie aus einem regennassen Pappkarton heraus. Die Luft war zur Hälfte entwichen. Ihr Gesicht war nach innen gewölbt, und ihre Perücke erinnerte an ein enormes, halb gerupftes Osterküken aus den siebziger Jahren. Eine Frau mit Kopftuch und bodenlangem Rock ging mit ihrem Kinderwagen vorbei, ohne sie eines Blickes zu würdigen.
»Beeil dich, wir gehen!«, flüsterte ich.
»Nein, lass zuerst sie gehen.«
Jetzt starrte uns auch der andere Mann ungeniert an. Er trug eine dicke schwarze Jacke, die über der Innentasche ausbeulte. Er sah aus wie ein Gangster mit schlecht versteckter Pistole. Wir waren die Einzigen, die draußen saßen. Es war ziemlich dunkel. Der eine Mann beugte sich zu dem anderen hinüber und sagte irgendetwas. Der andere nickte nachdrücklich und starrte uns dabei weiterhin an.
Ich suchte in der Tasche nach Geld für den Kaffee und legte es behutsam, als würde ich dadurch unsichtbar, auf den Tisch. Dann stand ich abrupt auf. Frida folgte mir wortlos. Raschen Schrittes gingen wir die Straße entlang und verschwanden dann in eine Seitengasse. Jetzt übernahm ich die Führung.
Als wir uns sicher waren, dass sie uns nicht folgten, sagte sie: »Da siehst du! Das waren doch keine Spione!«
»Vielleicht wollen sie, dass wir sie zu unserer Wohnung führen?«

»Jetzt denk doch mal nach! Wieso sollte uns Frank oder die norwegische Polizei Detektive auf den Hals hetzen? Das wäre teuer und zeitraubend. Glaubst du wirklich, dass dieser Fall so wichtig ist?«

»Sprich nicht davon, als sei das ein Fall!«

»Du läufst vor zwei Männern davon, von denen du dir einbildest, dass sie dich festnehmen sollen, aber ich darf nicht einmal das Wort ›Fall‹ in den Mund nehmen!

»Ich habe sie schon früher hier in der Gegend gesehen«, sagte ich stur.

»Vielleicht wohnen sie hier, genau wie wir.«

»Wir nehmen die U-Bahn! Wir sorgen dafür, dass wir in Bewegung bleiben!«, sagte ich und trabte los.

Wenig später saßen wir in der U-Bahn Linie 6 zwischen Platz der Luftbrücke und Friedrichstraße, um Richtung Ku'damm umzusteigen.

»Zurückbleiben bitte!«, schnarrte die unsichtbare Dame aus den Lautsprechern.

Prüfend betrachtete ich alle, die den uns anstarrenden Türken ähnelten, was in der überfüllten U-Bahn gar nicht so leicht war. Viele standen im Mittelgang. Einige lasen sogar im Stehen die Zeitung, die sie so gefaltet hatten, dass sie sie bequem halten konnten, oder einen zerlesenen Groschenroman. Andere saßen mit einem in sich gekehrten Gesichtsausdruck einfach da. Unglaublich, auf wie viel Privatheit man in einem überfüllten U-Bahn-Wagen Anspruch erheben konnte.

Als ich mich gerade leicht entspannte, trat ein frauenähnliches Etwas in den Wagen. Die Person wirkte nicht nur dem Tode nahe, sondern schon lange tot. Trotzdem hielt sie allen eine Sammelbüchse unter die Nase. Mit lauter Piepsstimme ließ sie sich über den guten Zweck aus. Ihre Kleider umhüllten ihr Knochengerüst.

»Die ist noch verrückter als wir. Man sollte sie einweisen lassen«, flüsterte Frida.

Mit einer für ihre körperliche Verfassung erstaunlichen Geschwindigkeit kam die Frau, eine Krücke in der Hand, plötzlich auf uns zu und stocherte buchstäblich in der Börse mit Franks Geld. Vergeblich versuchte ich, woandershin zu schauen. Mit unglaublicher Präzision und so mühelos wie ein Zauberkünstler jonglierte sie mit ihrer Sammelbüchse. Sie war so dünnhäutig, dass sich die Konturen ihrer Zahnwurzeln und Zähne abzeichneten. Ihre Wangenknochen erinnerten daran, dass wir alle einmal verdorren würden. Als ich Geld in die Büchse fallen ließ, entblößte sie einen Gaumen, der mich an eine rote Ampel in dichtem Nebel erinnerte. Die empfindlichsten Ecken ihres Körpers hatte sie mit Teilen einer Schaumgummimatratze gepolstert, die sie mit Sicherheitsnadeln sorgfältig außen an ihren Kleidern befestigt hatte.

Die Leute wandten sich ab, versteckten sich hinter ihren Zeitungen oder gingen, wenn sie dazu die Möglichkeit hatten, ans andere Ende des Wagens. Wenige gaben etwas. Ich hatte den Eindruck, dass diese U-Bahn-Linie ihr fester Arbeitsplatz war.

»Heute ist es aber unheimlich. Glaubst du, dass jemand meine Gedanken lesen kann und weiß, dass ich Angst habe?«, fragte ich, als wir wieder aus dem Untergrund auftauchten.

»Wenn du noch länger in Kreuzberg wohnst und vor jedem Türken davonläufst, der dich anschaut, werden sie es wohl allmählich merken. Sollen wir irgendwo was trinken?«

»Nein, wir nehmen uns ein Taxi zur Wohnung. Ich freu mich schon darauf, die Tür hinter mir abzuschließen.«

»Hast du vor, die ganzen Feiertage hinter verschlossenen Türen zu verbringen?«

Ich antwortete nicht. Ich fror. Die Schaufenster waren riesige Lichtflächen. Es war viel zu hell. Aber Dunkelheit wäre fürchterlich gewesen.

»Wir fahren nach Italien«, sagte Frida plötzlich.

»Italien!«, jubelte ich.

»Ich habe einen Kurort der Luxusklasse aufgetan, der nicht weit von Venedig entfernt liegt. Dort wirst du dich sicher fühlen.«
»Wie kannst du dir nur so etwas ausdenken? Das wird ein Vermögen kosten.«
»Scheiß aufs Geld! Ich mache mir Sorgen um dich. Du bringst nichts mehr zustande. Du sitzt einfach über die Tastatur gebeugt da und starrst auf die Kopischstraße, bis ich am Nachmittag zurückkomme und den Fernseher anmache. Ich sehe dir dann an, dass du mich dahin wünschst, wo der Pfeffer wächst, weil du den Rest des Tages gerne auch noch so dasitzen würdest. Wenn wir die Wohnung verlassen, dann entdeckst du hinter jeder Ecke einen Mann von Interpol. Das ist unheimlich. Du brauchst Wasser, Ruhe und Wärme. Du brauchst eine Aromatherapie, eine Wellnessoase und was es sonst noch so gibt.«
»Aber du kannst doch nicht einfach so über mich verfügen! Ich weiß nicht einmal, ob ich will.«
»Egal. Ich fahre jedenfalls.«
Ihr Gesichtsausdruck verriet mir, dass sie es ernst meinte. Jetzt hatte ich die Möglichkeit, sie loszuwerden. Aber eine einsame Weihnacht in Kreuzberg mit einem Christbaum, der seine Nadelpracht verlor, und Detektiven vor der Tür war keine sonderliche Verlockung.
»Wie fliegt man dorthin? Über Neapel? Oder Rom?«, fragte ich nach einer Weile.
»Wir fliegen nicht, wir nehmen den Wagen.«
»Bist du verrückt? Das ist weit.«
»Richtung Süden durch Deutschland und Österreich, dann über die Alpen nach Italien und hinunter zur Küste. Zwei Tage. Wir nehmen die A 9, das ist das Einfachste. Wenn wir mit dem Auto unterwegs sind, haben wir es doch ganz bequem, oder?«
Plötzlich hämmerten sich Eisennägel in meine Schläfen. Ich hatte vergessen nachzuschauen, wer hinter mir ging.
»Müssen wir das jetzt entscheiden?«, fragte ich matt.

»Ich habe mich entschieden, aber du kannst es dir noch bis morgen überlegen.«

Die Weihnachtsbeleuchtung auf dem Ku'damm brannte. Wir hatten sie bereits im Fernsehen gesehen. Alles hier war größer als auf der Karl Johans Gate in Oslo und das nicht nur, weil der Ku'damm so viel länger war. Wahrscheinlich steckten Erfindergeist und der Wille dahinter, andere Stadtteile zu übertreffen und die Prachtstraße in all ihrer Überlegenheit erstrahlen zu lassen. Irgendwie schien das hier wichtiger zu sein als in den meisten anderen Städten. Riesige Weihnachtsmänner, Weihnachtssterne, die Heilige Familie und Christbäume waren aus Glühbirnen zusammengesetzt. Unten auf der Straße veranstaltete der Verkehr seine eigene Lichtershow.

In den riesigen Schaufenstern eines großen Warenhauses waren alte Puppenstuben ausgestellt. Damit hätte Frank gute Geschäfte machen können.

»Geht es jetzt besser?«, erkundigte sich Frida fast freundlich.

»Ja. Aber ich sehne mich wirklich danach, die Wohnungstür hinter mir abzuschließen.«

Mit einer Schar von Kindern aller Altersgruppen blieben wir stehen. Verzückt rufend deuteten sie mit den Fingern. Eine Welt aus Miniaturhäusern mit mehreren Etagen lag vor uns. Zimmer, Treppen, Gärten, Balkons, Möbel und Puppen. In den Zimmern standen winzige Kandelaber mit Kerzen, sodass wir den Familienidyllen, den Haushaltsarbeiten und den Geschäften im Laden auch wirklich beiwohnen konnten. Die sorgfältigen Interieurs stammten aus verschiedenen Zeiten und Stilepochen. In mehreren Wohnzimmern stand ein Weihnachtsbaum mit brennenden Kerzen.

Während wir die Puppenhäuser bewunderten, glitt ein Tableau über die riesige Glasscheibe und ließ alles dahinter verschwimmen:

Das Mädchen steht vor einem roten Reihenhaus. Licht dringt aus den Fenstern mit ihren Gardinen und den Topfpflanzen dahinter. Drinnen bewegen sich Menschen. Sie sitzen um einen Tisch und stecken die Köpfe zusammen. Hinter ihnen steht der Christbaum, ein funkelnder, grüner und goldener Konus. Das Mädchen steht hinter dem Wall, den der Schneepflug aufgeworfen hat, und kann nach drinnen schauen, wenn es sich auf die Zehenspitzen stellt. Es ist Vormittag, aber trotzdem herrscht Halbdunkel. Die Schneewehe am Gartenzaun hat violette Konturen. Jede Zaunlatte trägt einen kleinen Hut aus Schnee. Die Kohlmeisen raufen und lärmen in der Hecke. Sie geht zur Haustür und klopft. Einen Augenblick später steht das Mädchen, das dort wohnt, vor ihr und fragt, was sie will.

»Darf ich einen Moment reinkommen?«, fragt sie rasch.

»Das geht nicht, die ganze Familie ist da«, antwortet die andere. Hinter ihr ist alles hell und gemütlich und von gedämpften Stimmen erfüllt. Es duftet nach Kaffee und Schmalzgebäck. Nach Pfefferkuchen. Das Mädchen dreht sich um und rennt weg. Schnell. Sie flieht den Weg und die Wiesen entlang. Irgendwo bleibt ein Stiefel im Gebüsch hängen. Ihre beiden Fausthandschuhe verliert sie ebenfalls. Aber sie bleibt erst stehen, als sie vor der schweren Tür mit den Kratzern anlangt. Um die Klinke herum ist alle Farbe verschwunden, und die Treppe ist von vielen Füßen ausgetreten. Ihr ist klar, dass sie ohne Stiefel und Handschuhe nicht eintreten kann, und hinkt deswegen denselben Weg zurück. Sie übertreibt ihr Hinken noch und macht den alten Kirchendiener nach. Der eine Fuß, der nur in einer Wollsocke steckt, ist nass. Sie folgt ihren eigenen Spuren im Schnee, bis sie alles wiedergefunden hat. Erst den rechten Stiefel voll mit Schnee, dann die Fausthandschuhe. Sie weiß, dass sie froh darüber sein muss. Dann geht sie zurück zu der schweren Tür mit den Kratzern. Später sitzen alle Kinder in der kalten Stube. In der Ecke steht ein Baum, dem es drinnen nicht gut geht. Er nadelt auf den grau gestrichenen Fußboden. Einige Kinder haben von Leuten, die sie früher einmal kannten, Pakete bekommen. Das Mädchen nicht. Ein Erwachsener, der an diesem Tag Dienst hat, macht das Radio an. Aus dem Lautsprecher ertönen Glocken und Fröhliche Weihnachten.

Der Weg durch Deutschland

»Wieso können sie nicht so sprechen, dass man versteht, was sie sagen?«, sagte ich verärgert. In regelmäßigen Abständen unterbrachen metallische, forsche Stimmen das Radioprogramm und informierten über Staus, Unfälle und Straßenglätte, aber es war nicht leicht, sich einen Reim darauf zu machen.
»Schau dir doch die Landschaft an! Die Sonne scheint. Wir haben eine Thermoskanne, ein Fresspaket und die Garderobe für ein Galadiner in einem Fünfsternehotel. Wir sind Globetrotter in einem Honda CR-V mit nagelneuen Winterreifen auf dem Weg nach Venedig«, sagte Frida gut gelaunt.
Mehrere Stunden lang hatte ich mir eingeredet, dass dies die schönste Reise meines Lebens werden würde. Dazu gehörte nicht viel, denn ich war kaum gereist. Im Laufe des Tages wurden die Rücklichter der Autos deutlicher, und Bäume und Landschaft bekamen klarere Konturen. Der Himmel lag wie ein weißer Deckel über der Düsternis. Die Wolken liefen einen Marathon, und der Gesang der Lastzüge war durchdringend, insbesondere wenn sie schneller als einhundertdreißig fuhren.
Als wir uns bereits eine Weile in einer Gegend aufhielten, die auf der Karte als Franken ausgewiesen war, begann es ernsthaft zu schneien. Es wimmelte von Straßenschildern mit verborgenen Hinweisen auf Frank wie Frankenwald und Ähnliches. Ich wusste, dass das alles nicht das Geringste mit Frank zu tun hatte, sondern vermutlich damit, dass alles in alten Zeiten einmal zum Frankenreich gehört hatte. Trotzdem verdarb es mir zeitweilig die Stimmung. Das Schneegestöber war auch nicht gerade aufmunternd. Die Scheibenwischer jammerten unter ihrer schweren Last. Große, nasse Flocken blieben als Schneerand auf der Windschutzscheibe liegen. Glücklicherweise fuhr Frida auf der rechten Spur. Kurze Zeit später kam alles zum Stillstand. Was darauf beruhte,

dass allzu viele von der Fahrbahn geschlittert und auf die Standspur geraten waren. Oder gleich in den Graben.
Allmählich wurde sie nervös. Ein paar Mal machte sie den Warnblinker an, weil irgendjemand vor uns das auch getan hatte. Nach einer Weile ging es im Schneckentempo, mit zwanzig Kilometer in der Stunde, weiter. Plötzlich stand ein Wagen quer und ragte in unserer Fahrspur. Daneben stand ein Mann. Er wirkte recht ratlos. Es war unmöglich anzuhalten und ihm zu helfen. Das Chaos wäre noch größer geworden, und es hätte vielleicht eine Massenkarambolage gegeben.
»Glücklicherweise gibt es überall Notrufsäulen«, sagte ich. Ich hatte einen trockenen Mund. Frida antwortete nicht. Jetzt ging es, von Unterbrechungen abgesehen, mit fünfzehn Kilometer in der Stunde weiter. Gelegentlich konnten wir aber auch wieder sechzig oder siebzig fahren. Dann ging auf einmal gar nichts mehr. Die Autos drängten sich zusammen. Dicht an dicht. Wir hörten Radio, um in Erfahrung zu bringen, was vorgefallen war. Es gelang uns nicht, aber nach einer Weile hörten wir die aggressiven Sirenen von Rettungsfahrzeugen.
»Wie wollen die nur zum Unfallort kommen?«, fragte ich. Aber Frida antwortete nicht.
Wir betrachteten die völlig verstopfte Fahrbahn. Nach einiger Zeit war auch die Standspur voll. Zwischen den Fahrzeugen hätte nicht einmal mehr eine Schubkarre Platz gefunden, von einem Notarzt- oder Krankenwagen ganz zu schweigen. Ich nahm die Karte hervor und machte die Deckenbeleuchtung an.
»Wir sind in Bayern, im Frankenwald«, sagte ich und versuchte, einen Witz zu machen, indem ich das »Frank« betonte.
»Halt den Mund!«, schnauzte mich Frida an.
Ich behielt sie unauffällig im Auge. Sie war vollkommen verändert. Ihr Gesicht war bleich, und sie hielt das Lenkrad umklammert, obwohl wir nicht fuhren. Was sollte ich tun, wenn Frida Angst hatte? Hatte sie mehr Grund als ich, Angst zu haben? Lag

das vielleicht daran, dass sie Situationen wie diese besser einzuschätzen wusste als ich?
»Der Tank ist voll«, meinte ich vorsichtig.
Sie antwortete nicht, sondern öffnete die Fahrertür und beugte sich, einen Fuß im Wagen, über die Windschutzscheibe. Ein knirschendes, raues Geräusch drang ins Wageninnere, als sie mit den Händen den Schnee von der Scheibe wischte. Ich fand den Kratzer und Besen und wollte mir die rechte Seite vornehmen, aber ein dunkler Mercedes hatte sich so nah an uns herangedrückt, dass ich die Tür nicht öffnen konnte. Abgase stiegen in den schmalen Zwischenräumen zwischen den Schlangen auf. Die roten Rücklichter der Autos vor uns wirkten wie aufgefädelt. Von unserem Standort aus ließ sich der Gegenverkehr nicht erkennen. Er war hinter einer hohen Hecke verborgen. Aber die gelben Scheinwerfer blitzten in mäßiger Geschwindigkeit auf. Der Unfall hatte sich also auf unserer Seite ereignet. Aber wie weit vor uns?
Frida unterhielt sich mit einem Mann, der aus einem Wagen vor uns gestiegen war. Sie nickten sich zu. Sie stieg wieder ein und ließ den Scheibenwischer ganz langsam laufen. Die Wischerblätter knicksten ächzend, um uns zu Willen zu sein. Der Motor summte im Rhythmus der anderen Motoren. Ich stellte einen neuen Sender ein, um Meldungen über Unfälle oder andere Verkehrshindernisse aufzufangen, aber es kam nichts.
Die Minuten vergingen. Aus einer halben Stunde wurde eine Stunde. Ich goss Kaffee ein und hielt Frida Kekse hin. Sie bediente sich, ohne sich zu bedanken. Dann nahm sie das Buch hervor, in dem sie gerade las, und drehte die Heizung auf. Es war, wie ich vermutet hatte. Frida hatte Angst! Wir waren auf der Autobahn Richtung Süden zusammen mit Tausenden von anderen Menschen eingesperrt. Mir fiel auf, dass ich es im Gegensatz zu ihr gewohnt war, Angst zu haben.
Wir standen auf einem ebenen Stück der Autobahn. Die Sicht war schlecht, aber wir konnten ahnen, dass die roten Rücklichter

eine lang gezogene S-Kurve bildeten. Sie rief mir eine Installation in Erinnerung, die ich einmal in einer Kunstausstellung gesehen hatte. Dieses diffuse Grauweiß mit leuchtenden roten Punkten. Dicht an dicht. Wir befanden uns in einem Video, das zum Stillstand gekommen war. In jedem Auto saß mindestens ein erstarrter Mensch. Kilometer für Kilometer, wahrscheinlich mehrere Dutzend, Autos, dicht an dicht.

Die Musik im Radio wurde von Verkehrsnachrichten unterbrochen. Sie erwähnten die A 9. Wir wurden davor gewarnt, auf Nebenstrecken auszuweichen. Dort sei Stillstand. Die Abschleppwagen müssten durchkommen, hieß es. Die Leute im Studio hatten offenbar keine Ahnung, dass zwischen den Fahrzeugen nur wenige Zentimeter Platz war. Sie begriffen auch nicht, dass man nur dort bleiben konnte, wo man sich zufälligerweise gerade befand.

Einer alten Frau half jemand dabei, den Nachbarwagen zu verlassen. Sie war recht dick und hatte Mühe beim Hinhocken, um ihre Notdurft zu verrichten. Vergebens versuchte eine jüngere Frau, sie vor Blicken abzuschirmen.

»Was machen die, die keinen vollen Tank haben, wenn das nicht aufhört?«

»Die frieren«, sagte Frida.

»Glaubst du, dass das noch lange dauert?«

»Ich bin keine Hellseherin. Was glaubst du?«

»Ich glaube, dass wir hier noch mehrere Stunden festsitzen«, antwortete ich.

»Weißt du, ob wir Handschuhe dabeihaben?«, wollte sie wissen.

»Natürlich. Wir trinken erst mal Kaffee, dann krieche ich nach hinten und hole sie.«

»Ich muss den Schnee *jetzt* vom Auto fegen. Ich ertrage es nicht, eingeschneit zu werden.«

Ich stellte meinen Becher auf das Armaturenbrett, knipste erneut die Deckenbeleuchtung an und kroch nach hinten. Es dauerte eine Weile, bis ich Handschuhe, Mützen und Schals gefunden hatte. Die Reisedecke nahm ich ebenfalls mit nach vorn. Das Geräusch eines Hubschraubers übertönte das Brummen der Motoren. Zwei Hubschrauber. Rätselhaft, wo die landen wollten. Aber nach einer Weile bahnte sich ein uniformierter Mann zwischen den Fahrzeugen einen Weg und klopfte gegen die Scheiben. Er wollte, dass wir an den Rand fuhren. Irrsinniger Vorschlag, dachte ich.

Frida schüttelte den Kopf und sprach eindringlich und ohne die Ruhe zu verlieren mit ihm. Sie fragte, wie lange der Stau denn noch dauern werde. Er nahm das nicht persönlich und wollte nur wissen, ob wir genug Benzin hätten und vielleicht jemanden aufnehmen könnten, falls sie Personen, die froren, umquartieren müssten. Frida sah sich im Wagen, in dem unsere Sachen herumlagen, um und nickte. Natürlich könnten wir das.

Gegen Abend kam das Rote Kreuz mit Tee und Wolldecken.

»Sie brauchen aber viele Freiwillige, wenn es für alle reichen soll«, meinte ich.

Frida las und antwortete nicht. Ich gab es auf, mit ihr reden zu wollen, und versuchte stattdessen, mir einen Reim auf den Inhalt meines Buchs zu machen. Ich hatte Durst, unterließ es aber, etwas zu trinken. Ein Toilettenbesuch im Freien, noch dazu mit Gaffern, war nicht sonderlich verlockend. Die anderen versuchten hinter Hecken oder ihrem Wagen Schutz zu suchen. Aber neben oder vor ihnen standen immer irgendwelche Fahrzeuge. Irgendjemand saß freiwillig oder unfreiwillig immer in der ersten Reihe, obwohl die Sicht minimal war.

Wir hatten noch keine Einquartierung bekommen. Wenn wir die Tür öffneten, stank es nach Abgasen. Im Übrigen ging es uns, verglichen mit vielen anderen, gut. Es waren wirklich sehr viele. Ich versuchte mir die verschiedenen Fahrzeuge und die Menschen, die sich in ihnen befanden, vorzustellen. Wie es ihnen wohl erging? Ob sie stritten und Angst hatten? Ob sie ein Handy hatten und Verwandte und Freunde, die sie erwarteten, informieren konnten? Sie hatten Weihnachtsgeschenke im Gepäck. Vielleicht hatten sie Hotelzimmer in einer Stadt reserviert, die sie an diesem Abend, falls der Schnee nicht geräumt wurde, nicht mehr erreichen konnten.

In den Verkehrsnachrichten hieß es: Stau nach Unfällen und wegen Schneefall. Aber niemand sagte einem, wie weit die Bergungstrupps mit dem Aufräumen gekommen waren oder wie viele Verletzte oder vielleicht sogar Tote es gegeben hatte. Wir saßen gefangen und sollten offenbar nichts von dieser Welt erfahren. Wir sollten warten, bis Hilfe kam oder sich die Autos von allein in Bewegung setzten.

Viele hatten ihr Fahrzeug verlassen und sich zu Fuß auf den Weg gemacht, um ein Telefon zu suchen oder Lebensmittel und Getränke aufzutreiben. Immer noch war die endlose Autoschlange nicht in Bewegung gekommen. Ich versuchte, Frida nicht zu erzürnen. Sie hatte aufgehört, sich mir anzuvertrauen. Das machte mich nervös, und ich belauerte sie. Ich ahnte, dass wir eigentlich gar nicht so verschieden waren. Sie war bisher nur die bessere Schauspielerin gewesen. Das wirkte nicht gerade aufbauend. Dass Frida meine schlechten Eigenschaften annahm, war wirklich das Schlimmste, was passieren konnte. Immer wieder fegte sie energisch Schnee vom Auto. Durch die Scheiben war zwar kaum etwas zu sehen, aber sie hatte keine Lust auf dieses »Iglugefühl«, wie sie es nannte.

Sie suchte ein anderes Buch hervor als das, in dem sie gerade las. Wegen der Dunkelheit konnte ich den Titel nicht lesen. Jetzt lag es auf ihrem Schoß. Irgendwie musste ich sie dazu bringen, es aufzuschlagen. Ich wollte sie in ihre normale Rolle zurückdrängen, in die der Gelassenen. Ich brauchte das.

»Was liest du?«, erkundigte ich mich freundlich.

»Siehst du nicht, dass ich im Augenblick nicht lese?«, keifte sie.

»Entschuldige!«, murmelte ich.

»Hör schon auf, dich dauernd zu entschuldigen! Ich habe alles satt! Deine Phobien, deine Unterwürfigkeit, deine Schreibhemmungen, dein beständiges Unglück, dein schlechtes Gewissen und dein Misstrauen! Satt, satt, satt! Lass mich in Ruhe! Und hör auf, mir deine Tagesform aufzuzwingen! Ich weigere mich. Ich bin ein freier Mensch. Ich will einfach raus aus diesem Autobahngefängnis.«

Mir war klar, dass ich dem nichts hinzuzufügen brauchte. Sie hatte Recht. Ich musste das alles mir selbst zuschreiben. Das eigene Leben ließ sich nicht auf andere abwälzen.

»Schon in Ordnung«, erwiderte ich matt. »Im Übrigen sind wir alle Egoisten. Unterwegs und in Fahrt führt man sich schon mal rüpelhaft auf und drängelt sich vor. Aber in Situationen wie dieser, ist vielleicht der eine oder andere …«

»Ich glaube, Frank sitzt gerade im ›Lorry‹ und isst Stockfisch«, unterbrach mich Frida mit einem bösen Lachen.

»Im ›Lorry‹?«, erwiderte ich dumm, als sei die Hauptsache, wo er aß.

Frida hatte ihr Ziel erreicht. Ich haderte damit, dass Frank sein Leben genoss, während wir hier eingesperrt waren. Ich sah ihn vor mir. Mit der einen Hand hielt er sein Bierglas, die andere hatte er auf ihre gelegt. Oder noch schlimmer: Er war mit einer Neuen unterwegs, die ihm den Nachlass ihrer Großmutter verkaufen wollte. Vielleicht hatte er seine Hand wie unabsichtlich auf ihrem Rücken. Beim Essen schob er dann sein Knie zwischen die ihren, und sie akzeptierte eine Summe, die sie für einen guten Preis hielt.

»Außerdem kümmere ich mich um alles«, hörte ich ihn sagen. »Entrümpeln, Sortieren, Abtransport und Putzen. Kein Problem. Du kannst nach Kalifornien in Ferien fahren, ohne dir Sorgen machen zu müssen. Zwischen den Tagen kriege ich das alles geregelt.«

Ich sah ihn vor mir, wie er mit seinem schiefen Lächeln, das bescheiden wirken sollte, sein Bierglas auf den Tisch stellte.

»Frank …«, flüsterte ich in sein Ohr.
Aber er schloss halb die Augen und tat so, als sei nichts. Als habe er keinen Gedanken an mich verschwendet, seit wir uns zuletzt gesehen haben. Als sei er nur durch ein Bankkonto mit mir verbunden, über das er nicht verfügen konnte, und durch die zwei Türken, die er angeheuert hatte, um mich aufzuspüren. Über ihm hing das Brett mit dem ausgestopften Löwenkopf. Das Tier war so mottenzerfressen, dass man nicht mit Sicherheit sagen konnte, ob es sich um ein Weibchen ohne Mähne oder ein Männchen mit einer Mähne, die den Motten zum Opfer gefallen war, handelte. Mit leerem Blick schaute der Löwe auf Frank herab, der ihn nicht beachtete. Der schwedische Ober brachte den Stockfisch. Der Dampf stieg mit dem charakteristischen, leicht übelkeitserregenden Geruch zur Decke. Frank nahm ausgelassenes Schinkenfett und Erbsenbrei. Zu keinem Zeitpunkt konnte ich mir vorstellen, dass er einen Gedanken im Kopf hatte, der irgendetwas mit Sehnsucht nach Sanne Svendsen zu tun hatte. Mit seinem neuesten Nachlass war er wirklich außerordentlich zufrieden.
In Bayern legte sich inzwischen der Schneematsch dicht auf die Scheiben. Hier und da, wenn er so dick wurde, dass die Schwerkraft sich bemerkbar machte, entstanden allerdings Risse. Die grauweißen, in Schnee verpackten Schatten draußen erinnerten mich an das Museum mit Christo-Werken in Berlin. Knarrender Fußboden, Wärter mit fettigen Haaren, die ihre Existenz zu verbergen suchten, nur um die Besucher dann bei Unregelmäßigkeiten zu ertappen. Worin diese Unregelmäßigkeiten bestehen könnten, wusste ich nicht. Was man von diesen merkwürdigen und teilweise riesengroßen Gegenständen mitgehen lassen sollte, war mir nicht klar. Aber bestraft wurde man. Diese ganze verpackte Leere in Christos Werk. Große Bilder vom sorgfältig verpackten Berliner Reichstag beispielsweise. Oder verpackte Natur. Verpackte Möbel. Sie besaßen eine mumienartige Schönheit jenseits der Wirklichkeit. Auf dem Museumsareal der Wirklichkeit befan-

den Frida und ich uns am selben Tag: Topografie des Terrors. Das Gesicht des Leidens in den zerbombten und eingestürzten Kellergewölben. Dokumentiert vom Henker persönlich. Genauestens. Sogar die Kälte war dokumentiert. Namen tauchten auf, ohne dass ich gewusst hätte, wofür sie standen: Frank Wildenhahn. Oder war es Wildenhalm? Etwas mit »Verlorener Himmel«. Frank! Der Name saugte sich fest wie ein Kühlschrankmagnet.

»So etwas wäre in Norwegen nie passiert«, sagte ich und versuchte erneut, ins Gespräch zu kommen. »Dort hätten sie rechtzeitig alle Zufahrten gesperrt, damit es nicht zu so einem Stau gekommen wäre. Dort wären sofort Abschleppwagen zur Stelle gewesen. Schließlich handelt es sich um ein ganz gewöhnliches Schneetreiben, das keinen solchen Ausnahmezustand verursachen würde. Vierzig oder fünfzig Kilometer Stau? Wie viele Menschen, glaubst du, sitzen hier fest?«

»Tausende. Im Übrigen leben in Deutschland mehr Menschen als in Norwegen. Aber vieles wäre zu Hause nicht passiert«, meinte sie.

»Was denn?«, wollte ich wissen. Fast hätte ich ihr gedankt, dass sie sich zu einer Antwort herabließ.

»Von dort aus wären wir nie zwei Tage vor Weihnachten mit dem Auto nach Italien gefahren.«

Ich hätte sie fragen können, ob sie mir die Schuld daran gab, aber das unterließ ich. Aus irgendeinem Grund verstand ich sie.

Gegen acht stieg eine Frau mit einem Kind auf dem Arm aus einem Wagen in der mittleren Spur. Das Kind schrie laut und trat um sich. Hinter den beiden kamen zwei weitere Kinder. Die Mutter klopfte an die Windschutzscheibe des Wagens vor ihr. Aber dort legte man auf Kontakt keinen Wert. Die Leute vom Roten Kreuz waren längst verschwunden. Aus reiner Ohnmacht nahm die Frau das Kind von einem Arm in den anderen. Setzte es auf die Hüfte, schüttelte es und drückte es an sich. Das Kind schrie noch lauter und wollte runter auf die Fahrbahn.

Ein Mann stieg aus dem Wagen vor uns. Das Kind war aus den Armen seiner Mutter entkommen und kroch halb unter das nächste Fahrzeug. Schimpfend und schreiend suchte sich die Mutter zwischen den Autos. Schließlich bekam sie den drei oder vier Jahre alten Jungen zu fassen, zerrte ihn an einem Arm hoch und rüttelte ihn kräftig. Dann setzte sie ihn unsanft hin, packte ihn im Nacken und ohrfeigte ihn mit der flachen Hand. Als Frida die Tür öffnete, hörte ich das Klatschen trotz des brummenden Motors. Der Junge lag jetzt auf der Erde, aber die Mutter schlug immer noch zu. Die ganze Zeit schrie sie etwas, was ich nicht verstand.

Frida und der Mann waren gleichzeitig bei ihr. Resolut zog Frida das Kind von der Mutter weg und drückte es an sich. Jetzt war der Junge ruhig. Seine unterdrückten Schluchzer waren jedoch so intensiv, dass Frida unter ihnen erbebte.

Der Mann half der Mutter auf und hielt sie, bis sie sich beruhigt hatte, in den Armen. Die ganze Zeit sprach er auf sie ein. Schließlich begann sie, auf seine Fragen zu antworten. Benzin und Essen seien ihnen ausgegangen. Der Jüngste habe sich immer unmöglicher benommen.

Frida und der Mann kamen zu dem Schluss, dass sein leerer Wagen am besten für die Familie geeignet sei. Sie bugsierten Mutter, Kinder und unzählige Plastiktüten in das Fahrzeug. Frida holte unsere Lebensmittelvorräte und Schokolade. Als sie sich wieder in den Honda setzte, fühlte ich mich viele Jahre zurückversetzt:

Eine Frau hält den kalten Griff eines Sportwagens mit der einen Hand und versucht mit der anderen, das Kind, das neben ihr läuft, unter Kontrolle zu halten. Das Kind ist böse auf sie, weil es nicht in die Pfützen springen darf. Die Frau hebt es hoch und drückt es in den Wagen. Nicht liebevoll, sondern in müder Ratlosigkeit. Vielleicht vergisst sie den Riemen zu schließen, der das Kind halten soll. Jedenfalls springt das Mädchen blitzschnell aus dem Wagen. Als die Frau ihm hinterherrennt, bricht die Sonne durch die Wolkendecke und spiegelt sich in einer Pfütze auf dem Asphalt. Dann geschieht etwas, was die Frau nicht versteht. Das Kind liegt, gewissermaßen im Schutz eines großen Reifens, da. Als ruhe es aus, weil es so lebhaft war. Die Wollmütze wirkt sonderbar. Die Frau weiß doch, dass sie weiß ist. Jetzt ist sie rot. Alles ist so flach. Das Regenwasser auf dem Asphalt hat keine richtige Farbe. Solches Regenwasser hat sie noch nie gesehen. Es ist fast schön. Aber es ist nicht richtig. Nicht wirklich. Jetzt steht auch der Fahrer auf dem Asphalt. Sie sind beide da und unter dem Wagen. Nein, alle drei. Die Frau fasst nach dem Kind und will es am Arm hervorziehen. Seine Hand ist weich und warm. Sie riecht, wie sie immer riecht. Nach verschwitzter Konzentration, Energie und Trotz, nach einem normalen und aktiven Kleinkind eben. Dann ist da durch die Modergerüche des Herbstes hindurch der Geruch von ihm, dem Mann. Selbst gedrehte Zigaretten und Schweiß vom Vortag. Und etwas anderes. Vielleicht hat das mit dem Motor zu tun. Sein Atem klingt wie ein starker Wind, der durch ein altes Ventil hindurchpfeift. Seine Hände mit ihren großen, dunklen Handflächen zittern, als hätte er gerade ein Rad gewechselt.

»Ich muss zurücksetzen, damit wir sie rauskriegen«, sagt er seltsam unberührt und klettert schwankend ins Führerhaus. Er schließt die Tür nicht. Diese schlägt unkontrolliert hin und her. Die Frau hört ein dumpfes, lautes Geräusch. Von ihm oder von ihr selbst. Dann heult der Motor auf. Der Fahrer setzt ein paar Zentimeter zurück. Das Rad schleift das Kind an den Kleidern mit – einen Augenblick nur, dann ist es frei. Die Frau sucht nach seinem Gesicht. Es ist nicht da.

Eine italienische Mutter

»Stell dir vor, wir sind der Autobahn entkommen und haben in Münchberg ein Hotel gefunden!«, sagte ich erstaunt.
»Das hast du dem Honda zu verdanken. Mit dem kann man spielend leicht über die Äcker auf eine Landstraße ausweichen, wenn sich dazu unerwartet die Möglichkeit auftut«, meinte Frida zufrieden.
Wir hatten in Münchberg und dann in Innsbruck übernachtet, und der Brenner lag hinter uns. Jetzt befanden wir uns auf der italienischen Seite der Alpen. Die Sonne glich einem weißen Ufo, und vor uns bot sich eine Aussicht auf grün schimmernde Täler. Autos hielten an, Türen und Seitenfenster wurden geöffnet, alle stiegen aus und hatten dasselbe vor wie wir. Alle drängten in die Bar, um einen Espresso zu trinken. Dieser Rastplatz war eine Stätte der Begegnung.
»Als Italienerin hätte ich immer Heimweh!«, sagte Frida.
Männer jeden Alters stiegen aus ihren Autos und begannen, Kühlerhauben, Windschutzscheiben und Chromleisten zu polieren. Sie öffneten den Kofferraum und nahmen Polierwachs in Flaschen oder Dosen und Fensterleder heraus. Dann drehten sie das Autoradio voll auf und wienerten drauflos. Mindestens zehn verschiedene Sender sorgten mit Popmusik, Nachrichten, Kirchenliedern und Fußball für italienische Weihnachtsstimmung.
Welcher Norweger hat alles im Kofferraum, um sich liebevoll um sein Auto kümmern zu können? Die Frauen setzten sich hinter die Leitplanke und genossen im Wettstreit mit den Autoradios die lautstarke Gesellschaft der anderen.
»Die putzen ihre Autos!«, sagte ich verzückt.
»Das ist Italien. Hier kümmern sich die Mütter um Weihnachtsfest und Jesuskind, die Männer polieren die Autos«, meinte Frida und begann vor sich hin zu pfeifen.

Solche Töne konnten mich aus dem Gleichgewicht bringen. In meinen Ohren waren das Signale eines unmusikalischen Wesens. Und oft zeigte es sich, dass es sich wirklich um das unmusikalische Bedürfnis handelte, gesehen und gehört zu werden.
»Dass du glaubst, Musik genießen zu können, bedeutet noch lange nicht, dass du sie auch produzieren kannst«, sagte ich.
Fridas Launenhaftigkeit auf dieser anstrengenden Reise hatte mich einsehen lassen, dass ich mich wehren und Grenzen setzen musste. Dieses Mal gab sie nach. Aber es bestand immer die Gefahr, dass sie das nicht tat. Dann wurde alles noch schlimmer. Ich öffnete den Sicherheitsgurt und die Beifahrertür und zog meinen Pullover aus. Es war mindestens zwanzig Grad wärmer als beim letzten Halt. Ich stellte mich neben das Auto und hielt wegen der Sonne die Hand schützend über die Augen.
Eine ältere Frau stieg aus einem schwarzen Auto. Sie hatte einen Klappstuhl unter dem Arm. Einen Augenblick lang blinzelte sie in die Sonne, dann klappte sie den Stuhl auf und setzte sich mit dem Gesicht zu mir. Die Zehen waren nach innen gerichtet. Sie hatte die Hände auf die Knie gelegt. Das von einem Faltennetz überzogene Gesicht war von einer graubraunen Blässe. Vermutlich war sie keine Bäuerin, konnte sich also im Schatten aufhalten. Ihr gewelltes Haar war grauschwarz und lose zu einem Knoten hochgesteckt. Eine Windbö fuhr unter ihr Kopftuch und ließ das Haar wehen. Einen Augenblick lang hatte es den Anschein, es würde wegfliegen. Aber das nahm sie nicht wahr. Ihre dunklen Augen waren auf mich gerichtet.
Ich blieb stehen. Als sie nickte, ging ich zu ihr. Sie hielt mir ihre Hand hin und sagte etwas auf Italienisch, was ich nicht verstand. Ehe ich mir noch über meine Absichten klar geworden war, hatte ich ihre Hand ergriffen. Sie war trocken, glatt wie Seidenpapier und von einer seltsamen kühlen Stärke. Worte kamen über ihre Lippen, als deklamiere sie monoton ein Kirchenlied. Ihre Stimme war leise und zugleich fast gebieterisch. Vorsichtig versuchte ich

zu lächeln, aber das wollte mir nicht recht gelingen. Stattdessen nahm ich ihre Hand mit meinen beiden Händen. Sie nickte und schwieg. In der Brise hob und senkte sich ihr Kopftuch, während ich ihre Hand hielt.

Vom Auto rief sie ein Mann. Sie wollte aufstehen. Etwas unbeholfen half ich ihr. Sie stützte sich auf mich, und ich spürte die Kraft des schmächtigen Körpers mit dem winzigen gewölbten Bauch unter den Brüsten. Als sie ihr Gleichgewicht gefunden hatte, machte sie sich langsam von mir los, klappte mit einer geübten Bewegung den Stuhl zusammen, nickte freundlich und ging zu ihrem Auto. Den rechten Fuß zog sie etwas nach. Bald darauf war sie verschwunden.

Noch viele Kilometer später duftete meine Hand, als hätte ich das alles nur geträumt, nach Lavendel. Ich war erstaunt, dass es eine greifbare Spur gab.

»Sie hätte deine italienische Mutter sein können«, sagte Frida, nicht etwa spöttisch oder herablassend. Dennoch war ich solchen Kommentaren gegenüber stets misstrauisch. »Dann hätte sie dich ein weiteres Mal verlassen, ohne sich zu erkennen zu geben.«

»Wieso sagst du das?«, flüsterte ich.

»Weil alles, was nicht an die Oberfläche kommt, zu einer Entzündung führen kann. Es gibt keinen Grund, weshalb wir nicht über das sprechen sollten, woran wir beide denken. Deine Mutter ist nie gekommen, um dich zu holen.« Sie stellte das mit einem hinterhältigen Unterton fest, als habe sie lange auf den richtigen Zeitpunkt gewartet.

Unappetitliche Reste des Kadavers meiner Kindheit tauchten auf.

»Nein, mein Vater auch nicht«, erwiderte ich kurz angebunden.

»Aber du hast gewartet?«

»Daran erinnere ich mich nicht.«

Frida wechselte auf die rechte Fahrspur. Gemächlich rollten wir bergab. Ein Laster mit einer offenen Luke in der Heckklappe fuhr vor uns. Ein Viehtransporter, das ganze Heck mistverschmiert, einige der Verschlusshebel hingen herab und baumelten hin und her.

»Natürlich hast du gewartet. Du wolltest ein Zuhause.«

»Die wenigen Male, die jemand zum Aussuchen kam, wurde ein anderes Kind gewählt. Sogar der Hausfreund hat einen Bogen um mich gemacht, wenn es darum ging, jemanden auf die Hütte oder nach Hause mitzunehmen. Ich hatte nicht die richtige Art. Zuhause? Das ist doch nur ein sentimentaler Traum«, schloss ich.

»Ein Kind wird doch noch das Recht auf solche Träume haben, ohne dass du dich später darüber lustig machst«, meinte Frida. »Hast du übrigens mal darüber nachgedacht, dass deine Mutter das eigentliche Problem darstellte?«

»Problem?«

»Ja. Die wenigen Papiere die es zu deiner Identität gab, zeigten mit aller Deutlichkeit, dass die Eigentumsverhältnisse ungeklärt waren. Kinder sind wie Gegenstände und andere bewegliche Habe. Ohne Eigentumsnachweis schreckt natürlich jeder Interessent zurück. Theoretisch hätte deine Mutter jederzeit auftauchen und Anspruch auf dich erheben können. Vielleicht gab sie sich deswegen nicht zu erkennen, weil sie dich, ohne sich zu verpflichten, irgendwo einsperren lassen wollte, bis es ihr passte, dich abzuholen. Die Jahre vergingen, und schließlich war es zu spät.«

»Das ist üble Nachrede! Frauen denken nicht so.«

»Jetzt redest du wie die Literaturkritiker. Tun sie das nicht? Natürlich tun sie das! Deine Mutter spekulierte auf einen wohlhabenden Mann. Wahrscheinlich war dein Vater nicht reich. In der Zwischenzeit hielt sie sich von dir fern. Es sollte auch nichts entschieden werden, damit niemand in Versuchung kam, dich zu adoptieren. Währenddessen arbeitete die Zeit für sie und gegen dich.«

»Wie das?«

»Viele von denen, die adoptieren, wollen einen nagelneuen Block Knetmasse, mit dem sie spielen und den sie nach Wunsch formen können. Ein bleiches, mageres Kind, das aufgehört hat zu kommunizieren, ist kein sonderlich charmantes Ausstattungsstück für Schöner Wohnen. Nein, die Wahrheit ist, dass deine Mutter sich das Recht herausnahm, dich zur Welt zu bringen und zu verlassen, dich aber trotzdem mit Haut und Haaren zu besitzen.«

»Wir wissen nicht, wer sie war und was sie für Gründe hatte. Wir wissen auch nicht, wie es ihr erging und was sie dachte«, sagte ich.

»Am schlimmsten sind die, die überhaupt nicht nachdenken, sondern einfach die Jahre vergehen lassen, während sie beispielsweise darauf warten, dass sich etwas in ihrem Leben klärt. Etwa dass sie eine gute Partie machen. Egal, wer sie war, man kommt an der Tatsache nicht vorbei, dass sie auf deine winzige Person herzlich wenig Rücksicht nahm.«

»Du hast unglaubliche Vorurteile gegenüber Frauen!«

»Ach, wirklich? Schau dich doch mal um! Es gibt diese Exemplare in jedem Alter. Wartend, sich die Finger leckend, flennend, die Beine breit machend, züchtig oder nabelfrei. Betrunken oder nüchtern. Gib ihnen einen alten Mann mit einer guten Stellung und einer dicken Brieftasche, und sie liegen da mit ihrem Silikonbusen und stülpen die Schamlippen vor.«

Sie gab Gas, blinkte, wechselte auf die linke Fahrspur und scherte dann vor dem Viehtransporter wieder ein.

»Mit dem Vater ist es natürlich etwas anderes«, fuhr Frida fort.

Ich erwiderte nichts.

»Niemand erwartet etwas von Vätern. Weder damals noch heute. Nur wenn sie wollen, sind sie da. Dank ihres Charmes, ihrer Brieftasche und ihres physischen Willens lässt sich das Leben noch immer erneuern. Das ist es! Jede Frau, die das nicht einsieht und nicht mit Humor und Verantwortung damit umgeht, muss noch viel lernen.«

»Du äußerst dich über Dinge, mit denen du dich überhaupt nicht auskennst. Schau dir doch nur Frank an! Er ist für seine Kinder da«, sagte ich.

Frida begann zu lachen. »Pass auf, kleine Sanne, sonst wirst du noch ein guter Mensch!«

»Hör schon auf!«, bat ich mit schwacher Stimme.

»Okay«, erwiderte Frida unerwartet friedfertig.

Als das Meer auftauchte, war ich vollkommen erschöpft davon, mir etwas Positives über eine Mutter einfallen zu lassen, vergebens. Oder einen Vater. Vor vielen Jahren hatte ich mir vorgenommen, mich auf diese Art Wanderung durch die Wüste nicht mehr einzulassen. Jetzt hatte mich Frida wieder mit der Vergangenheit konfrontiert, indem sie einfach im Sand gegraben hatte.

Im Licht der Weihnachtskrippe

Das Foyer erinnerte mit seinem riesigen, bunt funkelnden Christbaum an Kulissen aus einem amerikanischen oder vielleicht auch italienischen Kostümfilm. Auf einem Tisch unter dem glitzernden Kronleuchter stand eine angestrahlte Krippe mit allen Finessen. Vermutlich hatten die Schafe einen Pelz aus richtiger Wolle. Man erwartete förmlich, dass das Jesuskind gleich zu schreien beginnen würde. Die Gesichtszüge Mariens waren die einer Heiligen. Der Zimmermann Josef hatte über zweitausend Jahre lang geheim gehalten, dass er eigentlich blaublütig war. Aber hier konnte er sich unbekümmert zu seiner hohen Geburt bekennen. Einen Arm hielt er schützend über Mutter und Kind. Die Hirten kamen direkt aus einer finnischen Sauna. Sie waren kräftig, mit klarem Blick und gesunder Gesichtsfarbe. Die Heiligen Drei Könige waren bestimmt Business Class geflogen. Der eine war offensichtlich Amerikaner. Vielleicht aus Kalifornien. Sonnengebräunt und breitbeinig stand er da. Wegen der guten Stimmung und dem exzellenten Service beim Flug hatten sie beste Laune. An Turban und Krone war nichts auszusetzen. Die Juwelen funkelten. Die Kamele hatte man nur aus PR-Gründen bereitgestellt und dafür gesorgt, dass sie die Hotelgäste nicht durch unangebrachte Ausscheidungen stören würden. Es duftete nach Weihrauch und Myrrhe, glaubwürdigen Requisiten, die zu diesem Feiertag gehörten.

Ich blieb lange stehen und bewunderte das Ganze. Ich konnte nicht verhindern, dass mir plötzlich drei Tränen über die Wangen liefen. Leider rührten mich gelegentlich Dinge, die ich im Grunde pathetisch fand oder sogar verachtete. Als bräuchte ich diese Stimuli, um das exaltierte Leben von dem unterscheiden zu können, das ich eigentlich führen wollte. Während ich das Theater der Christenheit betrachtete, erschien ein Tableau:

Das junge Mädchen muss nicht mehr mit einem fast kahlen Christbaum und Kerzen, die nicht angezündet werden dürfen, weil sie einen Brand entfachen könnten, Weihnachten feiern. Sie muss auch das Lametta nicht mehr anschauen, das von Jahr zu Jahr mehr an rostigen Stacheldraht von vor dem Krieg erinnert, oder den Weihnachtsstern oben auf dem Baum, dem zwei der fünf Zacken fehlen. Die schiefen Körbchen, dilettantisch in der Schule geflochten, werden an den dürren, braunen Zweigen hängen, und der Anblick wird sie nicht quälen. Denn dieses Jahr setzen sie sie vor die Tür, damit sie sich selbst durchschlägt, und es ist vorbei. Sie braucht ihr Leben nicht mehr vor der Vorsteherin oder den Bedienten zu rechtfertigen. Alles aber ist so weise eingerichtet, dass es ihr an diesem ersten Weihnachtsfest fehlt. Später liest sie, dass Geiseln, die lange in Haft waren, ein Abhängigkeitsverhältnis zu ihren Bewachern entwickeln und sogar die Vertraulichkeit zu diesen verhassten Menschen suchen. Nach der Freilassung kann es also passieren, dass einem in Ermangelung anderer Kontakte seine Quälgeister fehlen.

Und viele Jahre später: Eine junge Mutter hat das starke Bedürfnis, mit ihrem kleinen Kind Weihnachten zu feiern. Alles soll perfekt sein und wird bis ins kleinste Detail geplant. Sie liegt wach und lauscht den Atemzügen des Kindes. Sie denkt daran, dass es keine Enttäuschung erleben darf. Das Kind soll das Märchen erleben, und zwar jedes Jahr. Sie fürchtet, dass ihr das nicht gelingen wird. Sie weiß es. Das Kind hat nur sie. Einen Adventskalender kann sie basteln und ihm Geschenke machen, allerdings nicht so teure. Sie kann ihm vorlesen, Essen kochen, Weihnachtsschmuck aufhängen, singen. Aber das Kind wird die Leere trotzdem erleben, ohne sie ganz zu verstehen. Wenn es groß wird, wird es Weihnachten der Erwachsenen als verlogen entlarven. Und als einsam. Niemand spürt das so rasch wie ein Kind.

Nachdem das Schlimmste passiert war, fragt sich die Frau: Geraten solche Kinder öfter unter einen Lastwagen als andere?

Darauf weiß sie keine Antwort, und sie hat auch keinen Grund mehr, Weihnachten zu feiern. Sie hat ein gutes Buch, Rotwein und Rippchen von Rimi. Sie hängt nie Weihnachtsschmuck auf und vermeidet es, über Weihnachten zu sprechen. Sie gewöhnt es sich an zu nicken und mit Ja oder Nein zu antworten, um nicht zu abweisend zu wirken. Sie hört sich die Seufzer über all das an, was noch zu erledigen ist, und die Klagen, dass Zeit und Geld nicht reichen, und den universellen Anspruch aller auf Familienglück. Und in dieser dauerhaften Betäubung lässt sie die Jahre vergehen. Aber ein seltenes Mal sieht sie ein, dass Assoziationen ihrer eigenen Logik folgen, und der Weihnachtstraum kommt an die Oberfläche. Der Gedanke stellt den Funken der Götter dar.
Was wäre passiert, wenn das Kind nicht unter den Lastwagen geraten wäre? Hätte sie es ihrer Tochter aufgebürdet, ihre einzige Familie zu sein, und ihr als Erwachsene mit einem hilflosen Blick befohlen, ihr pünktlich einen Besuch in der Woche abzustatten?

Festlich gekleidete Menschen warteten darauf, im Speisesaal ihr Weihnachtssouper zu genießen. Frida und ich saßen mit zwei üppig geschmückten Damen zusammen. Nach ihrer Unterhaltung zu schließen waren sie Deutsche. Die eine war ganz in glitzernde rote Pailletten gehüllt. Würde und Verbitterung ausstrahlend, erklärte sie, sie nehme mit ihrem Hund das Weihnachtsessen auf dem Zimmer ein, da sie den Anruf des Sohns und der Enkelkinder erwarte.
Die andere war in Goldlamé verpackt und teilte mit, das hätte sie auch getan, wenn nicht ihr Mann wäre … Dieser Mann stand mit einem leicht glasigen und suchenden Blick an der Bar.
Beide Frauen gaben sich Mühe, fröhlich zu wirken.
»Fröhliche Weihnachten! Das ist wirklich ein angenehmes Hotel«, sagte Frida auf Englisch, damit sich die Damen nicht übergangen fühlten. Sie erwiderten den Gruß angestrengt lächelnd. An ihren Zahnärzten und ihrer Mundhygiene gab es nichts auszusetzen.

In diesem Augenblick ging ein Schauspieler, ein internationaler Star, vorbei, an dessen Namen ich mich nicht erinnern konnte. Das ärgerte mich, denn ich hatte mehrere Filme und Fernsehserien mit ihm gesehen.

»Da geht der Schauspieler«, flüsterte die Rote, ohne seinen Namen zu nennen. Sie folgte ihm unverhohlen mit dem Blick und spitzte den Mund à la Brigitte Bardot. Das war zwar nicht direkt unkleidsam, aber in Anbetracht der Tatsache, dass er bereits vorbei war, vielleicht etwas zuviel. Jetzt stand er neben dem Christbaum und zog seine Manschetten glatt.

»Ich habe ihn heute nicht am Pool gesehen«, sagte die Frau in Goldlamé.

»Ich glaube, er war in Venedig. Da fährt er Heiligabend immer am Vormittag hin«, erwiderte die Rote, als wolle sie uns gegenüber durchblicken lassen, mit den Gewohnheiten des Mannes vertraut zu sein. Ja, sie schien andeuten zu wollen, dass sie zu diskret sei, um uns von diesen Gewohnheiten zu erzählen, so gern sie das auch täte.

»Ist es das zehnte Weihnachtsfest, das er hier feiert?«, fragte die in Gold.

»Das neunte«, antwortete die Rote und presste wie im Gebet die Fingerspitzen aneinander.

»Ich finde, er wirkt heute so einsam«, meinte die Goldene bemutternd.

»Nein, weißt du, so ist er einfach. Berühmte Menschen *müssen* sich abschirmen.«

Möglicherweise war den Damen nicht klar, dass wir ihrer Unterhaltung folgen konnten, obwohl wir sie auf Englisch begrüßt hatten. Ich hatte in Berlin denselben Fehler gemacht. Im Café hatten wir uns auf Norwegisch unterhalten. Nach einer Weile hatte sich die Dame vom Nachbartisch zu uns herübergebeugt und auf Schwedisch gefragt, ob sie den Salzstreuer haben könne. Schweden sind zwar nicht besonders sprachbegabt, was verwandte nordische Sprachen angeht, aber trotzdem. Es war etwas peinlich. Ich erinnerte mich, dass ich auf einmal alles, was ich gesagt hatte, rekonstruierte und analysierte. Das war mir natürlich nicht gelungen. Aber ich hatte darüber nachgedacht. Frida hatte mich damit getröstet, ich könne froh sein, keine berühmte Autorin zu sein. Dann wäre das natürlich viel schlimmer gewesen.

»Der ist gar nicht so übel«, flüsterte mir Frida zu meiner Überraschung zu.

Als hätte der Mann sie gehört und Norwegisch verstanden, kehrte er plötzlich vom Christbaum zurück, baute sich vor einem der freien Sessel auf und sah uns fragend an. Die Rote hatte sich bereits halb erhoben und nickte geradezu mit dem ganzen Oberkörper. Er machte eine abwehrende Handbewegung, als wolle er zu verstehen geben, dass jetzt nicht der Zeitpunkt für Applaus sei.

Die Frau in Rot kannte er offenbar. Zumindest zeigte sich ihre Vertrautheit in höflichen Phrasen. Er sagte etwas über das Wetter. Die Rote präsentierte ihm mit mehreren langen Sätzen in ausgezeichnetem Englisch die Wetterprognose für die Weihnachtstage. Der Schauspieler gab allen die Hand. Ein fester, aber abwesender Händedruck, den er vermutlich allen gab, mit denen er auskommen musste. Da er etwas über das Wetter gesagt hatte, lag nahe, dass er in Venedig spazieren gegangen war. Vielleicht war er auch zu einem anderen Zeitpunkt schwimmen gegangen als die Damen, die ihn am Pool vermisst hatten.

»Drei Grad minus«, informierte er uns. Die Bemerkung gefiel mir, da mich das auch interessierte. Akzeptierte man die Tagestemperatur, wusste man, was einen erwartete.

Aus der Nähe wirkte das Gesicht des Schauspielers leicht grau. Er hatte Geheimratsecken. Über dem Kragen kräuselte sich das Haar. Er musste zum Friseur. Er hatte das, was ich immer als grausame Mundwinkel bezeichnete. Die hatte ich früher schon an selbstbewussten Männern, die sich langweilten, bemerkt. Er wirkte nicht

so athletisch wie im Film. So ist das nie. Er war auch nicht so groß. Irgendwie freute mich diese Feststellung.
Seine Hände hatten Flecken oder Sommersprossen. Die Handgelenke waren recht schmal. Wahrscheinlich hatte er nie etwas Schwereres hochgehoben als ein Kristallglas mit einem Whisky. Jetzt nahm er das Glas, das ihm ein Kellner gebracht hatte, hob den Blick und prostete uns zu. Dann nickte er den zwei Damen, Frida und mir zu.
Plötzlich begann direkt neben meinem Fuß der Hund der roten Frau zu kläffen. Ich zuckte zusammen, und mein Glas schwappte über, während ich es hob, um den anderen zuzutrinken. Der Schauspieler sagte etwas. Seltsamerweise antwortete ihm Frida. Er nickte. Ja, jetzt lächelte er Frida zu, als seien sie alte Bekannte.
Die Rote bückte sich neben meinem Fuß und hob den winselnden Hund auf den Schoß. Dieser legte sich hin, verstummte mit angelegten Ohren und starrte den Schauspieler hasserfüllt an. Die Rote demonstrierte jetzt ihre Liebe zu diesem kleinen Geschöpf und sprach mit lauter, wohlmeinender Stimme teils an den Hund, teils an uns gewandt. Sie hatte so einen Haben-wir-es-nicht-gemütlich-jetzt-ist-Weihnachten-Ton. Wie das regelmäßige Aufblinken eines Leuchtturms suchte sie mit den Augen die unseres Schauspielers.
Ich sah, dass er das auch bemerkte, aber auf eine höfliche, gnadenlose Art sich nichts anmerken ließ wie ein Mann, der diese Art Aufmerksamkeit nicht nötig hat, besonders dann nicht, wenn er auf sein Essen wartet. Lobend sei erwähnt, dass er gelassen blieb. Er hatte sogar soviel Kraft, Frida mit mehreren Sätzen über Venedig zu beglücken, über das Licht dort, die Jahreszeit und – erneut – die Temperatur, die sehr niedrig war, selbst für Dezember.
Frida antwortete ihm so leger, dass ich nicht recht wusste, wie ich das deuten sollte. Einmal schaute er beim Reden auf die Uhr. Als Retourkutsche sah sie ebenfalls sofort auf die ihre. Dann lächelten

sie sich an, als sei das ein heimliches Zeichen. Er beugte sich zu ihr vor und sagte etwas, was ich nicht ganz verstand. Sie lächelte, entgegnete aber nichts. Gelegentlich war mir nicht ganz klar, ob das bei Frida Taktik oder Schüchternheit war. Ich konstatierte genüsslich, dass es den deutschen Damen nicht gefiel, wie gut sich der Schauspieler mit Frida verstand.
Er zündete sich, nachdem er die Damen um Erlaubnis gebeten hatte, eine Zigarre an, die er entspannt zurückgelehnt genoss, während er die Treppe in den ersten Stock im Auge behielt, auf der die anderen Gäste ihre elegante Abendgarderobe vorführten. Nach wenigen Zügen strich er mit einer fast zärtlichen Bewegung die Asche von der Zigarre, betrachtete mit Interesse das erloschene Ende und verstaute sie dann in einer Metallhülse, die er aus der Tasche zog. Er schraubte sie zu und erhob sich mit einer Verbeugung.
Eine junge, platinblonde Frau schritt die Treppe herunter. Der eine Busen schaute wie ein wippendes, unverpacktes Weihnachtsgeschenk halb aus ihrem Kleid. Das sollte so sein. Unser Schauspieler ging auf sie zu und reichte ihr den Arm.
Wie auf ein Signal hin erhob sich die Rote seufzend. Ihre Pailletten glitzerten.
»Ich geh jetzt hoch. Mein Sohn ruft bald an«, sagte sie zu der Goldgekleideten und ging zum Fahrstuhl. Ihr angeleinter Hund sträubte sich. Er setzte sich immer wieder hin, und sie musste ihn hinter sich her schleifen. Ein paarmal drehte sie sich um, beugte sich vor und redete in Babysprache auf ihn ein. Aber er blieb widerspenstig und kläffte alle an.
Um sieben Uhr wurden die Türen des Speisesaals geöffnet, und man konnte zu Tisch gehen. Offenbar war dies ein sehr gutes Hotel, denn neben jedem Gedeck lag ein kleines Präsent, ein Schreibset einer sehr guten Marke.
»Der Hersteller hat sich vermutlich mit dem Hotelier geeinigt, dass er für die Lieferung der Weihnachtsgeschenke einige Wochen

in einer Suite wohnen kann. Es ist außerdem eine gute Reklame«, meinte Frida.

Der Schauspieler und die Platinblonde unterhielten sich vertraut am Nachbartisch. Sie steckten die Köpfe zusammen und schienen sich sehr wohl zu fühlen. Der Ober servierte uns mit zahllosen Verbeugungen Fagottini di verdure e fontina.

»Er ist nicht so groß wie im Film. Er hat auch grauere Haare«, sagte Frida zufrieden. »Und ausnahmsweise ist das mal ein Mann in deinem Alter.«

»Wie meinst du das?«

»Es ist befreiend, dass du anfängst, andere Männer als Frank wahrzunehmen.«

»Unsinn! Er ist in Begleitung.«

»Das ist die Tochter«, erwiderte Frida.

»Woher weißt du das?«

»Das sieht man an der Art, wie er sie behandelt. Ich studiere schon mein ganzes Leben Väter und irre mich deswegen nur selten. Sie sind entweder rührend unbeholfen oder geben an und machen Vorschriften. Er hat jetzt einen ganz anderen Blick als vorhin im Foyer. Er wirkt irgendwie hilflos. Schau dir seine Gesten an! Als würde er ihr über die Wangen streichen wollen, es sich dann aber anders überlegen, weil plötzlich seit dem letzten Mal zehn Jahre vergangen sind und sie kein Kind mehr ist. Vielleicht denkt er auch, dass er ihr lieber ein teures Geschenk hätte machen sollen, statt sie hierher einzuladen. Er weiß nicht, wie er sich benehmen soll. Niemand hat ihm Regieanweisungen für diese Rolle gegeben. Unser Schauspieler muss den Vater improvisieren. Deswegen benimmt er sich ihr gegenüber so übertrieben. Er möchte so gern in einer Rolle überzeugen, die er im Kino noch nie gespielt hat. Gleichzeitig will er weder autoritär noch fremd wirken. Er wünscht sich Vertrautheit, weiß aber nicht recht, wie.«

»Was sollte er stattdessen tun?«

»Es wäre besser, wenn er sich entspannen und mit ihr wie mit einer normalen Person reden würde, mit der er zufällig und nicht gezwungenermaßen zusammensitzt. Er sollte nicht soviel Aufhebens darum machen, dass sie sein kleines Mädchen ist. Er hat es nicht leicht«, sagte Frida.
Ich nickte zustimmend und betrachtete dann meine Hände. Sie hielten Messer und Gabel und wirkten ganz normal.
»Glaubst du, er hat das bescheidenere Weihnachtsangebot der Mutter überboten, um sie dieses Jahr bei sich zu haben?«
»Vielleicht. Einige Eltern stehlen die Aufmerksamkeit der Kinder vom jeweils anderen Elternteil, wenn es ihnen gerade in den Kram passt. Aber es ist noch schlimmer, wenn Eltern verborgene oder bis zum Überdruss ausgesprochene Sorgen haben.«
»Wie das?«, fragte ich.
»Wenn sie ihre Träume nicht verwirklicht haben, weil die Kinder kamen«, schloss Frida.
Ich wusste, dass sie mich mit diesem Vortrag trösten wollte, und widerstand der Versuchung, ihr zu widersprechen. Oft überkam mich bei Fridas hemmungslosen Ausbrüchen ein starkes Unbehagen, und zwar gerade deshalb, weil sie so befreiend wirkten.
Der Schauspieler beugte sich vor und lächelte die junge Frau an. Stirn und Augenpartie waren plötzlich von unzähligen Falten überzogen. Farben und Linien erinnerten an die Ölgemälde alter flämischer Meister. Einen Augenblick lang sah ich uns alle, den ganzen Saal, als Teil dieses Gemäldes. Als hätte uns ein großer Meister dort verewigt. Nicht zufällig, sondern bewusst, nach einer Ordnung, deren Bedeutung nur er, es handelte sich zweifellos um einen Er, kannte. Ich hatte das Bedürfnis daran zu glauben, dass es sich so verhielt. Nichts war zufällig. Ich brauchte nicht Angst zu haben, zufällig zu sein. Mir war ein Platz in dem Bild zugewiesen. Genau wie ich, wenn ich eine Meisterin gewesen wäre, Frida in meinem Leben untergebracht hätte. Um meine Rolle zu spie-

len, mich zu unterstützen, zu inspirieren, aber gleichzeitig sie selbst zu sein. Nur indem man selbst ist, kann man seinen Platz in dem Gemälde behaupten, dachte ich.

Der Ober brachte Medaglione di vitello maison all'estragon. Der Schauspieler und ich kontrollierten auf der Karte, was von dem Menü bereits hinter uns lag. Unabhängig voneinander, aber gleichzeitig. Anschließend lehnte er sich zurück und betrachtete die junge Frau, während sie sprach. Sie legte großen Wert darauf, gesehen zu werden. Nicht unbedingt von ihrem Vater, aber von so vielen wie möglich.

»Er langweilt sich«, sagte Frida.

»Aber er hört ihr zumindest interessiert zu.«

Er hatte sein Jackett aufgeknöpft, und sein Hemd leuchtete in meine Richtung. Beim Anblick seines Schlipses musste ich aus irgendeinem Grund an Beerdigungen denken. Als er sich vorbeugte, fiel das Licht unvorteilhaft auf ihn, und seine Nase schimmerte bläulich, wie das im Alter häufig so ist.

Gerade als mir seine Ohren auffielen, musste ich an Fridas Beschreibung von New York denken.

»Du hast doch damals meine Formulierung gestohlen, als du mir von Jimmy Scotts Ohren erzählt hast?«, fragte ich.

»Spielt das eine Rolle? Ich kann auch von der älteren Dame mit dem eleganten Sommerhut und den becherpilzähnlichen Ohrläppchen erzählen.«

»Die mit dem Einkaufsroller, die sich leise und vertraut mit dem Verkäufer im staatlichen Spirituosenladen in Briskeby unterhielt?«, fragte ich.

»Ja. Sie hatte ihre weißen Locken kleidsam über die Ohren drapiert, aber als sie sich vorbeugte, um die Scheine zum Bezahlen aus dem Portemonnaie zu nehmen, kam ein riesiges und verschrumpeltes Ohrläppchen zum Vorschein.«

»Hatte sie nicht irgendeinen Diamantohrring zu fest geklemmt?«

»Ja. Der funkelte mich aus den Hautfalten an. Als sie mit ihrer

kostbaren Flasche Port, gut versteckt im Einkaufsroller, den Laden verließ, erschien einem das Ohrläppchen wie ein Auge, das sie glitzernd zur Tür begleitete.«
»Habe ich dir diese Geschichte wirklich erzählt?«, fragte ich.
Frida zuckte nur mit den Schultern. Ein weiteres Mal erhielt ich einen unangenehmen Hinweis darauf, dass sie meine Ideen und Formulierungen stahl. An diesem Abend kreidete ich ihr das jedoch nicht an. Es war schließlich Heiligabend.
Der Schauspieler wurde immer ungeduldiger. Er bewegte unruhig die Hände und zupfte an seinen Ohrläppchen. Ich hatte keinen Grund, ihn nicht zu mögen, auch wenn sich für ihn offenbar die Unterhaltung mit der jungen Frau, die vielleicht seine Tochter war, wenig ergiebig gestaltete. Es kam mir in den Sinn, dass sie möglicherweise nichts Interessantes zu sagen hatte. Ich bekam deswegen trotzdem keine schlechte Laune. Nein, ich verabscheute ihn nicht. Im Gegenteil, ich verstand ihn.
»Du hörst nicht, was ich sage. Seit wir die Grenze nach Italien überschritten haben, hat deine Angst, geschnappt zu werden, abgenommen. Und was unternimmt Sanne, um dieses Vakuum zu füllen? Sie gafft jedem beliebigen Mann hinterher. Es ist wirklich anstrengend, mit dir zusammen zu sein. Okay, mir ist auch klar, dass du endlich einen entdeckt hast, der was zu bieten hat.«
»Ich bin überhaupt nicht abgelenkt. Woher willst du überhaupt wissen, dass der was zu bieten hat?«
»Verglichen mit Frank? Es ist doch sonnenklar, dass er mehr zu bieten hat.«
»Ich glaube nicht, dass er interessiert ist«, erwiderte ich trocken. »Ich habe gemerkt, dass solche wie er lieber mit beeinflussbaren jungen Frauen verkehren, die einen schmeichelhafteren Hintergrund abgeben.«
»Sprichst du von Frank?«
»Nein! Ich spreche *nicht* von Frank.«
»Gut! Ich habe einen Vorschlag. Wir werden euch beide jetzt or-

dentlich miteinander bekannt machen. Dichter suchen die Nähe von Schauspielern.«
Ich weiß nicht, ob es sofort passierte, nachdem Frida diese Worte ausgesprochen hatte. Jedenfalls begegnete ich ganz unabsichtlich seinem Blick und bildete mir sogar ein, dass es eine Art Kontakt gebe. Das ging so schnell, dass ich mir nicht sicher war. Er verdrehte die Augen, und die Mundwinkel erschienen auf einmal noch grausamer als vorhin im Foyer. Hätte ich Zeit gehabt, hätte ich vermutlich gedacht, er würde gleich in ein höhnisches Gelächter darüber ausbrechen, wie dumm sich die junge Dame doch ausdrückte.
Aber diese Zeit hatte ich nicht. Er streckte die Hand nach etwas aus. Seinem Taschentuch? Was wusste ich schon. Der Mund öffnete sich. Sein Kinn hing herab. Plötzlich sah er aus, als hätte er sich fest auf die Zunge gebissen. Im nächsten Moment starrte er mich blicklos an, und Speichelbläschen sammelten sich in seinen Mundwinkeln. Dann krachte er auf den Tisch, und zwar seitlich, als hätte ihm seine Erziehung diktiert, dass Gläser und Teller nicht in Mitleidenschaft gezogen werden dürfen.
Die junge Dame kreischte und erhob sich halb. Der Oberkellner und ein Mann vom Nachbartisch eilten herbei. Sie wälzten den Schauspieler vom Tisch und legten ihn auf den Boden. Ein weiterer Mann, vermutlich ein Arzt, der gerade Ferien machte, kam schwer atmend vom Salatbüfett angerannt. In der Eile stellte er eine Schale Mais und grüne und rote Rohkost vor mich hin und kniete sich dann neben den Schauspieler. Im nächsten Moment fing er auch schon mit Dingen an, die er wahrscheinlich an der medizinischen Fakultät gelernt hatte. Mit autoritärer Stimme gab er außerdem knappe Anweisungen. Ein Mann, der sich möglicherweise ebenfalls mit Erster Hilfe auskannte, unterstützte ihn. Es nützte nichts. Der Schauspieler kam nie bis zum Ventaglio di frutta fresca.
Die junge Frau stand immer noch halb aufgerichtet da. Immer

wieder faltete sie ihre Damastserviette zusammen. Sie hatte aufgehört zu kreischen, aber ich hörte sie immer wieder »father, father« flüstern – ehe sie sich flugs neben ihn auf den Boden legte.
Es erstaunte mich, dass sich Frida erhob und zu ihr ging. Sie legte den Arm um die junge Frau und zog sie beiseite, damit sie die intensiven Wiederbelebungsversuche nicht behinderte. Ihr einer Busen war inzwischen ganz aus dem Kleid gerutscht. Eine verschreckte rosa Knospe sträubte sich gegen die Wirklichkeit. Blitzschnell packte Frida den Träger und verstaute sie wieder, vermutlich ohne dass die junge Frau etwas gemerkt hatte.
Einige Leute waren aufgestanden. Feierlich, als empfingen sie in der Messe den Segen. Die schwarz gekleideten Männer erinnerten an Kormorane, die mit halb ausgebreiteten Schwingen auf einem Felsen im Meer stehen und den Hals in dieselbe Richtung strecken. Besonders die Frauen hatten den Gesichtsausdruck von Leuten, die ganz hinten in einer Schlange stehen und versuchen, den Kopf in eine günstigere Position zu bringen, um möglicherweise so ihrem Ziel näher zu kommen.
Nach einiger Zeit begannen einige geistesabwesend an ihren Ketten und Armbändern zu zupfen, allerdings sehr leise. Die Ausnahme bildete unsere gold gekleidete Freundin aus dem Foyer. Sie knuffte ihren Mann und wollte ihn offenbar bewegen, sich an der Lebensrettung zu beteiligen. Dem widersetzte er sich jedoch, indem er sie zurück auf ihren Stuhl drückte. Nicht aggressiv, eher als lege er ein Sofakissen zurück.
Die Gesellschaft war so still, als erwarte sie, dass gleich das Urteil »lebenslänglich« verkündet würde. Kein Besteck und Glas klapperte und klirrte. Keine Kellner stolperten über die Marmorplatten. Wahllos standen sie herum wie Möbel in einem überfüllten Wohnzimmer. An der Anrichte, den Säulen und bei Tisch Nummer 5.
Als sich die meisten wieder gesetzt hatten, ertönte die Sirene des Krankenwagens. Provozierend wie die Fanfare zur Eröffnung eines

Festivals der Gegenwartsmusik. Wenig später eilten vier Männer mit Trage und Ausrüstung herein, die bemühte Gelassenheit ausstrahlten. Alles ging rasch. Ihre Kommunikation beschränkte sich auf Wortfetzen.
Mit der weinenden Tochter verschwand Frida im Gefolge der Trage. Gut, dass wenigstens eine von uns praktisch veranlagt war und Verantwortung übernahm. Die Gesichter der Rettungssanitäter verrieten mehr Routine als Hoffnung, während sie fast lautlos mit unserem Schauspieler durch die Doppeltür ins Foyer rannten, an der Weihnachtskrippe vorbei und hinaus unter die Sterne.

In der Nacht zum ersten Weihnachtstag bekam ich Fieber. Zitternd und benommen stand ich auf, um etwas Trockenes zum Anziehen zu suchen. Das Nachthemd konnte ich auswringen. Mein Körper war taub und fremd und erschien mir teilweise gelähmt. Ich empfand ein Gefühl der Ohnmacht, das an Scham erinnerte. Als hätte jemand meinen Kopf auf eine Stange gespießt und meine Glieder in ein Moor geworfen, damit sie dort verrotten. Die Wunde zwischen meinem Körper und dem abgeschlagenen Kopf war schmerzhaft. Meine Haut erinnerte mich an die einer Qualle, die angespült lange am Strand gelegen hat.
Ich setzte mich auf den Klodeckel. Irgendjemand hatte ihn offensichtlich bei Minusgraden nach draußen gelegt, um mich zu quälen. Ich blieb trotzdem eine Weile sitzen, um diesen fremden Kopf auf der Stange gegen die Wand zu lehnen. Es roch nach feuchtem Mauerwerk. Oder Schimmel. Und das kam von innen, aus mir selbst.
Als ich wieder im Bett lag und eingeschlafen war, konnte ich nicht verhindern, dass eine Gestalt, die ihr Gesicht unter einer Kapuze verborgen hatte, von meiner Psyche Besitz ergriff. Ich versuchte mich mit Gewalt von dieser schwarz Gekleideten zu befreien, die nicht größer war als ich, aber viel stärker und außerdem zäher. Sie packte mit Bestimmtheit zu. Erst wehrte ich mich kraftlos, fast

gelähmt. Ich hatte das Gefühl, jede Bewegung dauere mehrere Minuten, Stunden, vielleicht sogar Tage und Jahre.
In diesem Traum sagte ich mir, dass diese Fremde im Mantel nicht gefährlich sei, sondern nur beunruhigend, so wie man das im Traum tut, wenn einem bewusst ist, dass man träumt, man sich das aber nicht eingestehen will. Ich beruhigte mich damit, dass der einzige Nachteil darin bestand, dass ich nicht wusste, wer sich in dem Mantel verbarg. Viele nackte Gestalten tummelten sich im Wasserdampf. Offenbar handelte es sich um den Duschraum eines Fitnessstudios. Einige kannte ich, ohne mich erinnern zu können, wer sie wirklich waren. Ich erkenne sie nicht, weil sie nackt sind, dachte ich. Ich hatte mir ein Handtuch umgebunden. Ich wollte duschen, aber nirgends konnte ich das Wasser aufdrehen.
Mit einem Mal stand die Gestalt mit dem schwarzen Mantel in einer der Duschkabinen. Nur ihre Augen konnte ich undeutlich sehen, aber ich erkannte sie trotzdem. Es war Frida! Sie versteckte etwas unter ihrem Mantel. Ich musste herausfinden, was das war, und trat näher. Ich zerrte den Mantel zur Seite, aber dort war nichts. Nur Leere. Diese Enttäuschung verlieh mir Kräfte. Von innen. Als hätte, ohne dass ich es merkte, ein Vulkan in mir gebrodelt. Jetzt brach er aus. Worte, die ich nicht deuten konnte, trafen Frida wie eine Bestrafung. Mir ging es nicht schnell genug, also gebrauchte ich die Hände und zog die Worte mit rasender Geschwindigkeit hervor. Sie stand ganz still und entwirrte den unzusammenhängenden Strom. Trotzdem hielt sie schließlich einen ziemlichen Wust in den Armen.
»*Ich* bin die Auserwählte«, sagte sie

Winter in Venedig

Nach dem Frühstück begaben wir uns an den Pool. Ich legte mich bequem hin und streckte mich mit einem Wohlbehagen aus, das mir beinahe ein schlechtes Gewissen verursachte. Anderen erging es ähnlich, aber die meisten, die am Pool lagen, schienen mehr daran gewöhnt zu sein. Hatte man den Luxus so mühelos erlangt wie ich, so war es sicherlich ratsam, sich ins Gedächtnis zu rufen, dass er nicht selbstverständlich war. Die Situation verunsicherte mich.

So war es eigentlich gewesen, seit Frida und ich nach Berlin gekommen waren. Als könnte ich jederzeit plötzlich wieder auf meiner Schlafcouch in Oslo erwachen und feststellen, dass das alles reine Fiktion war. Oder nur ein Traum. Ich weiß nicht einmal, ob ich dies bedauert hätte.

Der Fiebertraum hatte das Gefühl verstärkt, Frida könnte gefährlich für mich sein. Dieser Gedanke war ungerecht, hatte sich aber nun mal eingefunden. Ich sah ein, dass wir uns früher oder später trennen mussten. Wahrscheinlich eher früher. Sie riss alles an sich, sie legte nicht nur Reiseziel und Reiseroute fest, sondern infiltrierte auch das Manuskript und stahl meine Geschichten, um sie in ihre eigenen umzuformen. Oft hatte ich das Gefühl, sie versuchte, mich kleiner zu machen, um sich selbst mehr Platz zu schaffen.

All dies, die ganze Reise, das Auto, das ist Fridas Ding, dachte ich. Sie hatte nicht über den Tod des Schauspielers oder darüber, wie die Tochter damit fertig geworden war, reden wollen. Sprach ich sie darauf an, gab sie ausweichende Antworten. Ausgerechnet sie, die mir vorwarf, dass ich mich niemandem anvertraue! Ich wusste, dass sie mit ins Krankenhaus gefahren war, aber das war auch schon alles. Als hätte sie endlich etwas, was nur ihr gehörte und nicht mir. Als wollte sie nicht, dass ich das im Manuskript verwende. Außerdem hatte ich den Eindruck, dass es ihr nicht son-

derlich gut ging. Möglicherweise trauerte sie um den Schauspieler, obwohl sie ihn nicht kannte. Andererseits war ich ihre Vertraute. Noch dazu war ich krank gewesen.
»Hat es sie sehr getroffen? Die junge Tochter?«, fragte ich vorsichtig.
»Wie zu erwarten. Sie hat viel geweint.«
»Warst du die ganze Zeit dabei? Ich meine, habt ihr gewartet, bis er …?«
»Vermutlich ist er mit dem Kopf auf dem Tisch gestorben.«
»Aber du bist doch nicht ins Zimmer zurückgekehrt? Wo warst du?«
»Sanne! Wenn du schon dauernd nachhaken musst, dann bitte bei Dingen, die es verdienen! Ich war ein bisschen unterwegs. Das war alles. Das Drama war eigentlich schon vorbei. Meiner Meinung nach hatte der Schauspieler Glück. Bei seinem Tod wurde zwar nicht geklatscht, aber zumindest starb er bei offenem Vorhang und das auch noch an Heiligabend.«
»Ich habe das Gefühl, das alles nur geträumt zu haben. Der Schauspieler … Ich meine, er ist einfach umgekippt … ganz plötzlich«, sagte ich.
»Geträumt? Ja, vielleicht. Schriftsteller sind schließlich die Leute, die in wachem Zustand träumen. Also warum nicht? Aber sei so lieb, tritt diese Geschichte in deinem Manuskript nicht breit! Halt dich an Frank! Er ist noch am Leben, außerdem weißt du mehr über ihn als über diesen Schauspieler.«
Da hatten wir es wieder. Frida versuchte, Einfluss auf mein Manuskript zu nehmen. Dieses Mal war es keine Einbildung. Sie belehrte mich darüber, was für mich wichtig sei.
»Woher willst du wissen, was wichtig ist?«
»Deine Verliebtheit in einen toten Schauspieler wirkt unsinnig. Damit verdrängst du nur Frank, das treibt die Handlung nicht voran.«
»Ich habe mich überhaupt nicht in ihn verliebt.«

»Umso weniger Grund hast du, ihn in dein Manuskript aufzunehmen. Wie hättest du das überhaupt machen wollen? Glaubst du wirklich, dass du für so eine komplizierte Persönlichkeit genug Phantasie hast?«
Ich schwieg. Gelegentlich fällt es ebenso schwer zu schweigen, wie die richtigen Worte zu finden.
Ich klappte mein Buch, eine Biografie Marcel Prousts, zu. Ich las sie, weil es mich mehrere Jahre gekostet hatte, durch »Auf der Suche nach der verlorenen Zeit« zu kommen.
»Wenn sich deine Persönlichkeit so entwickeln könnte wie die von Swann, dann besäßest du die nötige Distanz zu Frank«, meinte Frida.
»Wie das?«
»Nach vielen Jahren gelang es ihm, seine eingebildete Verliebtheit hinter sich zu lassen. Er sah ein, dass er Jahre seines Lebens weggeworfen hatte, ja, dass er für eine Frau hätte sterben können, von der er sich nicht einmal angezogen fühlte. Sie war gar nicht sein Typ. Trotzdem hatte er pflichtschuldig das Verhalten des Verliebten auf sich genommen und sogar gelitten, als sie seine eingebildete Liebe nicht erwiderte.«
»Sag so etwas nicht!«, flüsterte ich.
»Swann zog einen Schlussstrich und fand sich damit ab, dass er sich bis dahin töricht benommen hatte. Er entfloh diesem Gemütszustand und war kuriert. Der Frank, den du siehst, hat nicht das geringste mit dem Menschen Frank zu tun. Du hast deine gesamten Erwartungen auf ihn projiziert. Und jetzt glaubst du sogar, dass er dich verfolgt. Aber du hast keine Ahnung, was in Franks Kopf vorgeht. Du hast ihn dir ganz einfach zusammengedichtet, und zwar viel zu oberflächlich. Du bist zu egozentrisch, um ihn richtig kennen zu lernen.«
»Er ist in Oslo, und ich bin hier.«
»Franks Frau könnte dich auf die richtige Spur bringen. Sie kennt Frank von allen Seiten.«

»Jetzt reicht's aber!«, sagte ich so drohend wie nur möglich.
»Okay. Fahr nur fort, zusammenhanglos im Trüben zu fischen! Von mir aus könntest du ruhig Frank genauso fallen lassen wie Swann diese Frau. Der Haken ist aber, dass wir bereits große Anstrengungen unternommen haben, Frank in das Manuskript einzuführen. Wichtige Romanfiguren wird man nie los! Nicht einmal, wenn man ihnen das Leben nimmt. Wenn du ihn unter den Tisch fallen lässt oder dich weigerst, ihm seinen Platz einzuräumen, wird er dir bei allem, was du in Zukunft schreibst, im Weg stehen.«
Ich begann in der Tasche zu kramen, die ich dabeihatte. Ich steckte den Badeanzug in ein anderes Fach und mein Buch in die Seitentasche und schloss dann den Reißverschluss.
»Kannst du dich daran erinnern, wie Proust im letzten Band den ganzen Zyklus abschließt?«, ließ Frida sich wieder vernehmen. »Wie er auf dem Weg zu einem Empfang, auf den er eigentlich keine Lust hat, in Paris über einen Pflasterstein stolpert? Und während er um sein Gleichgewicht ringt, erinnert er sich daran, wie er einmal über die unebenen Marmorplatten im Baptisterium des Markusdoms stolperte. Auch damals war er nicht gestürzt. Viele Jahre später in Paris entdeckt er die Bedeutung des Wiedererkennens. Es hilft ihm, die Wirklichkeit der Literatur zu begreifen. Das Geheimnis liegt nicht in der Geschichte an sich, sondern darin, den Augenblick wiederzuerkennen und aus diesem heraus ein Universum zu gestalten. Oder Sequenzen wie aus Träumen wiederzuerkennen. Sich dies zunutze zu machen, ohne gleich zu begreifen, wie es funktioniert«, sagte sie.
Ich dachte nach und schwieg.
Ein älterer Mann mit Pferdeschwanz ließ sich von einem Therapeuten auf einem minzgrünen Plastikbrett durchs Wasser ziehen. Er erinnerte an ein kleines Kind, das von seiner Mutter gebadet wird. Wohlbehagen und Genuss standen ihm ins Gesicht geschrieben. Anfangs ist es uns allen so ergangen, dachte ich. Ge-

borgen lagen wir im Uterus unserer Mutter im Wasser. Dort begann für alle das Dasein. Auch für mich. Vielleicht sollte ich mich dem Leben von dort aus nähern. Von innen. Aus dem Bassin meiner unbekannten Mutter heraus.
Ich schloss die Augen und lauschte auf das Brummen der Wasserfilter und das leise Gluckern, wenn jemand ins Wasser tauchte. Das Rauschen nahm zu, wenn die Wellen den Rand erreichten und der Pool überschwappte. Ich stellte mir die Blutgefäße meiner Mutter vor. Ein angenehmer, stoßweiser Rhythmus. Ein kompliziertes Netz rumorte um mich herum und gab mir Geborgenheit. Ich schwebte hinter beweglichen Schleiern in den Farben meiner Mutter. Das war einmal meine Wirklichkeit gewesen, ohne dass irgendjemand, nicht einmal ich, sie wahrgenommen hätte.

Wir fuhren, so weit es ging, und stellten das Auto in einem Parkhaus am Ufer ab, nur um festzustellen, dass die Fähre gerade abgelegt hatte. Aber die Werber für die Taxiboote waren zur Stelle. Arrogant und gleichzeitig einschmeichelnd kaperten sie uns zu einem Festpreis. Wir waren eine leichte Beute, da wir keine Zeit mit Warten verschwenden wollten.
Die Stadt trieb näher und unterschied sich von allen Bildern, die ich von ihr gesehen hatte. Trotzdem erkannte ich sie wieder. Terrakottarot und ockergelb in allen Schattierungen, weiße Fassaden und grüne Fensterläden.
Am Fährhafen an der Piazza San Marco, die mit lebenden Tauben gepflastert war, wurden wir abgesetzt. Wir wateten durch sie hindurch. Im letzten Augenblick flogen sie davon, was aussah, als leerte jemand im Himmel sein Federbett aus.
Um einen plötzlichen Juckreiz zu unterdrücken, begann ich mich darauf zu besinnen, weswegen ich die Kirche besuchen musste. Ich dachte an einen korrekt gekleideten Franzosen mit durchgeistigtem, bleichem Gesicht. Da er krank war, bekam ihm das feuch-

te Klima nicht. Trotzdem hielt er sich hier auf. Vielleicht musste er plötzlich husten. Und als er sich unbewusst darauf konzentrierte, stolperte er. Um dann, viel später, erneut zu stolpern – in Paris. So war das Gehirn des Menschen konstruiert. Die einfachen und seltenen Augenblicke des Glücks haben die rührende Gabe wiederzukehren. Man muss sie nur wiedererkennen.
Wir überquerten den Platz und traten unter die Bögen mit den sechs Türmchen. In der Mitte thronte Markus mit den Engeln, und unter den Bögen funkelten Mosaike. In einer langen Reihe von Einheimischen und Touristen betraten wir die Kirche. Der riesige Innenraum bot reichlich Platz für alle.
Frank hätte sich sicher für die Architektur interessiert. Mein Interesse daran, was er wohl gesehen hätte, brachte mich davon ab, nach der Bodenplatte zu suchen, über die Proust gestolpert sein könnte. Es gab unzählige schiefe Marmorplatten. Natürlich nahm ich die Vielfalt und die Gegenstände, die als Kriegsbeute nach Venedig gekommen waren, zur Kenntnis. Ich verspürte geradezu Franks Frustration darüber, von Antiquitäten umgeben zu sein, ohne mit ihnen Geschäfte machen zu können. Die Symbole, orientalische Phantasie aus einem Zeitraum von sechshundert Jahren, der Marienaltar mit der Ikone der Madonna von Nikopeia, eine Kriegsbeute aus dem Jahre 1204. Ganz nebenbei hatte man auch vier Bronzepferde aus Konstantinopel mitgehen lassen. Gelegenheit macht Diebe. Die Geschichte zeigte ebenfalls, dass sich auch Frauen bereichern konnten, genau wie ich das getan hatte. Caterina Cornaro, die Tochter der reichsten Familie Venedigs, heiratete 1489 den König von Zypern, nur um ihn anschließend zu vergiften. Als Königin von Zypern schenkte sie ihr ganzes Königreich der Stadt Venedig.
Niemand konnte behaupten, ich hätte Frank vergiftet, aber ich hatte mir unter falschen Vorspiegelungen sein Kapital angeeignet. Jetzt stand ich vor dem Marienaltar im Markusdom und zündete die weißesten Kerzen an, die ich finden konnte. Eine für die

Fruchtblase im Bauch meiner unbekannten Mutter, eine für das Kind unter dem Lastwagen und eine für – Frank.
»Für wen zündest *du* Kerzen an?«, flüsterte ich.
»Für Franks Töchter und seine betrogene Ehefrau«, erklärte Frida.

Wir wanderten über Brücken, durch Gassen, zwischen Marktständen und allen Maskenverkäufern hindurch und an den Anlegestellen der Gondoliere vorbei, die um diese Jahreszeit keine Kundschaft hatten. Die meisten Gondeln lagen an Land. Schließlich landeten wir in »Harry's Bar«, die irgendein Harry aus Boston finanziert hatte, weil ihm eine gescheite Bar in Venedig fehlte.
Der Tisch war winzig und zwischen andere Tische gezwängt, aber das machte nichts. Wir bestellten etwas Warmes, von dem wir nicht recht wussten, was es war. Neben uns an der Wand saß ein magerer dunkelhaariger Mann mit undurchdringlicher Miene über einer zusammengefalteten Zeitung. Hastig zog er einen blauen Kugelschreiber hervor und faltete damit die Zeitung auseinander, um die Seite mit dem Kreuzworträtsel zu finden. Die Bewegung wirkte fast wie ein Ritual. Ich folgte seinem Blick und sah, dass er die Kästchen nicht mit je einem Buchstaben gefüllt hatte, wie es üblich ist, sondern zusammenhängende Wörter und Sätze geschrieben hatte. Er hatte das Kreuzworträtsel als liniertes Papier benutzt.
Plötzlich fiel mir auf, dass sich auch Frida Notizen machte. Da stimmte etwas nicht. Diejenige, die sich immer etwas aufschrieb, war ich. Ich beugte mich vor, um ihre Notizen zu lesen. Da klingelte ihr Handy.
»Ja, hallo!«
»Stören? Nein, überhaupt nicht.«
»Natürlich sollst du das. Ich halte dich auf dem Laufenden. Nein, ich frage nicht. In Ordnung? Unsinn, es ist mir eine Freude. Das wird schon alles wieder.«
Anschließend hörte Frida lange zu, ohne etwas zu sagen, während

ich versuchte meinen Blick irgendwohin zu richten, auf nichts Bestimmtes, nur auf irgendetwas. Nachdem sie das Gespräch beendet hatte, saßen wir lange wortlos da.

»Wir müssen etwas für Annemor tun!«, sagte Frida entschieden.

Der Mann mit dem Kreuzworträtsel hatte plötzlich eine Eingebung. Rasend schnell schrieb er etwas auf, hielt inne, kaute auf dem Kugelschreiber, starrte vor sich hin und schrieb weiter. Dann schaute er sich plötzlich misstrauisch um, als habe er Angst, wir könnten ihn am Schreiben hindern.

»Wieso?«, fragte ich.

»Es geht ihr ziemlich schlecht.«

Ich spürte, wie die Wut in mir hochstieg. Nicht die gewöhnliche, die ich in Bauch und Brust einschloss. Nein, eine fremde, von der ich nicht wusste, ob ich genug Platz für sie haben würde. Sie bestand aus einer primitiven Lust, Frida mit bloßen Händen auf dem Cafétisch zu zerquetschen.

»Immer mit der Ruhe! Niemand außer Annemor weiß, wo wir sind.«

»Und was ist der Grund für deine plötzliche Fürsorge?«, fragte ich steif.

»Frank hat wieder losgelegt.«

»Auf der Trabrennbahn? Wie viel hat er verloren?«

»Er ist kaum zu Hause, und schon hat er eine neue Geliebte aufgetan.«

Ich hatte gewusst, dass es so kommen würde. Frank besaß kein Talent für die Monogamie. Und ich saß in Venedig. Ich schaute in mein Glas und atmete bei geschlossenem Mund angestrengt durch die Nase.

»Da ist mir scheißegal«, sagte ich und bediente mich Fridas vulgärer Sprache.

»Natürlich. Mir auch. Aber Annemor nicht. Außerdem sagt sie, dass Franks Gläubiger vermuten, sie verstecke einen großen Geldbetrag … Sie fühlt sich bedroht. Sie ist fix und fertig und hat nicht mal die Kraft, sich um die Kinder zu kümmern. Und zu allem Überfluss ist jetzt auch noch ihr Psychiater gestorben. Es ist ernst.«

Es wirkte, als habe sich Frida vollkommen verändert. Dabei sollte sie doch diejenige von uns beiden sein, die einen kühlen Kopf bewahrte und sich nicht durch sentimentales Gerede vom Leid anderer ablenken ließ. Natürlich war sie zu Empathie fähig, aber das hier war vollkommen absurd.

»Frida, das kann nicht dein Ernst sein! Wir sind nicht für sie verantwortlich. Wir kennen sie nicht einmal.«

»Was heißt schon kennen …«

»Was könnten wir denn für sie tun? Meinst du, dass wir ihr das Geld überlassen sollen?«

»Das nicht gerade. Aber wir könnten sie verstecken. Sie könnte mit uns zusammen reisen. Sie könnte dir Frank von verschiedenen Seiten präsentieren«, sagte Frida rasch, als müsse sie sich beeilen, da sie sonst ihr Mut verlassen würde.

»Nein! Das ist Unsinn!«, sagte ich, als hätte mich Frida zurechtgewiesen.

»Das hätte auch passieren können, während du und Frank …«

»Das tat es nicht. Wir waren immer rücksichtsvoll und diskret. Ich schlich herum wie eine Diebin und nahm Rücksicht auf sie, die Kinder und Frank. Das war kein Leben, das kann ich dir sagen. Das war ein ständiges Warten, ständiger Verzicht, Verschweigen und Einsamkeit. Dass er eine gefunden hat, die offenbar nicht bereit ist, sich unsichtbar zu machen, damit er alles bekommt, das haben nicht wir zu verantworten. Darum soll er sich selbst kümmern!«

»Es ist nicht das Schlimmste, dass er eine andere gefunden hat. Diejenigen, denen Frank Geld schuldet … Wenn die glauben, dass Annemor … Die können gefährlich sein«, murmelte sie ausweichend.

Ich blinzelte einige Male und versuchte mich zu sammeln.

»Und deswegen sollen wir es ihr erlauben, diese Leute auf unsere Fährte zu setzen?«
»Ist ja schon gut. Wir reden nicht mehr darüber«, entschied Frida.
»Hast du ihr was versprochen?«, fragte ich.
»Natürlich habe ich nichts versprochen.«
Ich redete mir ein, ich hätte etwas missverstanden, als ich glaubte, sie habe Franks Ehefrau etwas versprochen. Damit schien alles leichter. Trotzdem verspürte ich ein Unbehagen, das mir meine Freude daran, durch die Gassen, über die Rialto-Brücke und an den kleinen Kanälen entlang zu wandern, trübte. Auf einmal wirkten die Gondeln wie ausgemergelte Monster und die kleinen Läden, in denen Masken feilgeboten wurden, lächerlich.
Frida erwähnte Franks Ehefrau nicht mehr. Auf dem Rückweg fanden wir wieder zu unserem freundschaftlichen Ton zurück. Einmal war sie etwas unkonzentriert und verfuhr sich. Natürlich spielte es keine Rolle, aber es war ungewöhnlich. Wir fuhren durch eine Gegend mit schönen Landgütern in großen, parkähnlichen Gärten, aber ich konnte es nicht genießen. Eine Unruhe, über die wir nicht sprechen konnten, hatte sich meiner bemächtigt.
Um alles wieder auf eine überschaubare Ebene zu bringen, begann ich zu bereuen, dass ich die Maske nicht gekauft hatte, die mir in einem Schaufenster in Venedig aufgefallen war. Alle die nach Venedig kamen, kauften eine Maske. Ich gab Frida die Schuld daran, keine gekauft zu haben. Als sei das ihr Fehler.
Überdies hatte ich einer jungen Mutter mit Kind, die mir an irgendeiner Brücke die Hand entgegengestreckt hatte, nichts gegeben. Man konnte zwar nicht allen Bettlern dieser Welt etwas geben, aber zumindest jenen, die einem in Erinnerung bleiben und ein schlechtes Gewissen verursachen würden. Dafür besaß ich ein

Gespür. Hätte ich ihr, da ich kein Kleingeld dabei hatte, einen Geldschein gegeben, so hätte mir das ein Weilchen lang eine Art Selbstrespekt verliehen. So hatte ich meine Unruhe über Fridas Telefongespräch an einer Bettlerin ausgelassen.

Das rote Telefon

Als es in der Küche klingelte, saß ich im Wohnzimmer und schrieb. Schon das erste Klingeln löste in mir das Gefühl einer Ratteninvasion aus, trotzdem hob ich nicht ab. Frida würde kaum bei sich selbst anrufen. Ergo musste es jemand anderes sein.

Ich war mit dem Schreiben richtig in Gang gekommen und wollte die uns in Berlin verbleibende Zeit nutzen. Frida war viel unterwegs, aber ich vermied es, das Haus zu verlassen. Die Unruhe, die mich befiel, wenn ich an all jene Menschen dachte, die aus verschiedenen Gründen hinter mir her waren, strengte mich einfach zu sehr an. An manchen Tagen trafen wir uns nur zu einem schweigsamen Frühstück an dem winzigen Küchentisch. Anschließend setzte ich mich an den Schreibtisch, und sie verschwand.

Aber heute hatte sie also das Handy vergessen. Ich ging in die Küche, um nachzusehen, welche Nummer angerufen oder ob jemand etwas auf der Mailbox hinterlassen hatte. Frank war oft, wenn er mich endlich erreichte, über meine mangelnde technische Begabung ungehalten. Ich widersprach ihm nicht. Im Gegenteil, ich hatte Verständnis für ihn.

Als ich herausfinden wollte, wer angerufen hatte, wurde mir plötzlich klar, dass es auch Frank gewesen sein könnte. Dieses Risiko schlug mir auf den Magen und beschleunigte meinen Puls.

In Oslo hatte ich mich kaum für Franks Ausflüchte interessiert. Wenn ich das Telefon hörte oder erkannte, dass sich eine Nachricht auf der Mailbox befand, wusste ich, dass Frank nicht kommen würde. Es war allein diese Tatsache, nicht jedoch der Grund seines Ausbleibens, die meine Nerven zerrüttete. Aber hier in Berlin reichte dazu schon der Gedanke, Frank könnte angerufen haben, was wohl darauf hindeutete, dass sich mein Zustand verschlimmerte. Als sei damit nicht genug, gab das Telefon ein »Biep« von sich, als ich es in die Hand nahm. Es gelang mir, eine SMS auf dem Display erscheinen zu lassen. Sie war auf Norwegisch: »Bitte Abmachung nicht vergessen. Kinder untergebracht. Sonst alles furchtbar. Bin untergetaucht.«

Ich flüchtete ins Wohnzimmer, nur um festzustellen, dass ich immer noch das rote Telefon in der Hand hielt. Keuchend kehrte ich in die Küche zurück und legte es wieder an seinen Platz zurück. Als könnte dadurch das Klingeln in eine Einbildung verwandelt werden, die nur in meinem Kopf existierte. Dann füllte ich ein großes Glas mit Wasser und leerte es im Stehen.

Von wem war diese SMS? Von Frank? Seiner Ehefrau? Welche Abmachung hatte Frida getroffen? Siedend heiß überkam es mich: Hatte sie vor, mich zu verlassen? Würde ich sie ebenso leicht verlieren, wie ich sie gefunden hatte? Oder war sie es gewesen, die mich gefunden hatte? Ohne dass ich etwas zu ihr gesagt oder sie gebeten hätte, hatte sie mich ausgewählt.

Von neuem näherte ich mich dem Telefon. Vielleicht konnte man irgendwo die Nummer des Anrufers ablesen. Darauf hatte ich natürlich nicht geachtet. Neugierig und vorsichtig drückte ich auf die Tasten und erhielt die Information, es handle sich um eine unbekannte Nummer. Ich war erleichtert, dass ich nicht in Erfahrung bringen konnte, ob es Frank gewesen war. Mir war klar, dass ich die feigste Person in meinem Bekanntenkreis war. Der war zwar nicht sonderlich groß, aber trotzdem. Meine letzte Baldriantablette hatte ich beim Frühstück geschluckt, diese Möglichkeit schied also aus.

Nach einem langen Toilettenbesuch nahm ich wieder am Schreibtisch Platz. Irgendwo musste man ja bleiben. Um mir selbst zu beweisen, wie guter Dinge ich war, nahm ich einen halben Liter Wasser in einem Plastikbecher mit. Da klingelte das Telefon erneut.

Dieses Mal rannte ich in die Küche und antwortete: »Ja?«

Pause, eine seltsam rauschende Pause, aber ich wusste, da war jemand am anderen Ende.

»Bist du das?«
»Ja«, entgegnete ich, ohne an die Folgen zu denken.
»Hallo. Ich musste einfach anrufen, mit jemandem reden. Hast du die Nachricht erhalten?«
»Ja …«
»Du klingst so anders. Ist was nicht in Ordnung?«
»Nein«, sagte ich so zögernd, dass eine kleine Pause entstand, bevor ich die Frauenstimme wieder vernahm.
»Er sagt, dass sie nicht einlenken. Es geht den Bach runter … mit allem.«
»Wer?«
»Herrgott noch mal! Das weißt du doch!«
Ich drückte auf den roten Knopf und kam wieder zu mir, als ich ein asthmatisches Schnaufen ganz in meiner Nähe vernahm.
Das Telefon klingelte erneut. Ich ließ es klingeln. Aber es war unmöglich, den Arbeitstag wieder zum Leben zu erwecken. Ich brachte kein einziges Wort auf den Bildschirm. Mein Gehirn glich einer Miesmuschel, die im Brackwasser keinen Sauerstoff bekommt. Eine Vergiftung war im Anmarsch. Außerdem meldete sich ein intensiver Juckreiz an der Innenseite des Handgelenks bei der Pulsader. Ich ging ins Bad und versuchte den Juckreiz abzuwaschen. Wie erwartet gelang es mir nicht. Ich holte die Salbe, die ich in einer neutralen Plastiktüte aus dem KaDeWe aufbewahrte.
Nachdem ich mich eingecremt hatte, setzte ich mich an den Küchentisch, um das Gehäuse von Fridas Handy näher zu untersuchen. Es hatte einen Sprung, seit es einmal zu Boden gefallen war. Wenn ich darin herumstocherte, gab es vielleicht seinen Geist auf. Aber wie sollte ich Frida davon überzeugen, dass sich ein Telefon selbst vernichtete?
Während ich am Tisch saß, veränderte sich das Licht. Über den nackten Baumwipfeln färbte sich der Himmel violett. Die Nachbarhäuser bekamen gelbe Augen. Eins nach dem anderen. Mehr-

mals knallte die Hoftür. Das Geräusch traf mich, obwohl ich wusste, dass es nicht böse gemeint war. Ich trank noch ein Glas Wasser. Vermutlich war alles meine eigene Schuld. Ein Konflikt, der meinem Kopf und nicht der Wirklichkeit entsprungen war. Wahrscheinlich hatte ich es mit dem Rest der Welt so schwer, weil es in meinem Kopf nicht genug Platz gab. Ich sah ein Tableau vor mir:

Das Mädchen geht allein zum leer stehenden Stall. Es ist Winter oder Spätherbst. Die rote Farbe ist abgeblättert, besonders auf der Wetterseite. Wenn die Farbe fehlt, wird alles grau. Wo früher das Heu lag, sind breite Spalten zwischen den Brettern. Bei Regen versteckt sich der Himmel in diesen Spalten. Sie öffnet die quietschende Tür. Es riecht nach altem, gefrorenem Heustaub. Die Sonne bricht durch und bildet ein Streifenmuster auf dem Fußboden. Das ist merkwürdig, denn diese Streifen gibt es nicht wirklich, sondern nur in ihrem Kopf, weil sie es ist, die sie gerade jetzt sieht. Nachts sind sie nicht da. Hinter dem Stall kann sie von Raureif überzogene Bäume ausmachen. Sie ist die Einzige auf der ganzen Welt, die diese Bäume so sieht. Durch Ritzen in einer Wand. Man muss in den Stall gehen, um die Welt genau so sehen zu können. Hinein in einen Geruch nach getrocknetem Mist und über einen Fußboden, den seit vielen Jahren niemand mehr gefegt hat. Jedenfalls nicht, solange ihre Mutter lebte. Wenn sie einen der Stände für die Kühe betritt, sieht sie dort die Ketten, mit denen früher die Tiere festgebunden wurden. Sie kann sie hochheben, und das eiskalte Eisen, das niemanden mehr gefangenhält, rasselt. Sie kann die quietschende Tür öffnen und spürt dann, dass der Wind durch den Raum streift, ohne dass sie ihn sieht. Sie kann ihre eigenen Schritte hören und spüren, dass ihre Zehen in ihren Schuhen keinen Platz mehr finden. Früher oder später muss sie über die Felder zu dem großen Haus und in die Wirklichkeit zurückkehren. Aber jetzt will sie genau hier stehen und das erleben, was sonst niemand wahrnimmt.

Ich erwähnte mit keinem Wort, dass ich das Telefon kontrolliert hatte, und auch Frida schwieg. Sie nicht zu informieren war ein Vertrauensbruch. Aber auch sie hielt vermutlich recht viel vor mir geheim. Episoden fielen mir ein. Wie sich Frida mit dem bekannten Schauspieler in Abano Terme unterhalten und ihn ins Krankenhaus begleitet hatte. Dass sie mir davon nicht hatte erzählen wollen. Das Telefongespräch mit Franks Ehefrau und ihre Behauptung, dieser nichts versprochen zu haben.

Es war, als seien Fridas Worte Gesetz geworden. Wenn Frida sagte, nichts versprochen zu haben, so hatte sie das nicht, auch wenn ich etwas anderes gehört zu haben glaubte. Falls Frida meinte, ich könnte etwas bewältigen, so gelang es mir auch. Und jetzt – wenn Frida das Telefon nicht erwähnte, handelte es sich dann vielleicht wirklich nur um eine Bagatelle? Etwas, was ganz einfach in meinem Kopf entstanden war?

Aber das Misstrauen nagte an mir wie eine Termite. Aus der einen wurden mehrere Termiten. Frida trieb sich rum, während ich meine Zeit schreibend in den vier Wänden verbrachte. Sie war die Freie und ich die Sklavin. Sofort nahm ich das zurück, denn es war ungerecht. Was wusste ich eigentlich von ihr? Gab es Begegnungen, die sie mir verschwieg? Und diese Stimme am Telefon, die eindeutig Franks Frau gehörte? Spielte Frida etwa mit mir? Wusste Frank davon? Sollte sie mich vielleicht nur beaufsichtigen, während ich das Geld vor den Gläubigern versteckte?

Im nächsten Augenblick kam mir folgender Gedanke: Wer hatte als Erstes die Idee gehabt, Franks Geld zu unterschlagen, Frida oder ich? Sie hatte die Notwendigkeit zu verreisen angesprochen. Aber wer hatte diese Idee ausgeheckt? Wenn ich mir eingestand, dass ich es gewesen war, was war ich dann für eine Person? Jemand, der Frida zu einer makabren und lichtscheuen Tat angestiftet hatte?

Fridas Stillschweigen war eine Sache, meines eine andere. Ich wusste nicht, welche schlimmer war. Jedenfalls befand ich mich

nicht in der Position, über sie urteilen zu dürfen. Sie hatte mir viel bedeutet. Egal, welche Pläne sie ersann, in die sie mich nicht einweihte, so hatte ich es doch ihr zu verdanken, dass ich nicht in Oslo saß und darauf wartete, dass Frank sowohl die Krätze als auch die Frau loswerden würde. Vielleicht würde ich immer noch in die Buchhandlungen am Bogstadveien und Hegdehaugsveien und eventuell sogar zu Tanums an der Karl Johans Gate gehen und mein Buch unauffällig neben irgendeinem dummen Bestseller platzieren. Ich würde herumschleichen und Angst davor haben, auf frischer Tat ertappt zu werden. Das wäre natürlich sehr demütigend, aber ich würde auch nicht daran sterben. Für Demütigungen hatte ich ein ebenso gutes Gedächtnis wie ein Elefant. Ein Tableau tauchte auf:
Das Mädchen erwacht eines Morgens und hat geträumt, dass sie verschwunden ist. Niemand wird sie sehen, wenn sie aufsteht. Sie öffnet die Augen und merkt den anderen an, dass das, was sie geträumt hat, wahr ist. Sie sitzt auf der Toilette, ohne dass jemand die Tür aufreißt und sie auslacht, wäscht sich, ohne dass sie jemand zur Eile mahnt, und zieht sich an, ohne dass sie jemand anspricht oder ansieht. Bevor sie zum Frühstück geht, baut sie sich vor den anderen auf. Sie spürt, wie sie sie anstoßen, aber sie eilen einfach weiter. Wie fest die Stöße sind, hängt von der Geschwindigkeit und dem Gewicht des anderen Körpers ab. Gerade als sie die Hoffnung aufgeben will, von jemandem gesehen zu werden, spürt sie einen Schlag auf die Wange: »Beweg dich, du Schwachkopf!«

»Wir müssen weiter! Sofort!«, sagt Frida.
»Warum diese Eile? Hat dich jemand verfolgt?«
»Nein. Der Mietvertrag läuft am 1. Februar ab. Du hast wirklich keinen Überblick. Erinnerst du dich nicht, dass wir uns auf dem Weg zurück von Italien darüber unterhalten haben, dass wir besser nicht nach Berlin zurückgekehrt, sondern gleich über die Pro-

vence nach Barcelona weitergefahren wären? Aber du hast sofort auf den Mietvertrag hingewiesen und es abgelehnt, einfach so zu verschwinden. Außerdem hattest du noch deine Bücher in Berlin. Du findest immer einen Grund, die Dinge komplizierter zu machen. Für dich ist die moderne Gesellschaft nur eine Utopie. Dabei ist es tatsächlich möglich, Dinge telefonisch zu vereinbaren und Bücher mit der Post zu schicken.«

Zwei Tage waren vergangen, seit ich die Stimme in Fridas Telefon gehört hatte. Sofort brachte ich diese Stimme mit der überstürzten Abreise in Verbindung. Außerdem hegte ich den leisen Verdacht, Frida wisse, dass ich diesen Anruf entgegengenommen hatte, aber nicht darüber sprach. Hatte sie einen Grund anzunehmen, dass ich das so ernst nahm und darüber nicht sprechen wollte? Ich hätte es ja vergessen können, wenn ich es für eine Bagatelle gehalten hätte?

»Wir müssen erst noch in die Apotheke. Die Flasche ist fast leer«, wandte ich ein.

»Wir? Dieses Mal musst du allein gehen«, erwiderte sie.

Das Wort wurde in meinem alten norwegisch-deutschen Wörterbuch mit »Krätze« oder »Räude« übersetzt. Aber ich konnte mir nicht vorstellen, laut ein Mittel dagegen zu verlangen.

»Ich weiß nicht, was ich sagen soll.«

»Erinnerst du dich an den Sonntag vor Weihnachten? In dem still gelegten Lagerhaus, oder war es eine still gelegte Werkhalle? Da gab es eine Ausstellung mit Gebrauchsartikeln aus der jüngeren ostdeutschen Vergangenheit. Erinnerst du dich an den Turm aus Pappschachteln? Jede Schachtel war mit einem Aufkleber für Hausrat, Lebensmittel oder Gebrauchsartikel für das Heim und die Familie versehen.«

»Ja«, antwortete ich und sah das Bild mit den krabbelnden Tieren vor mir, die sicher eine Million Mal vergrößert waren. Sechs Beine, zwei Fühler und hinten noch so etwas wie zwei Stützfüße an einem glänzenden Gliederkörper. Oben links stand »Schaben«

und diskret ganz unten, aber mit roten Buchstaben, der Name, den man in der Apotheke nennen sollte: Delicia.
»Könntest du nicht?«, bat ich.
Offensichtlich verstand mich Frida sofort und sagte dann: »In Ordnung. Ich kümmere mich um die Apotheke und meine Sachen. Du packst und siehst zu, dass du mit allem in ein paar Tagen fertig bist.«
»Ich muss auch noch zum Friseur«, jammerte ich.
»Ausgezeichnet! Das erledigst du heute noch. Anschließend treffen wir uns im »Demokritos« und trinken ein Glas Wein.

Der Friseur Frank hatte zu tun, also bediente mich nicht derselbe wie beim vorigen Mal. Aber ich verabschiedete mich von ihm und verließ den Salon mit kurzen abgeschnittenen Härchen im Kragen.
Der Himmel bestand aus mehreren grauen Schichten. Irgendwo dort oben windete es stark. Die Schichten bewegten sich rasch. Einige hohe Schornsteine spuckten Wolle aus. Es war kalt. Die Bäume waren ganz nackt und spreizten ihre schwarzen Finger über den Chamissoplatz. Die überfüllten Mülltonnen standen auf den Bürgersteigen und kennzeichneten Reviere. Täuschendes gelbes Licht breitete sich über allem aus. Trotzdem schimmerte ein Pflanzkasten mit verwelkten Blumenleichen kalt und bläulich. Ein schmiedeeisernes Geländer umschloss ihn mit scharfer Silhouette.
Auch das Hässlichste birgt noch eine gewisse Schönheit, dachte ich und ging vorsichtig weiter. Glattes Kopfsteinpflaster lauerte auf meine Schritte und wollte mich zu Fall bringen, was ihm aber misslang.
Als wir in der Kneipe saßen, merkte ich, dass Frida zufrieden war. Einen Augenblick überlegte ich, ob ich die Stimme am Telefon erwähnen sollte. Aber ich verwarf diesen Gedanken. Das hätte nur die Stimmung verdorben. Stattdessen sagte ich: »Seltsam, aber in Kneipen unterhalten wir uns am besten, nicht wahr?«

»Du meinst über den Roman?«
»Ja, auch über den. Aber überhaupt …«
»Hast du heute viele Seiten geschrieben?«
»Ich war doch beim Friseur. Wieso liegst du mir die ganze Zeit mit meinem Buch in den Ohren?«
»Unserem Buch«, korrigierte sie mich.
»Wieso schreibst du diesen Roman nicht selber, wenn du so genau weißt, wie er aussehen soll?«
»Sei nicht so misstrauisch! Wer zuhört, *kann* klug werden. Schließlich war diese Reise meine Idee«, erklärte sie.
»Aber ich bin es, die das Buch schreibt. Ich entscheide, was ich aufnehme und wann es fertig wird. Oder ob es überhaupt fertig wird«, erwiderte ich wutentbrannt.
»Und ich habe beschlossen, dafür zu sorgen, dass du deine Möglichkeiten voll ausschöpfst.«
Bei dem Gedanken an Fridas Beschluss lief es mir kalt den Rücken hinunter. Das war das Gesetz.
»Ich bedauere, aber es fällt mir schwer, über mein Schreiben zu sprechen«, meinte ich verlegen.
»Aber ich komme doch vor, oder? Mir fällt doch eine tragende Rolle zu?«
»Ich weiß nicht recht … Schließlich handelt das Buch nicht von dir, aber natürlich kommst du vor«, antwortete ich ausweichend.
»Willst du damit sagen, dass ich mich diese ganzen Monate für dich abgemüht habe und jetzt nicht einmal eine bedeutende Rolle im Manuskript spiele? Du versuchst doch, einen persönlichen Text zu verfassen, und in dem muss ich eine wichtige Rolle haben.«
»Mal sehen«, versuchte ich abzulenken.
»Und was passiert jetzt? Kommt Frank nach? Wird es dramatisch?«
»Es handelt sich nicht um eine Kriminalgeschichte, sondern eher um einen Monolog. Ich versuche die Gedanken eines Menschen

über den Zeitraum einiger Monate zu beschreiben«, meinte ich in angemessen belehrendem Ton.
Frida schnaubte. »Monolog! Dass ich nicht lache! Wer sitzt denn da und diskutiert mit mir? Wer macht sich Sorgen und hat Hunger? Wem misslingt es, Gefühle lange genug festzuhalten, um sie beschreiben zu können? Wer lässt sich von seinen Tableaus ablenken? Vom Durst? Oder einer idiotischen kleinen Freude? Einer Bagatelle? Bedroht nicht der Autor seinen Roman ständig mit seinem Leben? Ich glaube nicht, dass du deine eigene Rolle in deiner Schriftstellerei so ganz umreißt. Du hast soviel Selbstvertrauen wie ein Pächter, der nicht begreift, dass er nicht der Besitzer des Ackers ist, den er pflügt. Und mich, deine treibende Kraft und Rettung, versuchst du zu unterdrücken. Begreifst du denn nicht, dass meine Rolle von zentraler Bedeutung ist? Du solltest mir für dein Verhältnis zu Frank danken. Stattdessen machst du mir zum Vorwurf, dass ich mich nicht so benehme, wie man es dir im Kinderheim eingebläut hat und wogegen du dich später nie aufgelehnt hast.«
»Du bist dabei, Frida, aber du spielst eine Nebenrolle.«
Ich pickte die gebratene Paprika aus dem Essen und legte die schlaffen roten Fitzel ordentlich auf den Tellerrand.
»Manchmal, wenn man glaubt, eine Romanperson im Griff zu haben, entgleitet sie einem«, fuhr ich fort und hoffte, dass Frida nicht merkte, dass ich eigentlich von ihr sprach.
»Dein Lektor wird schon darauf hinweisen, dass meine Rolle die wichtigste ist. Schließlich habe ich dich gewählt.«
Ich kaute lustlos meine Pizza und überlegte, wie ich sie ablenken könnte.
»Ich weiß nicht recht, woran ich bei dir bin, Frida.«
»Da hast du es wieder! Dieses Misstrauen. Du zweifelst an mir. Und du hast nicht genug Vertrauen zu deinem Manuskript. Man soll den Leuten nicht geben, wonach sie sich zu sehnen glauben. Denk nur mal an die Bücher, an die du dich nur zu gut erinnerst! Quält es dich, dass du nie so ein Buch geschrieben hast?«

»Nein, aber das ist schließlich etwas anderes«, erwiderte ich zögernd. »Da gibt es schließlich eine Geschichte.«
»Genau! Frida existiert! Du brauchst nur die Geschichte aufzuschreiben. Du fliehst, und zwar nicht nur vor Frank, sondern auch vor dir selbst und der Leere, einem Leben, das kein Leben ist. Du hast das Gefühl, schreiben zu müssen, um überhaupt jemand zu sein.«
Ich wusste nicht, was ich sagen sollte. Meine Pulsader juckte. Eine Reihe winziger roter Punkte zeichnete sich über dem dicksten Teil der blauen Ader ab, die sich zum Daumen hin dreiteilt. Ich kratzte heftig mit den Nägeln. Aber als ich merkte, dass Frida mich beobachtete, rieb ich nur noch mit den Fingerspitzen. Ruhig. Sehr ruhig.
»Und noch etwas«, meinte Frida fast freundlich. »Du hast keine Krätze. Ganz und gar nicht. Krätze am allerwenigsten.«
»Wieso sagst du das?«, fragte ich und sah mich um. Außer uns war nur ein junges Pärchen im Lokal, das ganz und gar mit sich beschäftigt war.
»Um dich zu überzeugen.«
Ich antwortete nicht, nahm einen Schluck Wein und winkte den Kellner herbei, um mehr zu bestellen, obwohl ich noch gar nicht ausgetrunken hatte. Diese plötzliche Gier erstaunte mich.
»Habe ich nicht Recht?«, fragte Frida.
»Du hast auch deine Geheimnisse«, platzte ich heraus.
»Und zwar?«
»Leute, die anrufen. Wir hatten uns darauf geeinigt, jeden Kontakt zu unserem alten Leben abzubrechen, und dann hintergehst du mich einfach …«
»Da liegt also der Hase im Pfeffer! Da kommt's raus! Ich habe dir doch von Annemor erzählt, du hast das nur wieder verdrängt. Aber ich kann es gerne wiederholen: Frank steckt in Schwierigkeiten. Außerdem hat er eine neue Geliebte. Annemor sind die Gläubiger und die gemeinsamen Kinder geblieben. Das gehört

geradezu zum Schicksal einer modernen Frau. Zumindest Letzteres. Annemor hat die Kinder in Pflege gegeben und ist in Deckung gegangen. Aber: Sie behauptet, Tag und Nacht auf ihrem Handy Drohanrufe zu erhalten, weil jemand glaubt, dass sie über Franks Geld verfügt. Kannst du folgen?«

Ich starrte in mein Glas, in dem mehrere große Korkstücke schwammen. Eines klebte an der Innenseite fest. Vorsichtig tauchte ich den kleinen Finger ins Glas und fischte es heraus.

»Findest du, dass sie mir leidtun sollen? Soll ich etwa das Geld, das noch übrig ist, auf sein oder ihr Konto bei der Nordea überweisen? Sollen wir nach Oslo zurückfahren?«

»Nein, ganz und gar nicht. Dir braucht Frank nicht leidzutun. Im Gegenteil. Jetzt holen wir zum letzten Schlag aus.«

»Ach?«

»Annemor kommt! Dann wird dir alles leichter fallen. Sie wird dir dabei behilflich sein, Franks Rolle auszuarbeiten. Außerdem wird sie dein Gewissen beruhigen, indem sie sich daran beteiligt, Franks Geld auszugeben. Du hast zu wenig Durchhaltevermögen. Dein schlechtes Gewissen macht dich krank und beschert dir Juckreiz.«

»Willst du ihr etwa alles erzählen?«

»Nein, bist du verrückt? Sie gehört zu der Sorte Frauen, die nie einer Sache auf den Grund gehen. Deswegen findet Frank sie auch unwiderstehlich.«

»Aber wenn sie diese Männer jetzt auf unsere Fährte führt? Schließlich haben wir das Geld.«

»Wie sollen die erraten, dass wir es haben? Meinst du, die können Gedanken lesen?«

»Ich weiß nicht. Aber hast du schon einmal daran gedacht, dass uns Frank vielleicht seine Frau schickt, um uns zu entlarven oder sich zu rächen?«

»Das würde Frank nie tun!«, antwortete Frida.

»Die Erfahrung mit Frank hat uns doch gelehrt, dass es nicht ge-

nügt, einen Mann nackt auszuziehen, um alles über ihn zu erfahren«, murmelte ich.
»Nein, aber in dem Augenblick, in dem du damit aufhörst, ihn nackt auszuziehen, kommen seine wirklichen Eigenschaften ans Licht. Dieser Mann lügt sehr diplomatisch. Zumindest meidet er die Wahrheit. Aber früher oder später zeigt er jemandem wie mir sein wahres Gesicht.«
»Hast du mit ihm telefoniert?«, rief ich.
»Ist das hier ein Kreuzverhör?«
»Nenn es, wie du willst! Es wäre vielleicht an der Zeit, uns besser kennen zu lernen.«
»Ich kenne dich sehr gut, Sanne.«
»Das mag sein, aber ich finde nicht, dass ich dich gut genug kenne. Es quält mich, dass du Dinge vor mir verheimlichst.«
»Ich versuche dir Bagatellen vom Leib zu halten, aus denen du gleich Katastrophen machen würdest und die das Fortschreiten des Romans nur behindern. Eigentlich hätte ich allen Grund, empört zu sein, weil du Dinge vor mir geheim hältst. Jeden Tag werkelst du vor dich hin, ohne mir irgendetwas zu erläutern, beispielsweise welche Rolle du mir in deinem Roman zugedacht hast. Gelegentlich sieht es fast so aus, als sei meine einzige Aufgabe die des Lakaien oder der Gesellschaftsdame, wenn dir langweilig ist. Ansonsten kümmert dich nichts außer deinen Phobien.«
Typisch Frida. Sobald ich sie unter Druck setzte, drehte sie einfach den Spieß um, und plötzlich war ich diejenige, die sich verteidigen musste. Aber dieses Mal hatte ich dazu keine Lust.
»Wir haben Annemor dazu aufgefordert, sich zusammen mit uns zu verstecken. Jetzt müssen wir sie nur noch davon überzeugen, dass das Leben *ohne* Frank das wirkliche Leben ist. Nur so können wir ihm eins auswischen«, fuhr Frida fort.
»Aber ich will Frank doch gar kein Leid zufügen.«
»Sanne! Mir kannst du wirklich nicht weismachen, dass du ein guter Mensch sein willst. Mit dieser Rolle kommst du auf Dauer

nicht klar. Außerdem ist mir noch nie jemand begegnet, der in so fortgeschrittenem Alter noch soviel zu rächen hat wie du. Und was Frank betrifft …«

Ein Mann betrat das Lokal und kam mit fragendem Blick auf unseren Tisch zu. Mein Herz klopfte bis zum Hals. Es drohte zu platzen. Ich vermied es, dem Blick des Mannes zu begegnen. Das erschien mir das Sicherste. Aus seiner Schultertasche ragte halb eine Zeitschrift, auf der stand: »Motz. Berliner Straßenmagazin.« Mir war bereits vor einiger Zeit aufgefallen, dass die Obdachlosen, statt zu betteln, eine Zeitschrift verkauften.

»Das schaffe ich nicht. Wir blasen die Reise ab und sehen zu, dass wir zurück nach Oslo kommen«, sagte ich und gab dem Mann mit der Zeitschrift fünf Euro. Mit wippender Tasche ging er rasch zum nächsten Tisch weiter.

»Nein. Wir sind mit Annemor in der Provence verabredet«, sagte Frida entschieden.

Die Worte knallten vor mir auf den Tisch. Ich starrte auf das rote Telefon, das dort lag.

Aus irgendeinem Grund musste ich daran denken, wie wir in einer Gegend spazieren gegangen waren, die früher östlich der Mauer gelegen hatte. Leere Parkplätze mit alten, schrottreifen Trabant-Autos, graue Fassaden und Müll. Irgendjemand hatte aus Wracks und Müll ein Kunstwerk geschaffen. Auf einer alten Flügeltür stand: »Kein Gelächter ohne Ursache.«

»Ich dachte, du trinkst nur Farris-Wasser aus kleinen, niedlichen Flaschen. Aber nach fünf Monaten hast du dich bereits auf Anderthalbliterflaschen Evian umgestellt. Außerdem hat Schalke Bayern München 5:1 geschlagen. Zwei Katastrophen vergleichbaren Ausmaßes«, meinte Frida, als wir bei Leverkusen den Rhein überquerten.

Ich antwortete nicht. Ich hatte ihre Witze auf meine Kosten satt. Außerdem hatte ihr Handy geklingelt, ohne dass sie mich gebeten hatte, das Gespräch anzunehmen.

Wir fuhren nach Köln und parkten vor dem erstbesten Hotel. Dort bekamen wir das letzte freie Zimmer und aßen in einem Restaurant voller exzentrischer Besucher einer Modemesse und grölender Fußballfans zu Abend.

Neben uns saßen vier Models mit einer älteren Dame, die vermutlich ihre Chefin war. Die Mädchen benahmen sich so, als führten sie immer noch die Kollektion vor, selbst wenn sie das Besteck zum Mund führten. Sie sperrten den Mund weit auf. Wahrscheinlich damit die Gabel nicht den Lippenstift berührte. Die Chefin trug ein dunkles Kostüm und eine weiße Bluse mit einer Goldnadel am Kragen. Sie sprach und aß gleichzeitig, während ihr Lippenstift verschwand. Als bizarrer Kommentar erschien ein Tableau:

Die Vorsteherin trägt die dunkelblaue Tracht der Inneren Mission mit einer weißen Bluse darunter. An den Füßen hat sie braune Schuhe mit etwas höheren, aber stabilen Absätzen. Am Revers hat sie eine Nadel mit einer glänzenden weißen Perle befestigt. Die Kinder und sie wollen in die Kirche. Alle zusammen. Gelegentlich ist das Vorschrift. Die Vorsteherin wirkt oft streng und unnahbar, aber in dem Augenblick, in dem sie die Tracht und die goldene Nadel anlegt, wird sie eine andere. Sie wirkt fast entspannt. Die

Kinder gehen in Reih und Glied. Zwei und zwei nebeneinander. Sie ist eine milde Heerführerin mit einer Goldnadel am Revers. Niemand, der diesen Zug sieht, würde auf den Gedanken kommen, dass es im sozialdemokratischen Norwegen eine Reihe Menschenkinder gibt, die niemand liebt. Denn die Vorsteherin geleitet ihre Schutzbefohlenen im Triumph zur Kirche, damit alle die Nächstenliebe und Güte, für die sie steht, sehen können.

Am Abend standen Frida und ich vor dem eingerüsteten, aber trotzdem imponierenden Dom. Er sollte restauriert werden. Die Abendsonne erkämpfte sich hier und da in den Ornamenten und den obersten Fensterrundungen ein Lager. Aber die Dunkelheit war schnell zur Stelle, jäh und eiskalt.
Meine Schultern versuchten in Köln so gut es ging, Nacken und Kopf an ihrem Platz zu halten, während die Wirklichkeit auf der Autobahn zurückgeblieben war mit Rücklichtern, die roten Augen glichen, und Scheinwerfern, die sich wie Laserblitze in die Netzhaut brannten. Ein vollkommen sinnloses Dasein, dachte ich, und es graute mir vor dem nächsten Tag. Meine Füße in den viel zu dünnen Schuhen waren eiskalt, und ich hatte vergessen, die Handschuhe aus dem Auto mitzunehmen. Es kam mir vor, als sei ich unter Fridas Regie dazu verurteilt, in möglichst vielen legendären Städten Europas zu frieren. Als sei das sozusagen das Thema dieser Reise.
Meine Sehnsucht nach Berlin schien mir wie stinkender Fischschleim die Atemwege und den Kopf zu verkleben. Ich hatte nicht erwartet, dass mich solche Gefühle ereilen würden. Schließlich hatten wir nur einige Monate dort gelebt, und uns war immer bewusst gewesen, dass wir früher oder später weiterziehen würden.
Da klingelte das Telefon in Fridas Jackentasche. Sie seufzte, holte es aber nicht hervor.
»Wieso meldest du dich nicht?«, fragte ich.
»Weil du glaubst, dass uns jemand ausfindig machen könnte,

falls ich drangehe. Es ist wirklich nicht leicht, mit dir zu tun zu haben.«

»Du gehst nur dran, wenn ich nicht dabei bin?«, fragte ich.

»Es ist nicht oft.«

»Das heißt also, dass du mit *ihr* nur Kontakt aufnimmst, wenn du allein bist?«

»Meine Güte! Seit wann interessierst du dich für Annemor?«, erkundigte sich Frida lachend.

»Du hast sie doch eingeladen! Und wir sind jetzt schon mehrere Tage unterwegs, ohne dass du etwas gesagt hast. Ich wüsste immerhin gern, ob die Gefahr besteht, dass jemand herausfindet, wohin sie fährt.«

»Niemand weiß etwas davon. Nicht einmal sie selbst. Noch nicht.«

»Vielleicht solltest du mal nachschauen, wer anrufen wollte?«

Erstaunlicherweise tat Frida, worum ich sie gebeten hatte.

»Wer war's?«, fragte ich sie gespannt.

»Eine mir unbekannte Nummer«, murmelte sie und steckte das Telefon wieder ein.

»Willst du nicht feststellen, ob jemand eine Nachricht hinterlassen hat?«

»*Niemand* hat eine Nachricht hinterlassen!«, antwortete sie verärgert. Etwas stimmte nicht. Frida machte sich Sorgen. Mit meiner eigenen Unruhe konnte ich umgehen, aber nicht mit der von Frida. Wenn ich nur nicht dauernd in sie drang, wurde sie vermutlich wieder die Alte.

Bevor wir Köln verließen, hob ich reichlich Bargeld ab, das ich an verschiedenen Stellen im Auto und Gepäck versteckte. Dann brauchte ich die Kreditkarte nicht so oft zu benutzen. Auf diese Weise wollte ich verhindern, dass die Bank unsere Route nachvollziehen konnte.

»Es ist genauso gefährlich, mit einer Menge Bargeld im Auto herumzufahren«, wandte Frida ein.

»Ja, aber von zwei Übeln …«
»Hätten Franks Gläubiger mit der Bank Kontakt aufgenommen, dann hätten sie uns schon längst gefasst.«
»Wie kannst du dir da so sicher sein? Liegt das daran, dass du mehr weißt als ich? Auf welcher Seite stehst du eigentlich in dieser Angelegenheit?«, fragte ich.
»Nun mal ehrlich, Sanne, das musst du selbst entscheiden! *Ich* kann dich nicht dazu zwingen, darauf zu vertrauen, dass ich alles bestmöglich regele. Über das Geld verfügst ohnehin du. Mach, was du willst!«, meinte sie abschließend und seufzte beleidigt.
Den Rest des Abends hätte ich genauso gut allein verbringen können. Sie weigerte sich, mit mir zu reden.

Die nächsten Tage fuhren wir weite Strecken abseits der Autobahn, am Rhein entlang, auf Nebenstraßen, durch Alleen, über Brücken und quer durch Dörfer. Manchmal so dicht an den Fenstern der Leute vorbei, dass ich das Gefühl hatte, über ihren Esstisch zu fahren.
Einmal passierten wir ein Schild mit der Abfahrt nach *Frankreich*. Alles, was mich an Frank erinnerte, wurde zu einem Code für Verrat und Verlust, als würde ich durch einen indischen Liebesfilm fahren, in dem jedes Straßenschild eine überdeutliche Requisite darstellt.
Graue und ziegelrote Burgen ragten auf Felsplateaus. Aus der Ferne hätte man sie für unwirklich oder das Inventar aus Legosteinen und künstlichen Gewächsen in einem riesigen Spielzimmer halten können. Der Rhein und die Autos zerstörten diese Illusion. Der Verkehr bewegte sich zu Wasser und zu Land. Die Weinreben standen scheinbar abgestorben auf Terrassen an den steilen Hängen. Es lag kein Schnee. Hier und da grünte es an sonnigen Stellen. Die Ortsnamen hatten Endungen auf »-dorf« und »-bad«, und es hatte den Anschein, dass jede Familie, die auf sich hielt,

mindestens eine Burg besaß. Auf der anderen Seite, im Siebengebirge, standen die Burgen majestätisch zurückgezogen oberhalb riesiger Terrassen wie im Hochgebirge.

»Hier kommt dieser süße, widerliche Weißwein her«, bemerkte Frida.

»Manche bevorzugen das Süße«, sagte ich und hätte mich am liebsten bei ihr bedankt, weil wir jetzt nicht mehr verfeindet waren. Seit ich sie gefragt hatte, auf welcher Seite sie stehe, war die Stimmung gedrückt gewesen. Ich hatte sie verletzt. Andererseits konnte es einfach auf Dauer nicht angehen, dass sie mich kränken durfte, ich sie aber nicht.

Einmal parkten wir direkt am Ufer und stiegen aus. Auf einer Anhöhe stand ein Busch, der aussah wie eine Mimose, die bald blühen würde. Plötzlich überkam mich ein Gefühl der Dankbarkeit, das der zweitägigen Trauer über Berlin ein Ende machte. Als stünde ich an einem Tag mit kaltem Wind aus allen Richtungen am Nationaldenkmal auf dem Kreuzberg, und der Wind verwandelte sich in zwanzig Grad warmen Föhn, wie ich das im Oktober erlebt hatte. Ich erkannte ein vernachlässigtes Gefühl, die Freude am Leben. Als hätte ich einen Frühling wiedergefunden, den die Welt beinahe verloren hatte.

Wir rollten durch Städtchen, die wir gerne erlebt hätten, aber der Reisende muss, immer in Bewegung, aussortieren. Mein Gefühl der Sicherheit bestand darin, dass ich nicht wusste, wo ich in der nächsten Nacht schlafen würde. Was ich nicht wusste, wusste wahrscheinlich auch sonst niemand.

Nachdem ich die Augen in Boppard aufgeschlagen hatte und die Schiffssirenen im Nebel hörte, sagte ich laut ins Zimmer: »Heute fahren wir weiter.«

Und Frida antworte, ohne zu zögern: »Heute fahren wir weiter.«

Als wir um die Biegung kamen, die auf der Karte als St. Goar eingezeichnet war, ragte auf der anderen Seite des Flusses ein phallusähnlicher Felsen in den Himmel, auf dem eine Jungfrau

laut Sage arglose Fährmänner mit ihrem Gesang in den Tod gelockt hatte.
»Über die hat schon Heinrich Heine geschrieben, du kannst dein Notizbuch also stecken lassen«, sagte Frida.
»Wir fahren nach Worms. Dort hat der Reichstag im Jahre 1521 Luther wegen Ketzerei vorgeladen«, belehrte ich Frida.
»Zu dieser Séance kommen wir zu spät, aber dort kann es ja trotzdem nett sein«, meinte sie.
Die Stadt war so klein, dass wir es wagten, das Auto mit Barem in Schuhen, einem Fach unter dem Beifahrersitz, in der Tüte mit der Schmutzwäsche und hinter den Reißverschlüssen der Sitzbezüge einfach abzustellen. Einige Euro lagen auch unter den Fußmatten aus Gummi. Wie eine alte Frau mit dem Ersparten in der Matratze hatte ich das Geld in der menschenleeren Hotelgarage in Köln versteckt, bevor wir losgefahren waren. Frida hatte nur den Kopf geschüttelt und sich weiterer Kommentare enthalten.
In Worms machten wir eine Runde um den Dom und kehrten dann in einer Kneipe ein, um vor dem Weiterfahren noch etwas Warmes zu essen. Hier herrschte Sonntagsstimmung, und die Klientel stammte überwiegend aus dem Ort. Am Tresen saß ein Mann vor einem halb vollen Bierglas, der uns sofort ansprach. Alle wandten sich immer an Frida. Jemand wie ich blieb links liegen. Dass ich unsichtbar war, hatte es mir sicher erleichtert, mich mit einem verheirateten Mann einzulassen. Man verdächtigte mich nicht. Wahrscheinlich traute man Sanne Svendsen eine solche Freizeitbeschäftigung nicht zu.
Einlassen? Ich sah die ganze Geschichte in diesem einen Wort vor mir. Die Frauen, die sich zu allen Zeiten von verheirateten Männern hatten begatten lassen. Zweifellos gab es auch Männer, die sich mit verheirateten Frauen einließen. Diese undelikaten Auftritte wurden dann aber ebenfalls der Unmoral der Frauen zugeschrieben. Sogar ich spekulierte im Zusammenhang mit meiner Zeugung über die große sittliche Verfehlung meiner Mutter, ob-

wohl ich überhaupt nichts über meine Eltern wusste. Meinem Vater schrieb ich nur eine indirekte Verantwortung zu, wenn ich nicht gerade eine anstrengende feministische Analyse bemühte. Hingegen warf ich ihm in müßigen Stunden vor, dass er mir keine Geborgenheit geschenkt hatte. Und dafür war ich wirklich schon zu alt.

Nein, es waren die Frauen, die sich zu allen Zeiten hatten begatten lassen. In kleinen Zimmern, Besenkammern, Büschen und Heuschobern. In Kemenaten und Himmelbetten, auf schmalen Hotelbetten und zwischen schmutzigen Felldecken. Und in der Wirklichkeit wie in der Literatur waren es die Frauen, die sich kraft ihres unglaublich zähen Geschlechts die darauf folgende Verantwortung, Einsamkeit und Verzweiflung auf sich nahmen. Mein Erstaunen war groß darüber, dass Frauen, mich selbst eingeschlossen, nichts aus der Geschichte lernen. Frauen wissen durch Getratsch und Fakten, wozu der Umgang mit Männern führen kann. Die Quittung für gefallene Frauen sind oft Schwangerschaft, Engelmacherinnen oder Einweisung in staatliche Einrichtungen. Im schlimmsten Fall Selbstmord oder natürlicher Abgang mit Hilfe professioneller Mittel. Oder das Einführen einer Stricknadel in die für das Penetrieren geschaffene Öffnung. Es war naheliegend, sich selbst für erblich belastet zu halten, als direktes Ergebnis einer Stricknadel, die versagte oder aufgrund von Feigheit nicht benutzt wurde. Es kam vor, dass ich solche Bilder im Kopf hatte. Ich wusste nicht, warum mir das gerade hier einfiel, denn es hatte nichts mit der Kneipe oder der alten Stadt zu tun. Ich war noch nie dort gewesen. Ich saß auf einem Barhocker und hörte Frida und dem lokalen Charmeur zu.

Er hatte eine Pfeife im Mundwinkel und erzählte auf Deutsch mit französischem Akzent drauflos. Vier oder fünf große Bier hatte er offenbar schon intus. Sein gekräuseltes Haar war stahlgrau und sein Profil markant. Jetzt war auch zu sehen, dass er ein Alter erreicht hatte, in dem die Schwerkraft das Kommando übernahm. Es war deprimierend, aber gleichzeitig ganz natürlich, dass selbst die dünnsten und leichtesten Hautschichten die Tendenz hatten herabzufallen.

Ich weiß nicht, warum man einstimmig entschieden hat, dass Glattheit der einzig annehmbare Zustand für eine Hautoberfläche ist. Dieses Glatte wird beständig in der Reklame und in den Medien vorgeführt, damit alle das Wichtigste im Leben lernen können: dass das Pfirsichglatte synonym mit dem echten Menschen ist. Noch bedenklicher ist, dass diese Glattheit auch die Seele des Menschen umfassen soll. Denn in dem Grade, in dem es innerhalb der Pfirsichhaut des Ideales eine Seele gibt, muss auch diese poliert sein. Am besten soll sie nur kleidsam zum Vorschein kommen. Beispielsweise durch Meinungen. Man soll in aller Öffentlichkeit über Dinge Bescheid wissen und eine Meinung haben, von der viele nicht einmal gehört haben. Wenn ich Zeitung lese, fernsehe oder den Stimmen im Radio zuhöre, staune ich darüber, womit sich die Leute alles beschäftigen. Für jemanden wie mich, der mehrere Tage dazu braucht, einen Roman von zweihundert Seiten zu lesen, und der es kaum schafft, mehr als zwei Zeitungen am Tag durchzublättern, meist sogar nur eine, ist das wirklich beeindruckend.

Ich weiß nicht, warum ich jetzt an diese Dinge dachte, denn Fridas Charmeur provozierte mich nicht. Er hatte vermutlich kein sonniges Gemüt. Er strahlte eine versoffene, gegerbte Freundlichkeit aus. Es erstaunte mich nicht, dass Frida sich mit ihm einließ. Er trug einen Ledergürtel mit großer Schnalle um eine noch schlanke Taille. Regelmäßiges Biertrinken hatte ihm jedoch ein kleines Bäuchlein eingetragen, aber nicht stärker, als es für einen Mann natürlich war, bei dem es sich nicht um den Sklaven eines sonnigen Gemüts handelte.

Ich konnte nie wissen, was sich Frida einfallen ließ. Gelegentlich war sie sehr wählerisch, dann aber flirtete sie wieder mit allen, denen sie begegnete. Oft wusste ich nicht, ob sie weitermachen oder abbrechen würde. Das machte mich neugierig.

Der Mann wollte uns schließlich ein Bier ausgeben. Frida lehnte ab, weil sie fuhr. Aber es kam Mineralwasser auf den Tresen. Jetzt wollte er wissen, wohin wir fahren und wann. Ich war erstaunt, dass Frida dem Fremden anvertraute, wir würden in Straßburg übernachten.

»Man kann nicht am Ufer entlangfahren und glauben, dass man dabei den Rhein erlebt. Stellen Sie Ihr Auto ab, und begleiten Sie mich auf meinem Containerschiff!«, sagte er und fuhr gestikulierend fort, eindringlich Reklame für die Strömung, den Wind und die Freiheit des Flusses zu machen. Orte, Städte und Burgen nannte er schneller, als ich sie einordnen konnte. Einen Schnellkurs in Kaiverhältnissen und Frachtraten erhielten wir ebenfalls.

Ich lehnte das Angebot einer Flussfahrt freundlich, aber bestimmt ab. Frida widersprach mir nicht, aber ehe ich sie daran hindern konnte, hatte sie sich von ihm seine Handynummer geben lassen. Sie speicherte sie in ihrem Telefon. Ich begann mich allmählich zu ärgern, sagte mir aber dann, Frida sei ein freier Mensch. Ich konnte nicht dabei mitreden, welche Nummer sie in ihrem Handy speicherte. Erst bei Nummern, die Frank auf unsere Spur bringen konnten, hörte der Spaß auf. Diese Grenze hatte sie bereits überschritten.

Der Charmeur, der Günter hieß, erzählte uns, dass er einen französischen Vater und eine deutsche Mutter habe, was, wie ich die Sache verstand, nicht ohne Komplikationen gewesen war.

»Man gehört nirgends hin. Vermutlich lebe ich deswegen auf einem Schiff auf dem Rhein«, sagte er lächelnd.

Es entstand eine kleine Pause, in der ich gerade genug Zeit hatte, mich zu wundern, dass ein Kneipentresen in Worms der Platz für solche Vertraulichkeiten war.

»Sind Sie verheiratet?«, fragte er plötzlich.

»Bin ich nicht«, antwortete Frida fast triumphierend, als spielte das heutzutage noch irgendeine Rolle.
Offenbar erfreut über diese Auskunft holte er eine neue Kerze und steckte sie in den Kerzenständer. Sein Lächeln hatte tiefe Falten neben seinen großzügigen Mund gegraben. Er entsprach nicht dem Pfirsichhautideal, aber Frida fand ihn trotzdem anziehend. Seine Zähne waren nikotinverfärbt, er roch nach Schiff und hätte eine Rasur vertragen können. Das schien Frida aber nichts auszumachen. Sie beugte sich mit dem ganzen Oberkörper zu ihm. Für sein Bierglas und ihr Wasserglas blieb beinahe kein Platz mehr.
Wir verspäteten uns um fast zwei Stunden, ohne auch nur im Dom gewesen zu sein, das Lutherdenkmal gesehen oder den Versuch unternommen zu haben, das jüdische Viertel zu besuchen.
»Unser Aufenthalt in Worms war vielleicht nicht ganz in Martin Luthers Geist«, bemerkte ich, als wir aus der Stadt herausfuhren.
»Nein, sowas kann vorkommen. Herr Martin war im Übrigen selber ein Schelm«, erwiderte Frida und begann zu pfeifen.
Erleichtert darüber, dass wir wieder unterwegs waren, beschloss ich, ihre Schwäche für den Flussmann und unmusikalisches Pfeifen zu tolerieren.
»Straßburg ist die Hauptstadt des Elsass. Dort kommen die guten Weine her«, sagte Frida.
»Wieso hast du ihm erzählt, dass wir in Straßburg übernachten?«, fragte ich, als Ludwigshafen mit seinen Schornsteinen vor dichtgedrängten Bauten auftauchte.
»Wieso nicht? Er war offen und großzügig. Wir haben uns schließlich über alles Mögliche unterhalten. Entspann dich, Sanne! Er ist nicht der Typ, der im Hinterhalt liegt, um einsame Frauen zu vergewaltigen. Wie sollte er uns belästigen können?«
»Das Handy.«
»Dass ich seine Nummer habe, bedeutet nicht, dass er uns belästigen kann. Du ängstigst dich immer um jede Kleinigkeit und bildest dir dauernd ein, dass Leute es auf dich abgesehen haben.

Wärst du der Welt mit mehr Vertrauen begegnet, wärst du weitergekommen.«

»Womit?«

»Mit dem Schreiben, beispielsweise.«

»Es gibt genug Beispiele für das Gegenteil. Die richtig großen Dichter waren verängstigt, arm, krank, schizophren und litten an Verfolgungs- und Größenwahn.«

»Mit Größenwahn hast du vielleicht keine Probleme. Aber ich bin schließlich nicht dazu da, dich zu analysieren. Diese Arbeit überlasse ich den Fachleuten. Aber auch so ist es aufregend zu sehen, was passiert, wenn das Buch fertig ist«, sagte Frida.

»Was meinst du damit?«, fragte ich unruhig.

»Auch bei dir kann sich das Glück einfinden, weißt du. Stell dir vor, es vergeht eine Woche und alle Bücher sind ausverkauft und sie müssen eilig die nächste Auflage drucken! Plötzlich sind die Zeitungen wegen Interviews und so hinter dir her.«

»Manchmal glaube ich, dass *du* die Träumerin von uns beiden bist«, sagte ich.

»Ich fühle mich wohl, so wie ich bin. Es kommt vor, dass es Leuten gelingt, einen Bestseller zu schreiben.«

»Mir nicht.«

»Warum nicht? Du träumst davon. Alle träumen davon. Man sollte abwechselnd drankommen, ich meine, wahrgenommen werden.«

»Ich war nie mit irgendwas an der Reihe.«

»Jetzt ist wieder Selbstmitleid angesagt. Du bist unterwegs. Du hast Geld. Du hast mich.«

»Hab ich dich?«

»Sieht es nicht so aus? Lass uns ein Eis kaufen und Straßburg auf der Karte suchen«, sagte Frida und bog in eine Raststätte ein.

Erneut hatte ich das Gefühl, dass sie mich einmal bevormundete und mir dann wieder Recht gab, so wie man das bei Kindern macht, während man die ganze Zeit nur an sich denkt.

Gegen sechs überquerten wir erneut den Rhein und waren plötzlich in Frankreich. Straßburg. Wie immer fuhr Frida ins Zentrum. Sie fand, dass man so am leichtesten ein gutes Hotel fand.
Es lief auf ein stilles Zimmer mit Aussicht auf einen Lichtschacht hinaus. Auf dem Fußboden lag ein verblichener Teppichboden, der unverkennbar nach Schimmel und altem Staub stank. Das ging ganz ausgezeichnet, bis es uns nicht gelang, das Fenster zu öffnen.
»Ich verstehe nicht, warum man die Temperatur nicht selbst regulieren und das Fenster öffnen kann«, bemerkte ich.
»Vielleicht hat jemand, der früher hier übernachtet hat, versucht, in den Schacht zu springen? Stinkende Hotelzimmer, die noch dazu »Best Western« heißen, können einen Menschen sicher dermaßen deprimieren, dass er etwas Drastisches unternimmt«, sagte Frida.
Ich zog die Gardine zur Seite und schaute drei bis vier Stockwerke nach unten in ein schmutziges Loch. Ein Tableau erschien:
Eine junge Frau steht in einer kleinen norwegischen Stadt an einem Fenster im zweiten Stock. Scharfes Sonnenlicht lässt erkennen, dass das Fenster geputzt werden muss. Sie trägt einen langen, weiten Pullover. Langsam öffnet sie das Fenster und spürt die Luft auf der Haut. Es ist nicht sonderlich kalt. Mit etwas Mühe klettert sie auf das Fensterbrett. Sie kniet mit einem Bein auf der Kante. Die verschossenen, unförmigen, langen Hosen spannen am Bauch und im Schritt. Sie hält sich mit beiden Händen fest und schaut gerade nach unten auf den Fahrradständer, zwei Fahrräder und vier Mülltonnen. Die eine hat keinen Deckel. Der Wind spielt mit einer Samvirkelaget-Einkaufstüte. Ohne es zu hören, kann sie sich das leise Rascheln vorstellen. Eine gestreifte Katze springt auf eine der Mülltonnen mit Deckel. Das Tier wendet den Kopf nach oben und betrachtet sie träge, während es sich das Maul leckt. Dann leckt es seine Pfoten und schließlich mit ausgestrecktem Hinterlauf die Öffnungen unten. Langsam und umständlich. Ab

und zu hält es inne und betrachtet sie mit leuchtenden Augen. Schließlich rollt es sich zusammen und vergisst sie. Sie lehnt sich vor und erspürt das Gewicht ihres Körpers. Den Schwerpunkt. Wo das Gleichgewicht aufhört und sie sich nicht mehr halten kann. Es können nur wenige Zentimeter nach vorn sein. Sie hört bereits den dumpfen Aufprall ihres Körpers. Aber erst einmal würde sie auf der Mülltonne und der gestreiften Katze landen. Sie hört das Klappern in dem Augenblick, in dem sie alles mitreißt. Spürt die brennenden Krallen auf der Wange. Hört den Schrei.

»Glaubst du wirklich, dass du jemandem fehlen würdest? Komm schon runter, du Idiotin!«

Ein Kanal in Straßburg

Ich erwachte von einem Geräusch, das ich nicht definieren konnte, und wusste sofort, dass Frida nicht da war. Eine Weile blieb ich trotzdem liegen und lauschte. Alles war still. Ich knipste die Nachttischlampe an. Es war zwei Uhr. Ich hatte sie gegen elf in der Hotelbar zurückgelassen, war nach oben gegangen und sofort, nachdem ich mich hingelegt hatte, eingeschlafen. Den ganzen Tag hatte ich das Gefühl gehabt, eine Grippe oder etwas Ähnliches auszubrüten.

Ich setzte mich auf die Toilette und horchte auf Schritte, während ich darüber nachdachte, was vorgefallen war. Es war wenig wahrscheinlich, dass Frida Vergnügen darin fand, die Nacht in der Hotelbar zu verbringen. Wäre sie jemand anderes gewesen, hätte ich glauben können, dass sie grün und blau geschlagen und betrunken im Rinnstein liegt, vielleicht auch ausgeraubt und tot im Kanal. Aber nicht Frida.

Nein, das war einer ihrer Tricks, um mich in Atem zu halten. Als würde sie durch die Schlitze der Ventilation auf mich herabschauen und sich an meiner Angst weiden. Mit einem Mal wurde meine schlimmste Befürchtung zur Gewissheit: Ich konnte mir Fridas nicht sicher sein. Sie hatte mich ausgewählt, konnte sich aber jederzeit gegen mich entscheiden. Eigentlich hatte ich das die ganze Zeit gewusst. Zumindest seit klar war, dass sie mit Franks Frau Kontakt hatte.

Ich wollte mir nicht eingestehen, dass ich mehrmals beschlossen hatte, Frida loszuwerden. Nachdem ich in den Kleiderschrank und unter das Bett geschaut hatte, warf ich einen Blick vor die Tür und kehrte dann ins Bett zurück – nur um sofort wieder die Füße auf den Boden zu stellen und die Nummer der Rezeption zu wählen. Die Stimme des müden Nachtportiers am anderen Ende beschämte mich. Was sollte ich sagen? Dass ich mich einsam fühl-

te? Fragen, ob er gesehen hatte, wie Frida gegangen sei? Ich murmelte eine Entschuldigung auf Norwegisch und legte auf.
Die Nachttischlampe hatte einen Schirm aus Leinen. Er war sicher einmal schick gewesen. Golden. Aber eine zu starke Glühbirne hatte ihn in eine alte Landkarte mit undeutlichen Grenzen verwandelt und Orten, an denen ich nie gewesen war. Eine Art Unterwelt mit schmutzigen Ritzen und Flecken von Wein, Blut, Kaffee oder Wasser. Was wusste ich schon? Zitternd stellte ich die Lampe auf den Boden, machte sie aber nicht aus. Die obere Öffnung warf das Licht wie ein böses Auge an die Decke.
Nach einer Weile begann mich das Licht selbst mit geschlossenen Augen zu quälen. Aber ich vermochte nicht, die Lampe auszumachen. Dann wäre es vollkommen dunkel gewesen. Ich holte ein Handtuch aus dem Bad und deckte die Lampe ab. Das Licht war jetzt stark gedämpft und das starrende Auge verschwunden. Ich versuchte zu schlafen, aber ein Gedanke hatte sich in meinem Kopf festgesetzt. Jetzt klopfte er an und sagte: »Brand!« Unter dem Handtuch konnte es schnell sehr heiß werden. Ich riss es von der Lampe und versteckte mich unter der Decke. Sie war dünn und steif wie eine Schilfmatte. Ich hätte mich gern in die Decke eingewickelt. Sie hätte meinen Nacken und Rücken umschließen und behaglich sein sollen, ohne mich zu beschweren.
Gegen Morgen muss ich dann doch eingeschlafen sein, denn ich erwachte davon, dass es in den Rohren rauschte. Es klang, als würde sich jemand im Badezimmer zu schaffen machen. Ich sprang auf und ging hinein. Natürlich war niemand dort. Erst als ich mich abtrocknete, tauchte Fridas bleiches Gesicht auf. Sie hatte Schatten unter den Augen, wirkte aber trotzdem unverschämt gut gelaunt.
»Hallo!«, sagte sie.
»Wo warst du?«
»Im Hafen. Ich habe mir Günters Frachtkahn angesehen«, erwiderte sie munter und mit einer Miene, die verriet, dass sie schon

zeitig am Kanal joggen gewesen war. Mir wurde klar, dass ich es eigentlich bereits gewusst hatte. Frida war auf bestem Weg abzumustern.

Wir saßen auf einer Bank in der Sonne. Am Flussufer, oder handelte es sich um einen Kanal? Er war mit riesigen Steinblöcken befestigt. Sie passten genau aneinander, Mörtel war überflüssig, ihr Gewicht hielt sie zusammen. Die Schwerkraft, dachte ich, ist lebensgefährlich, spendet aber auch Geborgenheit. Wir enden alle dort. Fallen wir nicht selbst, so gibt es immer jemanden, der dafür sorgt, dass wir fallen. Sieben Faden tief in einer Urne oder auf der Erde verstreut.
Einige überließen sich dem Wasser. Der Strömung. Das war freier, aber recht einsam. Ich sah vor mir, wie die Heringsbrut herumschwamm, wo einmal meine Därme gewesen waren. Jedenfalls wurde man dabei sauber. Besonders wenn man in einem Meer lag. Die ewige Bewegung. Dort unten stand schließlich nichts still. Der Gedanke, gewiegt zu werden, hatte etwas Beruhigendes. Auch wenn man dafür in die Tiefe musste.
Ich würdigte Frida keines Blickes. Das schien ihr aber weiter nichts auszumachen. Sie begann, etwas in ein Notizbuch mit Blättern aus Reispapier zu schreiben. Ich erinnerte mich, dass es von einem Stand in Prag stammte. Sie zu fragen, was sie notierte, war unter meiner Würde. Das kam wirklich nicht in Frage!
Das Wasser aus dem Rhein oder wo immer es herkam, floss direkt vor meinen Füßen. Die Oberfläche war unruhig. Die Schatten veränderten sich und trieben wie imaginäre Sandbänke mit der schwachen Strömung. Am anderen Ufer teilte sich das Wasser bei einer alten Jolle, die dort vertäut lag. Diese zerrte am Tau und wollte loskommen. Wollte weg. Wollte mit dem Wasser spielen. Aber sie war mit zwei Tauen festgebunden und kam nirgendwohin.
Zwei Schwäne, ein weißer und ein grauer, schwammen geräuschvoll herum und steckten den Kopf unter Wasser. Möwen und

kleine Krähen veranstalteten bei einer umgekippten Mülltonne ganz in der Nähe ein Fest. Eine tote Maus lag, alle viere von sich gestreckt, auf der Nachbarbank. Die Augen waren offen und stechend tot. Die winzige Schnauze leuchtete noch erstaunlich rosa. Ein leichter Uringeruch lag in der Luft. Auf beiden Seiten des Ufers standen unterschiedlich hohe Häuser, einige ärmlich, andere reich, aber alle alt. Etliche waren aufwändig renoviert, was darauf schließen ließ, dass sich jemand den Erhalt viel Geld hatte kosten lassen. Eine Stadt war wie ein altes Theater, ständig veränderte sie Kostüme und Bühnenbild.

»Du fragst gar nicht, wie er war?«, meinte Frida und warf einen Stein auf die tote Maus.

»Nein«, erwiderte ich müde.

»Wieso? Bist du deprimiert?«

Zwei Freundinnen, die einen Korb zwischen sich trugen, erschienen. Die eine schob mit dem Fuß die Maus von der Bank, und sie setzten sich. Ein munterer Setter schnappte sie sich im Vorbeilaufen und raste, seinen Besitzer an der Leine hinter sich herzerrend, davon. Die Freundinnen schwatzten, lachten und packten Essen aus. Wenig später waren sie mit Hühnerbeinen und Weißbrot beschäftigt. Gekicher und einzelne Worte kamen jedoch weiterhin über ihre Lippen, während alles vertilgt wurde.

»Du bist so fern. Außerdem … habe ich Angst und bin alles leid«, gab ich zu.

»Angst wovor?«

»Was passieren wird, wenn Franks Frau kommt.«

»Überlass das mal mir!«, sagte Frida und packte ihr Notizbuch weg.

»Wie kann ich das, wenn du plötzlich einfach so mit einem wildfremden Mann verschwindest?«

»Meine Güte! Ich bin schließlich zurückgekommen. Ich muss auch ein eigenes Leben führen. Nur so kann ich ebenfalls etwas beitragen.«

»Wie meinst du das: beitragen?«
Frida saß eine Weile da und starrte ins Wasser, dann legte sie ihre Arme auf die Lehne und begann zu erzählen: »Er schippert mit seinem Boot herum und macht die Leinen fest, wo es sich gerade ergibt. Ich dachte, er habe ein großes Schiff mit vielen Schauerleuten und einem tiefen Laderaum, aber so war es nicht.«
»Bist du mit ihm dorthin gegangen … zu seinem Boot? Ihr zwei allein?«
»Ja.«
»Du bist verrückt! Wieso setzt du dich so etwas aus? Was hätte ich machen sollen, falls …?«, rief ich und wusste sofort, dass der Eindruck entstehen musste, ich mache mir größere Sorgen um mich als um sie. Aber sie ließ sich nichts anmerken. Sie hielt das Gesicht mit geschlossenen Augen der Sonne zugewandt.
»Ich glaube, das ist die einzige Methode. Mit der Einsamkeit ist nicht zu spaßen, verstehst du, Sanne. Die macht alles kaputt. Sogar die Fähigkeit zur Nähe. Ich kann sie nicht immer ertragen. Es spielt keine Rolle, dass das nur eine Zufallsbekanntschaft war. Er sagte, er habe damit gerechnet, dass ich anrufen würde. Er war verlegen und ernst. Dort auf seinem Boot. Über der Koje hing ein Hampelmann, der mich an den erinnerte, den wir in dem kleinen, überfüllten Laden in der Sophienstraße in Berlin gesehen haben. Ich überlegte mir, wie er dabei schlafen kann, wenn ihm etwas über dem Kopf herumbaumelt, wollte ihn aber so etwas Unwichtiges nicht fragen. In der Ecke neben dem Bett machte er eine Petroleumlampe an. Die baumelte ebenfalls. Aber fast unmerklich, schließlich lagen wir am Kai. Die kleine Flamme hinter dem rußigen Glas verstärkte die Dunkelheit noch. Er stand nackt im Schein der Flamme. Glücklicherweise nicht mehr jung. Ich mag junge Männer nicht. Ich habe keine Lust, auf diese Art die Verantwortung für sie zu übernehmen und sie aufzurichten, wenn sie kapieren, wie wenig sie zu geben haben. Ich habe keine Lust, sie zu entschuldigen. Junge Desperados, die aus der Hüfte schie-

ßen und dann wie tot daliegen, sind nichts für mich. Ich schätze die zähen, die alles unter Kontrolle haben, die, wenn sie versagt haben, wissen, dass das wieder passieren kann, die ihre Fehler nur der Natur zuschreiben, die keine Angst vor intelligenten Frauen mit Humor haben und sich sogar in der Stunde der Niederlage bewähren.«

»Das hört sich fast wie ein Zitat von Rudolf Nilsen oder Nordahl Grieg an«, erwiderte ich zu meinem eigenen Erstaunen. Frida pflegte Sachen so zu kommentieren, nicht ich.

Aber sie fuhr fort, als habe sie nichts gehört: »Wir waren irgendwie gleich. Ohne festen Ankerplatz. Das ist in Ordnung. Nur schade, dass Leute das missverstehen und meinen, wir seien Stromer und somit käuflich. Die irren sich. Wer alles hat und trotzdem frustriert ist, ist käuflich. Wer ständig alles will und deswegen nie zufrieden ist. Leute wie Frank.«

»Sprich nicht so von Frank!«, flüsterte ich.

»Wieso nicht? Das ist doch wahr. Weißt du was, Sanne? Wir können das gut Liebe nennen oder Anziehung oder Erotik. Hurerei. Der Name spielt keine Rolle, aber wir dürfen uns nie einbilden, dass es gratis ist. Nie.«

»Nein, gratis …«

»Weißt du, was Rainer Maria Rilke schrieb, als er einen Brief von seinem Anwalt bekommen hatte, seine Frau Clara Westhoff wünsche die Scheidung?«

»Lass hören!«

»Halbwegs richtig zitiert: ›Wer geliebt wird, verschwindet und stirbt. Wer liebt, hat Teil an der Ewigkeit. Wer liebt, sich aber von dem Bedürfnis losgerissen hat, bestätigt und wiedergeliebt zu werden, erlebt die Liebe als Grenzüberschreitung und Verwandlung. Wer so liebt, ist glücklich, selbst in Schmerz, Trauer und Einsamkeit.‹«

Verlegen richtete ich den Blick auf die Häuserreihe am anderen Ufer.

»Soll das für jemanden wie mich ein Trost sein?«, fragte ich.
»Nein, eine Mahnung.«
»Er hätte das auch kürzer sagen können, dann könnte man sich leichter daran erinnern, wenn man es braucht.«
»Hast du einen Vorschlag?«
»Für den Menschen ist wichtiger zu lieben, als geliebt zu werden.«
»Sieh mal einer an! Du gehst heute aber weit!«, sagte sie grinsend.
»Dieser Günter bringt dich auch nicht gerade dazu, Rilkes Thesen zu beherzigen. Eher das Gegenteil«, meinte ich.
»Und das ist sicher nicht gratis.«
Plötzlich gab es keine Meinungsverschiedenheiten mehr. Wir lachten nur noch.
»Erzähl mehr!«, bat ich.
»Verkraftest du das?«
»Ja.«
»Und du unterbrichst mich auch nicht mit irgendwelchen dummen Fragen?«
»Nein.«
»Ich rief ihn an und fragte, wo er sei.«
»Von der Bar aus?«
»Solltest du jetzt deinen Mund halten oder nicht?«
»Okay.«
»Ich saß in der langweiligen, leeren Hotelbar und rief Günter auf seinem Handy an. Er hatte sein Boot gerade festgemacht und wärmte sich eine Dose Thunfisch auf dem Spirituskocher. Er erwarte mich, sagte er. Ich erinnerte mich nicht, dass seine Stimme so heiser geklungen hatte. Ganz tief. Aus dem Bauch der Großstadt oder dem Bodenschlamm des Flusses heraus. Das entzündete einen Funken im Unterleib. Oder im Kopf. Vom dem einen zum andern ist es nicht weit, wenn sowas passiert. Er erklärte mir den Weg zum Kai und Boot, der ›Jungfrau Maria‹«, erzählte sie.

Ich hätte gern den Namen des Bootes kommentiert, erinnerte mich aber, dass wir eine Abmachung hatten. Ich brannte darauf zu erfahren, ob der Name seine Idee gewesen war.

»Er stand an der Reling, als das Taxi hielt«, fuhr Frida fort. »Er war verlegen, solange uns jemand sehen konnte. Zwei Männer standen auf dem Kai und gafften uns neugierig an. Vor allem mich. Aber als wir runter in die Kajüte kamen, veränderte er sich. Als seien wir alte Bekannte. Es roch nach diesem Kraftstoff, mit dem man solche Boote zum Fahren bringt. Alles war eingebaut und festgeschraubt. Tisch, Stühle, Koje, Pantry, Wandbrett und Kocher. Alles war in einem Braunton abgesehen von den orangefarbene Kaffeebechern, die an Messinghaken unter dem Wandbrett hingen. Er machte eine Flasche Rotwein auf und schenkte in zwei Becher ein. Wir saßen uns gegenüber. Die Tischplatte war so klein, dass wir zusammenstießen, sowohl über als auch unter dem Tisch. Darüber lachten wir. Nachdem wir angestoßen hatten, stellte er seinen Becher hin und fasste mein Gesicht mit beiden Händen. Die Petroleumlampe verbreitete nur ein schwaches Licht, und ich konnte deswegen seine Augen nicht sehen. Aber ich spürte die Wärme seiner Hände. Langsam befreite ich ihn von dem Tuch, das er um den Hals trug. Knöpfte sein Hemd auf. Betastete seine Haut. Er schloss die Augen und ließ es geschehen. Ich strich ihm mit den Fingerspitzen über die Lippen. Seine Oberlippe war etwas stachelig. Er hatte sich nachlässig rasiert. Vielleicht war er ja gerade damit beschäftigt gewesen, als ich angerufen hatte. Wahrscheinlich, denn er hatte sich in die Wange geschnitten. Ich berührte ihn wie eine Blinde, die ihren Liebhaber kennen lernen will. Denn ich wusste bereits, warum ich gekommen war. Nicht, um ihn bis morgen oder bis nächste Woche zu behalten. Auch nicht ein Jahr lang. Auch nicht, um mit ihm zusammenzuziehen, um ihn aufzuheben, sozusagen für Weihnachten, auch nicht, um zu ihm nach dem Ausgehen sagen zu können: ›Jetzt gehen wir nach Hause.‹ Ich brauchte ihn jetzt! Das war genug. Vermutlich war eine Weile vergangen, seit er zuletzt geduscht hatte. Vermutlich hatte er sich gewaschen, aber er roch nach Boot. Vielleicht haben diejenigen, die sich auf einem Boot aufhalten, immer diesen Geruch an sich.«

Frida hob ihren Jackenärmel vors Gesicht, roch daran und nickte.

»Dieser Geruch löste ein Gefühl aus, das ich im Alltag selten kenne. Zärtlichkeit. Das hatte eigentlich nichts mit dem Akt oder mit dem Mann zu tun. Dieses Gefühl war latent. Wie ein Erlebnis oder ein Zitat aus einem Buch, an das ich mich nur zum Teil erinnern konnte. Ich vermochte es nicht zu rekonstruieren, und es war auch nicht der richtige Zeitpunkt für komplizierte Überlegungen oder Reflexionen. Die Erkenntnis ist einzigartig, dass es bei dieser einen Begegnung bleiben würde. Es gibt keine weitere. Wir würden uns nichts für später aufheben. Vielleicht ist das der Fehler bei der treuen Beständigkeit. Der Augenblick wird undeutlich. Unwichtig. Man kann immer alles für später aufheben. Menschen und Gefühle – für später. Bis es besser passt. Bis man alles Praktische erledigt hat. Die Pflichten. Ich glaube, dass viele nie leben, weil sie sich das Leben für später aufheben«, sagte Frida abschließend.

Eine Schar Jungen lief lärmend den Kanal entlang. Ich zog meinen Fuß zurück, damit sie nicht stolperten und kopfüber ins Wasser fielen. Lebensrettung war nicht gerade das, worauf ich im Augenblick Lust hatte.

»Sie haben ihn, als er zwölf war, zu Hause rausgeworfen«, fuhr sie fort. »Ich war nicht sonderlich gerührt. Ich meine, schließlich kenne ich die Geschichte von Sanne Svendsen. Aber mir war klar, dass er auf mein Mitleid aus war. Gewisse Männer haben die bewundernswerte Gabe, das maskulin Sentimentale in einen unangreifbaren Zusammenhang zu bringen, egal wie pathetisch es ist.«

»Pathetisch? Das muss doch furchtbar gewesen sein, mit zwölf zu Hause rausgeworfen zu werden!«

»Siehst du, da haben wir's! Du lässt dich rühren. Klar, Günters Geschichte ähnelt den Elendsbeschreibungen von Hugo, Dostojewski und vor allem Dickens. Nichts ist so rührend wie die zerstörte Kindheit eines erwachsenen Mannes. Aber die von Günter ist nicht Literatur. Dich habe ich übrigens nie über deine eigene Geschichte klagen hören.«
»Die ist auch nicht besonders spannend.«
»Weil du dich schämst?«
»Vielleicht. Aber das spielt in unserer gemeinsamen Welt keine Rolle.«
»Ach, man vermag sich also in einem größeren Zusammenhang zu sehen«, sagte Frida.
Ich hatte keine Lust, mit ihr darüber zu diskutieren, was ich vermochte und was nicht, stattdessen fragte ich: »Habt ihr was verabredet? Ein weiteres Treffen? Schließlich fahren wir den Rhein entlang.«
»Verabredet? Nein! Was denn?«
»Aber du hast doch seine Telefonnummer!«
»Ja. Aber ich habe bereits die Stunden aufgebraucht, die mir das Leben mit Günter zugeteilt hat.«
»Wie kannst du so etwas sagen … so leichthin! Als sei das eine Bagatelle. Ist es eine Bagatelle?«
»Eine wichtige Bagatelle mit einem klaren Ende.«
»Du bist erschreckend zynisch.«
»Wieso sollte ich Monate damit zubringen, Günter nachzuweinen, wenn ich mich über die Zeit freuen kann, die ich mit ihm verbracht habe?«
Eine der kleinen Krähen saß wippend auf der Nachbarbank. Ihr ganzer Körper nickte, als könne sie sich nicht entschließen, ob sie wegfliegen solle oder nicht. Der rosa Schimmer ihres Gefieders ging in Grün und Blau über. Ich hatte noch nie eine Krähe mit solchen Farben gesehen. Das lag am Licht. Das Licht verändert alles auf der Welt.

»Ich verstehe dich nicht«, sagte ich.
»Die Menschen sind frei. Man kann sie nicht sammeln, wie man Briefmarken sammelt. Man kann sie sich nicht für später aufheben oder sie tauschen und verkaufen. Man kann sich nur während der Zeit an ihnen erfreuen, während der man es vermag, in ihrem Leben präsent zu sein.«
»Was hat er anschließend gemacht?«, fragte ich. Ich war neugierig auf Günters Geschichte.
»Nach was?«
»Nachdem sie ihn zu Hause rausgeworfen haben.«
»Er stahl ein Transportfahrrad und wurde Schrotthändler. Du weißt, so ein Fahrrad, das vorn einen großen Korb hat. Den ersten Winter schlief er in einem Verschlag bei einem erwachsenen Schrotthändler, der dafür an ihm herummachen durfte.«
»Das sollte bestraft werden«, murmelte ich.
»Das wird es auch, wenn es sich beweisen lässt«, klärte mich Frida auf.

Ein grauer, ziemlich fetter Mann sitzt auf dem Stuhl der Vorsteherin und starrt auf ein kleines Mädchen, das neben dem Schreibtisch steht. Er hebt die Hand und sagt etwas. Das Mädchen bewegt die Füße. Obwohl sie eigentlich mit dem Fußboden verwachsen sind, tritt sie näher. Sie soll Rechenaufgaben üben, die sie in der Schule nicht lösen kann. Die Zahlen kriechen immer von sich aus davon. Es gelingt ihr nie, sie an ihrem Platz zu halten. Er hat der Bedienten gesagt, er wolle sie gründlich und ohne gestört zu werden unterrichten. Sein Blick, das sind zwei schwarze, von innen heraus leuchtende Kugeln. Unbeweglich. Hinter ihm sind die Vorhänge zugezogen. Trotzdem bemerkt sie die Schuppen auf seinem schwarzen, abgetragenen Jackett. Seine Vorderseite liegt im Dunkeln, vor allem sein Gesicht. Er sitzt etwas vom Schreibtisch entfernt, das Rechenbuch vor sich aufgeschlagen. Plötzlich dreht er sich auf dem Drehstuhl in ihre Richtung und äußert streng etwas übers Dividieren. Gleichzeitig schiebt er ihr seinen Unterleib entgegen und öffnet den Hosenschlitz. Etwas quillt daraus hervor. Es erinnert an Haare und abgeschnittenen Talg oder die Fleischfasern, die übrig bleiben, wenn die Hauswirtschafterin Schlachtvieh zerteilt. Sie schneidet sie mit einem blitzend scharfen Messer ab und schmeißt sie in einen Blecheimer. Von dem Augenblick an, in dem er sie im Nacken packt, bis er sie wieder loslässt, denkt sie nur an den Blecheimer. Anschließend ruft er jemanden herbei. Man solle kommen und aufwischen. Dem Mädchen sei schlecht geworden. Sie hätte sich auf den Boden erbrochen. Leider auch auf ihn. Das habe sich nicht vermeiden lassen, sagt er. Er habe ihr schließlich das Rechnen beibringen wollen, und sie haben dicht neben ihm gesessen. Sie habe nichts gesagt, ehe es zu spät gewesen sei. Hätte sie nur etwas gesagt, wäre das nicht passiert, schimpft er. Das Küchenmädchen versucht, das Erbrochene von seiner Hose zu entfernen. Das ist vermutlich nicht leicht. Das Mädchen nimmt einen sauren Geruch wahr. Und noch etwas. Einen Geschmack von Schande. Später hat sie diesen Geschmack im Mund, wenn sie sich verrechnet oder Labskaus isst und es nicht wagt, die Schweinefleischstücke an den Tellerrand zu schieben. Aber jedenfalls bleibt es ihr in Zukunft erspart, beim Hausfreund Rechnen zu lernen. Sie darf ihn auch nicht bei Ausflügen auf die Hütte oder in den Wald begleiten. Es erleichtert sie, dass er denkt, ihr könne dann wieder schlecht werden, und sie meidet seine kugelrunden Augen, wo es nur geht. Wenn sein Hut am Haken im Gang hängt, sieht sie zu, dass es draußen etwas zu tun gibt. Sie ist nicht die Einzige. Aber diejenigen, denen nicht schlecht wird, kommen nicht so leicht davon. Es kann ihm einfallen, sie mit ihrem Namen anzusprechen, oder er bringt ihnen etwas mit. Die Vorsteherin sorgt dann dafür, dass sie sich beim Hausfreund bedanken. Und bei Gott.

Die Stadt der Päpste

Wir hatten uns ein Hotel am Ufer des Neuenburger Sees genommen. Beim Abendessen hatten wir einen Blick auf die Marina mit riesigen Segelbooten, weiße Schwäne, Damen in Pastell und stämmige Männerbeine in Bermudashorts.
Frida tauchte in ihre Jackentasche und legte anschließend ihr Handy auf den Tisch. Augenblicklich begann ich auf ein Klingeln zu warten. Mir graute förmlich davor. Ich verstand nicht, warum es nicht klingelte. Ich hatte Frida im Verdacht, mir einen Anruf unterschlagen zu haben, sagte aber nichts. Es klingelte weiterhin nicht, und es ärgerte mich, dass sie die Frage, ob jetzt ein Anruf käme, nicht ebenso sehr beschäftigte wie mich. Vieles deutete darauf hin, dass sie nur Anrufe tätigte. Also hatte sie das Telefon auf den Tisch gelegt, weil sie jemanden anrufen wollte. Trotz allem war es beruhigend, dass niemand außer Franks Ehefrau ihre Nummer hatte. Aber ich verließ mich nicht darauf. Das Schlimmste war, dass ich mich daran gewöhnte, mich nicht auf sie zu verlassen.
»Auf Reisen ist sogar die Einförmigkeit anders, als sie das mit einer festen Adresse war«, sagte ich und vermied es, das Telefon anzuschauen.
»Wieso das?«
»Jeden Tag an einem neuen Ort zu erwachen, seine Dinge in immer neuen Zimmern zu verstauen und wieder zusammenzupacken, dafür zu sorgen, dass alles runter zum Auto kommt und dass niemand zu viel oder zu wenig Trinkgeld erhält. Neue Farben, Formen, Gerüche und Herausforderungen. Dieses Bombardement macht süchtig. Der Körper ist derselbe, aber die Gedanken sind in ständiger Veränderung. Man weiß nie, was einen in der nächsten Sekunde beeinflussen wird. Und man gewöhnt sich daran! Es erstaunt mich auch, dass die Menschen, denen wir begegnen, nicht einmal mehr so wichtig sind wie eine entlegene Ne-

benperson in einem Roman. Man hat einfach nicht die Zeit herauszufinden, wer sie eigentlich sind. Wenn das die Wirklichkeit ist, dann ist sie ziemlich diffus«, sagte ich.
Genau da klingelte das Telefon.
»Ja, hallo!«, begann Frida mit leiser Stimme, schließlich saßen wir im Speisesaal eines guten Hotels. Nachdem sie eine Weile zugehört hatte, fuhr sie fort: »Nein, ich bin pünktlich. Ich hole dich auf dem Flugplatz ab … Ja. Mach dir deswegen keine Gedanken! Das Datum passt ausgezeichnet. Ich freue mich! … Natürlich! Mach dir deswegen keine Gedanken, habe ich doch gesagt … Er soll sehen, wie er zurechtkommt … Aber klar … halte dich an die Reiseroute, die ich dir vorgeschlagen habe! Ja. Gute Reise! Tschüs!«
Sie unterbrach die Verbindung und legte das Handy vor sich auf den Tisch.
»Kannst du das Ding nicht woanders hinlegen?«, sagte ich müde.
»Wir müssen morgen weiter, sonst kommen wir noch zu spät, um Annemor vom Flugplatz abzuholen.«
Nach einiger Zeit kam das Hauptgericht. Ein Fisch aus der Gegend, gegrillt. Ich vergaß seinen Namen sofort wieder. Am Tellerrand lagen zwei Streifen Möhren gekreuzt wie zwei Schwerter neben dem graugelben Berg einer Kartoffelkreation. Irgendwie erinnerte diese mich an das Bild eines Lungenquerschnitts, das ich einmal gesehen hatte. Vermutlich eine Kampagne gegen das Rauchen. Es war dunkler geworden. Ein paar Lichter blinkten unruhig draußen auf dem See. Vor dem Fenster bewegten sich die Masten im Takt. Aber eigentlich war alles wie vorher.
»Jetzt machen wir ihn fertig. Wir haben ihm sein Geld weggenommen, und jetzt nehmen wir ihm auch noch die Frau weg«, sagte Frida leise.
»Es war nie meine Absicht, Frank fertig zu machen.«
»Das ist der Traum aller sitzen gelassenen Frauen, so einen wie Frank fertig zu machen.«

»Er hat mich nicht sitzen lassen«, erwiderte ich.
»Ach? Nicht? Wieso bist du dann hier?«
Was sollte man auf so eine alberne Frage antworten? Eine Weile kaute ich schweigend. Aber nach einiger Zeit wurde mir das zu einsam.
»Was, glaubst du, tut er, wenn er entdeckt, dass auch sie weg ist?«
»Zu Anfang ist er sicher so mit der Neuen beschäftigt, dass er es gar nicht merkt«, antwortete Frida leichthin.
»Aber irgendwann muss er doch mit ihr absprechen, wann er die Kinder treffen kann, und …«
»Dann rennt er gegen die Wand. Es muss endlich aufhören, dass sie sich mit allem abfindet und er jedes Mal so billig davonkommt«, fiel mir Frida ins Wort.
»Wir sind nicht gerade billig«, wandte ich ein.
»Höre ich, dass er dir leidtut? Das darf doch wohl nicht wahr sein!«
Ein Gedanke tauchte auf: Sollte ich Frank warnen? Ich brauchte ihm ja nicht zu erzählen, dass sie uns treffen würde, aber er hätte noch Zeit, die Reise zu verhindern, und ich würde sie nicht akzeptieren müssen. Das hätte er dann auf jeden Fall mir zu verdanken. Ja, er würde dann in meiner Schuld stehen. Dann wäre ich seine einzige Verbündete. Aber das Geld? Das Geld war das Problem.

Am nächsten Abend kamen wir nach Avignon, über die alte Brücke und durch ein Stadttor. Die Straßen unterschieden sich durch nichts von gepflasterten Trampelpfaden, und die Häuser standen so dicht, dass sie das Blech vom Honda zu schälen drohten.
Ich hielt es für das Klügste, das letzte Stück zum »Hotel de la Mirande« zu Fuß zu gehen. Als ich die Rezeption betrat, kam es mir so vor, als würde ich diese Stätte dadurch entweihen, dass ich keinen Reifrock trug. Ein moderner Ritter tauchte hinter einem

Möbel auf, das bereits vor dreihundert Jahren eine Antiquität gewesen war. Er gab einem niedrigeren Rang den Befehl, einen Pfosten in der Straße verschwinden zu lassen. Dann konnte der Honda auf den Vorplatz fahren. Dort wurden wir samtweich von einem Lakaien überfallen, der für uns die Koffer trug und den Wagen an einen sicheren Ort beförderte. Ich schämte mich bei dem Verdacht, er könne das Auto nach versteckten Euro durchsuchen. Wir waren in der Cité des Papes, und die Päpste hatten bis 1417 hier ihren Sitz gehabt, aber seither hatte sich offenbar kein Papst mehr nach Avignon verloren.

Wir machten einen Spaziergang innerhalb der Stadtmauern. In einer Nische neben dem Eingang zum Hotel stand ein junger Bettler, der Johannes dem Täufer wie aus dem Gesicht geschnitten war. Er stand mehr und bettelte weniger. Wie eine Erinnerung daran, dass wir etwas schuldig seien. Ich bestach ihn, denn ich war die unbekannte entsprungene Cousine des Kardinals. Der Papst war immer noch abwesend, aber im Garten Clemens' V. sahen wir einen alten Rüden, der den optimistischen Versuch wagte, eine willige Terrierhündin zu decken. Einige junge Leute, Touristen, die vorbeikamen, lachten hysterisch bei dem Anblick. Einer der jungen Männer ließ sich inspirieren und rieb sich knurrend an der Flanke des einzigen Weibchens des Rudels.

»Wir sind ja einigen seltsamen Exemplaren der Spezies Homo sapiens begegnet, aber ich hätte nie gedacht, dass es so viele seltsame Hunde gibt. Seit Monaten sind wir nun schon von ihnen umgeben. Es hat den Anschein, als hielten die Leute sie nur, um dich zu provozieren. Wissen sie, dass du Angst vor Pelz hast?«, meinte Frida spöttisch.

»Warum sagst du das?«

»Weil alle Hunde dieser Welt sich von dir angezogen fühlen und dir das nicht gefällt.«

»Ich bin nicht gerade von allen Hunden begeistert, aber ich habe auch nichts gegen sie«, murmelte ich.

»Nein, du hast so eine wahnsinnige Angst, dass du Umwege machst.« Frida lachte.

Ich ließ ihr das letzte Wort und konzentrierte mich darauf, was ich um mich herum sah. Wir gingen an einem Haus mit schmiedeeisernen Gittern vor den Fenstertüren vorbei. Im Erdgeschoss waren eine Brasserie und eine Bar. Erst dachte ich, das alte Paar, das sich über das Geländer lehnte, würde Luft schnappen. Der Mann war kahlköpfig und sah aus, als wolle er uns etwas zurufen. Die Frau starrte über den Platz. Als ich näher kam, bemerkte ich, dass es sich um lebensechte Skulpturen handelte. Das Haus in der nächsten Seitenstraße war auf die gleiche Weise bevölkert. Die großen Fenster waren mit Menschen in natürlicher Größe bemalt. Ein Mann und eine Frau standen sich in zwei Fenstern gegenüber. Sie waren in die Wirklichkeit hineingemalt, ohne dass wir etwas von ihrer Geschichte ahnten.

Beim Gedanken an alle menschlichen Beziehungen, über die ich nie etwas erfahren würde, befiel mich plötzlich ein Gefühl der Ohnmacht. Geschichten, Schicksale, Augenblicke mit Kunsterlebnissen und erfüllt von Schönheit. Von all dem fuhr ich davon. Oder es war woanders und deshalb unzugänglich. Und das Zugängliche verschwand unmerklich, weil die Kapazität meines Gehirns nicht ausreichte. Oder weil ich neue Dinge fand, mit denen ich mich beschäftigen konnte. Vielleicht waren jede Abbildung, jede Dokumentation und alle Träume über das Gewesene nur ein Ersatz für eine Wirklichkeit, die ich nicht festzuhalten vermochte. War das menschliche Gehirn zu begierig auf das gerichtet, was es noch nicht kannte? War die Liebe deshalb so schwierig? Weil sie zu den Augenblickserlebnissen des Lebens gehörte? Genau wie das Glück? War unser Gehirn nicht dazu imstande, solche Dimensionen festzuhalten? War die Wirklichkeit nur ein Schatten des Augenblicks? Nachdem alles vorüber war? Übrig blieben Häuser, Plätze und Kulissen. Sie überlebten uns. Schufen die Menschen deswegen Kunst?

Ich versuchte Frida meine Gedanken zu vermitteln, wusste aber nicht, ob sie mich ganz verstand.
»Wir müssen dich wieder an einem Schreibtisch festketten, offenbar wird der innere Druck zu groß.«
An der Place de l'Horloge gingen wir in ein Café, das gleichzeitig Zeitschriftenladen war. Ich setzte mich auf einen Platz am Fenster. Frida verschwand auf die Toilette. Ein altmodisches Karussell, an dem alle Glühbirnen brannten, thronte draußen im Sonnenschein. Plötzlich setzte es sich langsam in Bewegung, ohne dass jemand mitfuhr.
Da klingelte Fridas Telefon. Erst wartete ich ab, aber das Klingeln wurde mir peinlich, also streckte ich die Hand nach der Jacke aus, die über einen Stuhl hing.
»Ja«, sagte ich unsicher.
»Bist du es?«, fragte eine helle Frauenstimme. Offenbar war sie das.
»Was ist?«, erwiderte ich.
»Bist du dir sicher, dass es dir nicht zu viele Umstände macht, wenn ich komme? Sagst du das nicht nur, um nett zu sein? Das erste Mal, als du bei uns angerufen und erzählt hast, dass dir Frank einmal geholfen hat, einen alten Schrank loszuwerden und dass du einen so guten Preis für ihn bekommen hast … Wir haben uns damals unterhalten, als würden wir uns schon lange kennen … Und ich habe dir erzählt, wie schwer ich es habe … Hast du mich deswegen zu dieser Reise eingeladen, weil ich dir leidtat? Es war wirklich sehr tröstlich für mich, das muss ich dir sagen. Aber eigentlich willst du gar nicht, dass ich komme, oder?«
Ich hatte Fridas Telefon in der Hand und sprach mit *ihr*. Jetzt bot sich mir die letzte Chance, mich zu entziehen.
»Wie geht es dir?«, fragte ich, um Zeit zu gewinnen.
»Sie drohen, dass ich es bereuen würde, wenn ich das Geld nicht auf den Tisch lege.«
»Und was sagt … Frank?«

»Er erlaubt mir nicht, zur Polizei zu gehen. Das seien leere Drohungen, nächste Woche würde er zahlen. Aber ich glaube, dass es ihnen ernst ist. Ich wage kaum, das Haus zu verlassen. Schließlich wurde ich schon immer leicht … hysterisch. Ich brauche wirklich nicht zu kommen … falls dir das zu viel wird. Ich meine, ich komme schon zurecht, wenn ich mich zusammennehme … schließlich ist Frank nicht hier … er wohnt bei *ihr.*«
»Ich möchte sehr gern, dass du kommst. Ich freue mich«, sagte ich mit fester Stimme.

Ich erwachte davon, dass der Wind mit den alten Fensterläden klapperte. Einer der kunstfertig geschmiedeten Haken, mit denen die Fensterflügel geschlossen waren, öffnete sich, und ein Windstoß knallte das Fenster gegen den Rahmen. Ich stand auf, um es wieder zu schließen. Draußen war es grau. Vom Zimmer aus bot sich eine Aussicht über rote Dächer und graue Häuser, Efeu und Bäume in Kübeln. Aber Regen und Wind hatten alles verwandelt. Als hätte ich das Negativ vor mir. Mich überkam ein ungewohntes Gefühl der Zufriedenheit. Der Wind benahm sich wie eine steife Brise in Norwegen. Aber das Geräusch war ferner, als wäre es mir gelungen, es zu kontrollieren. Ich kroch wieder ins Bett und lauschte den Tönen der verschiedenen Windstöße. Sie hoben und senkten sich, entfernten sich und kamen näher. Irgendwo in der Nachbarschaft hatte der Wind ein Stück Blech zu fassen gekriegt, das abwechselnd pfiff und klapperte. Ein Vogelschrei wie von einer Möwe. Hier? Irgendwie wirkte das beruhigend und gab Geborgenheit. Klar, das war eine Möwe. Jetzt kreischte sie wieder. Ein Tableau erschien vor meinen geschlossenen Augen:
Das Mädchen ist zwölf oder dreizehn Jahre alt und steht gegen den starken Wind gestemmt da, weit oben auf einer Plattform, die einen weißen Turm umgibt. Einen Leuchtturm. Ihr Haar steht waagerecht vom Kopf ab. Es schmerzt in den Haarwurzeln. Ihre dünnen Hosen aus Trikot und ihre Skijacke kleben förmlich am

Körper. Sogar die braunen Gummistiefel geben im Wind nach. Die Gummischäfte suchen Halt an ihren Schienbeinen. Ein Aufwind will sie davontragen. Der Gedanke ist ihr nicht fremd: Sich einfach treiben lassen. Schweben. Arme und Oberkörper folgen dem Rhythmus der Windböen, und sie denkt: Jetzt passiert es! Aber sie bleibt auf der grün angestrichenen Eisenplattform stehen. Am rasenden Horizont wird eine Hand voll Wolken dahingepeitscht. Die nächsten Klippen werden dauernd vom weißen Meer überspült. Die Gischt schimmert grün. Eine große Männergestalt tritt aus der Tür und bleibt stehen. Plötzlich packt er das Mädchen um die Taille und hebt es ganz hoch. Sie bewegt die Hände unter sich in der Luft wie im Wasser. Er wirft sie hoch und lässt sie eine Sekunde lang über dem Geländer schweben – ehe er sie wieder auffängt. Aber sie befindet sich bereits in dem Tunnel, der nur einen Ausgang hat. Sie hat bereits das Dunkel hinter sich und weiß, wo es hingeht. In dem schwindelnden Bereich zwischen Dunkel und Tunnelöffnung schwindet die Angst. Sie hört die Wellen, die sich zurückziehen, und ein durchdringendes Geräusch wie von Streichern. Als habe jemand plötzlich eine Schallplatte angehalten. Auf der Wendeltreppe im Innern kommt sie wieder zu sich. Die Eisenstufen stechen ihr in die Rippen, und ihr Kopf ist in Stücken. Einige Leute reden wütend auf den Mann ein. Mit schweren Schritten kommt er die Treppe herunter. Die Schritte erzeugen ein dumpfes Echo. Ihre Glieder zittern im Takt mit dem Geräusch und der Erschütterung. Es ist möglich, genau wie sie dachte, als sie dort oben stand. Über die grauen Felsen hinwegzufliegen. Hoch über das aufgewühlte Meer. Sie hat den salzigen Geruch des Meers in der Nase, und die Möwen kreischen. Sie kann schweben. Jetzt weiß sie es. Sie muss sich nur daran erinnern. Sie kann es wieder tun. Wann immer sie will.

Begegnung in der Provence

Ich nahm den Duft der Mimosen wahr, noch ehe ich sie in den Gärten sah. Überall wuchsen Orangenbäumchen und trugen Früchte. Ich wusste plötzlich, was die Leute meinen, wenn sie sehnsüchtig »Provence« sagen.

In Antibes gingen wir im Jachthafen spazieren. Hier lagen Boote, die so groß waren wie viergeschossige Stadthäuser, und zwar eins neben dem anderen. Einige hatten sogar kleine Gärten und Bäume auf dem Deck. Am Kai davor waren Parkplätze, und das Fallreep hatte eine Türklingel. Auf einem Boot hielt die Besatzung Siesta. Die Türen der rollenden Hausbar waren weit geöffnet, die Uniformjacken aufgeknöpft, und die Stimmung war mehr als entspannt. Neben einem der Masten schlief eine imponierende Schleifmaschine unter einem Sonnensegel.

»Offenbar ist der Schiffseigner nicht zu Hause«, meinte Frida.

»Aber die Autos stehen doch da«, wandte ich ein.

»Dir muss doch klar sein, dass die Diener mindestens eine Limousine zu ihrer Disposition haben müssen, um den Eigner im Mai vom Flugplatz abzuholen«, sagte Frida lachend.

»Stell dir vor, dass es so viel sinnlose Verschwendung gibt«, meinte ich nachdenklich.

»Darf eine erwachsene Frau, die mit gestohlenem Kapital reist, moralisieren?«

Ich gab es auf, mit ihr eine Diskussion über die missbräuchliche Verwendung der Ressourcen dieser Welt zu führen. Frida gehörte nicht zu den Leuten, die sich für irgendwas verantwortlich fühlten.

Wir gingen um einen der Lagerschuppen herum. Eine Frau mit nackten Beinen saß auf einem Haufen Lumpen und sprach laut in ein kleines Tonbandgerät. Es sah so aus wie das, das mein Chef benutzt hatte, als ich noch im Büro arbeitete. Neben ihr stand ein Einkaufswagen aus einem Supermarkt. Wahrscheinlich war dieser ihr eigentliches Zuhause. Seltsame Dinge ragten daraus hervor. Ein Windrad aus Plastik in prächtigen Farben, das ein trauriges Geräusch machte, als wolle es gegen das Sonnenlicht protestieren oder sei aus einem anderen Grund unpässlich. Ein Haufen Plastiktüten unbekannten Inhalts. Eine Uniformjacke wie die der Jungs auf Deck. Ein offener Kosmetikbeutel mit alten Hüllen verschiedener Gegenstände. Eine halb volle Literflasche Evian. Ein Teigschaber, der noch ganz neu wirkte. Ein halbes Baguette und eine halb volle Plastikflasche, möglicherweise Wein. Eine Decke unbestimmbarer Qualität und Farbe hing hübsch zusammengefaltet über den Rand. Ein Plüschkaninchen mit nur einem Ohr schaute einen mit seinem melancholischen Glasblick an.

»Wo hat sie die Uniformsjacke her? Etwa gestohlen?«

»Oder gegen Dienstleistungen getauscht? Willst du ihr das unterstellen?«

»Das könnte ich mir vorstellen«, gab ich zu.

Es hatte nicht den Anschein, als würde es der Frau etwas ausmachen, dass wir sie beobachteten. Sie saß zwischen den Schienen, auf denen die Boote an Land gezogen wurden. Mit lauter Stimme diktierte sie etwas ins Mikrofon. Zwei hochhackige Goldsandalen standen auf den rostigen Gleisen, und an ihrem geschäftigen Handgelenk hingen eine Menge rasselnder Armreifen. Das Gesicht war nicht alt, eher viel zu jung. Eine Blinde schien es geschminkt zu haben, was vielleicht auch wirklich der Fall war. Trotzdem hätte sie ein anderes Zuhause als einen Einkaufswagen verdient gehabt.

»Warum kümmert sich niemand um sie?«, meinte ich betreten.

»Sie scheint es besser zu haben als die Mädchen an der tschechisch-deutschen Grenze. Sie hat sich in ihrem Elend eingerichtet. Offenbar bist du nicht die Einzige, die ein Zuhause braucht«, meinte Frida.

Während ich das junge Mädchen zwischen den Schienen betrachtete, erschien ein Tableau:

Bevor sie das Kinderheim verlässt, gibt ihr die Vorsteherin die Hand und wünscht ihr viel Glück.
»Zieh alles an, was nicht in den Koffer passt! Wenn es zu warm wird, macht das nichts. Denk lieber daran, was für ein Glück du hast, dass du so viel besitzt. Der Mensch kommt mit wenig aus, wenn er an Gott glaubt.«
Die Vorsteherin ist nicht gefühllos, sondern nur einfach die Stellvertreterin Gottes. Die ganze Nacht hat das Mädchen wach gelegen und sich vor dem Unausweichlichen geängstigt, auf das sie sich gefreut hat, solange sie denken kann. Die Freiheit. Ohne andere, ohne Stimmen, Geräusche und Räume. Sie ist es gewohnt, sich von diesen vereinnahmen zu lassen. Jetzt muss sie die Leere selbst füllen. Sie weiß, dass sie nicht zurückkehren wird. Natürlich kann sie zu Besuch kommen und allen die Hand schütteln. Sie kann einen Brief schreiben und erzählen, wie es ihr geht. Aber sie weiß bereits, dass sie das nie tun wird. Sie hat ihr Bett zugunsten eines anderen Kindes aufgegeben. Alles hat ein Ende. Sie wird Bangs Handelsschule besuchen. Das wird von der Behörde gerade noch bezahlt. Aber das ist auch eine Verpflichtung. Die Vorsteherin erklärt ihr, dass sie sich persönlich für sie eingesetzt habe.
»Der Rektor war sich nicht sicher, ob jemand von hier auf seine Schule passt. Es wäre auf jeden Fall unglücklich, falls jemand davon erfährt. Du musst dir in Zukunft darüber klar sein, dass das Vertrauen guter Menschen noch den Verlorensten retten kann. Ich habe auf Treu und Glauben versichert, dass du anstellig bist und weißt, was sich gehört«, ermahnt sie die Vorsteherin.
Jetzt steht das Mädchen mit einem kleinen Pappkoffer in der Hand am Fähranleger. In dem Koffer befindet sich ihr gesamter Besitz. Der durchdringende Geruch von Dieselabgasen überdeckt fast den frischen Duft von Salz und Tang. Ein brummender Chor von Autos übertönt das nur einige Meter entfernte Plätschern der Wellen gegen die Steine. Es muss August sein, früher Morgen.

Die Sonne sticht ihr in den Nacken. Der Kragen aus Wolle juckt. Sie trägt viel zu warme Kleider. Sowohl Strickjacke als auch Mantel hat sie angezogen, um eine Hand frei zu haben. Sparbuch und Taschentuch hat sie in der Tasche. Während sie wartet und schwitzt, überlegt sie, ob sie wohl den Busfahrer fragen kann, wo Bangs Handelsschule liegt. Später im Bus denkt sie darüber nach, wie sie sich beim Rektor der Handelsschule benehmen soll, damit dieser begreift, dass sie weiß, was sich gehört.

Als sie endlich vor dem Rektor im Büro sitzt, um sich einschreiben zu lassen, hat sie die Hände auf den Knien, die eng beieinander stehen. Der Rektor reicht ihr den Stundenplan und die Schulordnung und mustert sie über den Rand seiner Brille.

»Sie brauchen nicht so ängstlich zu sein, Fräulein Svendsen. Hier beißt niemand«, sagt er mit einem raschen Lächeln, das wie eine kleine Welle in seinem Schnurrbart verschwindet.

Aber wenn man erst einmal damit angefangen hat zu wissen, was sich gehört, Hände auf dem Schoß und Knie dicht beisammen, dann ist es nicht leicht, damit aufzuhören. Besonders dann nicht, wenn ein alter Mann sagt, man sehe es ihr an der Nasenspitze an, dass sie verängstigt ist. Anschließend arbeitet sie daran, ihre Angst zu verbergen, damit die anderen nicht in Verlegenheit geraten, wenn sie sie bemerken.

Während wir auf Annemor warteten, beobachtete ich genauestens alle, die kamen und gingen. Besonders wenn es sich um zwei Männer handelte. Oder einzelne Männer, die alle Zeit der Welt zu haben schienen oder sich hinter einer Zeitung versteckten. Eine verdächtige Person holte glücklicherweise eine ganze Familie ab und verschwand mit einem Berg Koffer auf einem Karren. Aber die ganze Zeit bestand die Möglichkeit, dass sich jemand auf der Toilette befand und im letzten Augenblick hereingestürmt kam. Beispielsweise wenn *sie* gerade durch den Zoll kam.

»Statt dich unauffällig zu benehmen, ziehst du dich an wie eine

Terroristin. Du kämst nie durch die Sicherheitskontrolle, ohne dass sie bei dir alles auf den Kopf stellen«, seufzte Frida.

Ich hatte mich hinter einer dunklen Sonnenbrille versteckt und meine Baseballmütze tief in die Stirn gezogen. Mir war es gleichgültig, für wen man mich hielt, solange man mich nicht als Sanne Svendsen erkannte.

Sie hatte sich hingegen nicht verkleidet. Wie im Fenster des »Harlekin«, erkannte ich sie sofort. Sie zog einen roten Rollkoffer hinter sich her mit passender Kosmetikbox zuoberst und schaute sich unsicher um. Da niemand Anstalten machte, sie festzunehmen, näherten Frida und ich uns langsam.

Noch weniger als früher verstand ich, was Frank von jemandem wie mir gewollt hatte. Sie sah nicht so aus, als sei sie einen Tag älter als dreißig, war eine wirkliche Schönheit und hatte ein liebenswürdiges Wesen. Nach wenigen Minuten kam ich mir ganz unbedeutend vor, ohne etwas dagegen unternehmen zu können.

Der einzige Trost war, dass Frank und nicht ich falsch eingeschätzt hatte, wo das Gras am grünsten war. Diese Frau, modisch gekleidet und mit einem natürlichen und frischen Äußeren, bildete einen schreienden Kontrast zu Frank, einem Antiquitätenhändler mit doppelter Buchführung, Spielleidenschaft, seltsamen Freunden auf der Trabrennbahn Bjerke und Gläubigern unbekannter Provenienz. Er durfte ganz einfach keine solch zarte Unschuld im Haus haben. Das war nicht nur unpassend, sondern auch unmoralisch.

Auf dem Flugplatz von Nizza kam mir der Gedanke, dass ein Außenstehender unsere Rollen vertauscht haben könnte. Ich war die alternde, betrogene Ehefrau und sie die muntere, begehrenswerte Geliebte. Mein Problem bestand darin, dass ich an Frank denken musste, wenn ich sie sah.

»Vielen herzlichen Dank, dass ich kommen durfte! Allein hätte ich diese Reise nie unternommen«, sagte Franks Ehefrau und fasste mich am Arm.

»Übertreib mal nicht!«, sagte Frida.
»Es ist uns eine Freude«, meinte ich.
Während wir durch die Wartehalle zum Parkplatz gingen, behielt ich die Leute hinter uns im Auge. Das war nicht leicht. Als sich zwei Männer links und rechts an uns vorbeidrängten, merkte ich, dass mir der Schweiß herunterlief. Seltsamerweise eilten sie einfach weiter, ohne den Versuch zu machen, uns aufzuhalten.
Als wir im Auto saßen und ich mich vorläufig sicher fühlen konnte, stellte ich mir Franks Situation vor. Nachdem er festgestellt hatte, dass er Annemor telefonisch nicht erreichen konnte, hatte er ihre Mutter angerufen und sich als untreuer Schwiegersohn ausschimpfen lassen. Ich sah ihn vor mir, wie er den Telefonhörer ein paar Zentimeter von sich weghielt, weil seine Schwiegermutter etwas laut geworden war. Er strich sich mit dem linken Daumen über die Oberlippe, weil er nicht recht wusste, wie er sich verteidigen sollte.
»Sie musste wegen deiner Gläubiger das Weite suchen«, schrie die Schwiegermutter.
Frank fuhr sich über die Stirn und lächelte etwas blöde Richtung Telefon.
»Das tut mir leid, meine Liebe, das tut mir leid. Ich kümmere mich natürlich um die Kinder. Und ich bringe das wieder in Ordnung. Ganz sicher. Wo kann ich Annemor erreichen?«
»Sie will überhaupt nicht mit dir reden. Sie hat keine Telefonnummer und keine Adresse. Du bist vermutlich der Einzige, der nicht begreift, dass sie in Lebensgefahr schwebt. Du rührst keinen Finger! Alles, was dich interessiert, sind Hasard und Frauen!«
»Bitte, wann kann ich die Mädchen sehen?«
»Du hörst von unserem Anwalt!«
Frank war niedergeschlagen. Er litt. Er demütigte sich so weit, alle Freunde und Bekannten anzurufen, ob sie Annemor gesehen hätten, ob sie vielleicht wüssten, wo sie sei? Sicher rief er die Polizei an. Er ließ sich verhören. Das nahm so viel Zeit in Anspruch, dass

er den Laden schließen und Abmachungen wegen Nachlässen und Bauernmöbeln im Gudbrandsdalen absagen musste. Die Polizei verhörte ihn ein weiteres Mal. Vielleicht verdächtigten sie ihn sogar, seine Frau entführt zu haben? Oder ermordet? Ich hatte über solche Dinge in der Zeitung gelesen. Mehrmals. Um nicht zu sagen, wöchentlich. Vielleicht unterzogen sie ihn in diesem Augenblick einem ungemütlichen Verhör?
Ich sah sein Gesicht vor mir, so wie ich es ganz selten einmal erlebt hatte, nachdem er schlechte Geschäfte gemacht oder zuviel auf der Trabrennbahn in Bjerke verloren hatte. Etwas blass mit zwei parallelen, fast vertikalen Falten, die von den Nasenflügeln hinunter zum Kinn verliefen. Er nagte dann nervös an seiner schmalen, blutlosen Oberlippe. In seinen Augen lag ein Erstaunen, zu dem er sich nicht bekennen wollte. Im Grunde glaube er selbst nicht daran. Er war nicht der Mensch, der leicht in Panik geriet, man konnte ihn wirklich als cool bezeichnen. Aber gelegentlich verriet er sich. Dann hatte er plötzlich Schweißperlen am Haaransatz, obwohl es gar nicht warm war.
Es war eine Sache, dass Frida und ich das Geld verschwinden haben lassen, das er in der Hinterhand haben wollte, wenn es einmal eng werden würde, etwas ganz anderes und schlimmer war, dass wir seine junge Frau verführt hatten zu verschwinden. Jetzt war es zu spät, ihn zu warnen.
»Hattest du eine gute Reise?«, fragte Frida, während die Weinreben wie verkrüppelte Knotenstöcke am Straßenrand an uns vorbeiflogen. Wir fuhren einen Umweg, um Franks Frau etwas von der Idylle zu zeigen, von der alle träumen.
»Wunderbar! Ich bin mit dem Zug nach Stockholm und von dort mit dem Flugzeug nach Kopenhagen, ab da weißt du ja Bescheid.«
»Da ist etwas, woran ich dich erinnern muss«, sagte Frida etwas verlegen.
»Ja?«

»Es ist wichtig, dass die, die dich bedrohen, dich nicht aufspüren. Verstehst du?«
»Natürlich. Ich bin schließlich nicht dumm.«
»Falls Frank auf unsere Spur kommt, haben wir wahrscheinlich auch die Erpresser hier.«
»Du brauchst dich nicht bedroht zu fühlen. Schließlich sind sie hinter mir her«, meinte Franks Frau.
»Ich weiß. Aber ich habe auch auf einen ausrastenden Ehemann keine sonderliche Lust.«
»Frank rastet nie aus!«, rief Franks Frau entrüstet, als sei sie seine Verteidigerin.
Ich hätte ihr beinahe Recht gegeben, indem ich zwar nicht unbedingt gesagt hätte, dass Frank immer einer Meinung mit mir gewesen, aber zumindest immer sehr zurückhaltend, was eine abweichende Meinung anging.
»Okay. Aber solange wir zusammen unterwegs sind, darf er dich nicht finden, so muss unsere Abmachung lauten.«
»Na gut«, erwiderte Franks Ehefrau nachdenklich.
»Jetzt bist du ihn los. Jetzt kannst du dir einen jüngeren Mann mit festen Muskeln suchen.«
»Frank ist früher Wettkämpfe geschwommen«, sagte Franks Ehefrau fast beleidigt.
Fast hätte ich noch »außerdem ist er viril genug« hinzugefügt, sagte aber natürlich nichts. Ich ahnte, dass es viele Momente geben würde, in denen ich nicht zugeben konnte, dass ich Frank aus erster Hand kannte. Schließlich hatte ich angeblich noch nie ein Wort mit ihm gewechselt. Allein bei dem Gedanken, dass ich mich verplappern könnte, wurde es mir ganz anders. Die betrogene Ehefrau hatte das Monopol darauf, sich über Frank zu äußern.
»Wie soll ich dich anreden?«, fragte ich, fast mehr um mich selbst abzulenken.
»Aber das weißt du doch!«

»Schon, aber wie soll ich dich auf der Reise ansprechen?«
Sie legte den Kopf in den Nacken und lachte. Wäre das kein Klischee gewesen, hätte ich gesagt, ihr Haar fällt wie ein goldener Vorhang über die Kopfstütze. Um es klinischer auszudrücken: Die Sonne schickte ihr Licht in eine Haarfläche, die aus Millionen Einzelhaaren zusammengesetzt war, von denen jedes aus einer Talgdrüse herauswuchs. Ich wusste, dass ich noch nie so schönes Haar gesehen hatte. Nicht einmal in einem Reklamefilm für Shampoo.
»Wie lustig. Du willst, dass ich irgendwie heiße … dass ich irgendeinen besonderen Namen habe. Ich glaube, ich will Eurydike heißen.«
»Ist das nicht etwas übertrieben?«, meinte Frida trocken.
»Das passt gut!«, erwiderte Franks Ehefrau, als verleihe ihr der Name, den sie selbst gewählt hatte, eine neue Stellung.
»Ylajali wäre doch schön und mystisch? Vielleicht auch nicht ganz so tragisch«, schlug ich vor.
»Knut Hamsuns erotische Hungerhalluzinationen, das bin nicht ich«, erwiderte sie leichthin.
Aus irgendeinem Grund gefiel es mir überhaupt nicht, dass sie Romane las.
»Kennst du die Geschichte von Orpheus und Eurydike?«, fragte ich und unterließ es, meiner Freude darüber Ausdruck zu geben, dass sie immerhin nicht Julie oder Anna Karenina gewählt hatte.
»Natürlich kenne ich die. Wer kennt die nicht?«, sagte sie.
»Nein, du musst das Schwermütige und Traurige hinter dir lassen. Es muss ein heiterer Name sein … Jetzt weiß ich es! Nicht Annemor, sondern Hannelore«, sagte Frida zufrieden.
»Da besteht fast kein Unterschied«, sagte Franks Ehefrau. »Ich weiß nicht, ob da überhaupt ein Unterschied ist. Aber eigentlich heiße ich Anne-Margrethe mit h.«
»Oje! Mit h? Was für ein schweres Schicksal! Also, dann taufen wir dich eben Entchen!«, sagte Frida energisch.

Wir fuhren Entchen nach Cannes, damit sie auf der Croisette spazieren gehen konnte. Das tat sie auf langen Beinen in engen Hosen mit einem psychedelischen Muster in Violett, Orange und Gelb. Der Wind fuhr ihr durch das offene Haar. Unter einem mikroskopisch kleinen, elastischen Top mit einem glitzernden rosa Herz auf dem Busen zeigte sie den nackten Nabel. Über dem Arm trug sie eine violette Lederjacke, die meiner Meinung nach zu klein für sie war.
Ich versuchte mich von der Straße beeindrucken zu lassen, die einmal im Jahr während des Filmfestivals im Fernsehen gezeigt wird. Offenbar war noch Vorsaison, aber trotzdem. Hinter einem nicht abreißenden Strom aus Mopeds und teuren Autos lagen Appartementhäuser und Luxushotels, beispielsweise das »Carlton«. Links hinter der Mole war die Spielzeugarmada der Finanzgrößen vertäut und glitzerte in mehr als voller Größe. In der Ferne zeichnete ein Heer von Segelbooten eine weiße, luftige Wand in den Himmel. Durch den Dunst war auch eine Bergkette zu erkennen, die mit Kohle und Aquarellfarben gemalt zu sein schien. Über dem Ganzen stand eine Sonne wie mit echtem Blattgold vergoldet, die an ein Gemälde von Anna Eva Bergman erinnerte. Die Möwen kreischten nicht, sondern segelten ruhig dahin, wie es sich für Tiere mit guten Geschäftsverbindungen gehörte.
Man konnte die snobistische Oberfläche leicht verachten, aber es roch tatsächlich auch nach dem salzigen Meer, und der Dunst war echt. Der Horizont zweifellos ebenfalls. Ich hatte mich also darauf eingelassen, Entchen hierher zu bringen und wie einen Filmstar herumstolzieren zu lassen. Und ich gönnte ihr dieses Spiel. Frida fotografierte sie vor dem Hotel, das die Diven jedes Jahr auf einem roten Teppich betreten.
Ich trottete hinter Entchen her wie ein kleiner Hund. Es gab noch weitere Hunde, kleiner als ich und gepflegter. Sie hingen angeleint an ihren Eigentümerinnen. Damen aus einer entschwundenen Zeit, mit hoch gestecktem Haar unbekannter Herkunft und

mit durchsichtigen Tüchern bedeckt, mit denen man in den sechziger Jahren sicher Furore gemacht hatte. Hübsche, fast unwirkliche Gestalten mit Gesichtern, die an gut gebackene Waffelherzen erinnerten.

»Stell dir vor, dass es hier Anfang Februar schon achtzehn Grad hat! Hier möchte ich auch spazieren gehen, wenn ich alt bin«, sagte Entchen, als hätte sie meine Gedanken gelesen.

»Ich will lieber in die Berge«, sagte Frida und ließ sich über Mimosen, Stille, frische Luft und pittoreske Häuser mit Dachterrassen aus.

»Ich möchte nicht in der Natur begraben werden, sondern dort sein, wo was los ist. Ich möchte darauf warten, dass die Saison beginnt, dass auf allen Trottoirs Cafétische mit Weingläsern stehen und sich die Hotels mit Filmstars füllen. Ich spreche Französisch. Das ist ein Vorteil. Ich möchte eine Wohnung irgendwo ganz oben mit Zugang zum Pool auf der Dachterrasse.«

Sie sprach Französisch! Was kam als Nächstes, dachte ich kleinlich. Die Dinge entwickelten sich genauso, wie ich befürchtet hatte. Ich war diejenige, die übrig blieb. Es gelang mir fast nicht mehr, einen Kontakt zu Frida herzustellen. Sie konzentrierte sich ganz auf dieses Entchen. Früher war Annemor die Auserwählte in Franks Leben gewesen, jetzt war sie das in unserem.

Wir nahmen sie ins Picasso-Museum in Antibes mit. Frida dozierte über den Herzensbrecher und Drecksack Picasso und seinen märchenhaften Erfolg mit seinen verzerrten Motiven. Sie hatte sich offensichtlich gründlich in die Materie eingearbeitet. Mir kam der Gedanke, dass sie sich kaum die Mühe gemacht hätte, einen Vortrag zu halten, wenn wir beide allein gewesen wären. Ich hätte dann alles selbst herausfinden müssen, oder sie hätte sich mit kurzen sarkastischen Kommentaren über Frauen begnügt, die sich in den Schmutz ziehen ließen, damit der Mann Künstler sein und sich zum Genie ausrufen lassen konnte.

Entchen bewunderte Fridas Kenntnisse. Gewissermaßen schlüpfte

Frida während der Vortragsrunde in Picassos Rolle. Gleichzeitig spottete sie darüber, dass er auf seine alten Tage mit »banaler Töpferei in Massenproduktion« begonnen habe. Sie, Frida, war es, die bewundert und respektiert werden wollte. Die Rätselhafte, Allwissende. Ich hatte das deutliche Gefühl, dass sie nach den Monaten zusammen mit mir diese Rolle endlich ganz ausfüllen konnte.
Ich versuchte mich an Picassos Kunst zu erfreuen, die wirklich mehr als nur Kunsthandwerk ist, und musste an das eine Mal denken, da Frank und ich uns wie zufällig im Museum für Gegenwartskunst getroffen hatten. Wir hatten uns in einem menschenleeren Saal in der ersten Etage geküsst. Nur einen Augenblick lang waren wir allein gewesen. Ich konnte mich nicht entsinnen, was genau in der Ausstellung gezeigt wurde, sondern hatte nur eine diffuse Erinnerung an großformatige Fotografien. Ich hatte den Treffpunkt ausgesucht. Es war zu Beginn unserer Beziehung gewesen, und ich glaubte vermutlich, dass ich mich mit Kunst beschäftigen könnte, während ich es genoss, mich im selben Raum wie Frank aufzuhalten. Das ging nicht. Frank erstickte die ganze Staffage an den Wänden. Alles andere wurde unwichtig und war nur eine Entschuldigung dafür, Frank an einem öffentlichen Ort zu treffen. Allerdings erinnerte ich mich noch an die fast kindische Enttäuschung darüber, dass das Licht nicht echt war, sondern indirekt von Neonröhren kam. Aber wahrscheinlich hatte das seine Ursache in der Enttäuschung darüber, dass Frank mich nicht in ein Lokal einladen konnte. Nicht einmal auf eine bescheidene Tasse Kaffee. Denn wir waren nicht mehr unschuldig. Zwei Fremde betraten den Raum und nahmen uns unsere Intimität.
Um das Gleichgewicht zwischen uns herzustellen oder die Idylle, falls man zu irgendeinem Zeitpunkt für Franks und mein Zusammensein überhaupt dieses Wort gebrauchen kann, sagte ich: »Mir gefällt dieses ganze künstliche Licht nicht. Ich bilde mir ein, dass es das Erlebnis schmälert, gewissermaßen verflacht …«
»Ich verstehe, was du meinst. Außerdem sind für mich die Fens-

ter, wenn ich eine Kunstausstellung besuche, immer wichtig. Oft halten sie die besten Bilder bereit«, erwiderte Frank mit seinem charmantesten Lächeln.

Jetzt stand ich im Picasso-Museum in Antibes und sah, wie sich Franks Ehefrau durch die Säle bewegte. Sie ging langsam, den Kopf zur Seite geneigt und befasste sich mit einer bewundernswerten Neugier sehr genau mit allem. Irgendwie nahm dieses Entchen den größten Teil meines Erlebnisses in Beschlag. Außerdem musste ich noch Fridas, allerdings leisen, Vortrag über mich ergehen lassen.

»Vielleicht soll man ja hier drin nicht so viel reden«, flüsterte ich Frida zu.

»Du kannst ja allein losmarschieren, dann treffen wir uns nachher draußen in der Sonne«, parierte Frida, allerdings ohne dass Entchen es hörte.

Ich empfand den geballten physischen Schmerz eines gekränkten Kindes und ging nicht nach draußen. Aber diese Gemütsverfassung verdarb Picassos Kunst in einem Grade, dass ich alles verdrängte, was ich gesehen hatte. Als könne ich so die anderen beiden bestrafen. Könne Frank bestrafen, mich selbst und Picasso. Weder Picasso noch Frank waren anwesend und konnten deswegen an meiner irrationalen Reaktion nicht schuld sein. Trotzdem traf sie ein Teil meiner Bestrafung.

»Er war wohl nicht ganz richtig«, meinte Entchen grüblerisch nach Fridas Vortrag.

Ich war eine große Bewunderin von Picassos Kunst. Was er für ein Mensch gewesen war oder wie er seine Frauen behandelt hatte, kümmerte mich wenig. Ich hatte das Bedürfnis, Frida in die Schranken zu weisen, und sagte: »Ich habe nie verstanden, wozu es gut sein soll, sich mit dem Menschen hinter der Kunst zu befassen.«

»Die Welt braucht Ideale, zu denen sie aufblicken kann«, sagte Entchen.

»Im Grunde kenne ich keine Menschen, die so viele Fehltritte begehen wie die Künstler. Das liegt teilweise in der Natur der Sache. Ohne eine lebensgefährliche Naivität und ein fast dummes Vertrauen auf die eigene Schöpferkraft lässt sich Kunst kaum schaffen. Darüber hinaus sind viele so damit beschäftigt, sich selbst ins rechte Licht zu setzen, dass sie sonst nichts mehr wahrnehmen«, sagte Frida.

»Ich habe den Eindruck, dass die Autoren von heute recht viel fernsehen«, meinte Entchen. Einige treten sogar dort auf. Vielleicht lesen sie auch noch die Klatschspalte und den Sportteil der Zeitung, aber für wichtige Meldungen aus dem Ausland reicht dann kaum noch die Zeit. Schließlich muss man gelegentlich auch noch was essen und schlafen. Nicht dass ich ihnen das zum Vorwurf machen würde. Ganz und gar nicht. Mir geht es ja selbst so.« Sie nahm freundschaftlich meinen Arm.

»Dass es so viele Künstler zulassen, dass ihre betrübliche und teilweise abscheuliche Biografie ihre Kunst erstickt, darüber muss man sich einfach hinwegsetzen«, meinte Frida, als spreche sie von mir.

Eine unvollendete Magisterarbeit

Der Honda flog durch eine Landschaft mit beschnittenen Weinreben, dichtem Kiefernwald und weißgelben Dörfern mit roten Dächern. Der Wind wirbelte Staub auf, und die Lastwagen sangen. Wir waren nicht weit von der spanischen Grenze entfernt. Mir fehlten die Olivenbäume, die an graugrüne Gespenster aus einer fernen Zeit erinnern. Jetzt war das für einige Zeit vorbei. Ewig grüne Kiefern krallten sich fest. Diese seltsam fruchtbare Kargheit passte zu meiner Stimmung. Ich war im Großen und Ganzen deprimiert, und es wurde schlimmer.

Ich hatte die letzten Tage keine Gelegenheit gehabt, mein Notebook aufzuklappen. Die einzige literarische Leistung, die ich, seit Entchen gekommen war, vollbracht hatte, war, im Musée Picasso d'Antibes ein Notizbuch zu kaufen, auf dem ein weißer Faun mit einer zweigeteilten Flöte abgebildet war. Es hatte fast den Anschein, als sitze der Faun mit schüchtern gesenktem Blick da und lutsche an seinem dünnen Penis. Ein wirklich solides und lustiges Buch, aber vorläufig ohne ein einziges Wort darin.

Nach einiger Zeit konnten wir vor uns die schneebedeckten Pyrenäen ausmachen. Neben der Straße krümmten sich blühende Mimosenbüsche im Wind. Entchen, die während der Fahrt gern ein Nickerchen hielt, hatte sich auf der Rückbank häuslich eingerichtet. Alles, was sie benötigte, hatte sie geschickt um sich aufgebaut: ihren roten Kosmetikkoffer, eine französische Modezeitschrift, »Die Liebe einer Frau« von Alice Munro, Fotos der beiden Töchter, Wolljacke, Reisedecke, ein halbes Baguette, Oliven in einem Glas mit Schraubverschluss, französischen Schinken und Käse, der so roch, als sei er mehr als nur gut gereift.

»Was wird Frank jetzt tun?«, fragte Frida unvermittelt.

»Wie meinst du das?« Entchen lehnte sich vor.

»Er wird doch versuchen, dich zu finden. Er muss schließlich

Angst davor haben, dass die, die hinter dem Geld her sind, ihm zuvorkommen«, meinte Frida.
»Glaubst du das?« Entchens Stimme war voller Hoffnung.
Mir war nicht ganz wohl. Etwas sagte mir, dass die Reise unsicherer war als je zuvor.
»Wer weiß alles, dass du das Land verlassen hast?«, fragte Frida.
»Niemand außer meiner Mutter und meiner Schwester. Die haben ebenso große Angst vor denen, die mich bedrohen, wie ich. Mama sagte, sie werde das Gerücht verbreiten, Frank habe das Geld bei seiner Geliebten am Holmenkollen versteckt.«
»Wie sollte ihr das gelingen?«, fragte ich.
»Mama ist sehr tüchtig, was das Ausstreuen von Gerüchten angeht. Du machst dir davon keine Vorstellung.«
»Hat Frank gesagt, wo er das Geld versteckt hat?«, erkundigte ich mich vorsichtig.
»Frank versteckt kein Geld. Er verbraucht es«, erwiderte Entchen mit Nachdruck.
»Es hat doch wohl nicht nur mit dem Geld zu tun, dass du hier bist?«, meinte Frida.
»Oh, das … das mit seinen Geliebten, das ist eigentlich nichts Neues. Um ehrlich zu sein, das war immer so. Aber er ist bisher nie bei einer eingezogen. Frank hat immer gesagt, dass er nie bei jemand anderem als bei mir und den Kindern wohnen will. Und dann tut er das einfach …«
»Hast du ihn nicht schlicht rausgeschmissen?«, fragte Frida.
»Ich wurde wütend, als mir klar wurde, dass er sich wieder mal mit einer eingelassen hat. Aber ich war schließlich auch früher schon wütend, ohne dass er bei einer einzog. Und jetzt das! Während diese ekelhaften Burschen Tag und Nacht anriefen und drohten. Da zog er aus! Ich muss schon sagen, dass mich das enttäuscht hat. Wahnsinnig …«, sagte Entchen und putzte sich kräftig die Nase.
»Willst du damit sagen, dass du über Franks … Unregelmäßig-

keiten Bescheid wusstest, ohne dass dir das etwas ausgemacht hat?«, fragte ich. Ich versuchte meine Stimme gleichmütig klingen zu lassen.

»Natürlich hat mir das was ausgemacht! Aber du kennst Frank nicht. Das hatte nichts zu bedeuten. Diese Frauen, das war irgendwie ein alltäglicher Kick. Genau wie die Pferde in Bjerke. Nur so konnte er diesen alten Plunder ertragen, den er ständig reparieren, polieren und aufräumen muss. Ja, natürlich auch bezahlen. Und dann weiterverkaufen. Ich begreife eigentlich nicht, wie er das aushält. Du musst verstehen, auf seine Art ist er ein Naturkind. Er ist einfach so. Aber ich muss zugeben, dass sie, diese Letzte, für mich schon ziemlich furchtbar war. Sie rief sogar bei mir an und fragte nach ihm. ›Sagen Sie Ihrem Mann, dass ich seine Hilfe benötige, den Nachlass meiner Tante loszuwerden‹«, machte Entchen sie nach. »Die ist wohl nicht ganz bei Trost! Sie glaubt, sie hat die ganze Welt gekauft und bezahlt, weil sie in einer hässlichen alten Villa auf dem Holmenkollen wohnt. Ich bin zu der Adresse gefahren, die sie angegeben hatte, nur um mir das selbst anzusehen, nachdem mir der Verdacht gekommen war, dass es ihr um Frank und nicht um seine Hilfe ging. Sie braucht sich gar nicht erst einzubilden, dass sie Frank dazu bringt, den riesigen Rasen zu mähen. So was macht er einfach nicht. Unter den Pantoffel bekommt sie ihn nie. Aber er ist wirklich lieb. Ich habe in meinem Leben nur einmal eine Entscheidung getroffen: für ihn«, sagte sie melancholisch.

»Kennst du alle, mit denen er eine Affäre hatte?«, fragte Frida unvorsichtig.

»Nein, bei weitem nicht. Aber beispielsweise diese Schwesternschülerin aus Moss, die ihm einen Arzttermin durchgeben wollte, als ich mal an sein Handy ging. Darauf bin ich natürlich nicht reingefallen. Er ist nie krank. Außerdem erzählt er mir solche Sachen immer. Ich weiß über sein kleinstes Zahnweh Bescheid. Frank denkt nicht daran, allein zu leiden. Er findet, dass man seinen Schmerz teilen kann. Einmal saßen wir im ›Harlekin‹, und eine fremde Frau starrte mich durch das Fenster an. Ich war vollkommen fassungslos. Sie stand einfach da und starrte mich an, als hätte ich ihr etwas weggenommen. Aber am schlimmsten war diese Rechtsanwaltsschachtel in der Riesenvilla in Skarpsno, die ihm dabei helfen wollte, seine Schuldenkrise zu bewältigen. Doch Frank hat so wenige Unterlagen, verstehst du? Bei Papieren wird ihm immer ganz beklommen. Das geht mir im Grunde genauso. Für mich sind Papiere erst überzeugend, wenn sie gebunden und zwischen zwei Buchdeckeln sind«, sagte Entchen seufzend.

Frida hielt das Auto mit beiden Händen am Lenkrad in der Spur. Wenn ich erwartet hatte, mich jederzeit vertraulich mit ihr unterhalten zu können, war das jetzt ganz anders. Ich konnte ihr nicht sagen, dass ich fand, Entchen sei aus Tarzans Jane und Jane Fonda geklont, außerdem sei sie eindeutig schöner und viel sympathischer als wir beide. Ihre Lebensphilosophie, was Franks Seitensprünge anging, übertraf das meiste, zu dem ich mich bereitfinden konnte. Während ich das Unbehagen, das sich bei ihrer Erzählung über Frank eingestellt hatte, überwand, war ich vor allem erleichtert, dass sie mich nach der Episode im ›Harlekin‹ nicht wiedererkannt hatte.

Dieses Superfeminine konnte ich nur schwer verdauen. Eigentlich wäre es mir lieber gewesen, sie wäre bereits in Berlin aufgetaucht, dann hätte sie sich mit den Lesben in Kreuzberg herumärgern können. Ich sah deren sportliche Mützen, handgestrickte Schals und vernünftige Schuhe vor mir und dagegen Entchens hochhackige Sandalen mit Riemchen an den Knöcheln, die sie über alles liebte und die wir in Cannes für ein Vermögen erstanden hatten. Ich ahnte, dass Frank es nicht ganz leicht hatte, was diese Dinge anging. Ich musste es ihm hoch anrechnen, dass er sich nie bei mir darüber beklagt hatte. Überhaupt musste ich zugeben, dass die Loyalität und Integrität dieses Ehepaars bewundernswert waren. Ich ertappte mich dabei, dass ich mich dafür schämte, eine dieser Frauen, einer dieser alltäglichen Kicks gewesen zu sein, die diese Ehe so kompliziert gemacht hatten.

In der Raststätte kaufte Entchen Wasser und Süßigkeiten für uns. Ich sorgte dafür, dass die Thermoskanne gefüllt wurde, was meine Aufgabe war. Am Morgen hatte Entchen ein Fresspaket für uns gemacht, damit wir anhalten und essen konnten, wann immer wir dazu Lust hatten. Jetzt wickelte sie die leckersten belegten Brote aus einer Stoffserviette.

Nachdem wir die spanische Grenze überquert hatten, begann sie erneut und aus freien Stücken von Frank zu erzählen. Ich hatte schon befürchtet, dass sie das tun würde. Gleichzeitig schien mein Gehirn begierig darauf zu sein, dass sie das tun würde. Dass Frida Frank ein wenig kannte, wusste sie bereits. Frida hatte es also leichter. Es ärgerte mich, dass sie es leichter hatte. Überhaupt ärgerte es mich, dass ich die Last des Geheimnisses tragen und eine Rolle spielen musste, um es nicht preiszugeben, während die anderen beiden unbekümmert sein konnten. Es ärgerte mich auch, dass ich schreiben musste, während Entchen tun konnte, was ihr gerade gefiel.

Das Schlimmste war, dass ich manchmal nichts aufschreiben konnte und mich ganz darauf konzentrieren musste, nicht zu vergessen, was ich aufschreiben wollte. Wenn dann alles seinen Gang ging und ich mir Notizen machen konnte, tauchten nur noch Ideen auf, die es sich nicht aufzuschreiben lohnte. Oder vor allem: Entchen sprach. Über Frank. Und wenn es etwas gab, was ich nicht tun konnte, sobald sie von ihm erzählte, dann war dies, mitzuschreiben.

Alles, was ich nicht erledigt bekam, weil ich so eng mit anderen zusammenleben musste, verringerte meine Lebensqualität, um es einmal so auszudrücken. Diese Art Qualität war zwar nie maximal gewesen, solange ich denken konnte, aber es war mir trotzdem gelungen, zu einem Gleichgewicht, wenn nicht gar eine gewisse Ruhe zu finden. Ich musste meine Kräfte einteilen, um das zu erreichen. Plötzlich ging mir auf, dass Entchen vollkommen anders lebte. Sie sparte weder ihre Kräfte noch quälte sie sich mit Trauer und Eifersucht, und dabei war sie beneidenswert lebendig. Wie gelang ihr das nur?

Nach dem Lunch saß ich im Auto und dachte darüber nach, dass Frida es mir auferlegt hatte, Entchen auszufragen, um soviel wie möglich über Frank in Erfahrung zu bringen. Weil die Handlung des Buches dem Titel entsprechen musste. Oft fielen mir Titel ein, als würde ich vor einem Brunnen stehen, der nicht in Betrieb war und aus dem plötzlich eine Fontäne hervorschoss. Das Wasser wurde von der Sonne in einen Regenbogen verwandelt, während ich einfach nur zusah. Oder in Musik, die mich faszinierte. Plötzlich flutete sie über mich hinweg, ohne dass ich den Wunsch hatte, mich zu verteidigen, und ohne dass das einen anderen Sinn gehabt hätte als die reine Poesie. »Der Nachmittag eines Fauns« beispielsweise.

»Wer kümmert sich um deine Kinder?«, fragte ich und hielt das für einen guten Aspekt für mein Interview.

Erst wurde es ganz still. Die Reifen lärmten auf dem Asphalt, und der Wind wütete.

Entchen beugte sich vor, legte den Kopf in die Hände und stieß ein ersticktes Geräusch aus.

»Entschuldige!«, sagte ich rasch.

»Meine Schwester und meine Mutter«, flüsterte sie kaum hörbar.

»Die Schriftstellerin interessiert sich sehr für Kinder und Eltern, will aber nicht darüber schreiben«, sagte Frida und warf mir einen bösen Blick zu.

»Hast du Kinder?«, fragte Entchen und schniefte durch die Nase.

»Das einzige Kind ist tot«, sagte Frida und gab Gas.

»Du Ärmste!« Entchen war entsetzt. »Willst du darüber sprechen?«

»Nein, eher nicht. Jedenfalls nicht jetzt … Das ist lang her«, murmelte ich.

»Hast du ein Foto, das ich mir anschauen kann?«
»Nein«, antwortete ich und war nicht in der Lage, noch etwas Vernünftiges zu sagen.
Da begann Entchen zu weinen. Als wolle sie mich entlasten. Ich hätte ihre Wange streicheln und ihr sagen können, sie solle sich das nicht so zu Herzen nehmen. Nach einer Weile putzte sie sich die Nase und wurde ruhiger.
»Ich bin es nicht gewohnt, mir die Geschichten anderer anzuhören, verstehst du? Ich bin so egoistisch mit meiner eigenen Geschichte beschäftigt, dass ich vergesse, dass alle eine Geschichte haben.«
»Da bist du nicht die Einzige«, erwiderte ich.
»Alles, was ich über dich weiß, ist, dass du Bücher schreibst. Und dann hast du auch noch ein Kind verloren!«
»Lass uns lieber über das Buch reden, von dem ich dir am Telefon erzählt habe!«, mischte Frida sich ein.
»Wovon handelt es?«
»Von uns natürlich«, antwortete Frida munter.
»Ist das wahr?«
»Nicht ganz«, murmelte ich.
»Wie aufregend! Kann ich auch etwas beitragen?«
»Gerne«, erwiderte ich wenig begeistert.
»Ich könnte erzählen, wie sich die Liebe in nur wenigen Jahren verändern kann.«
»Bist du dir sicher, dass du das auch willst? Dass deine privaten Dinge in dem Buch ausgebreitet werden?«, erkundigte ich mich skeptisch.
»Liebe ist nicht privat, sie ist universell. Wenn jemand etwas daraus lernen kann, dann ist das nur gut. Du darfst nicht glauben, dass ich Frank irgendwelche Vorwürfe mache. Das würde mir nie einfallen!«
Aus irgendeinem Grund war mir klar, dass ich mein Notizbuch nicht brauchen würde. Entchen setzte sich im Schneidersitz und

mit halbgeschlossenen Augen bequem auf der Rückbank zurecht.

Ab und zu hob sie die Arme, und ihre Armreifen klimperten, während sie sich mit den Fingern durchs Flachshaar fuhr.

»Frank ist der liebevollste und aufmerksamste Mensch, dem ich je begegnet bin. Was für ein außerordentlich schöner Mann er ist, übergehe ich jetzt mal. Ständig macht er einem kleine Liebeserklärungen. Und Geschenke. Er macht mir dauernd Komplimente und macht mich auf Dinge an mir aufmerksam, von denen ich noch nie etwas gewusst habe. Das ist phantastisch. Wir sind uns vor sieben … nein, acht Jahren auf Hvaler begegnet. Auf einem kahlen Felsen am Meer. Ich kannte ihn nicht, aber er fiel mir auf. Er war sehr braun und sprang die ganze Zeit ins Wasser. Er kraulte, schwamm auf dem Rücken oder ließ sich einfach treiben, dann schoss er plötzlich mit ein paar Beinbewegungen wie ein Geschoss durchs Wasser. Ich begehrte ihn die ganze Zeit. Nass oder trocken.«

»Nass?«, unterbrach Frida sie.

»Ja, er war doch so viel im Wasser. Frank fühlt sich eigentlich im Wasser am wohlsten. Er sagt, dass er dort im Grunde lebensfähiger ist als an Land.«

»Das kommt wohl auf die Verhältnisse an«, meinte Frida.

»Jedenfalls war mir klar, dass die wenigen Liebschaften während meines Studiums reinster Kindergarten gewesen waren. Ich könnte beispielsweise von einem BWLer aus Sandefjord erzählen. Mama fand ihn gut aussehend und charmant und war sich sicher, dass er es einmal zu etwas bringen würde …«

»Sag so etwas nicht! Ich verabscheue Leute, die es zu was bringen«, unterbrach sie Frida.

Entchen verstand, naiv wie sie war, vermutlich nicht, wie Frida das meinte. Jedenfalls nahm sie sich das nicht zu Herzen, wie ich es immer tat. Aber ich fand, dass Frida es gut bleiben lassen könnte, Entchen mit dergleichen zu konfrontieren.

»Männer, die nicht erst lange herummachen, haben etwas Befreiendes«, fuhr Entchen fort, und ihre Stimme klang wie Gesang. »Es gab keinen Ort, an dem wir allein sein konnten. Wir trieben es unter den Büschen. Ich verstehe immer noch nicht, dass ich so … liederlich sein konnte. Obwohl ich so ordentlich erzogen bin. Mama sagt immer, die Sünde sei in allem Begehren. Und das sei die Wurzel allen Übels. Na ja. Jetzt denkt sie vermutlich meist an Geld, wenn sie so etwas sagt. Aber damals wusste sie nichts von Frank. Er war so erfahren, dass sein Begehren ganz natürlich und unschuldig wirkte. Ich konnte alles auf ihn schieben. So blieb meine Sünde auf das Rumgemache in der Zeit vor Frank begrenzt. Sie betraf nicht den eigentlich Akt, denn dieser ist von Gott eingesetzt. Nicht wahr? Ist es nicht seltsam, dass man seine Erziehung ganz und gar vergessen kann? Ich bereitete mich schon auf das Abitur vor, als ich zum ersten Mal jemanden küsste. Ich war also nicht gerade frühreif.«
»Davon glaube ich kein Wort«, meinte Frida.
»Ehrenwort! Während der gesamten Oberstufe und der Jahre vor Frank dachte ich nur daran, was meine Noten für die Zukunft bedeuten würden. Ich hätte das vermutlich mit einer kontrollierten Sexualität verbinden können, wenn der Richtige aufgetaucht wäre – aber keinesfalls unter einem Busch!«
Der Regen peitschte gegen die Windschutzscheibe, und die Sicht war gleich null. Die Scheibenwischer wurden mit der Sturzflut nicht mehr fertig. Ab und zu traf mich ein Spritzer durch die Lüftung, während ich die ganze Zeit vor mir sah, wie Frank Entchen unter den Büschen auf Hvaler befriedigte.
»Dann war also Frank der Richtige«, stellte Frida fest.
»Genau zu diesem Zeitpunkt, ja! Aber das ist es eben gerade, was so seltsam ist … Die Dinge verändern sich. Nach ein paar Monaten war ich gewissermaßen nicht mehr derselbe Mensch. Ich meine … Man begegnet einem Mann auf ein paar Felsen und landet auf der Entbindungsstation in Aker. Mit Zwillingen! Ich wurde ja

sofort schwanger. Jedenfalls in der zweiten Woche. Ich wagte nicht, einen Arzt aufzusuchen, und auch nicht, es zu Hause zu erzählen. Kannst du dir diese Situation vorstellen? Diese Verzweiflung? Ich hatte nicht mal Franks Adresse. Nur eine Telefonnummer. Ich wusste nicht, wo er arbeitet. Aus irgendeinem Grund glaubte ich, dass er in Oslo auf einem Postamt beschäftigt war. Vielleicht hatte er das angedeutet, sonst hätte ich das wohl nicht geglaubt. Aber das stimmte nicht. Er handelte bereits mit diesen alten Sachen, hatte aber noch keinen richtigen Laden. Alte Sachen setzen sich wie ein Virus in seinem Kopf fest. Er wird nicht gesund, bis er sie gekauft hat. Er fragte, ob das Kind von ihm sei, als ich ihm von der Schwangerschaft erzählte. Und da wusste er nicht einmal, dass es zwei waren. Dass er das wagte! Zu fragen, ob es seins sei!«

»Was hast du geantwortet?« Frida war teilnahmsvoll, aber etwas abwesend, als habe sie diese Geschichte bereits gehört.

»Ich erinnere mich nicht mehr. Wahrscheinlich habe ich die meiste Zeit geheult. Aber er hat nicht versucht, zu feilschen. Er stellte sich der Verantwortung. Wir heirateten auf dem Standesamt. Stell dir vor! Nicht einmal ein weißes Brautkleid! Ich bekam einen Schock, als ich erfuhr, wie alt er war. Er sah schließlich so jugendlich aus. Aber auch was sein Wesen anging, war er unglaublich süß. Er tröstete mich damit, dass wir mit allem Drum und Dran kirchlich heiraten würden, wenn das Kind auf der Welt sei und wir es uns leisten könnten. Mama und Papa kamen aus Laksevåg und die Familie von Mama aus Stavanger. Alle waren wahnsinnig betrübt, müsst ihr wissen. Ich hatte immer irre gute Noten gehabt. Jetzt wurde nichts aus meiner Magisterarbeit in Französisch.«

»Magisterarbeit?«, rief ich.

»Ich war mit meiner Magisterarbeit über Simone de Beauvoir fast fertig. Ich liebe sie einfach! Sie war so stark und allein. Es war so glatt gegangen. Mein Dozent meinte, dass ich wahrscheinlich mit Auszeichnung bestehen würde. Solange ich noch schwanger war, lief es gut, aber mit zwei kleinen Kindern ging dann überhaupt nichts mehr.«

Ich weiß nicht, woran das lag, aber bis dahin war ich davon überzeugt gewesen, Entchen sei nicht besonders schlau. An ein Universitätsexamen hatte ich nicht im Traum gedacht. Das schien unmöglich, während ich selbst mit meinem Hintergrund nur eine erbärmliche Handelsschule absolviert hatte.

»Eigentlich habe ich nicht nur eine Magisterarbeit über Simone de Beauvoir schreiben wollen, sondern eine Abhandlung zum Thema ›Die Verwandlung der Liebe‹«, sagte Entchen seufzend.

Die Kälte in Cadaqués

Am Nachmittag bogen wir von der Autobahn ab und fuhren nach Cadaqués, dem Dorf Salvador Dalís unmittelbar am Meer. Laut Karte mussten wir kahle Berghänge hinauf einer schmalen, kurvenreichen Straße folgen.

Entchen hatte die Idee anzuhalten, damit sie Rosmarin pflücken könne. Frida fand das gefährlich, weil die Straße so eng war. Ich beteiligte mich nicht an der Diskussion. Da kam uns ein verbeulter Lieferwagen entgegen, und Frida hatte alle Mühe, ihm auszuweichen, ohne dass wir den Abhang hinunterrollten. Mir kam in den Sinn, dass ich nicht mehr an mögliche Verfolger gedacht hatte, seit wir die Autobahn verlassen hatten. Der Lieferwagen war uns entgegengekommen. Als wir wenig später eine Abzweigung erreichten, kam Entchen zu ihrem Recht. Sie lief die Straße entlang und erinnerte an ein kleines Mädchen, das man endlich in die Freiheit entlassen hat. Ihr Haar stand in die Luft wie von einem Wirbelwind erfasst.

Frida und ich stiegen ebenfalls aus, um Luft zu schnappen. Auszusteigen brachte immer eine Überraschung. Sogar wenn ich zu wissen glaubte, wie es draußen war, ungemütlich, kühl und windig. Die Gerüche waren jedoch nur selten so, wie ich sie mir vorgestellt hatte. Sie waren an jedem Ort anders. Im Wagen roch es nach Frida, Sanne, Kaffee und in letzter Zeit auch nach Entchens Kosmetikkoffer und ihren Süßigkeiten. Aber draußen hatte die Welt immer ihren eigenen Geruch. Hier, wenige Kilometer vom Meer entfernt, duftete es nach Heidekraut, Salzwasser und Frühling.

Ich schaute einen Abhang hinab. Der Augenblick war wichtig, ich wusste jedoch nicht, warum. Die Gerüche waren vertraut und gefährlich. Sie erzeugten Bilder, die ich zum Überleben benötigte. Oder zum Schreiben? Ich nahm mir vor, die Gerüche in meinen Büchern zu verwenden. Im selben Moment wusste ich schon, dass das eines der vielen Projekte war, die mir wahrscheinlich nicht gelingen würden. Es bestand auch die Gefahr, dass mich Frida oder sonst jemand dafür verspotten würde. Die Missbilligung und der Spott der anderen haben immer einen großen Einfluss auf mich ausgeübt.

Ich nahm mir vor, es als Mutprobe zu betrachten, trotz Fridas und möglicher anderer Proteste diese Bilder, die nur ich sah, »Tableaus« zu nennen. Sie gehörten mir, und ich war es ihnen schuldig, sie zu nennen, wie ich wollte. Wahrscheinlich würde mich meine Sturheit auch nicht zu einer besseren Schriftstellerin machen, aber sie würde zum Selbstrespekt beitragen, den ich während des Schreibens benötigte.

Fridas zahllose Andeutungen, dass ich mit der Geschichte meines Lebens nicht klarkäme, trafen nicht zu. Ich hatte nur einfach nicht die Worte für das gefunden, was nicht gesagt werden konnte.

»Du solltest das Leben leben, das du nun einmal bekommen hast!«, sagte Frida einmal, als wir uns unter einem gelben Schild an einer Hauswand in Berlin unterhielten. Auf ihm standen ein paar Worte Bazon Brocks: »Der Tod muss abgeschafft werden, diese verdammte Schweinerei muss aufhören.«

Ich hatte nicht geantwortet. Stattdessen ärgerte es mich, dass ich Bazon Brock nicht einordnen konnte. Wenn ich eine Ausbildung gehabt hätte, die in Relation zu dem stand, wozu ich fähig war, hätte ich vielleicht gewusst, wer der Mann war, der den Tod abschaffen wollte.

Entchen drückte mir ein Rosmarinzweiglein in die Hand. Die Blätter fühlten sich etwas klebrig an, der Duft war bitter und frisch. Wie ein Pflaster auf einer Schürfwunde, die aus einer gemeinsamen Sehnsucht nach Frank entstanden war. Das Seltsame war, dass es half.

»Das nächste Kapitel könnte heißen: ›Wie sich die Ewigkeit in einem Honda CR-V oberhalb von Cadaqués bezwingen lässt‹«, sagte ich feierlich.

»Meine Güte!«, meinte Frida.
»Das ist phantastisch!«, rief Entchen und schaute in die Tiefe.
Es war seltsam, sich das einzugestehen, aber eigentlich mochte ich dieses Entchen immer mehr.
Den Kopf an die Nackenstütze gelehnt, betrachtete ich die weißen Kalkfelsen, die üppigen Pinienwälder und das immer wieder aufblitzende Meer.
Die Straße bestand aus aufeinander folgenden Haarnadelkurven. Die Aussicht hätte sich als Reklame für spanische Butter von Gebirgshöfen geeignet. Nachdem wir den höchsten Punkt überschritten hatten und wieder bergab fuhren, tauchten wohlgenährte Kühe auf giftgrünen, in Terrassen angelegten Weiden auf. Eine war nur wenige Meter von meinem Seitenfenster entfernt. Ich konnte ihr Euter baumeln sehen und den Schleim um ihre Nasenlöcher und ihr Maul. Sie starrte mich, während sie wiederkäute, mit runden, leeren Augen an.
Das Mittelmeer dröhnte unterhalb von uns, obwohl es noch mehrere Kilometer entfernt war. Mein Ohr wurde zu einer Muschel im Bauch meiner unbekannten Mutter. Das Dorf lag an den Hängen, die eine Bucht umgaben. Wenn ich die Augen schloss, konnte ich mich genauso gut irgendwo an der norwegischen Küste befinden. Meeresland war überall gleich, egal woraus man seine Häuser baute.

Der Regen stürzte herab, und der Wind fegte die Möwen aufs Meer. Wir stiegen in einem Hotel ab und liehen uns ein paar zerfledderte Regenschirme. Dann nahmen wir das spanische Küstenidyll in Angriff, um eine Futterstelle zu finden. In dem Restaurant, in dem wir schließlich landeten, hatte ich das Gefühl, das Mittelmeer spüle zwischen den Tischen hindurch.
»Ich habe hier wirklich das Gefühl, in Westnorwegen zu sein!«, rief Entchen begeistert.
»Ich friere. Wir müssen uns so weit nach innen setzen, wie es nur geht«, sagte ich.

Frida studierte bereits die Speisekarte, die sie von einem Tisch neben dem Eingang genommen hatte. Wir setzten uns direkt neben einen der beiden Ölöfen. Meine Schienbeine glühten. Die wenigen anderen Besucher waren offenbar Stammgäste: eine Familie mit zwei kleinen Kindern, ein Paar um die fünfzig und zwei einzelne Männer, die ihre Paella aßen, ohne ihrer Umgebung sonderliche Aufmerksamkeit zu schenken.
Ich fror und hätte wer weiß was gegessen, nur um es hinter mich zu bringen. Es war wie in meiner Kindheit, wenn wir Verstecken gespielt hatten. Ich hatte jedes Mal einen Hunger verspürt, und zwar nicht auf das Abendessen, sondern darauf, gefunden zu werden.
Frida und Entchen studierten die Speisekarte, die auf Spanisch und Französisch abgefasst war. Bereitwillig erklärte uns Entchen jedes einzelne Gericht. Erst sagte sie den Namen in akzentfreiem Französisch, dann übersetzte sie ihn ins Norwegische. Ihre Wangen röteten sich, und ihre Augen glänzten. Offensichtlich gefiel es Frida nicht, dass Entchen ihre Rolle als Reiseleiterin übernahm. Wäre ich besser in Form gewesen, dann hätte ich mich mehr darüber gefreut, stattdessen betrachtete ich die beiden nur kühl.
»Eine wie große Rolle soll Entchen in dem Roman bekommen?«, fragte Frida plötzlich.
»So groß wird die wohl nicht«, meinte Entchen, aber ihr war anzusehen, dass sie das Gegenteil hoffte.
»Sie wird schließlich zu einer fiktiven Person und ist nicht mehr dieselbe«, antwortete ich ausweichend.
»Aber sie ist doch wichtig. Wegen Frank«, erdreistete sich Frida.
»Frank?« Entchen sah uns fragend an.
»Frank ist indirekt das tragende Element im Roman, weil er mit dir verheiratet ist«, redete Frida drauflos.
»Was ihr nicht sagt! Heißt das, dass alles, was ich über Frank sage, später im Roman steht? Dass Frank und ich uns im Roman wiederfinden? Alle beide? Phantastisch! Aber du musst das so ver-

fremden, dass Mama nicht merkt, dass es um uns geht. Das könnte peinlich werden … Du musst Frank als einen wunderbaren Mann darstellen. Er hat mir eine große Kamee zur Hochzeit geschenkt. Mir kommt es vor, als sei das erst gestern gewesen. Er ist so großzügig …«

Hier zog Entchen ihr Taschentuch hervor, und die Paella wurde aufgetragen.

»Ich finde nicht, dass wir das ausgerechnet heute Abend besprechen sollten«, sagte ich.

Frida überhörte das und begann Entchen damit zu trösten, dass ich selbstverständlich Rücksicht auf alle Beteiligten nehmen würde, als sei ich eine fiktive Person, über die sie sich in der dritten Person unterhalten konnten, obwohl ich am selben Tisch saß. Auf die Idee, dass ich Einwände haben könnte, kam sie nicht. Dass ich eben noch gesagt hatte, darüber nicht sprechen zu wollen, spielte auch keine Rolle.

Glücklicherweise lenkten das kleine Mädchen vom Nachbartisch und ein Paar an einem Tisch etwas weiter weg Entchen ab. Das Mädchen schmeichelte sich bei den beiden ein und zeigte ihnen das Bild, das es gemalt hatte. Sie schenkten ihr ihre ganze Aufmerksamkeit, und die Eltern versuchten nicht, ihr Einhalt zu gebieten. Das versuchte hingegen der etwas ältere Bruder. Er wurde unruhig und begann laut zu reden. Auch ihn stoppten die Eltern nicht. Sie taten so, als sei nichts.

»In diesem Buch geht es nicht um Kinder. Die Autorin findet, das ist eine Sackgasse«, hörte ich Frida mit Nachdruck sagen.

»Wieso das? Kinder sind doch im höchsten Grade aufregende Menschen«, meinte Entchen.

Ich stocherte in der Paella. Sie enthielt mehr Garnelen und Fisch als Paprika und Reis. Genau so mochte ich sie. Trotzdem stocherte ich. Für Fridas Analyse meiner Methode hätte ich sie prügeln können. Versuchte sie mich dazu zu bringen, ihr in aller Öffentlichkeit eine zu langen? Gelassen stocherte ich weiter und fällte dann eine Entscheidung. Es sollte Frida nie gelingen, mich so zu provozieren, dass ich handgreiflich wurde. Da musste sie schon als Erste zuschlagen.

»Ich weiß nichts über dieses Projekt«, fuhr Entchen fort. »Nur das, was du erzählt hast. Aber stell dir vor, jemand erkennt uns! Es wäre nicht gut, wenn du uns Dinge andichten würdest, die wir nicht vertreten können. Du musst dich schon an eine Art vertretbare Wahrheit halten.«

»In der Literatur gibt es keine Wahrheit und in der Wirklichkeit noch weniger. Einmal angenommen, du legst dir in Barcelona einen Liebhaber zu. Soll das nicht im Roman vorkommen, weil alle dich als Franks Ehefrau wiedererkennen?«

»Das würde nie passieren. Ich bin mit Frank verheiratet.«

Ich versuchte Frida zu warnen, aber es war zu spät.

»Ach, du bist jemandem treu, der mit einer anderen Frau zusammenwohnt?«, wandte sie ein.

»Was Frank mit seinem Leben macht, ist auf eine bestimmte Art seine Sache. Es kann passieren, dass es mich verletzt oder dass ich wütend oder traurig werde. Aber die Schande trägt er. Was ich tue, ist dagegen etwas ganz anderes. Ich glaube nicht, dass du begreifst, dass ich mein Leben selbst verantworte. Ich lasse mir nicht irgendwas anhängen.«

»Aber kannst du das verhindern?«, fragte Frida.

»Verhindern? Ich muss mich auf die anderen doch noch verlassen können und darauf, dass man nicht Dinge gegen meinen Willen tut. Oder nicht?«

»Eine Romanperson kann sich nie auf den Autor verlassen. Aber falls du einen Spanier eroberst, kann die Autorin das ja mir in die Schuhe schieben. Franks wegen«, sagte Frida.

»Franks wegen? Das ist das Dümmste, was ich je gehört habe! Meinetwegen soll das so sein!«

»Hast du keine Lust, dich zu rächen? An Frank?«, mischte ich mich vorsichtig ein.

»Ich dachte, du seist erwachsen genug, um nicht so zu denken. Ich habe das ein einziges Mal versucht. Das war nichts für mich. Rache ist so zeitraubend, man kommt selbst nicht auf seine Kosten. Und ich bin an einem guten Leben interessiert.«
»Es gibt niemanden auf der Welt, der einem Dichter soviel über das Leben lehrt wie seine Romanfiguren«, sagte Frida spöttisch.
Das Paar mit den Kindern erhob sich, um zu gehen. Entchen folgte den Kindern mit den Augen.
»Ich hoffe, dass dann auch in dem Buch steht, dass ich mich nach meinen Kindern sehne«, sagte sie.

Ich hatte gerade ein paar Sätze formuliert, die vermutlich brauchbar waren, als ich Gelächter aus dem Nachbarzimmer hörte. Der Wind heulte, und ich saß am Computer und schrieb über diese Vögel, die überall waren. Hier am Meer waren sie natürlich auch. Ich meinte, beobachtet zu haben, dass Möwen in Oslo und Berlin nicht auf dieselbe Art kreischen wie dort, wo ich herkam. Stadtmöwen stoßen ihre urbanen, kehligen Laute aus, wenn sie auf Dächern oder zwischen den Bäumen der Parks sitzen. Oder in Huk, dem Badestrand bei Oslo. Lange Zeit kann man vergessen, dass es sie gibt, aber plötzlich, wenn kleine Vögel oder Tauben verraten, dass irgendwo Futter zu finden ist, sind sie da. Allerdings nicht in solchen Mengen wie da, wo ich hergekommen bin. Aber umso bedrohlicher. Plötzlich mühten sie sich hinter mir ab, wenn ich es am wenigsten erwartete. Beispielsweise unter den Bäumen im Frognerpark.
Da war wieder dieses Lachen! Seltsam, wie gut man mit seiner Einsamkeit auskam, solange man nicht jemanden auf der anderen Seite der Wand lachen hörte. War das Entchen, die lachte?
Die Möwen in Oslo wussten irgendwie nicht, wohin sie sollten oder wo sie ihr Futter finden konnten. Wahrscheinlich waren sie nicht mal in der Lage, Fische zu fangen. Sie kümmerten sich auch kaum darum, ihr Revier zu markieren. Dafür waren sie dann da,

wenn man am wenigsten mit ihnen rechnete. Dass Vögel, deren Psyche ich zu kennen meinte, sich so aufführten, machte mich unruhig. Vor langer Zeit war das Gekreisch der Möwen das einzige aggressive Geräusch gewesen, bei dem ich mich vollkommen sicher fühlte. Auf diese Wesen hatte ich mich zu verlassen gelernt. Ich wusste, woran ich bei ihnen war.

Jemand lachte, ganz sicher. Unterhielt sich Entchen am Telefon? War es deswegen? Ich begann mich mit der Frage zu quälen, ob es Wüstenmöwen gab. Idiotisch, trotzdem ärgerte ich mich über meine Unwissenheit. Das Lexikon lag in der Garage unter dem Hotel, und ich hatte nicht genug Energie, es zu holen. Ich war zu müde. Aber ich zermarterte mir weiterhin mein Hirn.

Als wir zurück zum Hotel spaziert waren, hatte ich die Möwen beobachtet, die sich am dunklen Himmel als schwebende Kreuze ausnahmen. Es schien für sie keine Rolle zu spielen, dass in Spanien bereits Frühling war. Vielleicht hatte das mit dem Unwetter zu tun. Sie vermochten das Futter im Meer nicht auszumachen und segelten dort oben einfach nur apathisch herum, ohne sich um irgendetwas raufen zu können. Ich bildete mir ein, dass sie die Zeit dazu nutzten, sich über mich lustig zu machen. Dass sie sich absichtlich anders verhielten, als es ihre Natur war, um mich zu verwirren. Genau wie ich es mit Entchen machte. Ich gab mich für eine andere aus. Ich tat so, als suche ich ihre Gesellschaft ihretwegen, während Frida behauptete, sie sei hier, um mich zu inspirieren.

Ich klappte das Notebook zu und ging Zähne putzen. Als ich aus dem Bad kam, war es, abgesehen vom Wind, still.

Barcelona

Vor dem Frühstück hielt ich das Handy in der Hand, den Zeigefinger über der ersten Ziffer von Franks Nummer, und dachte: Ich kann jetzt eine Entscheidung treffen. Es steht mir frei, seine Telefonnummer zu wählen. Aber ich tat es nicht.
Wir gingen auf den zugigen Ramblas spazieren und konnten gerade noch den großen Kolumbus auf seiner enormen Säule am Ende der imponierenden Allee erkennen. Gesäumt waren die Ramblas von allem Möglichen: Zeitungskiosken, Souvenirläden, Blumengeschäften, Taschenspielern, Tierhändlern mit Vögeln und Nagetieren, Tarotkartenlesern und Pantomimenkünstlern, die zur allgemeinen Erheiterung ihre Opfer, von diesen unbemerkt, ungeniert verfolgten. Ich fror. Dagegen half auch nicht zu wissen, dass ich mich im Herzen Kataloniens befand, in der Stadt Antoni Gaudís.
Jedes Mal wenn ich Entchens Lachen hörte, war mir klar, dass er sich für sie entscheiden würde. Falls er uns aufspürte oder sie ihn anrief, um ihm zu erzählen, wo sie sei, musste ich darauf vorbereitet sein. Egal wie viel Geld ich für ihn in Verwahrung hatte, er würde sich für sie entscheiden. Das Beste war vermutlich, alles zu erzählen und es hinter sich zu bringen. Als Verbrecherin gehörte ich wohl zu der Kategorie, die eigentlich aufgespürt werden will. Hier waren viel zu viele Menschen, um eventuelle Verfolger im Auge behalten zu können. Aber ich fragte mich, was wohl das Schlimmere wäre. Dass Frank kommen und sich ein für alle Mal für Entchen entscheiden könnte oder dass irgendwelche Killer auftauchen würden, um uns fertig zu machen.
Die Sonne war abwesend, es nieselte. Genauer gesagt kam ein ganzer Kontinent schwerer Nässe vom Hafen herangetrieben. Wir standen auf dem Straßenmosaik, das Miró entworfen hat, und bewunderten den hässlichen Jugendstildrachen über einem ehe-

maligen Schirmgeschäft. Man kann sich wirklich fragen, was Drachen mit Regenschirmen zu tun haben. Frida hielt einen Vortrag über das Gran Teatre del Liceu, nach Feuersbrünsten sei es zweimal, und zwar 1861 und 1994, wieder aufgebaut worden.

Wir bogen zum neugotischen Palau Güell ein. Ich zog mir Pulswärmer an, und Frida las aus einem Reiseführer vor. Das sei eines von Gaudís bedeutendsten Werken neben der Sagrada Família, die wir ebenfalls sehen müssten.

Ich verachtete meine Ausdauer, immer weiter in dieselbe Richtung zu gehen, ohne aufzugeben. Diese sklavische Einstellung zum Dasein. Diese selbstauferlegte Pflicht, auf Ziele zuzusteuern, von denen ich nicht wusste, ob sie mir gefielen. War das ein weibliches Vermächtnis? Aber von wem? Meine Mutter hatte mich ganz offenbar aufgegeben, ehe sie noch irgendwas versucht hatte.

Wir nahmen einen offenen Stadtrundfahrtbus. Ich hatte das Gefühl, einen Schnupfen zu bekommen. Frida machte Fotos, und Entchen stieß Laute des Entzückens über das aus, was sie sah. Das gab mir reichlich Gelegenheit, meine Möglichkeiten, krank zu werden, zu überdenken. Ich sah schon vor mir, dass ich Fieber bekommen würde, wenn wir endlich einen Ort gefunden hatten, wo wir bleiben würden und ich arbeiten konnte. Und was schlimmer war: Ich musste das Haus hüten, während die anderen bummeln gingen und den neuen Ort erkundeten. Sie würden mir natürlich Obst und Essen vorbeibringen, so war das nicht! Sie würden gut nach Meer und Sonne duften, denn wir würden am Meer wohnen, das war entschieden. Und ich würde im Haus liegen mit dem Geruch von Fieber, Staub und verschwitzten Schlafanzügen.

»Wie schön das sein wird, wenn wir erst einen pittoresken Ort gefunden haben, an dem wir auf Dauer wohnen können. Aber jetzt müssen wir Barcelona genießen!«, rief Entchen.

Die nächste Stunde wurden wir herumgefahren und mit den einzigartigen Sehenswürdigkeiten der Stadt gefüttert. La Sagrada

Família, Gaudís unfertiges Meisterwerk, das 1884 begonnen wurde und noch nicht vollendet ist. Selbst für eine Schriftstellerin mit beginnendem Schnupfen ein üppiges visuelles Erlebnis. Ein spielender Riese. Ein Überfluss an Details, Figuren, Formen und Vorsprüngen. Eine Wohnung für krabbelnde Engel, Teufel und Phantasiewesen. Wir gingen um die Kirche herum und meinten, die Fassade gesehen zu haben, aber als wir sie ein zweites Mal umrundeten, war alles überraschend anders und neu. Ein enormer Kran stand wie ein rotes Kruzifix vor dem eisblauen Himmel und stellte einen modernen Kommentar zu Gaudís Lebenswerks dar.
»Das ist wirklich die verspielteste Kirche, die mir je untergekommen ist«, meinte Frida. »Aber dieses Spielzeug muss wirklich ein Schweinegeld kosten!«
»Man kann wirklich sagen, dass das in jeder Beziehung eine Spur übertrieben ist«, meinte ich.
»Wieso sollen denn alle Kirchen wie hochkant gestellte Sarkophage aussehen? Ich glaube, die hier ist so verspielt, damit man an ihr seine Freude hat«, meinte Entchen.
Ich war eigentlich ihrer Meinung. Ich musste mir erneut eingestehen, dass ich dieses Entchen mochte. Ich hatte mich sogar daran gewöhnt, dass sie oft klügere Dinge sagte als Frida. Ich hätte sie aufschreiben können, aber das wäre zu auffällig gewesen. Da hätte sie mich vielleicht gefragt, was ich notiere. Und während ich mich dann auf die Antwort konzentrierte, wäre der Gedanke verschwunden.
Oft ging es so. Das Leben war inspirierend und bedrohlich zugleich. Oft stand die Wirklichkeit im Weg, oder sie ließ sich nicht aufzeichnen. Statt mein Schreiben zu befruchten war diese Reise eine Störung geworden. Als seien Leben und Dichtung zwei Instanzen der Macht, die einen Guerillakrieg gegeneinander führten. Nichts trennte mich in dem Grade vom Leben wie die Gedanken und das Schreiben, und nichts mischte sich stärker in das Schreiben ein als das Leben.

»Hier sind viele fabelhafte Schnörkel«, sagte ich und hörte selbst, dass das nicht gut klang. Ich ging um die ganze Kathedrale herum und betrachtete die vielköpfige Menge, die sie zusammen mit uns bewunderte. Alle schauten nach oben. Mich überkam eine Sehnsucht nach meinem spartanischen Zimmer in Oslo, in dem ich nur selten gestört wurde – von Frank.

Als wir an einem Zeitschriftenkiosk vorbeikamen und Entchen eine Schlagzeile über ein Fußballspiel sah, das an diesem Abend stattfinden sollte, sagte sie gut gelaunt: »Das Stadion ist bei unserem Hotel. Frank würde heute Abend sicher auch gern Barca spielen sehen!«

Frida schnaubte verächtlich.

Aber Entchen fuhr fort: »Wenn er ein Fußballspiel anschaut, ist er in Hochform. Er ist immer für die, die gerade verlieren. Ist das nicht süß? Die anderen Männer haben alle eine Mannschaft, die sie vergöttern, Frank nicht. Kannst du dir das vorstellen, obwohl du ihn gar nicht kennst?«

Sie drehte sich um und sah mich fragend an, aber Frida antwortete: »Fußball verursacht Schäden, Menisken, Nerven und Muskeln werden lädiert, von diesen unmusikalischen, gepressten Stimmen, den Hurrarufen und dem besoffenen Gegröle in Bierkrüge und Megafone einmal ganz zu schweigen. Alles Rotz, Tränen und Schweiß. Heulende Riesenbabys, die mit unwiderstehlich laufender Nase der Gegenseite kein Tor gönnen. Das kann doch unmöglich etwas für Frank sein! Schließlich ist er doch gebildet«, sagte Frida.

»Wir müssen einen Makler finden. Ich will privat wohnen«, unterbrach ich sie, hauptsächlich weil ich die Diskussion darüber, was das Beste für Frank sei, unterbinden wollte.

»Und dort werden wir bleiben, bis das Manuskript fertig ist und wir es an den Meistbietenden verkaufen können«, sagte Frida, als ginge es darum, Hillary Clintons Geschichte vom umtriebigen Unterleib ihres Mannes zu versteigern.

Es erwies sich als großer Fehler, in Spanien an einem Montag zu versuchen, eine Bleibe zu finden. Auf dem Fremdenverkehrsbüro befasste man sich nicht mit Vermietungen. Frida bürdete es mir auf, beim norwegischen Konsulat anzurufen. Dort erhielten wir den Rat, dorthin zu fahren, wo wir sesshaft werden wollten, und eine örtliche Maklerfirma zu kontaktieren. Die wüssten dann besser Bescheid. Außerdem könnten wir dann gleich sehen, ob uns die Lage gefalle. Ich war so erleichtert, eine freundliche norwegische Stimme zu hören, dass ich schlucken musste.
In Berlin war es mir gelungen, mich verständlich zu machen. Ich hatte dort auch deutsche Zeitungen gelesen und das Fernsehen verfolgt. Aber nachdem wir Deutschland verlassen hatten, war ich mit Frida in eine Isolation geraten. Das Manuskript und Entchen waren der einzige sprachliche Kontakt gewesen. Die Stimmen von außen klangen unverständlich und bedrohlich. Einige Male wirkte es schlichtweg bösartig, dass Menschen sich in einer Sprache ausdrückten, die ich nicht konnte. Es wurde mir klar, dass ich schon lange keine Zeitungen oder Nachrichten im Internet mehr gelesen oder ferngesehen hatte. Ich wusste nicht, ob die Welt immer noch so aussah wie früher mit ihren von den Medien aufgeblasenen Neuigkeiten und den Hochglanznahaufnahmen von Tragödien. Ich wusste nicht, wie viele Tote, Verstümmelte oder Hungernde es gab, nicht einmal, wer im Augenblick Premierminister in Norwegen war. Ich hatte jahrelang mein Leben um die Abendnachrichten im staatlichen norwegischen Fernsehen herum organisiert und fühlte mich jetzt außen vor. Ich war kreuz und quer durch Europa gefahren und hatte die Welt vergessen. Befand ich mich etwa in vollkommener Auflösung?
Wir gaben auf und gingen zum Mittagessen in ein italienisches Restaurant. In der Mitte des Lokals saß eine ältere Frau und aß vor sich hin starrend mit langsamen Bewegungen ein Nudelgericht. Offenbar aß sie immer hier, denn der Kellner unterhielt sich

fast familiär mit ihr. Einmal fasste er sie um die Schultern und beugte sich zu ihr hinunter. Sie registrierte das nicht weiter, lächelte nicht, schaute ihn nicht einmal an, sondern aß einfach vor sich hin starrend weiter.
Der Kellner brachte das Dessert und stellte es vorsichtig vor sie hin. Glasierte Birne mit Schokoladensauce. Sie schloss die Augen und zog seine Hand an die Brust. Er umfasste sie mit der Hand. Das dauerte nur einen Augenblick. Man hätte glauben können, man habe sich verguckt. Dann ließ sie seine Hand los und begann wieder zu essen, als sei nichts vorgefallen.
»Sie erinnert mich an Franks Mutter«, sagte Entchen.
»Ach?«, erwiderte ich.
»Sie wurde verbittert, nachdem Franks Vater sich aufgehängt hatte. Das hat sie ihm nie verziehen.«
»Warum hätte sie das auch tun sollen?«, wollte Frida wissen.
»Warum? Um nicht verbittert zu werden natürlich«, antwortete Entchen. »Es bekommt niemandem, den Rest seines Lebens verbittert zu sein. Frank tut alles für sie, trotzdem verdirbt sie jedes Weihnachtsfest und jeden Geburtstag, indem sie sich bitter über diesen Mann beklagt, der sich einfach aufgehängt hat. Es ist klar, falls Frank sich … Nein, ich will diesen Gedanken nicht einmal denken! Glücklicherweise tut Frank so etwas nicht. Dafür hängt er zu sehr am Leben und an uns«, schloss Entchen mit dünner Stimme.
»Glaubst du nicht, dass auch Franks Vater Frau und Sohn wichtig waren?«, fragte ich vorsichtig.
»Das kann ich nicht beurteilen. Aber er hätte vielleicht noch einmal nachdenken können, bevor er es tat.«
»Vielleicht hatte er keine Zeit. Vielleicht überkam es ihn ganz plötzlich.«
»Nein, er hatte alles vorbereitet. Alle Papiere. Die Lebensversicherung war bezahlt. Aber ich glaube nicht, dass sie ihr ausgezahlt wurde. Schließlich starb er von eigener Hand … Vermutlich mag

Frank deswegen keine Papiere. Er hat überhaupt keine Papiere, seine Tippscheine einmal ausgenommen.«

»Spricht sie jedes Jahr an Weihnachten davon?«, fragte ich.

»Ja. Darauf kann man sich genauso verlassen wie auf die Bescherung. Sie zeigt uns, wo es passiert ist, wie sie ins Zimmer kam, in der Tür stehenblieb und seine Leiche sah und wie sie dann auf einen Stuhl stieg und versuchte, ihn herunterzubekommen. Sie musste den Versuch aufgeben, weil er zu schwer war. Die Mädchen heulen dann, und Frank sagt: ›Mama, hör schon auf!‹, ohne dass das was hilft. Ich räume ab. Ich glaube, sie merkt nicht mal, dass wir da sind. Sie glaubt, Heiligabend sei der Tag der großen Geschichte. Und damit hat sie ja auch Recht. Aber schließlich erzählt sie nicht das Weihnachtsevangelium. Wenn wir wieder zu Hause sind, sagt Frank immer, er sei froh, dass ich soviel Nachsicht mit seiner Mutter habe, und dass wir im nächsten Jahr nicht mehr hingingen, sondern bei uns feierten. Aber ich habe mich nie darüber beklagt, dass wir bei ihr feiern. Er selbst will nicht dorthin. Ich finde es ganz in Ordnung, dass sie mit der Geschichte von Franks Vater in ihrer Küche bleibt. Dort, wo wir Spießchen essen. Bei uns erwähnt sie sie nie. Habe ich erzählt, dass ihr Bett im Wohnzimmer steht, und zwar unter dem Haken, an dem er sich aufgehängt hat? Frank befürchtet, dass so eine Großmutter den Mädchen schadet, aber ich beruhige ihn damit, dass es kaum schädlich sein kann, wenn in einer Familie über die wichtigen Dinge gesprochen wird. Sie könnte sich natürlich einen anderen Tag im Jahr aussuchen, aber es hat auch was für sich, vorbereitet zu sein. Außerdem mag ich seine Mutter viel lieber als meine eigene. Meine Mutter weiß immer, wie alles war, wie sich alles mit der Zeit entwickeln wird und wie es sich eigentlich hätte entwickeln sollen. Ich höre ihr nicht mehr zu. Ich glaube nicht, dass sich jemand in meiner Familie aufgehängt hat. Vater ist solide. Er ist mit meiner Schwester und mir zum Skilaufen gefahren … ein paarmal. Ich glaube, meiner Mutter war es ganz recht, ihn nicht die ganze Zeit um sich zu haben. Sie beklagt sich oft, dass er so abhängig von ihr ist und sie deswegen nicht wegkommt. Aber sie ist sehr für Frank, mehr als für mich. Das war natürlich nicht von Anfang an so. Niemand sprach so viel von meiner abgebrochenen Magisterarbeit wie meine Mutter. Meine Schwester ist unbekümmerter als ich. Geheiratet hat sie nie. Allerdings ist sie auch nicht als Erste Frank begegnet, das war ich. ›Liebe Schwägerin, mach die Dinge nicht kompliziert für uns‹, sagt Frank, wenn sie sich an ihn hängt. Ist er nicht klug?« Entchen schloss mit einem lagunenblauen Blick.

Nicht alle Hunde beißen

Eine knappe Autostunde von Barcelona entfernt bogen wir auf die breite Strandpromenade von Sitges mit ihren selbstbewussten Häusern und Palmen ab, die in der steifen Brise an umgestülpte Riesenregenschirme erinnerten.

»Ich glaube, Katalonien ist eine der reichsten Provinzen, aber vermutlich gibt es hier auch genügend Leute, die es nicht so fett haben«, meinte Frida.

Ich dachte an den Leierkastenmann unter unserem Balkon in Kreuzberg und an die Münzen, die wir ihm hinuntergeworfen hatten. Er hatte seinen gelben Hut zum Gruß gehoben und die Plastiktüte mit dem Geld aufgelesen. Oft hatte ich seltsame Assoziationen. Vermutlich war es das, was Frida als »in einer eigenen Welt leben« bezeichnete.

Wir parkten und stiegen aus, um die Meeresluft zu genießen. Gischt spritzte über das Geländer, und ein älterer Mann in karierten Hosen mit Hitlerbärtchen brachte seinen offenen Sportwagen in Sicherheit. Die Naturkräfte zerzausten seine toupierte Frisur. Das Haar von Entchen vertrug es hingegen, dass der Wind hindurchfuhr. Wir standen am soliden Geländer zum Strand und waren uns einig. Hier wollten wir bleiben.

Wie viele Orte am Mittelmeer liegt Sitges an einem breiten, sichelförmigen Sandstrand. Sechs oder sieben Piers und Wellenbrecher aus Beton teilten den Strand in Parzellen auf. Ganz am Rand im Südwesten ragte ein avantgardistisch gebautes Hotel in den Himmel. Im Nordosten wachte eine Art Burg über der Altstadt.

Wir stiegen in einem Hotel an der Strandpromenade ab und begannen dann mit der Suche nach einer Wohnung. Makler gab es an fast jeder Ecke, es war jedoch ein Problem, jemanden zu finden, der Englisch sprach.

In einer Finca saßen zwei ernste Damen und ein junger Mann,

der Danny hieß. Weil er ein paar Worte Englisch sprach, war er der Mann unserer Wahl. Fortwährend sagte er »No problem« und zeigte uns Prospekte verschiedener Wohnungen. Nach einem in rasendem Tempo mit einer der beiden Damen geführten Wortwechsel holte er mehrere Schlüsselbunde aus einem verschlossenen Schrank, und wir machten uns auf den Weg. Danny schwankte leicht und versuchte außerdem an Entchens Haar herumzufummeln. Aber diese sprang blitzschnell zur Seite.

Die erste Wohnung war ganz nach meinem Geschmack. Sie lag in der Altstadt, aber Entchen fand sie für uns viel zu klein.

»Außerdem ist in diesen Gassen sicher bis spätnachts die Hölle los. In Sitges gibt es bestimmt ein reges Nachtleben«, meinte sie.

»Die Straße ist so schmal, dass man dem Nachbarn vom Balkon aus die Hand reichen kann«, meinte Frida.

Ich enthielt mich einer dezidierten Meinung, musste jedoch zugeben, dass ich einen Platz zum Schreiben und meine Ruhe brauchte. Danny zuckte mit den Achseln und wollte weiter zur nächsten Wohnung. Nach einigen Objekten, die nicht den Standard hatten, den Entchen gewohnt war, kamen wir in ein modernes, nicht weit von der Strandpromenade entferntes Appartementhaus.

Danny pustete uns im Fahrstuhl Rauch ins Gesicht. Langsam hatte er es wohl satt. Sein Wortschwall wurde immer ungeduldiger, aber schließlich mussten wir nicht mit ihm zusammenziehen. Die Wohnung lag ganz oben im dritten Stock und duftete schwach nach Rosmarin. Wie in den anderen Wohnungen, die wir besichtigt hatten, war es hier, bis die Rollläden hochgezogen waren, stockdunkel. Die Rollläden waren aus Metall und quietschten warnend.

Man kann sie nachts herunterlassen, und es kommt trotzdem noch Luft durch das offene Fenster, dachte ich, sagte es aber nicht. Wahrscheinlich hätte sich Frida dann bei Entchen über meinen Verfolgungswahn ausgelassen und darüber, dass ich daran glaube, dass man im dritten Stock durchs Fenster einsteigen könne.

»Riesige Terrasse mit Blumen und Liegestühlen! Hier will ich bleiben!«, rief Entchen vom Dach.
»Ich hatte mir was Pittoreskes und typisch Spanisches vorgestellt«, wandte Frida ein, als wir wieder im Wohnzimmer standen. Dieses war schlicht mit leichten Möbeln eingerichtet und hatte ein Fenster zu einer weiteren Terrasse.
»Ich habe gehört, das Pittoreske ist im Süden ohnehin nur Staffage. Ist man erst eingezogen, dann gibt es mit tropfenden Wasserhähnen und Möbeln, die zusammenbrechen, Ärger ohne Ende. Ist diese Wohnung nicht schön? Es gibt sogar Bettdecken und außerdem zwei Badezimmer!«, jubelte Entchen.
Ich betrachtete die Aussicht über alte und neue Dächer durch einen dichten Wald aus Antennen auf einen Streifen Meer. Alles wirkte solide und ordentlich. Erstaunlicherweise sehnte ich mich trotzdem zurück nach Kreuzberg in die alte Wohnung. Als hätte ich mich allmählich an Antiquitäten gewöhnt. Wahrscheinlich hätte auch Frank Entchen entscheiden lassen. Das Wichtigste war jetzt, einen Platz zu finden, an dem ich arbeiten konnte.
Alles schien geregelt, aber Danny dachte nicht daran, die praktischen Details mit uns zu besprechen. Er ließ sich auf einen Stuhl am Esstisch fallen und schlug uns einen »deal« vor, wie er sich ausdrückte. Er wollte den Vertrag so aufsetzen, dass wir Gebühren in Höhe von fünfhundert Euro nicht zu entrichten hätten. Dafür sollten wir ihm zweihundert Euro zahlen, dann hätten wir immer noch dreihundert gespart.
Die Damen aus Norwegen wechselten einen Blick. Er wiederholte lächelnd sein »großzügiges« Angebot und zündete sich mit der alten eine neue Zigarette an. Entchen wirkte unglücklich, und mich erfüllte großes Unbehagen.
»Und was sind das für ›Gebühren‹?«, wollte Frida wissen.
Danny inhalierte tief. Seine Zigarette hing im Mundwinkel, während er auf einen kleinen Zettel schielte, der auf dem Tisch lag. Er nahm einen Kugelschreiber aus seiner Brusttasche. Seine Zigaret-

te qualmte furchtbar, während er ein paar unverständliche englische Ausdrücke aufschrieb, als sei er plötzlich stumm geworden. Seine Hand zitterte leicht.
Erst jetzt fiel mir seine graue Gesichtsfarbe auf. Seine Augen waren so glasig wie die eines eben ausgenommenen Fisches. Mir kam der unfreundliche Gedanke, dass er nicht nur schlechte Zigaretten rauchte, sondern auch fixte, wenn es sich ergab. Das würde sein unzusammenhängendes Gerede, nicht über die Wohnung, sondern über das Geld, das wir sparen würden, erklären. Er wollte uns zu seinen Blutsbrüdern machen. Kleine Schweißperlen standen ihm auf der Stirn.
Ich schaute auf Entchen. Bei ihr regte sich bereits der Mutterinstinkt.
»Aber das ist doch ungesetzlich! Wer muss ins Gefängnis, wenn das aufkommt? Wir? Oder du?«, fragte Frida.
Danny versicherte mit übertrieben ehrlicher Begeisterung, das sei vollkommen legal. Alle täten das.
»Aber dann kann uns deine Chefin doch einen ordentlichen Vertrag geben, in dem diese Gebühren nicht auftauchen, und wir haben zumindest mit dieser Praxis nichts zu tun. Wer was spart, braucht uns dann nicht zu interessieren«, meinte Frida.
Die Miene des Mannes veränderte sich mehrfach, als wisse er nicht recht, wer er sei. Schließlich wurde sein Blick noch glasiger, und er äußerte eine Art Drohung. Möglicherweise machte er auch Ausflüchte. Vielleicht auch beides. Seine Chefin dürfe nichts erfahren, das müsse unter uns bleiben, sonst sei nicht sicher, dass wir die Wohnung überhaupt bekommen.
»Dann suchen wir uns halt eine andere«, sagte ich nachdrücklich.
Danny nahm sich zusammen und wollte uns das Appartement erneut zeigen, damit wir begriffen, welche einzigartige Chance sich uns böte.
»Es ist schön und das, was wir suchen. Moderne, helle Zimmer in

einer netten Gegend«, protestierte Entchen versöhnlich, als ich gehen wollte.
»Irgendein ›deal‹ kommt überhaupt nicht in Frage. Außerdem will ich einen Vertrag mit der Unterschrift deiner Chefin und nicht mit deiner.« Frida war nicht misszuverstehen.
Der Mann ließ die Schultern hängen und steckte seine brennende Zigarette in die Hosentasche. Dann zog er sie blitzschnell wieder heraus und drückte sie auf der Platte des Glastisches aus. Da hatte auch Entchen genug. Mit zitterndem Zeigefinger deutete sie auf die Zigarette.
»Nimm die Kippe mit!«, schrie sie in waschechtem Bergener Dialekt, und der Mann gehorchte seltsamerweise.
Ehe wir das Büro seiner Chefin betraten, machte er uns flüsternd darauf aufmerksam, dass ihr Vertrag fünfhundert Euro mehr als seiner koste. Das kommentierten wir nicht weiter. Er setzte sich an den Schreibtisch und kritzelte etwas auf ein Blatt Papier.
»Aber das ist doch nur eine Übersicht darüber, was wir bezahlen sollen, nicht wofür und für wie lang«, wandte ich ein und war erleichtert, als seine Chefin das Zimmer betrat.
Sie war nicht älter als fünfunddreißig und etwas abgekämpft, trug aber ein korrektes schwarzes Kostüm. Nichts an ihr deutete darauf hin, dass sie einen Junkie vorschickte. Sie konnte nur einfach kein Englisch. Oder um es korrekt auszudrücken: Wir befanden uns in Spanien, ohne Spanisch zu sprechen.
Als Frida ihr Dannys Aufstellung zeigte, begann sie ihn leise, aber eindringlich auszuschimpfen. Dann strich sie einige Zeilen und Zahlen durch und schrieb den Vertrag am Computer ins Reine. Zwischendurch schüttelte sie immer wieder den Kopf und schaute müde in Dannys Richtung.
Wir konnten die Wohnung um fünf Uhr beziehen und sollten zwei Monatsmieten bar im Voraus zahlen. Frida versuchte ihr klarzumachen, dass niemand so viel Bargeld bei sich habe, aber in diesem Punkt war die Chefin unerbittlich.

Als wir wieder auf die Straße kamen, sagte Entchen: »Ich glaube, das ist ihr Bruder. Sie hat es übernommen, ihn zu beaufsichtigen und dafür zu sorgen, dass er sich anständig benimmt. Als Dank versucht er sie und ihre Kunden zu betrügen, die Firma kaputt zu machen und sie alle zu ruinieren.«

»Wie kommst du darauf, dass das ihr Bruder ist?«, fragte ich.

»Die Art, wie sie ihn zurechtwies. Und dass sie nicht schockierter war. Vermutlich ist er Mamas Liebling, und sie ist das Mädchen, das alle versorgen muss. Sicher ist die Mutter verwitwet. Dieser Junge ist der Lebensinhalt seiner Mutter.« Entchen seufzte. Vermutlich wusste sie, wovon sie sprach.

»Und ich hatte immer gedacht, *ich* sei die Schriftstellerin«, sagte ich.

»Man braucht keine Schriftstellerin zu sein, um die Wirklichkeit zu sehen, wie sie ist«, meinte Entchen.

»Nein, aber möglicherweise ist es eine Hilfe«, gab Frida zu Bedenken.

»Jetzt hasst er uns«, sagte Entchen, als wir ins Hotel zurückgingen.

»Das macht nichts«, meinte Frida.

»Ach, wenn nur Frank hier wäre! Der würde das schon wieder in die Reihe bekommen«, sagte Entchen im Brustton der Überzeugung.

»Könntest du so nett sein und den Mund halten!«, fauchte Frida sie an. Entchen warf ihr einen enttäuschten Blick zu, erwiderte aber nichts.

»Das ist doch jetzt alles in Ordnung, oder?«, meinte ich vorsichtig und konstatierte, dass nicht nur meine Nerven bloßlagen.

»Er könnte sich was einfallen lassen, irgendwann später. Ich glaube, er nimmt Drogen. Er hat sicher Freunde, die im Rausch versuchen werden, über uns herzufallen. Es ist nicht gerade angenehm, jetzt, wo wir hier wohnen wollen, solche Feinde zu haben. Vielleicht kommt er auch, wenn wir irgendwo al-

lein, jeder für sich, auf der Straße unterwegs sind«, meinte Entchen.
Ich musste mir eingestehen, dass mich dieser Gedanke auch schon gestreift hatte, äußerte das aber nicht.
»Was für ein Unsinn!«, sagte Frida hektisch.
»Vergesst nicht, dass er Angst vor uns hat! Wir könnten ihn verpfeifen. Dann würde er vielleicht seinen Job verlieren«, meinte ich.
»Nein, das tun wir nicht! Dann würde er uns nur noch mehr hassen«, erwiderte Entchen nachdrücklich.
»Sollen wir etwa zusehen, dass er jemand anderen betrügt, nachdem es ihm bei uns nicht gelungen ist?«, fragte ich.
»Es wird ihm nie gelingen, Leute zu betrügen, die unbestechlich sind. Ehrliche Menschen lassen sich nicht auf diese Weise betrügen«, sagte Entchen, und es klang wie ein Kommentar zu meiner Veruntreuung von Franks Geld.
»Das ist möglich. Aber solche Leute werden auch selten reich. Jetzt gehen wir auf die Bank«, befahl Frida.
»Okay. Aber dann gehe ich allein mit dem Geld zum Maklerbüro«, erklärte Entchen.
»Keinesfalls!«, riefen Frida und ich unisono.
»Doch! Ich muss auch was beitragen. Wenn sich niemand einmischt, werde ich mit Schwierigkeiten sehr gut fertig.«
Wir gaben nach. Aber die ganze Zeit, während wir in einem Straßencafé auf sie warteten, verachtete ich mich dafür. Ich sah Entchen bereits im Hinterzimmer in einer Blutlache vor mir. Dannys Freunde hatten sie niedergeschlagen und das Geld mitgenommen.
Eine halbe Stunde verging. Eine Dreiviertelstunde. Frida trommelte mit den Fingern auf den Tisch. Ich hielt es nicht aus zu sehen, dass sie sich ebenso große Sorgen machte wie ich.
»Wir suchen nach ihr«, sagten wir gleichzeitig.
Da tauchte sie mit großen, energischen Schritten hinter einer Palme auf.

»Das hat aber lange gedauert!« Ich erhob mich halb von meinem Stuhl.
»Alles klar. Jetzt brauche ich erst mal ein Bier«, sagte Entchen zufrieden. Sie sah aus, als hätte sie auf der Trabrennbahn Bjerke gewonnen. Das sagte ich jedoch nicht laut. Stattdessen betrachtete ich sie respektvoll. Ich lobte sie in höchsten Tönen, während Frida das Auto durch die schmalen Straßen steuerte und sicher in der Tiefgarage unseres Hauses parkte. Endlich!
Nachdem wir unser Gepäck nach oben getragen hatten, gingen wir von einem Zimmer ins andere und bewunderten alles. Erst jetzt bemerkten wir die Details. Saubere Gardinen, Handtücher und Bettwäsche. Ohne Danny war die Aussicht vom Dach noch schöner. Das Mittelmeer war tatsächlich gut zu sehen. Die Möbel waren fast neu, und die Badezimmerfliesen blitzten. Mein Schreibtisch hatte perfektes Licht. Es drängte sich einem der Eindruck auf, es habe schon einmal ein schreibender Mensch hier gewohnt. Wer das Haus betreten wollte, musste sich über die Sprechanlage anmelden. Das war beruhigend.
Entchen holte Essen aus der Pizzeria im Erdgeschoss. Sie wollte »zu Hause« bleiben, wie sie sich ausdrückte. Frida öffnete eine Flasche Wein und später einen guten Cognac, den wir aus Wassergläsern tranken. Wir aßen auf der Dachterrasse, während unter uns das Leben der Stadt pulsierte. Wir waren so betrunken, dass ich es wagte, ein vorsichtiges Glück zu empfinden. Jedenfalls stimmte ich Entchen aus ganzem Herzen zu, als sie meinte, der Mond über Sitges sehe aus wie eine Sahnetorte mit Kerzen.
Als ich im Bett lag, konnte ich mich nicht mehr daran erinnern, wie oft ich gelacht hatte. Ich wusste auch nicht mehr, was eigentlich so lustig gewesen war. Aber das spielte keine Rolle.

In den folgenden Tagen fand ich mich rasch am Schreibtisch zurecht. Von den beiden anderen sah ich nicht viel. Aber Entchen brachte mir Obst und beschrieb begeistert die Stadt.

»Wenn es noch etwas wärmer wird, dann schwimme ich im Mittelmeer«, erklärte sie.

Anscheinend betrachtete sie diese Reise als normalen Urlaub. Offenbar hatte sie ganz vergessen, dass eventuell jemand nach ihr suchte.

»Glaubst du, dass Danny auf Rache aus ist?«, fragte ich Frida, als wir einmal allein waren.

»Nein, das kann ich mir nicht vorstellen.«

»Entchen ist schließlich auch nach Einbruch der Dunkelheit unterwegs. Mit ihrem blonden Haar ist sie leicht zu erkennen.«

»Sag bloß nichts zu ihr! Sie hat schon genug Sorgen. Danny ist verglichen mit den Typen, die sie telefonisch terrorisieren, ganz harmlos.«

»Hat sie was gesagt? Haben sie wieder angerufen?«, fragte ich.

»Nein. Sie hat sich natürlich genau wie du eine neue Nummer zugelegt. Es geht ihr jetzt gut. Schreck sie bloß nicht auf!«, ermahnte mich Frida.

Das Haus lebte sein eigenes Leben. Es raschelte und klapperte, rauschte in den Rohren, miaute und weinte. Die Gerüche aus den offenen Küchenfenstern mit Eisengittern oder soliden Metallrollläden mischten sich. Curry, gebratener Chili und dazu ein anderer Geruch, den ich nicht identifizieren konnte. Die Stimmen aus dem Inneren des Hauses ließen sich auch nicht lokalisieren. Sie sammelten sich im Lüftungssystem und in den Wasserrohren, um zu einem gemeinsamen Ausdruck aller Bewohner zu verschmelzen. Ein leiser und lauter werdendes Rumoren wie ein beginnendes oder nachlassendes Unwetter auf dem Meer. In die um einen begrünten Innenhof herum angeordneten Wohnungen gelangte man über Laubengänge.

Eines Abends wollte ich in die Garage, um meine Notizen zu holen, die ich im Fach unter dem Beifahrersitz vergessen hatte. Ich musste mich beeilen, weil das Licht automatisch nach ein paar Sekunden erlosch. In dem Augenblick, in dem ich die Notizen gefunden hatte, begann das Garagentor laut zu rumpeln. Zwei Scheinwerfer blendeten mich. Ein Auto fuhr die Rampe herunter. Ich rannte zum Fahrstuhl und drückte den Knopf. Im hintersten Winkel meines Kopfes schrillte ein Alarm. Ich konnte mich jedoch nicht entscheiden, ob das Dannys Freunde auf der Jagd nach mir oder die norwegischen Profikiller waren, die es auf Entchen abgesehen hatten.

Als ich im dritten Stock aus dem Fahrstuhl trat, fiel er ohne Vorwarnung über mich her. Es gelang mir nicht einmal, das Licht anzumachen. Erst waren da nur die Geräusche. Ein ekliges, zähnefletschendes Knurren sowie das Scharren von Krallen auf dem Fliesenboden. Dann spürte ich feuchten Atem, Schaum und Spucke an den Waden. Wie eine Salzsäule stand ich da. Es gelang mir weder, den Lift zu verlassen, noch auf einen der Knöpfe zu drücken, um die Tür wieder zu schließen.

Das Licht ging an. Sie waren zu zweit. Ein alter Mann mit Stock, der mich nicht beachtete, und dieses struppige Etwas auf vier Beinen. Offene Schnauze, rote Augen, die Haare aufgestellt. Welchen Ursprungs oder welcher Rasse der Hund war, interessierte mich nicht, und es tröstete mich auch nicht, dass er nicht größer war als eine Reisetasche auf Rollen, denn er war nicht an der Leine und hatte zweifellos vor, mich aufzufressen.

Ich blieb in der Lifttür stehen. Der Alte regte sich ebenfalls nicht. Zwischen uns stand die Bestie mit dem offenen geifernden Maul. Der Schaum lief zwischen den Zähnen heraus und bildete links und rechts schleimige Pfützen. Das Gekläffe war nicht das eines Hundes, sondern das eines wahnsinnigen Wesens, das seinen Feind gefunden hat, nachdem es sein ganzes Leben gesucht hatte.

Ich hatte das Gefühl, Sandpapier im Mund zu haben. Der Schweiß war mir ausgebrochen. Der Mann wirkte wie in Trance. Mir kam der Gedanke, dass er sich vielleicht ebenso erschreckt hatte wie ich. In diesem Fall hatte ich ein Problem, denn er würde kaum Verantwortung übernehmen.

»Bitte! Nehmen Sie den Hund weg!«, sagte ich schließlich versuchsweise, erst auf Norwegisch, dann auf Englisch.
Aber der alte Mann sprach nur Spanisch. Vielleicht war er auch taub. Ich war es, mit der etwas nicht in Ordnung war. Ich war im falschen Land, hatte den falschen Geruch, und außerdem fehlte mir die Sprache. Kraftlos hob ich den Arm und deutete auf den Hund. Wie durch ein Wunder überzog ein unsicheres Lächeln das Gesicht des Alten, und er nickte. Zumindest war er nicht blind. Aber vielleicht der Hund? Denn dieser bellte noch immer wie verrückt. Wenn er angriff, musste ich treten. Fest!, dachte ich.
Ohne lange zu überlegen, beugte ich mich zu dem Hund hinab und erwiderte das Kläffen mit einer Wildheit, die selbst mich erstaunte. Das wirkte. Der Hund wich jaulend zwischen die Beine des Mannes zurück. Ich richtete mich auf und wollte vorbeigehen. Da sah ich, dass die Knie des Alten zitterten und sich ein dunkler Fleck auf seiner Hose abzeichnete, der sich langsam den Oberschenkel hinab ausbreitete. Ich schaute hoch. Der Mann hatte Tränen in den Augen, war aber klug genug, sich nicht zu verteidigen.

Das Mädchen muss nachsitzen. Sie soll Rechenaufgaben lösen, eine Hausaufgabe, die sie nicht gemacht hat. Das wird lange dauern, deswegen ist der Lehrer zum Essen nach Hause gegangen. Wer nachsitzt, muss am ersten Pult Platz nehmen, um ganz in der Nähe des Hundes zu sein. Der thront hechelnd auf dem Stuhl des Lehrers. Gelegentlich gähnt er laut oder leckt sich mit seiner großen roten Zunge die Schnauze und sieht das Mädchen dabei an. Beim Anblick seiner Zähne muss sie an Haifische denken. Die fressen Menschen. Aber in Norwegen gibt es keine Haie. Sie hält ihren gelben Bleistift ganz fest. Es lohnt sich nicht, ihm in die Augen zu schauen. Man kann nicht wissen, was er denkt. Sie muss die Aufgaben rechnen. Vielleicht springt er ja vom Stuhl und legt sich unter den Tisch? Das hat er letztes Mal gemacht. Irgendjemand ist noch auf dem Schulhof und spielt Ball auf dem Kies. Als sie mit zwei der fünf Aufgaben fertig ist, merkt sie, dass sie aufs Klo muss. Aber das geht nicht. Niemand, der nachsitzt, darf gehen, bevor der Lehrer zurückkommt. Das ist Vorschrift. Sie kneift die Beine zusammen. Weil sie die ganze Zeit nur daran denken muss, kann sie keine weiteren Aufgaben lösen. Da legt sich der Hund unter den Tisch. Nach einer Weile hört sie, dass er schläft. Sie spürt seinen Atem an den Beinen. Es fällt ihr immer schwerer, es zu halten. Es will raus. Bald wird es ihr nicht mehr gelingen, es zu halten. Sie steht so leise auf, wie sie nur kann. Sicherheitshalber klemmt sie ihre Hand in den Schritt. Dann hört sie nur noch ein wildes Knurren und Krallen, die über den Boden scharren. Sie spürt die Zähne an ihrem Oberschenkel, und alles läuft aus ihr heraus. Es hat keinen Sinn mehr, irgendwohin zu gehen, und auch nicht, sich aufrecht zu halten.

Männliche Passion

Nach einer Woche intensiver Konzentration am Computer wollte ich die beiden anderen mit einem Frühstück auf der Terrasse überraschen. Alles war fertig, als Frida ein Taschenbuch zwischen die Teller knallte.

»Das kann nicht sein Ernst sein!«, rief sie und deutete auf Milan Kunderas »Das Buch der lächerlichen Liebe«. Ich hatte es gelesen. Kundera war einer meiner Lieblingsautoren.

»Nicht genug, dass er die Begierde des Mannes verherrlicht und mythologisiert, er wiederholt auch in einer Erzählung nach der anderen und nur mit kleinen Varianten immer dieselbe einfache Situation. Und sowas soll man lesen, als sei es die Wahrheit! Der Mann ist hinter einer Madonna her, findet die Frau, glaubt, sie sei eine Hure, und ist beleidigt. Und das nach dem Orgasmus!«

»Es heißt doch ›Das Buch der lächerlichen Liebe‹. Er macht den Mann und die Männerrolle lächerlich«, gab ich zu bedenken und goss uns Kaffee ein.

»Das glaubst du doch selbst nicht! Er zementiert das Recht des Mannes auf die Begierde und verherrlicht die männliche Sentimentalität, wenn sich die Frau nicht wie vorgesehen benimmt.«

»Warst du so wütend auf Kundera, dass du das Buch zerrissen hast?«, fragte ich und deutete auf den zerfledderten Umschlag.

»Ich habe es nicht zerrissen. Die schlechte Verarbeitung hat der Verlag zu verantworten. Die Geschichten von Kundera sind nicht nur lächerlich, sie halten es nicht einmal aus, gelesen zu werden. Jedenfalls nicht in einem billigen Taschenbuch. Sie befinden sich buchstäblich in Auflösung.«

Ich zuckte mit den Achseln und köpfte mein Ei.

»›Der goldene Apfel des ewigen Begehrens‹«, zitierte Frida, und ich war froh, dass sie sich nicht einen von meinen Texten vorgeknöpft hatte.

»Vielleicht ist es nicht sein bestes Buch, aber mir gefällt die Ironie«, entgegnete ich.
»Weißt du was, Schriftstellerfräuleinchen? Mit Ironie hast du dich noch nie ausgekannt. Du akzeptierst einfach nur die Spielregeln der Männer, und zwar sowohl in der Literatur als auch im wirklichen Leben. Du hast nicht den Mut, anderer Meinung zu sein. Außerdem läufst du mit einer gekünstelten Freundlichkeit herum, damit niemand deine Geheimnisse ergründet. Merkst du das nicht selbst?«
Für eine so harte Analyse war es noch zu früh. Außerdem war sie demütigend. Frida hätte zumindest zur Kenntnis nehmen können, dass ich das Frühstück gemacht hatte.
»Ich finde, du bist unsachlich. Wieso schimpfst du mich aus, weil du ein Buch gelesen hast, das dir nicht gefällt?«
»Guten Morgen! Das Frühstück ist ja schon fertig! Wie herrlich!«, zwitscherte Entchen und setzte sich mit tropfnassem Haar unter den Sonnenschirm.
Die Sonne blitzte in allen Fernsehantennen. Es war heiß.
»Ich ärgere mich über die Verherrlichung der Männerrolle in der Literatur«, sagte Frida und deutete auf das Buch.
Ich schenkte uns Kaffee ein.
»Vergeude einen so wunderschönen Tag nicht mit sowas Nutzlosem!«, riet Entchen und streckte die Hand nach dem Brot aus.
Zwei Mopeds schossen wie knatternde Schmeißfliegen aus der Tiefgarage. Sie gehörten zu Pizza UNO, die rund um die Uhr hungrige Kunden vor ihren Fernsehern versorgten. Der Hund des alten Mannes protestierte wild von der Nachbarterrasse. Vorsichtig schaute ich über das Geländer. Der Mann war mit dem Kopf auf der Brust eingenickt, hielt sich aber trotzdem noch an seinem Stock fest. Ein Handy klingelte in unserer Wohnung. Entchen hob den Kopf.
»Das ist nicht meins«, sagte sie mit Nachdruck. Trotzdem stand sie auf und ging rein.

Ich versuchte, nicht zu lauschen, was gesagt wurde. Eine Frau in meinem Alter trat auf die Terrasse des Alten und öffnete den Sonnenschirm.

»Glaubst du, das ist die Tochter?«, flüsterte ich.

Jemand lachte auf der Straße, und der Hund begann wieder zu bellen. Der Alte schlief immer noch, und die Frau verschwand rasch ins Haus, als wolle sie mit dem bellenden Hund nichts zu tun haben. Vielleicht hatte sie mich gesehen und fürchtete, ich würde zurückbellen. Schon der Gedanke beschämte mich.

Nach einer Weile wurde es still, und Entchen erschien mit dem Telefon in der Hand.

»Ja?«, fragte Frida.

»Das war Frank.«

»Hast du mit ihm gesprochen?«, fragte ich mit gepresster Stimme.

»Ja, mir blieb schließlich nichts anderes übrig.«

»Woher hatte er die neue Nummer?«

»Was? Oh! Danach habe ich ihn gar nicht gefragt. Wahrscheinlich hat ihm meine Schwester …«

»Was wollte er?« Frida setzte sich so rasch auf, dass ihr Stuhl kreischend über die Fliesen rutschte.

»Er bat mich, nach Hause zu kommen. Er wohnt nicht mehr am Holmenkollen …«

»Was du nicht sagst! Und die Leute, die euch erpressen wollen? Hat er die unter Kontrolle?« Fridas Stimme klang etwas scharf.

»Er sagt, er sei bereit, seinen ganzen Lagerbestand zu verkaufen, um mit ihnen abzurechnen, aber dann müsse ich auch versprechen zurückzukommen. Alles wird gut …«

»Und das glaubst du ihm?«, fragte Frida.

»Er will, dass ich ihm erlaube, wieder nach Hause zu ziehen und die Mädchen zu sich zu holen. Er …«

»Und du glaubst, das ist von Dauer?«, unterbrach sie Frida.

»Ich weiß nicht«, flüsterte Entchen und legte das Telefon zwischen uns auf den Tisch.

Frida kratzte sich aggressiv am Hals. Sie kratzt sich, dachte ich blitzschnell und etwas durcheinander.
»Wann fährst du?«, fragte ich trotzdem.
»Diese Woche noch nicht … vielleicht am Montag oder Dienstag«, antwortete Entchen ausweichend.
»Weiß er, mit wem du zusammen bist?«
»Nein. Ich hatte doch versprochen … Wieso darf er übrigens nicht …«
»Wir wollen nicht, dass jemand hinter uns her ist«, fiel ihr Frida ins Wort. Ihre Stimme zitterte, als sei sie ebenso aus der Fassung wie ich.
»Es war nicht meine Absicht zu streiten. Bitte! Wir haben uns doch so gut verstanden. Und das alles beim Frühstück. Frank und ich streiten nie …«
»Nein, vermutlich ist das einer der Gründe dafür, dass du hier bist«, meinte Frida höhnisch.
Entchen stand auf, nahm ihren Teller und ging nach drinnen.
»War das nötig?«, fragte ich müde.
»Sie hat fast die ganze Nacht mit Frank telefoniert. Hast du das nicht gehört?«
»Geht uns das was an?«, wollte ich wissen.
»Wie kannst du so gelassen bleiben, obwohl du vor Eifersucht außer dir sein müsstest?«, fauchte Frida.
»Worüber haben sie denn gesprochen?«
»Über Geld! Und die Frau vom Holmenkollen, die sie allerdings beide für eine dumme Gans halten.«
»Na denn«, sagte ich.
»Hast du sonst nichts zu sagen?«
»Ich kann ja doch nichts ändern.«
»Doch, das kannst du! Du kannst Entchen von Frank und dir erzählen, damit sie so wütend wird, dass sie nicht nach Hause fährt. Du hast genug Distanz, um zu erkennen, dass er nur blufft. Du kannst ihre Entscheidung beeinflussen.«

Ich machte mit den Tellern herum. Am Teelöffel klebte ein großer Klumpen geronnenes Eigelb. Wischte ich ihn nicht ab, backte er in der Spülmaschine an.
»Das könnte eine einzigartige Chance für deinen Roman werden. Du musst einen Plan schmieden und ihn ausführen!«, meinte Frida listig.
Jetzt sehnte ich das Ende dieses Frühstücks wirklich herbei. Ich wollte nur noch mit meinem Manuskript allein sein, aber nicht unter Fridas Prämissen. Irgendwo schlug jemand auf ein Ölfass. Das schreckte die Spatzen auf dem Nachbardach auf, erst nur einen, dann den ganzen Schwarm. Ich hörte, wie die Wohnungstür zufiel.
»Entchen ist gegangen. Es hat sie genervt«, meinte ich.
»Das habe ich bemerkt. Aber da sich die Lage zuspitzt, muss ich einfach ehrlich sein. Du musst das auch.«
»Du meinst doch nicht wirklich, dass ich Entchen von Frank und mir erzählen soll?«
»Das hält sie vielleicht von der Dummheit ab, nach Hause zu fahren.«
»Aber sie hat doch selber gesagt, dass sie Franks Seitensprung nicht so schwernimmt«, sagte ich und begann abzuräumen.
»Das glaubst du doch nicht im Ernst! Niemand ist so gemacht, dass er so etwas nicht schwernimmt. Niemand!«
»Ich kann ihr das nicht sagen. Ich kann nicht so … gemein sein«, murmelte ich.
»Du meinst, du willst dir das ersparen und sie stattdessen zu neuen Demütigungen nach Hause schicken?«, meinte Frida. Einen Augenblick später war ich allein.

Obwohl der Tag so schlecht angefangen hatte, gelang es mir, ein paar Wörter zu schreiben, die ich nicht wieder streichen musste. Als Entchen zurückkam, entschuldigte ich mich in Fridas Namen.

»Darüber braucht man sich doch eigentlich nicht weiter aufzuregen«, erwiderte Entchen milde und verschwand im Badezimmer, um Unterwäsche zu waschen.
»Alle lagen in der Sonne und haben gebadet!«, rief sie durch die Wohnung.
»Und du?«
»Ich warte noch. Es ist etwas kalt.«
Abends regnete es so stark, dass wir es für das Beste hielten, zu Hause zu bleiben. Frida machte den Fernseher an. Es lief ein Fußballspiel, Barca gegen Real Madrid. Alle Nachbarn hatten die Fenster geöffnet, und es wurde recht laut. Wir erlebten gewissermaßen das Glaubensbekenntnis Kataloniens. Der Kampf auf dem Rasen wurde nicht nur gegen Madrid, sondern gegen den Rest Spaniens und die übrige Welt ausgetragen. Die Demonstrationen gegen das EU-Gipfeltreffen waren in den Nachrichten nur ein paar Sätze wert gewesen. Worum es wirklich ging, war der Kampf um die katalanische Männlichkeit.
»Das ist natürlich was anderes als der lächerliche Chauvinismus, den du Kundera vorwirfst, und das schaust du dir an«, meinte ich säuerlich. Ich wusste selbst nicht, warum ich Frida verspottete. Für den heutigen Tag hatte es eigentlich gereicht.
»Mit männlicher Sentimentalität ist nicht zu spaßen, sie ist eine Leidenschaft«, sagte Frida ernst.
Eine Demonstration tiefer Gefühle, die selbstverständlich nicht das Geringste mit der Gefühlsduselei der Frauen zu tun hatte, war auf dem Bildschirm zu sehen. Sie war echt bis zum kleinsten Schweißtropfen. Diese Umarmungen, diese Leidenschaft, diese Tränen. Nicht zuletzt gehörte großer Mut dazu. Ich wartete nur darauf, dass sich eine Tür in der Tribüne öffnen und ein Löwe aus ihr hervorstürzen würde, um die Helden vor unseren Augen in Stücke zu reißen. Hier konnte man getrost das ambitiöse Wort *Todesverachtung* bemühen, um zu beschreiben, was da vor sich ging. Die Stimme des Reporters machte es unnötig,

Spanisch oder Katalanisch zu verstehen, um an diesem Drama teilzunehmen. Die Richtung des Balls und die Helden faszinierten mich nicht, umso mehr die Echtheit und der ergreifende Kampf, nicht zu verlieren, und der totale Zusammenbruch, wenn der Gegner ein Tor schoss. Die tränenerstickte Stimme des Reporters und die rasende Volksmenge, Banner, die wie auf ein Signal hin auf den Tribünen in die Luft schossen und eine riesige katalanische Fahne bildeten. Sie wogte zwischen den Menschen wie ein lebendiges Symbol für das männliche Melodrama.

»Das ist ihre wirkliche und lebendige Religion!«, rief Frida hingerissen.

»Vielleicht ist deswegen in diesem Landstrich der Stierkampf nicht so wichtig«, meinte Entchen im Vorbeigehen. Sie hatte eine Hand voll tropfnasser Unterwäsche in der Hand, die sie unter den Sonnenschirm auf der Terrasse hängen wollte.

»Vielleicht sollte man diese Religion ja dem Totquälen von Stieren vorziehen. Vielleicht ist sie wichtiger als die Schwarze Madonna, die wir in der Klosterkirche von Montserrat gesehen haben. Über sie hieß es in der Broschüre des Fremdenverkehrsvereins, sie sei das Heiligtum Kataloniens«, sagte ich.

»Gegen quicklebendige Mannhaftigkeit kann eine frauenähnliche Holzfigur wenig ausrichten«, meinte Frida.

»Real Madrid ist hier in Sitges einquartiert. Das Risiko ist zu groß, sie in Barcelona unterzubringen«, sagte Entchen unter der Tür.

»Ja. Hier gibt es ein Meer potentieller Dramatik. Was kann man schon gegen ein Geschlecht ausrichten, dem es gelungen ist, große Teile der zivilisierten Welt davon zu überzeugen, dass Jungfrauengeburt möglich ist! Ich sage: Nichts!«, rief Frida verzückt.

»Ich glaube, der alte Mann mit dem Hund hat Alzheimer«, sagte Entchen und schloss die Terrassentür.

»Wieso glaubst du das?«, fragte ich verwirrt.

»Er sitzt mit der Frau allein auf der Terrasse, und sie sprechen über den Weinanbau 1935 und schauen nicht Fußball.«

Natürlich. Der Ärmste hatte Alzheimer. Die infantile Idee, einen kleinen Blumenstrauß als Abbitte für mein Bellen bei ihm abzuliefern, schoss mir durch den Kopf.

In der Pause nach der ersten Halbzeit sahen wir einen Schönheitswettbewerb. Alte Männer mit dünnem Haar bildeten die Jury. Sie maßen Frauenkörper und diskutierten das andere Geschlecht mit Kennermiene. Als gehe es um Zuchtvieh. Darum ging es vielleicht auch. Die jungen Frauen traten eine nach der anderen auf den Laufsteg, erst in winzigen Badeanzügen mit String, die in der Scham so tief ausgeschnitten waren, dass eine Totalrasur nötig war. Wäre auch noch schöner! Schließlich ist Spanien ein katholisches Land.

Dann kamen die tief dekolletierten langen Abendkleider. Alle trugen dasselbe, damit wir vergleichen konnten, wem es am besten stand. Die Gesichter waren stark geschminkt, die Konturen der Lippen mit einem dunklen Stift nachgezogen und die Haare aufwändig toupiert. Das Becken vorgeschoben, sozusagen bereit zum Festsaugen. Dünne Beine auf hohen Pfennigabsätzen, mit denen sie nicht recht klarkamen. Wem gelingt das schon? Die Brüste waren entweder erbsenklein oder randvoll mit anmutigem Silikon. Die Pobacken führten sich auf wie neue Radiergummis. Die Armhaltung war durchtriebenen Puffmüttern würdig. Aber die Blicke waren die von Schülerinnen, die sagten: »Bin ich nicht tüchtig? Schaut! Schaut mich an! Ich bin die Schönste. Nicht wahr?«

Zwischendurch wurden die Mädchen nach ihren Interessen und Zukunftsplänen befragt. Man hatte ihnen gesagt, sie sollten versuchen, intelligent und gesellschaftlich engagiert zu wirken. Vor allen Dingen sollten sie intelligent lächeln.

»Sie sind fürchterlich jung. Sie tun mir ein wenig leid. Ich hoffe, dass gleich wieder Fußball kommt«, sagte Entchen nachdenklich.

In der Nacht träumte ich, nur Beobachterin ohne eine Rolle zu sein. Als ich erwachte, dachte ich, dass ich diesen Traum sicher irgendwo gelesen oder gesehen hatte. Ein Film, teilweise durch ein Teleobjektiv aufgenommen. Ich konnte den Gesichtsausdruck der Männer sehen, den Schweiß auf ihrer Stirn, die gejagten Bewegungen ihrer Pupillen, die Muskeln unter ihrer Haut, den Schmutz unter ihren Fingernägeln, das Nachlassen der Spannkraft ihrer Haut, die Flecken auf ihren Hosen und die Haare in ihrer Nase. Der Anfang war unklar. Männer umarmten sich. Schwerfällig schulterklopfend, als seien sie damit beschäftigt, Schlachtvieh vor sich her zu treiben. Dann wurde alles undeutlich. Eine Landschaft wie aus einem Cowboyfilm mit einem zweistöckigen Blockhaus mitten in einem riesigen Kornfeld.

Bei einem Brunnen mit Windrad saß ein Mann unbestimmbaren Alters und schnitzte an einer Art Weidenflöte. Langsam zog er die Rinde ab. Dann schnitt er konzentriert und exakt mehrere Kerben. Von irgendwo außerhalb folgte ich seinen Bewegungen. Im Traum ging mir auf, er wusste möglicherweise, dass ich da war. Aber er tat so, als sei nichts, und machte weiter.

Von einem Balkon im ersten Stock stieg ein älterer Mann, die Hand am Geländer, auf einer Außentreppe nach unten. Sein langer weißer Bart war geflochten, wahrscheinlich um zu kompensieren, dass er kaum Haare auf dem Kopf hatte. Mir war er sofort sympathisch.

Ein junger Mann wetzte mit einem Schmetterlingsnetz ums Haus. Er lief federnd und mit nacktem Oberkörper. Seine Muskeln vollführten ein imponierendes Schattenspiel auf seiner Haut. Ein Traum von Mann, dachte ich im Traum. Auf dem Oberarm und um den Mund hatte er mehrere große Insektenstiche. Sie wirkten aufreizend, aber ich versuchte trotzdem nicht, ihn aufzuhalten oder sonstwie Kontakt zu ihm aufzunehmen. Plötzlich fing er einen Schmetterling. Ich sah seine Fingerspitzen ganz aus der Nähe. Sie waren nikotingelb. Einen Augenblick lang hielt er das schöne

Geschöpf gegen das Licht. Es flatterte mit den Flügeln, und ich konnte ihre Zeichnung deutlich erkennen: zwei Blautöne und ein gelber Fleck in der Mitte der Flügel wie ein Auge. Unbekümmert nahm er den Schmetterling mit zwei Fingern aus dem Netz und steckte ihn rasch in seine Hosentasche. In diesem Augenblick kam ein größerer und schönerer Schmetterling angeflogen. Er hob das Netz und rannte ihm entgegen.

Plötzlich legte sich eine breite Linie über das Feld. Eine dunkle, wogende Bewegung und das bedrohliche Geräusch von Hufen oder gegeneinanderknirschenden Hörnern. Einen Augenblick später waren das Haus und die Männer von schwarzen Ochsen und grauen Büffeln umringt. Sie kamen immer näher. Der junge Mann hielt inne und blieb stehen. Erstarrte. Der alte Mann auf der Veranda ging ins Haus, um sein Handy zu holen, und wählte eine Nummer. Mir war klar, dass er den Mann am Brunnen warnen wollte. Aber dieser war so sehr damit beschäftigt, seiner Weidenflöte Töne zu entlocken, dass er sich der Gefahr nicht bewusst wurde. Währenddessen kam der schwarze, kompakte Halbkreis immer näher.

Endlich senkte der Mann die Flöte, erkannte die Gefahr und rannte auf die Verandatreppe zu. Ich spürte, dass ich Mühe beim Luftholen bekam, und wollte aufwachen, obwohl nicht ich von der Rinderherde bedroht wurde. Die Männer schwebten in Gefahr. Die Tiere waren mir zeitweilig so nahe, dass ich den Schaum vor ihren Nüstern spürte, wenn sie dem Mann mit der Weidenflöte in den Nacken atmeten. Der Jüngling mit dem Schmetterlingsnetz hatte sich in Sicherheit gebracht, indem er durch ein Fenster gesprungen war. Er saß auf der Arbeitsplatte vor dem Fenster und schaute verschreckt zwischen den Gardinen hervor.

Der Alte war bereits in Sicherheit. Er stand auf der Veranda, zog mit der einen Hand an seinem Bart und fingerte mit der anderen geistesabwesend an seinem Handy. Nur der Flötenspieler befand

sich mitten im Kampfgeschehen. Er rannte um sein Leben und erreichte in letzter Sekunde die Treppe.
»Das muss man filmen«, hörte ich Frida plötzlich rufen.
Sofort kamen mehrere Kranwagen angefahren, auf denen Kameraleute wie Fliegen herumkrabbelten. Mir war klar, dass sie niedergetrampelt werden würden. Es erstaunte mich, dass Frida Menschenleben riskieren wollte, um eine so ernste Situation zu filmen. Irgendwas stimmte auch mit der Beleuchtung nicht. Sie war rosa und gelb. Das war nicht gut, dachte ich verzweifelt, ohne etwas unternehmen zu können.
Als ein Stier die Frau mit der Klappe auf die Hörner nahm und mit seinen Hunderten von Kilo Rindfleisch auf den nächsten Kamerawagen zusteuerte, erwachte ich.
Das Zimmer war grau und unwirklich. Unter dem Fenster leerte jemand einen Container und fuhr mit aufheulendem Motor davon.
Ich wusste, was Frida zu diesem Traum sagen würde: »Du versuchst das Maskuline zu verstehen. Nicht die Beute an sich ist wichtig, sondern das Fangen der Beute.«
Ich ahnte auch, was Entchen sagen würde: »Hat er den empfindlichen Schmetterling wirklich in die Hosentasche gesteckt und sich sofort auf die Jagd nach dem nächsten gemacht?«

Die Katzen von Sitges

Das Thermometer zeigte dreiundzwanzig Grad im Schatten. Entchen genoss das Leben am Strand oder erforschte die Stadt. Ich saß drinnen und schrieb bei offener Terrassentür. Ich kannte diesen fieberhaften Endspurt nur zu gut und wusste, dass ich bald in die Phase eintreten würde, in der alles andere verschwand. Die Stunden vergingen, ohne dass ich wusste, ob Abend oder Morgen war.

Es erstaunte mich, dass Frida so wenig Rücksicht nahm. Sie kam nur noch in die Wohnung, um mich an Dinge zu erinnern, die Entchen betrafen.

»Dass sie diese Woche auch noch bleibt, bedeutet noch lange nicht, dass du sie gerettet hast«, belehrte sie mich.

Ich kam mir beobachtet vor und verschwendete viel zu viel Kraft darauf herauszufinden, was Frida dachte oder wie ihr nächstes Manöver aussehen könnte. Meine eigenen Vorsätze gerieten ins Hintertreffen. Gegen meinen Willen beeinflusste sie mich, und ich war mehrere Male drauf und dran, Entchen von Frank und mir zu erzählen. Aber jedes Mal gelang es mir, Ausflüchte, an die ich selbst glaubte, zu finden. Beispielsweise, dass ich nicht riskieren konnte, meinen Arbeitstag zu ruinieren, indem die Wohnung in ein Chaos aus Gefühlen verwandelt würde. Oder dass ich alles für Entchen nur noch schlimmer machen würde. Aber Fridas Druck quälte mich. Immer wieder nahm ich mir vor, sie zu ignorieren und nach meinem eigenen Kopf zu entscheiden. Vielleicht konnte ich sie auch überlisten, aber das war nicht leicht.

Eines Morgens, als ich allein war, näherte ich mich dem roten Telefon, bevor ich mir noch darüber klar geworden war, was ich für Absichten hatte. Ich wählte und wartete. Lange. Er war sicher nicht erreichbar. Vielleicht fuhr er gerade durch einen Tunnel

oder stand unter der Dusche? Es knisterte. Dann war nach all diesen Monaten plötzlich seine Stimme da. Völlig natürlich. Das Ganze war so unglaublich einfach. Ich hörte es selbst.
»Ja, Frank hier!«
Innerhalb einer Sekunde war mir klar, dass ich auf dieses Gespräch nicht vorbereitet war. Jedenfalls nicht für die Umsetzung in der Wirklichkeit.
»Ja?«, wiederholte er fragend.
»Hier ist Sanne«, flüsterte ich, als hoffte ich, dass er das auf so weite Entfernung nicht hören konnte.
»Sanne … Sanne! Du rufst bei mir an?«
»Ja, ich wollte nur …«
»Aber das ist ja großartig! Wie geht es dir?«
Was hat er jetzt vor? Warum fragt er nicht nach dem Geld?, dachte ich und faltete mit einer Hand einen Handzettel zusammen. Es war nicht einfach, die Ecken aufeinanderzulegen.
»Gut«, antwortete ich.
»Du kannst dir nicht vorstellen, wie oft ich bei dir geklingelt habe. Zum Schluss hat mir dieser Mann aufgemacht, der, der jetzt da wohnt. Wo bist du?«
»Ich … ich fahre durch die Gegend«, entgegnete ich ausweichend und erwartete fast schon, dass er sich darüber beklagen würde, dass Entchen auch nicht mehr da war.
»Bist du weggefahren, weil du enttäuscht von mir warst? Davon, dass ich die Scheidung nicht eingereicht habe?« Er schien fast zu triumphieren. Jedenfalls klang er nicht wie ein Mann, der sein Vermögen verloren hat.
»Wie geht es der Krätze?«, fragte ich, und mir wurde klar, dass ich Entchen diese Frage nicht hätte stellen können.
»Ich hatte mich nicht angesteckt.« Er lachte.
Ich schluckte und wollte den Haftzettel ein weiteres Mal zusammenfalten, aber das war zu kompliziert. Außerdem blieb der Haftstreifen am Tisch kleben.

»Wo kann ich dich treffen? Es passt sehr gut. Ich kann jetzt ein paar Tage frei nehmen«, meinte er überschwänglich.
»Du kannst mich nicht treffen. Ich wollte nur von mir hören lassen.«
»Du hast dich nach mir gesehnt?«
»Das kann ich nicht leugnen«, räumte ich ein.
»Sanne! Du weißt doch, was du mir bedeutest.«
»Dazu habe ich keine Meinung.«
Es entstand eine Pause. Sein Atem war immer noch sehr wirklich, aber seine Stimme hatte sich plötzlich verändert, sie klang beinahe misstrauisch, als er fortfuhr: »Hör mal … Warum rufst du an? Diese Nummer …? Ist das dein Telefon?«
»Was meinst du?«
»Das war nicht deine alte Nummer auf meinem Display. Und die Auskunft hat auch immer gesagt, dass die alte im Augenblick nicht in Betrieb ist.«
»Das Telefon ist mir ins Wasser gefallen«, log ich fröhlich.
»Aber du besitzt jetzt ein neues? Warum hast du mich nicht schon früher angerufen?«, fragte er so einschmeichelnd, als würde er mit einem kleinen Mädchen reden, das von zu Hause abgehauen ist. Hinter seiner Freundlichkeit verbarg sich aber ein deutliches Misstrauen. Versuchte er herauszufinden, wo ich war? Oder wo Entchen sich aufhielt? Warum fragte er nicht nach dem Geld?
»Bisher hat sich das nicht ergeben«, sagte ich.
»Aber Sanne, ich habe mir Sorgen um dich gemacht. Ich habe sehr viel darüber nachgedacht, wie es dir wohl geht.«
»Du hättest diese Frauengeschichten auch mal hinter dir lassen können«, sagte ich.
»Du bist keine Frauengeschichte! Wo kann ich dich treffen?«
Wenig wahrscheinlich, dass das, was ich jetzt sagte, geplant war. Falls doch, hatte ich wohl vergessen, dass ich auch eine Fortsetzung brauchte.
»Du kannst mich bei deiner Frau treffen.«

Franks Atem setzte aus. Das war verständlich. Was veranstaltete ich? Etwa Terror?
»Wie bitte?«, sagte er müde.
Da ich nichts zu verlieren hatte, kostete ich es aus: »Erkundige dich bei Annemor nach mir!«
»Sanne, um Himmels willen … Hast du ihr etwas erzählt?«
»Nein, noch nicht. Ich dachte, du würdest das tun«, sagte ich hart und ohne dass wir beide sonderliche Freude daran hatten.
Fast war durchs Telefon zu hören, wie Frank blitzschnell nachdachte. Es knisterte wie in einem Computer, der auf Hochtouren arbeitet.
»Das erledige ich, wenn ich die Scheidung einreiche. Tue ich das vorher, geht nur unnötig Geschirr kaputt«, sagte er leise.
»Du hast doch regelrecht darum gebettelt, dass sie nach Hause kommt.«
»Was phantasierst du dir da zusammen?«
»Ich lege jetzt auf, Frank«, sagte ich. Meine Stimme war zu schwach, um eine ordentliche Schlussbemerkung zustande zu bringen.
»Leg nicht auf, Liebes!«, sagte er. »Ich muss dich erst noch ein paar Sachen fragen. Bitte!«
»Ja?«
»Für wen rufst du an? Tust du das aus eigenem Antrieb? Oder hat dich jemand gebeten, bei mir anzurufen?«
»Wer sollte das sein?«
»Zwei Männer. Einer in Lederjacke mit gepiercter Nase und langem Haar oder einer in dunklem Anzug mit glatt rasiertem Schädel? Aber ich habe mich mit ihnen geeinigt. Du darfst ihnen kein Wort glauben, falls sie behaupten, das sei das Beste für dich.«
»Was sollte das Beste für mich sein?«
»Das weiß ich nicht, ich gebe dir nur einen Rat«, hauchte er.
Es war mir wirklich gelungen, den Haftzettel mit einer Hand ein weiteres Mal zusammenzufalten, und zwar genau Ecke auf Ecke.

»Warum fragst du nicht nach dem Geld, Frank?«
»Pst! Jemand könnte … Wir können darüber, was ich dir schulde, reden, wenn wir uns treffen«, schloss er sehr laut.
Was er mir schuldete? Wieso sagte er das? Glaubte Frank wirklich, dass ich mit irgendwelchen gepiercten Leuten oder solchen in Anzügen zusammensaß und diese mich gezwungen hatten, bei ihm anzurufen?
»Du bist derjenige, der hier phantasiert, Frank. Sprich mit Annemor über die Sachen, die dich belasten! Ich lege jetzt auf«, sagte ich. Diese Schlussbemerkung gefiel mir besser.
Als ich auf den roten Knopf gedrückt hatte, begannen meine Hände zu zittern. Ich warf den Haftzettel in den Papierkorb. Nach all diesen Monaten hatte ich endlich wieder seine Stimme gehört. Und dann hatte ich einfach nur solche Dummheiten gesagt. Ohne Sinn und Verstand. Statt etwas zu sagen, was uns beiden Trost und Hilfe hätte sein können. Mir kam der Gedanke, dass Gespräche oft so abliefen. Besonders am Telefon. Unbeholfene Laute ohne Sinn, ein ohnmächtiger Wunsch nach Kontakt, ohne die Möglichkeit, das einfachste Bedürfnis des Menschen nach Haut zu befriedigen. Das Beste, was man über Telefone sagen konnte, war, dass sich mit ihnen Geld transferieren und konkrete Vereinbarungen treffen ließen. Aber sonst? Eiskalte Laute, Tuten und Klicken, worauf die totale Leere folgte. Das Telefon war das wichtigste Requisit des Menschen, um seine hilflose Einsamkeit zu demonstrieren. Wieso hatte ich ihn überhaupt angerufen?
Was hatte Frank eigentlich gesagt? Hatte er gefragt, wo er mich treffen könne? Ja! Und ich hatte diese Einladung wirklich vollkommen missachtet?
Aber eine Sekunde später fasste ich zusammen: Er gab dem Wunsch Ausdruck, mich treffen zu wollen, aber dachte er auch daran, was er Entchen versprochen hatte? Nein!
Frida hatte Recht. Frank hatte sich nicht verändert. Konnte ich

wirklich kaltblütig zusehen, dass Entchen zu einem Leben mit Frank nach Hause fuhr?

Wir hatten einen Abendspaziergang an der Strandpromenade gemacht, saßen auf einer Bank und sahen den Katzen zu, die offenbar zwischen den Felsblöcken der Mole hausten. Sie waren zahlreich. Es hatte den Anschein, als würden sie an bestimmten Plätzen gefüttert.

»Ich frage mich, ob das die Katzen sind, die wir nach Einbruch der Dunkelheit im Park sehen. Vielleicht ziehen sie je nach Tageszeit um?«, meinte Entchen, das Gesicht der fetten Sonne zugewandt, die im Meer badete.

»Katzen lassen sich nichts vorschreiben. Sie lassen sich nicht anleinen, jedoch von allen füttern«, meinte ich.

»Falls sich ihnen mehrere Möglichkeiten bieten, wählen sie die beste«, ergänzte Frida.

»Ich habe gelesen, dass sich im vorigen Jahrhundert eine Künstlergruppe ›Die Katzen von Sitges‹ nannte. Sie wohnten hier und waren der Stolz der Stadt, aber ich erinnere mich nicht, wie sie hießen. Einer hieß, glaube ich, Rusiñol. Namen habe ich mir noch nie merken können«, sagte Entchen.

»Stolz der Stadt? Weder Katzen noch Künstler können jemandem gehören«, sagte Frida.

»Natürlich nicht, aber du weißt, was ich meine«, entgegnete Entchen und beugte sich zu einem der pelzigen Geschöpfe hinunter, das auf dem Rücken lag und ihr den Bauch hinhielt.

Drei der Katzen waren näher gekommen. Sie glaubten wohl, wir hätten etwas zu essen. Einer gestreiften fehlte ein Auge. Sie schärfte sich die Krallen an einem zerbrochenen Baseballschläger, der vor Entchens Füßen lag. Eine schwarzweiße saß auf einem großen Felsbrocken und putzte sich konzentriert. Jetzt setze ich alles auf eine Karte, dachte ich. Wenn ich es jetzt nicht tue, tue ich es nie.

»Frank besitzt dich ebenfalls nicht«, begann ich.

Die dritte Katze starrte uns mit schmalen Augen an und wirbelte mit ihrem struppigen Schwanz Staub auf.
»Was meinst du damit? Wieso sagst du das?«, flüsterte Entchen.
»Du darfst nicht zu ihm nach Hause fahren. Er hat sich nicht verändert. Ist es nicht die Frau vom Holmenkollen, dann ist es eben eine andere. Du hast ein besseres Leben verdient«, sagte ich.
»Ich habe doch erzählt, es war ihm eine Lehre, dass ich einfach verschwunden bin. Er ist wieder zu Hause eingezogen. Alles wird jetzt anders. Er hat sogar gesagt, ich soll die Sonne noch ein paar Wochen genießen. Er will anrufen, wenn er diese Geldsache geklärt hat.«
»Das vergisst er doch sofort wieder. Das weißt du doch selber!«, sagte ich, ging zum Geländer und kehrte den beiden den Rücken zu. Ein rechtzeitiger Versuch, mich Einblicken zu entziehen.
»Sanne Svendsen hat jahrelang ein Verhältnis mit Frank gehabt, sie weiß also, wovon sie spricht«, meinte Frida roh.
Das Meer brandete abwesend über die Klippen, und ein Junge raste wie ein Geschoss auf einem Skateboard vorbei. Sonst war alles still. Das Unzulässige, Verbotene und Verächtliche, das dermaßen kränkte, dass man darüber nicht länger nachdenken wollte, war jetzt gesagt. Ich verspürte ein unbezwingbares Verlangen, Frida in den nächsten Katzendreck zu werfen und dort liegen zu lassen.
Da hörte ich eine Art Gelächter oder ein Brodeln wie das eines Dampfkochtopfs mit verstopften Ventilen, der sich in seiner Not zu einer großartigen Explosion entschließt. Ich hatte das Gefühl, zerfetzter Fisch, Kartoffeln und Gemüse würden mich im Nacken treffen.
»Du hast mich hierher eingeladen! Du hast mein Vertrauen erschlichen und mich dazu gebracht, alles über Frank und mich zu erzählen, nur um den richtigen Augenblick abzuwarten, mit dieser Schweinerei herauszurücken! Nur um dich an meinem Elend zu weiden! Was für ein Mensch bist du eigentlich?«

»Das frage ich mich auch«, sagte Frida.
Jetzt bekam ich, was ich verdient hatte. Irgendwie gab mir der Gedanke daran, was Frank wohl gesagt hätte, meine nächste Bemerkung ein.
»Ich wollte dich nicht verletzen. Es war dumm von mir anzunehmen, dass wir zusammen reisen könnten und das gut gehen würde. Außerdem war ich neugierig darauf, wie du bist. Ich stellte mir dich als einen besonderen Menschen vor, von dem ich etwas lernen könnte«, sagte ich zögernd und begriff im selben Augenblick, dass das die Wahrheit war.
»Warum sagst du das jetzt?«
»Weil ich einsehe, dass ich das sofort hätte sagen sollen.«
»Und nur, damit deiner verdammten Ehrlichkeit Genüge getan wird, lässt du *mich* leiden? Du versuchst, Frank in meinen Augen schlecht zu machen. Tust du das, damit du ihn für dich haben kannst?«, fauchte Entchen.
Es war an der Zeit, ihr beide Wangen hinzuhalten. Ich drehte mich um und begegnete zwei treffsicheren Laserstrahlen. Sie waren feucht und funkelnd blau, obwohl ein unbeabsichtigter Streifen Wimperntusche dazu beitrug, den Eindruck zu verderben.
»Frank und *du*! Das ist eine Schweinerei! Du bist viel zu alt für ihn! Wie hast du das gemacht?« Sie weinte.
»Das ist wirklich eine gute Frage«, meinte Frida.
Ich versuchte eine Spalte zwischen den Steinen zu finden, um spurlos in ihr zu verschwinden. Aber keine Spalte war groß genug. Ich blieb stehen, während Entchen gnadenlos maß, wog und taxierte. Ihr Weinen hörte auf.
»Dass ich dir dabei helfen sollte, das Buch zu schreiben, war auch nur eine Lüge?«
»Nein, du bist eine Schlüsselfigur. Man kann getrost sagen, dass es ohne dich dem Buch sowohl an Handlung als auch an einem Schluss fehlen würde«, sagte Frida.
Ausnahmsweise war ich dankbar, dass sie sich in die Arbeit an

dem Manuskript einmischte. Es spielte auch keine Rolle, ob das wahr war oder nicht.

Entchen hatte sehr damit zu tun, sich umzustellen, aber Fridas Bemerkung hatte ihr Interesse geweckt.

»Ist das richtig? Meinst du, dass ich so wichtig bin? Dass das Buch buchstäblich mit mir steht und fällt?«

»Zweifellos! Aber du kannst selbst entscheiden, in welchem Grade du …«

»Aber ich diktiere doch nichts! Ich laufe hier nur herum.«

»Die wenigsten Romanpersonen diktieren was. Aber sie laufen herum. Und sie reden natürlich.«

»Habe ich eine größere Rolle als Frank?« Entchen wischte sich die Nase mit dem Handrücken ab.

»In dieser Phase der Niederschrift hast du die zweifellos. Du bist schließlich hier und kannst die Autorin direkt beeinflussen«, sagte Frida.

Entchen trocknete sich die Augen und zog die Nase hoch. Sie erinnerte an eine berechnende Katze, die nicht den richtigen Augenblick zum Einschlagen der Krallen gefunden hat. Mir war klamm am ganzen Körper.

»Falls ich hierbleiben und an deiner Geschichte teilhaben soll, will ich mich nicht als gutgläubige, etwas dumme Ehefrau bloßstellen lassen, die keine eigene Meinung hat. Ich bin schließlich Akademikerin. Ich weiß mehr über Simone de Beauvoir, als du je erfahren wirst. Sie brauchte auch nicht mit Sartre zusammenzuleben, obwohl sie ihn liebte. Ich brauche das bei Frank auch nicht, obwohl ich ihn liebe. Nur damit du das weißt! Aber das hast nicht du zu entscheiden.«

Ich wollte mich gerade wieder vorwagen, weil ich glaubte, dass alles vorbei sei, als sie mir die nächste Bemerkung an den Kopf warf: »Ich will, dass du preisgibst, wie du skrupellos alle Tricks angewandt hast, um Frank dazu zu bringen, mich zu betrügen. Dass du dich nicht schämst! Alles ist deine Schuld. Zwei kleinen

Mädchen hast du außerdem noch ihren Vater genommen, begreifst du das?«
»Das habe ich doch wohl nicht«, sagte ich kleinlaut.
»Nicht? Wenn ich mit den Kindern in eine andere Stadt, ja vielleicht sogar ins Ausland ziehe, bekommt er sie fast nie mehr zu sehen.«
»Das war aber doch nicht nur ich …« begann ich.
»Wie kannst du *das* jetzt zur Sprache bringen! Etwa um mich noch mehr zu demütigen?«, schrie Entchen. Die Katze, die uns am nächsten saß, entfernte sich ein Stück.
»Glaubst du, dass du mir vergeben kannst?«, flüsterte ich.
»Das ist zuviel verlangt. Ich habe geglaubt, wir seien Freundinnen, und jetzt hast du alles zerstört.«
»Ich sehe ein, dass das alles nur noch schlimmer macht. Aber wir waren damals keine Freundinnen …«, sagte ich versuchsweise.
»Entchen! Du bist eine beneidenswerte Person. Du besitzt den Schlüssel zur Auflösung des Romans«, versicherte Frida.
Eine Weile saß Entchen da und schaute zu Boden, dann sagte sie verbissen: »Du weißt nicht, wie das war, immer auf jemanden warten zu müssen. Immer! Und dann diese Lügen. Alle Varianten von Lügen. Alte und neue Lügen. Er braucht neue, um alte zu vertuschen. Er ist in der Tat ein sehr begabter Lügner. Hätte ich nicht so viel Intuition, hätte ich vermutlich einen Dreck geahnt. Er klingt so glaubwürdig, wenn er mit seinen Erklärungen ankommt. Wieso er zu spät dran ist, warum er noch irgendwohin muss, bevor er das tun kann, was wir vereinbart haben. Wieso er in der Stadt, in der er sich aufhält, nicht in seinem Hotelzimmer oder in dem Hotel, das er gebucht hat, zu erreichen ist. Wieso er nicht auf die Elternabende gehen kann.«
»Geht er nicht auf die Elternabende?«, platzte ich heraus, weil ich mich deutlich an die Male erinnern konnte, an denen er sich mit Elternabenden entschuldigt hatte.
»Schreib nichts darüber!«, befahl Entchen.

»Nein, das ist wirklich zu pathetisch«, tröstete ich sie.
»Ich bin nicht dumm. Ich kehre nie mehr zu ihm zurück. Aber ich schlafe gern mal mit ihm, wenn es mir in den Sinn kommt. Er kann die Kinder jedes zweite Wochenende haben, dann weiß ich wenigstens, wo er an diesen Wochenenden ist. Frank ist ein guter Vater, das muss ich sagen. Das musst du auch in deinem Buch schreiben!«
Der Schatten der nächsten Palme war auf sie gefallen. Sie war ein Faun und ganz von einem Blattmuster bedeckt.
»Der Schlüssel zur Auflösung der Geschichte … Ist das dein Ernst? Weißt du was? Ich bleibe noch ein paar Wochen«, sagte Entchen und streckte zwei perfekt geformte Mahagoniskulpturen aus ihrem kurzen Rock. Die einäugige Katze betrachtete blinzelnd die roten Zehennägel, die aus den Sandalen hervorschauten. Dann wagte sie sich vor und begann den rechten großen Zeh abzulecken.

Botschaft ohne Gesicht

Es war der Tag nach unserem Besuch im Dalí-Museum in Figueras. Genauer gesagt, war es die Nacht danach. Wir hatten uns hingelegt, und ich lag da und dachte, dass ich vielleicht schon schlief. Irgendwo in meinem Kopf flimmerte dieses idiotische Auto von Dalís Ehefrau Gala vorbei, in dem sie als Statue sitzt und auf dem diese üppige Nymphe liegt. Und die Installation von Mae Wests Gesicht. Ihr Mund war ein Sofa, auf dem niemand Platz nehmen durfte. Und dann diese phantastischen, vollkommen verrückten Zeichnungen, die Erotik, der Tod und die Lammkoteletts auf den Schultern seiner Frau. Dann der Laden, in dem man Adressbücher und Radiergummis, die an einem Daumen aus Metall befestigt waren, kaufen konnte sowie Dalís Biografie in Katalanisch, Spanisch, Deutsch, Italienisch, Englisch und Französisch. Wir hatten sie auf Englisch erworben. Entchen hatte sich einen sandfarbenen Morgenrock aus richtig weichem Frottee mit einem Dalí-Auge zugelegt.

All das flimmerte wie auf einem Bühnenhintergrund in meinem Kopf vorbei, während ich schon halb im Schlaf durch die blaugrüne katalanische Landschaft flog und Barca Real Madrid in einer Arena auf dem offenen Meer 2:0 schlug. Die Spieler aus Madrid mussten in meinem Bett schlafen, weil es für sie viel zu gefährlich gewesen wäre, in Barcelona zu wohnen. Die Fans waren bereits dabei, in unsere Wohnung einzudringen, aber ich deckte die Spieler, so gut es ging. Sie waren frisch geduscht und glatt, und eigentlich war es nur einer. Von dem offenen Fenster zur Straße kam ein Brausen, und die Pizzeriamopeds knatterten kurz vor dem Ziel, einen Schweif aus Bannern hinter sich. Diese schlugen in katalanischen Farben über mir zusammen. Dabei begann mein Herz unregelmäßig zu schlagen, und eine bohrende Angst drückte mir auf die Eingeweide und nahm mir den

Atem. Aber ich stellte fest, dass es, so erotisch deprimiert wie ich war, keine Rolle spielte, ob ich wach war oder schlief.
In dieser Wirklichkeit wurde mir bewusst, dass ein Handy klingelte. Wenig später hörte ich Entchens erst verschlafene, dann hellwache Stimme. Sie hatte einen erschreckend metallischen Klang. Sie sprach Norwegisch. Dann stand sie über mein Bett gebeugt.
»Im Drøbaksund …«, sagte sie gepresst und mit einem seltsam unfrohen Lachen.
»Was?«, murmelte ich.
»Sie haben ihn im Drøbaksund gefunden!«, schrie sie ohne Sinn und Verstand.
Ich setzte mich im Bett auf, ohne dass ich es deswegen besser verstanden hätte.
»Erzähl jetzt ganz ruhig, was gesagt wurde!«, sagte ich und merkte, dass ich nach mehr Wein, als ich eigentlich vertrug, einen schlechten Atem hatte. Der Arbeitstag würde vermutlich eher mäßig ausfallen.
»Frank …« Sie lachte halb erstickt.
Im Zimmer war es viel zu dunkel. Man konnte sich in einer solchen Dunkelheit nicht vernünftig unterhalten. Irgendwie gelang es mir, die Füße auf den eiskalten Fliesenboden zu setzen, ich zog sie jedoch blitzschnell wieder zurück. Ohne dass mir Pantoffel in den Sinn gekommen wären, gelang es mir, Entchen ins Wohnzimmer zu bekommen. Ich hatte das Gefühl, mich durch Schneematsch zu bewegen, aber das erfasste ich nur als sekundenkurzes Tableau aus der Kindheit.
Frida legte Entchen den neuen Bademantel um die Schultern, und Dalís Auge starrte mich über dem Gürtel an.
»Erzähl so deutlich, wie du kannst!«, forderte ich sie auf.
»Sie haben Frank im Drøbaksund treibend gefunden«, sagte Entchen nach Luft schnappend.
»War es ein Unfall?«, fragte Frida.

»Das weiß ich nicht, jemand, den ich nicht kenne, rief an. Er sagte, er sei Pfarrer«, sagte Entchen und begann mit den Zähnen zu klappern.
»Was hat er sonst noch gesagt?«
»Er entschuldigte sich, dass er mich mitten in der Nacht stören müsse, aber das ließe sich nicht vermeiden … Er gab mir eine Telefonnummer, unter der ich mehr erfahren könnte … aber es gelang mir nicht, mir diese Nummer zu merken …«, sagte sie und brach wieder in dieses seltsame Gelächter aus.
»Ist das nicht typisch? Wenn ich wirklich mal was behalten müsste, dann vergesse ich es.« Sie lachte herzzerreißend.
»Wir kriegen die Nummer schon raus«, war das Einzige, was mir einfiel.
»Hier ist die Nummer, die angerufen hat. Ich versuche jetzt mal, da anzurufen«, sagte Frida und drückte das Telefon ans Ohr. Nachdem es ein paarmal geklingelt hatte, ging jemand dran. Frida nannte ihren Namen und sagte, sie wolle sich nach Frank erkundigen. Es gelang ihr sogar, sich an Franks Nachnamen zu erinnern. Seine Frau sei mit ihr zusammen in Spanien.
Wahrscheinlich fand es der Geistliche gar nicht so merkwürdig, dass Entchen so laut lachte. Ich hoffte trotzdem, dass er das nicht missverstehen und Entchen für oberflächlich halten würde. Es war mir wichtig, dass ihr niemand Vorwürfe machte, weil sie mit der Situation nicht klarkam. Noch Jahre später könnte sich jemand daran erinnern und Geschichten darüber verbreiten. »Sie hat gelacht, als Frank im Drøbaksund gefunden wurde! Klar hat sie gelacht!«
Der Pfarrer sprach lange. Glücklicherweise hörte Entchen auf zu lachen. Sie zog die Nase hoch und schluckte. Genau wie an dem Tag, als ich ihr von Frank und mir erzählt hatte. Während der gesichtslose Pfarrer die Auskunft gab, man habe Frank im Badepark in Drøbak gefunden, starrte ich in das Auge des Pfaus aus Meißen.

»War es ein Unglück?«, hörte ich Frida fragen. Und nachdem sie kurz zugehört hatte: »Ich muss also die Polizei anrufen, wenn ich die Einzelheiten wissen will? Ich habe aber die Nummer von der Polizei in Norwegen nicht, verstehen Sie … Nein, wir sind in Spanien … Ja, danke!«

Ich griff nach dem nächsten Stift und einem Bierdeckel von unserem unfreiwilligen Aufenthalt in Bayern und schrieb die Zahlen auf, die sie mir diktierte. Dann wählte Frida ohne zu zögern. Erst war eine Frau dran, dann ein Polizist, der mit Entchen persönlich sprechen wollte.

»Franks Ehefrau ist leider unpässlich, sie ist außer sich«, hörte ich Frida sagen. Darauf begann sie alles zu wiederholen, was der Polizist sagte, als fürchte sie, wir könnten es vergessen.

Beispielsweise: »Sie haben mit einer Untersuchung begonnen … Zwei Männer wurden gestern mit ihm zusammen auf der Fähre nach Kiel gesehen … Diese haben sich bislang nicht gemeldet … Es lässt sich vorläufig nicht sagen, ob es sich um eine Straftat handelt … Er soll obduziert werden … Das ist Routine … Ja, Sie können uns unter dieser Nummer erreichen«, schloss sie.

»Wollte jemand Frank umbringen?«, flüsterte ich, als habe mich dieser Gedanke noch nie gestreift. In Wahrheit wusste ich, seit ich erfahren hatte, jemand sei wegen des Geldes, das ich hatte, hinter Entchen her, dass Frank in Gefahr schwebte. Ich hatte es gewusst und nichts unternommen!

»Die Fähre nach Kiel! Wieso hat er das getan?«, rief Entchen und schlug die Stirn auf den Tisch. Die Glasplatte schepperte, und die Tulpen zitterten.

Ich versuchte meinen Arm um sie zu legen. Aber sie schüttelte ihn ab und erhob sich. Stehend, in voller Größe und Dalís Auge wachend über dem Gürtel, begann sie zu schimpfen: »Immer wenn wir nach Kopenhagen fahren, um den Tivoli zu besuchen, erzählt er folgende Geschichte: ›Ich kann vom obersten Deck ins Wasser springen und beim Badepark an Land schwimmen. Das geht ganz einfach.‹ Die Mädchen rufen dann: ›Tu das nicht, Papa! Das ist unheimlich.‹ Von der Fähre! Es musste ihm doch klar sein, dass er keinen Kopfsprung vom obersten Deck machen kann. Glaubte er etwa, unbezwingbar zu sein? Oder tat er es trotzdem?«

Da füllte Frida ein Wasserglas mit dem französischen Cognac, schob Entchen aufs Sofa und zwang sie, den Inhalt zu trinken. Erst protestierte diese wild, dann begann sie das Glas leer zu schlabbern. Zum Schluss saugte sie am Rand wie ein Baby an einer trockenen Brust. Kein Tropfen war übrig.

Wir versuchten Entchen zu beruhigen, bis die Sonne über das Dach auf der anderen Straßenseite kletterte. Ich hatte nicht geahnt, dass sie so stark war. Wir hielten sie, so gut es ging, aber plötzlich wollte sie nicht mehr gehalten werden, sondern schlug zurück. Sie schlug ihren Kopf so fest gegen die Wand, dass die Zähne klirrten und ein Abdruck der Stirn entstand. Entchen kämpfte mit den Windmühlen um Franks Leben. Versuchte ich sie festzuhalten, drehte sie meine Hände herum, bis es in den Gelenken knackte. Wollte ich sie dazu bringen, sich hinzulegen, schlug sie mich, bis mir schwarz vor Augen wurde. Soviel Prügel hatte ich seit meiner Kindheit nicht mehr bekommen. Ich hatte es nicht anders verdient. Und wie ich es verdient hatte!

Als es so spät war, dass die Apotheken öffneten, wollte ich ein Beruhigungsmittel kaufen und eventuell auch einen Arzt auftreiben. Aber Entchen verstellte mir den Weg.

»Wenn du weggehst, springe ich von der Terrasse!«, sagte sie zähnefletschend.

Als der Hund des Alten auf die Terrasse kam und bellte, war das fast eine Erleichterung. Es gab noch andere kämpfende Wesen im Haus. Die Vögelchen nahmen keinerlei Rücksicht auf irgendwas. Sie sangen. Das hatten sie seit unserer Ankunft jeden Morgen getan.

Ich glaube, wir schliefen gleichzeitig ein. Ich erwachte davon, dass meine Hand von Entchens neuem Bademantel rutschte. Halb aufeinander lagen wir auf dem Sofa. Es wäre trotzdem ein Leichtes für sie gewesen, sich loszumachen und über das Geländer von der Terrasse zu springen. Glücklicherweise lag sie auf dem Rücken und schlief, allerdings unruhig. Ich konnte es mir nicht leisten, noch jemanden zu verlieren.

Ein klägliches Jammern drang gelegentlich aus ihrem halb offenen Mund. Ich erhob mich und hatte das Gefühl, als wäre ich in einem Boxring gewesen. Meine Arme waren von blauen Flecken bedeckt, und mein Genick schien gebrochen. Ein Geräusch erinnerte mich daran, dass das Telefon klingelte. Offenbar kam das Geräusch vom Esstisch. Wo war Frida? Ich ging zum Tisch. Dort lag das Telefon. Der Akku war fast leer und musste aufgeladen werden. Nach einer Weile begriff ich, dass der Polizist der vergangenen Nacht am Apparat war.

»Wir sind der Lösung etwas näher gekommen … Wir vermuten, dass er verfolgt wurde … Er war zwar ein fähiger Turmspringer und Schwimmer, aber natürlich war es hoch. Kann ich mit seiner Frau sprechen?«

»Sie ist endlich eingeschlafen«, flüsterte ich. Ich hatte Lust, ihm anzuvertrauen, dass Entchen vermutlich etwas Beruhigenderes als die Polizei und eine Schriftstellerin brauchte, aber das wirkte unpassend. Schließlich war das nicht seine Angelegenheit.

»Gut. Wir tun unser Bestes. Sie kann uns jederzeit anrufen …«

Als ich aufgelegt hatte, sah ich ein, dass das kein Schluss für mein Buch war. Damit kam ich nicht klar. Ich musste was anderes dichten. Etwas mit Hoffnung. Jedenfalls zwischen den Zeilen. Da ließ sich natürlich auch nicht einflechten, dass ein Mensch in Ausnahmesituationen Lachen und Weinen einfach verwechseln kann. Oder ließ es sich doch machen?

Mich überkam die unpassende Sehnsucht, mich einfach davonzustehlen. Jetzt sofort! In diesem Augenblick hätte ich fürchterlich gern die Decke vom Computer genommen, dem alten, richtigen, nicht diesem idiotischen Notebook, das ich auf der Reise dabeihatte. Um dann die Finger leicht und unbeschwert über die Tastatur tanzen zu lassen. Nach ein paar Stunden half das immer. Gegen was, war schwer zu sagen, aber es half. So war es immer.

Ich hielt inne und starrte vor mich hin:

Er steht auf dem Deck neben mir. Das Kielwasser ist ein mit dem Pflug aufgewühlter, brodelnder weißer Streifen.

»Geh nicht zu weit nach hinten! Die Schiffsschraube, weißt du!«, warne ich ihn.

Er geht zur Reling. Nach kurzem Zögern klettert er hinüber, bleibt auf der Außenseite stehen und hält sich mit einer Hand fest. Er lächelt und will nicht, dass ich bemerke, wie unsicher er ist.

»Du brauchst das nicht zu tun«, sage ich. Aber er tut so, als höre er mich nicht.

Tiefe Konzentration breitet sich von einem Punkt in Franks Kopf auf alle seine Muskeln aus.

Der Befehl ist gegeben, er hat keine Rückzugsmöglichkeit. Er hebt die Arme über den Kopf und beugt sich vor. Sein Körper ist eine bis zum Äußersten gespannte Stahlfeder. Dann stößt er sich fest ab und spürt, dass er mit den Zehen den Boden fahren lassen muss. Die Lunge öffnet sich. Er fliegt! Die Handflächen wenden sich nach unten, und der Körper folgt gehorsam. In der Ewigkeit eines Augenblicks verspürt er die Freiheit, die darin besteht, keine Wahl zu haben. Die weißschäumende Wasserfläche öffnet einen riesigen Rachen und wartet, kommt immer näher. Dann steckt er mitten in der eiskalten, gnadenlosen Umarmung. Ein atonaler Flötenklang sickert durch seine Gehörgänge. Er pflügt durch die dunklen Wassermassen und weiß, dass das die Krönung von allem darstellt, erkennt aber rasch, dass er eigentlich ein Fremder ist. Er kann den Grund nicht sehen, keine Steine und keine Wracks. Er weiß, dass das nicht das rechte Element für einen nicht gerade wahnsinnig durchtrainierten Antiquitätenhändler ist. Hände, Arme, Nacken, alles wendet sich nach oben. Er nützt den Druck und die Geschwindigkeit aus und steigt zur Oberfläche. Mit offenen Augen achtet er auf Strömung, Tang und Fische, die zufällig um ihn herum schwimmen. Eine glasklare Qualle weicht ihm im letzten Augenblick aus. Während er auf das Licht zu hochsteigt, weiß er, dass die Stärke darin besteht, sich selbst zu bezwingen.

Ich weiß nicht, wo dieser Tag blieb. Ein weiteres Mal kroch die Morgendämmerung über die Dächer. Die Wolkenformationen waren wie aus einem Malbuch ausgeschnitten, an das ich mich aus meiner Kindheit erinnerte. Liegende Cs oder Dreien, die aufs Gesicht gefallen waren, übereinander. Hier waren sie nicht statisch, sondern verschoben sich langsam, eine Bewegung in Richtung eines helleren oder dunkleren Graus. Ab und zu fast weiß. Aber in ständiger Veränderung und dann vorbei, genau wie die Menschen, denen man begegnete. Ich sah die Reihe der Fenster auf der anderen Straßenseite. In der Wohnung mit der großen Terrasse stand die Haushaltshilfe am offenen Fenster und bügelte Hemden. Schwalben vollführten mit langen Sturzflügen über den Dächern Morgengymnastik.

»Er hat Schränke und Truhen an reiche Amerikaner verkauft. Natürlich mit Hilfe von Strohmännern«, sagte Entchen. Sie putzte sich mit dem Tuch, mit dem ich immer den Bildschirm des Computers abstaubte, die Nase. Gerade hatte sie ein halbes Knäckebrot gegessen. Jetzt mühte sie sich mit dem Kaffee ab.

»Wer waren die?«, fragte ich.

»Er weiß nicht, wer sie sind. Er darf nicht mal wissen, dass sie die Sachen exportieren. Das ist das Problem«, antwortete Entchen. Sie sprach von Frank, als wisse sie nicht, wie Verben im Zusammenhang mit Frank von nun an konjugiert werden mussten.

»Darf man holzwurmzerfressene Möbel nicht ausführen?«, wollte ich wissen, unsicher, ob wir uns in der gegenwärtigen Situation über solche Details unterhalten sollten.

»Nein, bist du verrückt! Deswegen sind reiche Amerikaner norwegischer Abstammung ja so versessen auf diese Sachen. Sie bemühen Zwischenhändler und benutzen Umzugscontainer an fingierte Empfänger in New York oder anderen Hafenstädten«, antwortete Entchen schniefend, aber kompetent.

»Aber was hat das mit Frank zu tun?«

»Das weiß ich nicht. Ich weiß nur, zwei Männer fanden, dass sie für einen Transport nicht ausreichend bezahlt worden sind. Und da sie die Amerikaner nicht zu fassen kriegten, bedrängten sie Frank. Gott! Ich habe noch zu ihm gesagt, verkauf die Sachen nur hier in Norwegen, auch wenn sie dann nicht soviel bringen! Das lohnt sich auf Dauer, habe ich gesagt. Aber Frank meinte, ich hätte alles missverstanden. Das sagt er oft, wenn ich alles ganz richtig verstanden habe.«

Ich hatte das unwirkliche Gefühl, mich in einer Kriminalgeschichte zu befinden und es nicht auf mich nehmen zu können, sie zu lösen. Ich wusste nicht mal, ob ich sie überhaupt glaubwürdig fand, oder wie Frank sagen sollte: »Du hast alles missverstanden.«

»Tut mir leid, dass ich dich jetzt damit belästigen muss, aber die Polizei will sich gern mit dir unterhalten, sobald du wieder zu Hause bist, ja, am liebsten schon vorher«, sagte Frida.

»Was soll ich sagen?«

»Was du weißt und alles, was du zu wissen meinst.«

»Glaubst du, sie haben ihn betäubt und dann über Bord geworfen?«, flüsterte Entchen.

»Darüber können wir keine Spekulationen anstellen«, sagte ich, als sei ich eine Polizeibeamtin, die im Fernsehen interviewt wird.

»Ich muss wissen, ob er es selbst getan hat!«, rief sie. »Er ist früher Wettkämpfe geschwommen. Seine Kopfsprünge waren perfekt.

Er hatte doch gesagt, er würde zum Badepark schwimmen … Warum hat er es nicht getan?«
Ich beugte mich über den Tisch und legte ihr meine Hand auf die Schulter, die unter Entchens Schluchzern zu zucken begann.
Ein Tableau erschien in einer anderen Variante als früher. Aber jetzt verstand ich, wie die ersten Fingerübungen auf einer Tastatur in Gang kamen:
Die Frau will, dass das Kind im Sportwagen sitzen bleibt. Mit großer Schnelligkeit und Kraft mobilisiert das Kind einen Wutanfall, um selbst über sein Leben bestimmen zu können. Im Nu ist sie aus dem Wagen und wie ein schwankender, aber blitzschneller Pfeil auf der Straße. Dann liegt sie zwischen den Rädern. Mitten in einer surrealen Masse brodelnd roter Farbe. Sie ist Ausdruck kindlicher Ohnmacht und Wut. Auf dem Asphalt siedet es. Die Frau wirft sich hin, aber jemand zerrt sie von dem Fahrzeug weg und hält sie fest. Fest! Jetzt merkt sie, wie das ist. Fest gehalten zu werden wie in einem Schraubstock. Menschen sammeln sich um sie wie eine Mauer. Dicht an dicht mit Augen, die aus ihren Köpfen fallen und auf ihr zu Erbrochenem werden. Es gelingt ihnen nicht, alles vom Asphalt zu entfernen. Deswegen muss sie immer dort sein und aufpassen. Karierte Einkaufstasche, schon etwas mitgenommener Sportwagen mit Riss im Verdeck. Vom Verkehrssicherheitsrat stammte der Ausdruck: »Weiche Verkehrsteilnehmer.« Und viel später, zur Geschäftszeit, als sie gerade ein Rundschreiben der Gemeinde ins Reine schreibt, das Liegenschaften betrifft, kommt das Kind zum Vorschein. Es läuft zwischen den Zeilen herum und ist ganz sie selbst. Sie lässt es herumrennen. Anschließend macht sie Überstunden, ohne sich diese bezahlen zu lassen. Sie schreibt den Brief der Gemeinde ab. Sie will das Kind zurückschreiben. Sich selbst lebendig schreiben. Aber wer kann schon das Leben eines vollkommen Unbekannten beschreiben? Stattdessen erdichtet sie für die anderen ein Leben, die sie allmählich besser kennt als sich selbst. Sie ist damit beschäftigt,

den Text durchzuarbeiten und zu redigieren. Zum Schluss hat sie das Gefühl, eine Saftpresse habe die Frucht bis zur Unkenntlichkeit ausgequetscht. Konserviert und zwischen zwei Buchdeckel gezwungen. Schale, Kerne und Stiel muss sie verstecken und vergessen. Wird das Buch der Frau besprochen, wirkt die Rezension wie ein desinteressierter Nachruf. Das ist das Ganze.

Die Diebe trennen sich

»Ich fahre dich zum Flugplatz«, sagte Frida.

»Danke, aber ich nehme mir lieber ein Taxi. Ich hasse Abschiede«, erwiderte Entchen.

Den Tag zuvor hatte sie nur telefoniert. Es war, als hätte sie plötzlich auf Autopilot umgeschaltet.

»Bist du sicher? Du hast einen großen Koffer«, wandte ich ein.

»Vollkommen. Ich muss das allein tun. Sie werden mich schon nicht auffressen, wenn ich nach Hause komme.«

»Wer? Die Erpresser?«, fragte ich vorsichtig.

»Ich habe keine Angst mehr vor ihnen. Falls aus dem Obduktionsbericht hervorgeht, dass sie Frank ermordet haben, dann werde ich eigenhändig Blutrache üben!«, fauchte sie.

»Was glaubt die Polizei?«

»Nichts. Die sagen nur, was sie beweisen können. Aber ich habe zumindest alles gesagt, was ich weiß und glaube. Jetzt sollen die ihre Arbeit machen. Ich muss mich um zwei Kinder kümmern.«

»Ich finde dich unglaublich tüchtig«, murmelte ich.

»Tüchtig? Du hättest seine Mutter hören sollen! Sie hat ihr Bett ins Schlafzimmer geschafft, weil sie es nicht im Drøbaksund aufstellen kann. Sie hat alle Küchenmesser geschliffen und führt lange Gespräche mit der Polizei. Sie will die Täter persönlich liquidieren, wenn die Polizei sie nicht festnimmt. Denn sie weiß, sagt sie, wie sie sie zu sich locken kann. Außerdem sei sie so alt, dass sie nichts zu verlieren habe. Sie sollten nur kommen!«

»Sie zu sich locken? Wie das?«, fragte ich zweifelnd.

»Sie will das Gerücht verbreiten, das Geld sei in ihrer Matratze versteckt.«

»Ist sie nicht ganz bei Trost?«, mischte sich Frida ein.

»Bei Trost schon. Aber sie ist die sturste Person, der ich je begegnet bin.«

»Du Ärmste! Jetzt musst du dich auch noch um sie kümmern«, sagte ich mitfühlend.
»Die Gefahr besteht nicht, so wie sie heute Morgen klang, als ich mit ihr gesprochen habe. Sie hasst es, wenn sich jemand um sie kümmert. Sie hat immer sehr schnell genug von uns. Sie sagt: ›Heiligabend und ab und zu mal, im Übrigen will ich meine Ruhe haben.‹«
»Da ist noch was, was auf den Tisch muss«, sagte ich und versuchte mein Bauchgrimmen in Schach zu halten.
»Ja?«
»Das hat mit mir ... Alles ist meine Schuld«, sagte ich.
Entchen sah mich fragend an. Ihr Gesicht war deutlich von den Anstrengungen des letzten Tages gezeichnet.
»Das Geld ist auf meinem Konto. Das, was noch übrig ist, und das ist das meiste.«
»Welches Geld?«
»Der Gewinn, von dem sie glauben, dass du ihn hast.«
Entchens Augen waren jetzt ebenso rund und ebenso blau wie vor der Bergung Franks im Drøbaksund. Sehr langsam setzte sie sich auf einen Stuhl und faltete die Hände auf dem Schoß.
»Das Geld existiert! Er hat es nicht verspielt! Na so was! Hat er dir das Geld gegeben?«
»Nein. Ich bin mit dem Geld einfach abgehauen. Das tut mir leid ... Deswegen ist alles so gekommen.«
Entchen dachte angestrengt nach. Sie überlegte rasch.
»Falls Frank oder ich das Geld gehabt hätten, hätten wir uns erpressen lassen. Da bin ich mir sicher. Oder Frank hätte es verspielt. Wie hast du es nur an dich gebracht? So was ist mir nie gelungen.«
»Er hat es auf meinem Konto versteckt, nachdem er es am 11. September auf der Trabrennbahn Bjerke gewonnen hatte.«
Entchen schnalzte mit der Zunge und hatte einen Gesichtsausdruck, als löse sie gerade ein Kreuzworträtsel und habe die Lösung für fünf waagerecht gefunden.

»Der 11. September war ein Dienstag. Er kann das Geld nicht auf der Trabrennbahn gewonnen haben«, stellte sie fest.
»Woher kam das Geld dann?«
»Ich hoffe, nicht aus Amerika«, sagte Entchen und strich sich über das Gesicht.
»Ist das jetzt nicht egal?«, fragte ich.
»Nein, mir ist es lieber, den Kindern erzählen zu können, ihr Vater habe auf Pferde gewettet, als er habe Möbel geschmuggelt«, antwortete sie und weinte wieder.
»Egal, was du sagst, Frank war auch nicht schlimmer als ich. Ich habe das Geld gestohlen und bin abgehauen«, sagte ich.
Draußen warf jemand etwas in einen Müllcontainer. Das Scheppern war fast angenehm. Entchen schniefte und dachte nach. Ich reichte ihr das Tuch, mit dem ich sonst den Monitor abwischte.
»Wenn du das so siehst, kann ich das wohl auch«, sagte sie. Nach einer Weile kam es dann: »Die waren schon letzten Herbst hinter ihm her. Er wollte nicht, dass ich mir Sorgen mache, und hat mir deswegen nichts erzählt.«
Sie hatte mich immer noch nicht gefragt, um wie viel Geld es ging. Das musste sie erfahren. Deswegen nannte ich ihr den Betrag.
»Ich überweise das Geld noch heute auf dein Konto«, meinte ich dann.
Entchen erhob sich und knallte ihre kleine Hand auf den Tisch.
»Nein, das tust du nicht! Nicht, bevor diese Erpresser hinter schwedischen Gardinen sitzen. Das Geld kannst du solange verwahren. Wenn du auch sonst keinen Grund hast, dann eben als Dank für das Darlehen.«
Entchens Lachen wurde immer wieder von halberstickten Schluchzern unterbrochen. Rastlos kratzte sich Frida zwischen den Fingern.
»Danke, dass du das so aufnimmst!«, sagte ich.

Es ging mir auf, dass Frank und ich uns ähnlicher geworden waren. Ich hatte jetzt auch Geheimnisse, mit denen ich mich erst im letzten Augenblick auseinandersetzte. Deswegen konnte es gut sein, dass er aus eigenem Antrieb von der Fähre nach Kiel gesprungen war. Hatte er bereits, ehe wir uns zum letzten Mal sehen, über diesen Ausweg nachgedacht? Vielleicht hatte er nach einer missglückten Verhandlung mit einem großen Kunden in New York im »Birdland« gesessen und an seine aufdringlichen anonymen Gläubiger gedacht?

Entchens frisch gewaschenes Haar hinterließ dunkle Flecken auf ihrer Bluse. Sie trank den letzten Schluck Morgenkaffee stehend und ohne weitere Tränen zu vergießen. Dann klapperte ihr Rollkoffer über die Fliesen. Sie sah uns nicht an, verabschiedete sich nicht und wollte nicht, dass wir mit auf die Straße kämen. Es war seltsam, dass ich nicht gesehen hatte, wer sie war, als wir sie vom Flugplatz in Nizza abgeholt hatten. Damals war sie einfach nur bedrohlich schön gewesen.
»Ich darf mich nicht in mich selbst verkriechen. Ich muss an die Mädchen denken. Sie haben jetzt nur mich.« Entchen seufzte.
Weder Frida noch ich hatten etwas zu sagen.
»Nein, übrigens, jetzt rede ich Unsinn«, sagte sie nachdenklich. »Es gibt natürlich auch noch andere. In Wirklichkeit haben sie eine ganze Familie. Aber ihnen fehlt der Vater, genau wie Frank – und dir. Aber du bist doch trotzdem zurechtgekommen, oder?«, fragte sie und sah mich an.
Ich nickte. Es hatte den Anschein, als wolle sie mich um eine Lebensversicherung für ihre Kinder bitten. Die war ich ihr schuldig, also nickte ich energisch ein weiteres Mal.
»Warte!«, sagte ich und lief ins Schlafzimmer, um ein längliches Paket zu holen, das im Kleiderschrank lag.
»Hast du Lust, das für deine Mädchen mitzuschleppen?«, fragte ich außer Atem.

»Klar. Was ist das?«
»Zwei Marionetten, die ich in Prag gekauft habe.«
»Du bist ein Engel! Ich habe noch nichts gekauft … Alles kam schließlich so plötzlich«, sagte sie und umarmte mich. Das war irgendwie seltsam. Befreiend.
»Wie hieß sie, dein Mädchen?«, fragte sie plötzlich, während sie mich immer noch im Arm hielt.
Es war mir nicht möglich, ihr zu antworten. Ich schluckte und schaute auf meine Hände, während die Sekunden vergingen.
»Inger«, murmelte ich. »Meine hieß Inger.«
»Ich ruf dich an. Wir sehen uns in Oslo!«, sagte sie, ohne mich anzusehen.
»Hast du Geld?«, fragte ich dumm.
»Falls noch einmal jemand das Wort Geld in den Mund nimmt, haue ich ihm eine rein«, sagte sie müde.
»Okay«, erwiderte ich. Frida schwieg und machte mit den Fingernägeln an den Pulsadern herum. Die Kratzer waren deutlich zu sehen.

Nachdem Entchen abgereist war, begriff ich, dass die Müdigkeit ein Faktum sein kann, obwohl man nicht an sie denkt. Ich zog mich aus und ein sauberes Nachthemd an. Es duftete nach Sitges, denn es hatte nach Franks Tod bei Regen und Sonne auf der Terrasse gehangen. Vermutlich würde ich mich immer daran erinnern, wie die Wäsche in Sitges duftete.
Ich erwachte nass geschwitzt. Sowohl die Helligkeit als auch die Uhr zeigten, dass früher Morgen war. Ich hatte ganz eindeutig Fieber. Schlotternd ging ich die wenigen Schritte zur Toilette und dieselben Schritte zurück. Auf dem Weg trat ich versehentlich gegen eine leere Flasche, die anschließend noch etwas unter meinem Bett wippte. Gut, dass ich nicht noch woandershin muss, dachte ich, als ich zwischen die klammen Laken schlüpfte.

Eine Frau steht in der Dämmerung neben einem Trockengestell. Es ist Sommer. Sie sieht die Nachbarfamilie auf der Terrasse sitzen und Pizza essen. Eltern und zwei Kinder. Sie lachen über etwas, was einer von ihnen gesagt hat. Die Frau schaut auf ihren Bauch. Sie faltet die Handtücher zusammen und legt sie in einen Korb. Einen Augenblick lang meint sie die Klingel in der Wohnung zu hören. Sie beeilt sich aufzumachen. Aber jetzt ist alles still. Sie öffnet die Haustür, um ganz sicherzugehen. Dort ist niemand. Dann geht sie wieder rein, schließt die Verandatür und legt die sauberen Handtücher in den Schrank. Sie duften gut. Auf einmal spürt sie einen stechenden Schmerz im Unterleib, wie ein großes stumpfes Messer. Es vergeht eine Weile, dann ist das Messer wieder da. Sie weiß, was das ist, und holt die kleine Reisetasche aus dem Kleiderschrank. Etwas Babykleidung, Unterwäsche und ein neuer Bademantel aus Frottee. Sie legt alles in die Reisetasche, den Toilettenbeutel zuoberst. Dann schließt sie den Reißverschluss. Sie stellt den Wecker auf den Tisch und setzt sich mit den Händen im Schoß hin. Sie muss die Zeit stoppen. Ihre Hände sind weiß und haben große blaue Adern. Sie zittern fast unmerklich. Es ist warm. Erneut öffnet sie die Verandatür. Draußen lachen sie noch immer. Es riecht unangenehm nach Pizza. Einen Augenblick erwägt sie, den Mann zu bitten, sie zur Gemeindeschwester zu fahren, tut es dann aber nicht. Eine so demütigende Frage bringt sie nicht über die Lippen. Nicht jetzt. Während sie hin und her geht und wartet, kommt der Schmerz, der nicht zu ertragen ist. Glücklicherweise geht er auch dieses Mal wieder vorbei. Sie ruft an. Mit fremder Stimme sagt sie, wer sie ist und dass sie ein Kind zur Welt bringt. Eine Frau, die sie nicht kennt, fragt, wieviel Zeit zwischen den Wehen verstreiche.
»Das ist unterschiedlich«, antwortet sie.
»Und beim letzten Mal?«
»Es tat so weh, dass ich vergessen habe, die Zeit zu stoppen.«
»Lassen Sie das Ihren Mann machen!«

»Ich bin allein.«
Einen Augenblick lang wird es am anderen Ende still.
»Dann kommen Sie eben schon jetzt. Wir haben im Augenblick viel zu tun, aber es geht trotzdem.«
Sie legt auf und spürt, dass es ihr warm die Schenkel hinunterläuft. Das ist falsch. Das sollte noch nicht hier, sondern erst bei der Hebamme passieren. Sie greift zum Telefonhörer, um ein Taxi zu rufen. Es ist besetzt. Dann kommen die Schmerzen zurück, und es sickert ununterbrochen. Sie muss sich besinnen und dann auflegen. In den Pausen zwischen den Wehen muss sie eine trockene Unterhose suchen. Am besten eine dickere. Sie legt zwei Binden hinein. Das schafft sie gerade noch. Das Messer dreht sich und spielt Bajonett. Sie greift zum Telefonhörer, während das passiert. Immer noch besetzt. Sie nimmt Reisetasche und Mantel und geht gebeugt, um sich nicht aufzulösen. Erst als sie an dem roten Haus in der Kurve vorbei ist und das Bajonett eine Pause macht, überlegt sie, ob sie die Verandatür geschlossen hat. Das ist wenig wahrscheinlich, aber jetzt kann sie nicht umkehren. Sie muss weiter, an der langen Reihe Häuser und dem tosenden Meer vorbei, einen Hang hinauf und um noch mindestens zwei Kurven. Einmal bleibt sie stehen und hält sich an irgendeinem Zaun fest. Dort steht eine einzelne Eberesche und kämpft gegen den Wind. Klein und schwächlich beugt sich der Baum über sie und klopft ihr leicht auf die Schulter. Auf der Straße sind Löcher im Asphalt. Es fließt immer noch aus ihr raus. Als sei sie dem Regen verwandt. In mir ist kein Blut, denkt sie. Nur Wasser. Bald bin ich eine Pfütze, die einfach davonfließt, wenn es abschüssig wird. Einen Augenblick lang spürt sie, wie es sein würde, frei zu sein. Einfach vor der Schande davonlaufen. Diese Blicke hinter sich lassen. Die Unruhe, ob die Verandatür im Wind schlägt, rettet sie aus ihrer Grübelei. Sie sieht es vor sich. Die Tür schlägt so lange, bis die Scheibe splittert und die Scherben auf beide Seiten fliegen. Jetzt kommt der Nachbar und schaut nach, was los ist. Er schließt

die Tür und hängt einen alten Regenmantel in die Fensteröffnung.
Dann geht er rein zu seiner Frau und sagt: »Sie ist einfach gegangen und hat die Tür offen gelassen.«
Seine Frau entgegnet lachend: »Ich habe ihn schon lange nicht mehr gesehen, du weißt, den Vater des Kindes. Wahrscheinlich haben sie Schluss gemacht.«
Der Mann fordert sie auf, still zu sein, das gehe sie nichts an.
»Nein, aber ich werde doch wohl noch sagen dürfen, wie es ist«, wird seine Frau vermutlich beharren, und er nickt.
Die Bajonette machen dem Ganzen ein Ende. Man kann nicht denken und gleichzeitig etwas spüren.
Das ist das Gute an Bajonetten.

Ich zog das Nachthemd aus, duschte und zog mich an. Aus der Stille schloss ich, dass ich allein war. Ich ging in die Arbeitsecke, klappte das Notebook auf und öffnete Word, um zu sehen, wie sich die Überschrift »Um sein Leben kämpfen« ausmachen würde.
Erst glaubte ich, die falsche Taste gedrückt zu haben, und drückte ohne nachzudenken noch einmal. Dann wurde mir klar, dass die Datei leer war. Die Datei mit dem Manuskript war leer!
Ich erhob mich und blieb in der Luft über dem Computer hängen. Der Hund des Alten begann wie besessen zu bellen, und das Sonnenlicht überfiel mich von hinten. Ich zog die Gardine zu und setzte mich ruhig wieder hin, um noch einmal von vorne anzufangen. Die Datei blieb leer.
Ich streckte die Hand nach der Diskette aus, auf die ich immer alles kopierte, ehe ich die Datei mit dem Manuskript schloss. Dann redete ich mir beruhigend, allerdings lautlos, zu: Man kann das Manuskript sicher auf der Festplatte finden. Ich tastete hinter das Notebook. Meine Hand griff in die Luft und landete dann auf dem Bierdeckel aus Bayern, auf dem ich immer mein Wasserglas abstellte. Sonst war nichts da. Ich erhob mich erneut und begann

systematisch, alles, was dort lag, beiseite zu räumen, auch die Sachen, die zu klein waren, um eine Diskette zu verdecken. Die Diskette war nicht da.

Ich stand auf und ging ein paarmal im Kreis. Gleichzeitig rückte ich ein schief hängendes Bild gerade und räumte ein paar Sachen beiseite, die zufällig im Weg lagen. Dann fiel mir ein, dass ich ja noch eine Diskette hatte, in dem Rucksack, den ich immer überall dabeihatte. Dort war zwar nicht die Arbeit des letzten Tages vor Franks Tod gespeichert, aber dennoch.

Ich ging ins Schlafzimmer, um sie zu holen. Die Erleichterung darüber, dass ich meine Unruhe überlistet hatte, war so groß, dass ich leise vor mich hin lachte. Es reichte, dass Frida eine Weile nicht im Haus war, und ich begann bereits, mir zusammenzuphantasieren, was alles schief gehen konnte. Vermutlich machte sie einen langen Morgenspaziergang und saß jetzt an einem Cafétischchen an der Strandpromenade.

Das Seitenfach, in das ich immer die Diskette und mein Notizbuch steckte, war leer. Ich kippte den Inhalt aller fünf Fächer aufs Bett und schüttelte, Öffnungen nach unten, den Rucksack mit einer Wildheit, als sei er ein Feind oder Mörder. Brösel, Lippenstift, Eintrittskarten, Brieftasche. Kontoauszüge und Halspastillen. Ich war erstaunt, dass ich im Rucksack seit vielen Monaten nicht mehr Ordnung gemacht hatte. Das wäre mir in Oslo nie passiert. Jetzt lag alles verstreut da, ein muntermelancholisches Mosaik meines Lebens. Aber zwei wesentliche Dinge fehlten: die Diskette und das Notizbuch.

Ich merkte, dass ich zitterte, und ging ins Bad, um mich aufzuwärmen. Vielleicht ist das alles nicht wirklich und hat nur damit zu tun, dass ich Fieber habe. Ich setzte mich auf die Toilette und versuchte dann, meine ganze Körperoberfläche auf den Fliesen mit Fußbodenheizung auszubreiten. Ich zitterte so sehr, als würde ich einen Presslufthammer halten. Schließlich wurde mir bewusst, dass ich darauf wartete, dass Frida zurückkehrte.

Nach einer Stunde war sie immer noch nicht da. Ich sah ein, dass ein Badezimmerfußboden mir nicht die Wärme geben konnte, die ich brauchte. Ich ging in das Zimmer neben dem meinen. Die Schranktüren standen offen. Die Fächer waren so leer wie nach einer Zwangsversteigerung. Das Bett war so ordentlich gemacht, als hätte nie jemand darin gelegen. Ja, als hätte ich es selbst gemacht. Es hatte den Anschein, als sei Frida nie hier gewesen.
Einige Gedanken waren noch da, ohne dass es mir möglich gewesen wäre, sie in eine Ordnung zu bringen. Meine Haut sonderte noch immer Schlacken ab. Aber nichts, was sich recyceln ließ. Nichts. Es gab mich nicht. Das Manuskript war weg!
Nach langer Zeit, Frida war noch immer nicht aufgetaucht, schlug einer der noch übrigen Gedanken auf den Gong, und ich beschloss in der Garage nachzusehen. Allein war ich nicht mehr dort unten gewesen, seit ich meine Notizen geholt hatte. Jetzt lag es in meinem Interesse herauszufinden, ob dort noch ein schwarzer Honda CR-V stand, der mich mit etwas in Verbindung bringen konnte, was sich als Wirklichkeit bezeichnen ließ. Ich schlich zur Kommode in der Diele, auf der immer der Schlüssel lag. Er war nicht da.
Natürlich war es in der Garage stockfinster. So war es immer gewesen. Auch am helllichten Tag war es dort dunkel. Ich sagte mir, dass ich nur das Licht anknipsen müsse. Es würde lang genug brennen, um die Betonsäule zu umrunden und nachzuschauen, ob das Auto noch dort stand.
Ich trottete den Laubengang vor unserer Wohnung entlang. Als ich zum Fahrstuhl kam, trat der alte Mann mit dem Hund aus seiner Wohnung. Wir blieben stehen, während das Kläffen in das vordrang, was von meinem Schrumpfhirn noch übrig war. Plötzlich machte ich ein Manöver, das einem nur in äußerster Not gelingt. Ich beugte mich vor und hob den Hund des Alten hoch. Er sträubte sich mit seinem ganzen urinstinkenden Pelz. Aber ich befand mich mitten in einer Aktion, die ich nicht mehr kontrol-

lieren konnte, und hielt ihn an mich gepresst. Als es still wurde, drückte ich einen laut schmatzenden Kuss auf die geifernde Schnauze. Ich hatte offensichtlich, obwohl ich nie an die Geschichte vom Froschkönig geglaubt hatte, gehofft, dass an der Sache trotzdem was dran sei. Denn jetzt, nachdem sich all meine Vernunft in Verrücktheit gewandelt hatte und meine Angst wahrscheinlich so groß war, dass mir jeder Überblick fehlte, geschah es: Der Hund wurde zwar kein Prinz, aber er wurde ruhig. Und als sei eine Sonnenfinsternis vorüber, verzogen sich die leberfleckigen Lippen des Alten, und es offenbarte sich das strahlende Lächeln eines Toreadors.

»Gracias! Gracias!«, schnarrte es mir entgegen, während der Mann sich an den Hund und mich klammerte. Das war zwar nicht unbedingt ein Happy End, hatte aber auf jeden Fall etwas Versöhnliches. Das Problem war nur, das mich weder Mann noch Hund loslassen wollten. Letzterer hatte mir beide Pfoten um den Hals gelegt. Ich versuchte ihn abzuschütteln, aber er machte sich schwer und klebrig.

Ich weiß nicht, wie lange wir als siamesische Drillinge so dastanden, aber dann kam die Tochter des Alten an die Tür. Nur selten hatte ich die spanische Sprache so schön empfunden. Als die Frau verstand, dass man uns nicht mit Gewalt voneinander lösen konnte, holte sie eine Tüte Lakritzen. Innerhalb von einer Sekunde war das Interesse des Hundes gebannt. Ich war befreit, und wir alle lächelten, als hätten wir uns nie bösartig angebellt. Die Dame wollte mich in ihre Wohnung bitten, was ich so höflich wie möglich ablehnte. Dann trat ich in den Fahrstuhl.

Bevor ich mich in die Garage begab, ging ich genau nach Plan vor: Ich stand in der dunklen Türöffnung und machte Licht. Das war überwältigend. Die Garage glich einem Operationssaal für Autokarosserien. Ich rannte um die Säule herum und starrte so angestrengt, dass alles zu einem schwarzen Fleck verschwamm. Er stand noch da! Der Honda stand da!

Ich ging zurück zum Lichtschalter und wartete, bis das Licht erlosch. Dann knipste ich es wieder an und rannte die sechzig Meter von der Tür zum Honda. Mein Gebet wurde erhört, ohne dass ich mich erinnern konnte, überhaupt gebetet zu haben. Das Auto war offen, und der Schlüssel lag auf dem Sitz. Dann ging das Licht aus. Ich setzte mich in den Wagen, holte tief Luft und lehnte mich zurück.

Da spürte ich, wie mir jemand seine zwei Hände um den Hals legte und so fest zudrückte, dass mir schwarz vor Augen wurde. Als ich den unverkennbaren Geruch von Frida wahrnahm, bewegte sich bei mir alles im Kreis. Ich habe mich doch nie im Ernst von Frida bedroht gefühlt, oder?, konnte ich gerade noch denken.

»Hör auf!«, presste ich zwischen den Lippen hervor und hielt den Autoschlüssel in der Faust.

Sie lockerte ihren Griff etwas und zischte: »Gib den Schlüssel her! Du bist viel zu feige zum Autofahren!«

Hatte ich gewusst, dass das früher oder später passieren würde? Wahrscheinlich ja. Aber ich hatte nicht vorhergesehen, dass sie mich angreifen würde. Verrückten gegenüber muss man sich ruhig verhalten und sie manipulieren, dachte ich. Vor allem muss man den Eindruck erwecken, dass man alles unter Kontrolle hat, und man darf keine Angst zeigen.

»Gib mir mein Manuskript zurück, dann bin ich feige und gebe dir den Schlüssel«, antwortete ich.

»Das ist zu spät, das ist vorbei.« Sie lachte roh, fast wie in den alten Zeiten in Berlin, wenn sie mich wegen irgendwas verspottet hatte.

»Was ist zu spät?«, fragte ich pädagogisch.

»Ich habe es an den Verlag gemailt, während du geschlafen hast. Es war fertig. Du wolltest das nur nicht einsehen und alles noch breittreten. Du hast sogar geplant, Frank überleben zu lassen.«

»Ich habe dir doch gesagt, dass der Autor entscheidet, wann das

Manuskript fertig ist. Aber natürlich bin ich bereit, darüber zu diskutieren«, sagte ich und versuchte mich aus ihren Händen zu befreien.

»Und ich habe dir erklärt, dass eine Romanperson mit Charakter niemals klein beigibt. Heute Nacht wurde der Schluss fertig. Das Buch ist damit fertig.«

»Du musst schon einsehen, dass das ich zu entscheiden habe«, sagte ich mit unterdrückter Wut.

»Wir trennen uns jetzt, verstehst du. Es ist vorbei!«, flüsterte sie mir ins Ohr.

»Das muss doch nicht gleich so einen Spektakel geben! Hör mal zu ... Du hast das Manuskript von der Festplatte gelöscht und die Kopien an dich genommen. Warum machst du so einen Schwachsinn?«

»Ich habe es gelöscht, damit du die Geschichte nicht verdirbst. Du warst drauf und dran. Alles, worüber wir gesprochen hatten, hast du versucht zu manipulieren oder umzuschreiben. Als Frank starb, hattest du sofort die Idee, dieses Faktum außer Acht zu lassen und einen neuen Schluss zu dichten. Das wollte ich nicht. Ständig sterben Leute. Man kann nicht einfach jemanden unsterblich machen, bloß weil er ein Mann ist. Wenn du aus jemandem einen Helden hättest machen wollen, dann wäre dafür nur Günter in Frage gekommen. Aber dazu habe ich dich nicht überreden können.«

»Du bist wirklich verrückt!«, rief ich unvorsichtig.

»Wer von uns beiden verrückt ist, würdest du deutlich im Spiegel sehen, wenn es hier hell wäre«, fauchte sie.

»Wo sind die Disketten?«

»In einem Abfallsack auf der Straße. Die Müllabfuhr war eben da.«

»Begreifst du, was du getan hast? Das ist Diebstahl!«

»Und du? Bist du jetzt ein Engel, weil du Entchen gebeichtet hast, dass du eine Diebin bist?«

»Ich dachte, wir hätten gemeinsame Sache gemacht und würden zusammenarbeiten.«
»Mit einer Autorin, die ihre Personen nicht sieht, kann man nicht zusammenarbeiten. Gib mir den Schlüssel!«
»Nie im Leben!«, erwiderte ich.
»Wer ist die ganze Strecke unfallfrei gefahren? Du wirst auf dem spanischen Hochland in den Tod fahren. An einigen Stellen ist es dort verdammt steil. Du fährst Auto wie eine frisch geschlüpfte Laus«, sagte sie höhnisch lachend.
In diesem Augenblick ging das Licht an, und ich starrte in Fridas Gesicht im Spiegel. Hatte ich Frida je gesehen? War es überhaupt möglich, ein Wesen zu *sehen*, mit dem man so eng zusammenlebte? Oder sah man nur, was man zu sehen glaubte? Sie wirkte grotesk, das Haar verfilzt, die Gesichtszüge verzerrt und verwischt. Sie war direkt furchteinflößend, die Augen wild und böse. Es war todernst. Mir fielen keine pädagogischen Fragen mehr ein, und ich spürte, was für eine Angst ich vor Frida hatte. Vermutlich hatte ich schon lange Angst vor ihr gehabt. Davor, was sie anrichten konnte. Mit der Angst kam auch die Wut. Diese Wut wollte raus. Ich wusste, dass ich damit keine Erfahrung hatte.
»Verschwinde! Ich will dich nicht mehr sehen!«, sagte ich heiser.
»Du bist abhängig von mir«, erwiderte sie grinsend.
Das Licht ging aus. Die Wut war jetzt ganz an der Oberfläche. Die Arme hatten einen eigenen Willen. Ich schlug immer weiter zu und traf abwechselnd weich und hart. Ohne eine Reaktion oder Widerstand zu erwarten. Ja, je geringer der Widerstand war, desto wilder schlug ich um mich.
»Raus!«, schrie ich schließlich und öffnete die Tür mit gewaltiger Kraft.
Ein Schlag auf den Kopf ließ mich auf dem Sitz zusammensinken. Wenig später lief es warm über mein Gesicht. Ich kann nicht sagen, dass es da schon wehgetan hätte. Aber das Gehirn reagierte, als wäre ich einer Detonation ausgesetzt gewesen. Ich wusste, dass

sie nur darauf wartete, dass ich liegen bleiben würde, damit sie den Schlüssel an sich nehmen und mit dem Auto verschwinden könne. Ich musste mich verteidigen, ehe es zu spät war, also mobilisierte ich alle meine Kräfte und prügelte erneut los. Hart und blind und mit Kräften, die mein ganzes Leben in Bereitschaft gewesen waren. Ich schlug immer weiter. Bis das Licht erneut anging und der Operationssaal auftauchte.

Jemand wischte mir mit irgendwas über das Gesicht. Das war der Hausmeister. Frida war weg. Aber in der Hand hielt ich den Schlüssel eines Honda CR-V.

Ich hatte rasende Kopfschmerzen, ohne mich erinnern zu können, auch nur einen Tropfen getrunken zu haben. Der Hausmeister hatte mich zur Gemeinschaftspraxis im Erdgeschoss begleitet. Ein Teenager in weißem Kittel drückte seine Zigarette aus, rasierte ein Stück meiner Frisur und flickte mich hübsch zusammen. Ein Strohhut würde alle Spuren verbergen. In der Dusche konnte ich mir einfach eine Plastiktüte über die Haare stülpen.

Der Hausmeister beherrschte mehrere englische Wörter. Unten in der Garage hätte ich nicht gezögert, ihn als einen sprachbegabten und guten Menschen zu bezeichnen. Ich tat ihm leid, und er deutete erst auf die Autotür und dann auf meinen Kopf. Jetzt eine Erklärung über Frida zu beginnen, wäre zu schwierig geworden. Außerdem konnte er Fridas Verbündeter bei einer Rettungsaktion sein, die sie veranlasst hatte, nachdem ihr aufgegangen war, was sie angerichtet hatte. In diesem Augenblick saß sie vielleicht in irgendeinem Hotel und sah diese Situation vor sich. Sie kannte mich und wusste, wie ich reagieren würde. Sie wusste, was ich dachte. Nach allem, was vorgefallen war, war es trotzdem vorstellbar, dass sie sich folgende freche Bemerkung erlaubte: »Sanne, wartest du auf einen Anruf oder eine Mail vom Verlag? Keine Sorge! Kommt schon.«

Sie behandelt mich wie eine Romanperson, dachte ich. Sie erfindet mich, als sei ich Teil ihrer Gedanken, ihrer Fiktion. Monatelang hatte sie versucht, mich in das Manuskript so einzupassen, wie sie wollte. Hatte sie nicht wiederholte Male probiert, mich dazu zu bringen, einen Bestseller zu schreiben und sogar Franks Tod zu verwerten? Was hatte sie die letzten Tage eigentlich getrieben, nachdem ich erfahren hatte, dass Frank tot war? Hatte sie Streichungen und Änderungen vorgenommen, ohne dass ich es merkte? War der Roman ein ganz anderer geworden?

Das Wahnsinnige war, dass ich von dem Augenblick an, in dem Frida mir sagte, das Manuskript sei abgeschickt, keine Erinnerung mehr daran hatte, wie meine Intentionen ausgesehen hatten. Jetzt hatte Frida das Ganze außerhalb meiner Kontrolle an den Verlag geschickt. Hat sie mich zu einem unbeholfenen Opfer degradiert, das ihr beim Autofahren den Kaffee eingoss? Vielleicht hat sie sich sogar selbst zur Hauptperson gemacht. Oder sie hat mich liquidieren und zerstückeln lassen, nur um die Geschichte drastischer zu machen. Oder hat sie mich mit kalter Berechnung im Drøbaksund versenkt, damit ich herausfinden konnte, was Frank als Letztes gedacht hatte?
Irgendwie musste ich Mut beweisen. Ich setzte mir eine dunkle Sonnenbrille und einen Strohhut auf und verließ das Haus. Irgendwo in meinem Kopf hatte Frida ihre Verbündeten. Der Gedanke an Franks Verfolger tauchte auf. Wo waren sie jetzt? Es ging darum, die Menschen, die in allen Richtungen an mir vorbeischwirrten, dazu zu bringen, als meine persönlichen Bodyguards aufzutreten. Das war meine einzige Chance, falls mich jemand angriff. Niemand sah jedoch so aus, als sei er darauf eingestellt, mich zu verteidigen. Andererseits kam es tatsächlich vor, dass Leute unvermittelt Verantwortung übernahmen. Davon hatte ich gelesen.
Eine Amsel stand unbeweglich auf dem Rasen im Park. So konzentriert, als lausche sie auf etwas auf der anderen Seite der Erde. Die Tanten im Kinderheim hatten gesagt, dass die Toten immer als der Vogel wiederkehrten, den man als Erstes sehe. Damals hatte ich mich danach gesehnt, jemanden zu kennen, der bereits tot war und der dann in Gestalt eines schönen Vogels mit funkelnden Augen hätte zu mir kommen können. Nach dem Lastwagen gelang es mir nicht mehr, mich nach solchen Zeichen zu sehnen.
Aber jetzt, als ich über den Platz ging und den schwarzen Vogel mit dem gelben Schnabel sah, dachte ich: Frank! Der Vogel

hatte den Kontakt mit der anderen Seite der Erde abgebrochen. Jetzt wippte er mit dem Schwanz, reckte den Hals und lauschte in die Luft, als erwarte er einen Anruf. Wahrscheinlich kam der Anruf. Einen Augenblick später war der Vogel verschwunden.

Waren Frank von Frida nicht schlechte Eigenschaften zugeschrieben worden, die er gar nicht besaß? Hatte ich das etwa begierig aufgegriffen, weil ich meine Tat hatte entschuldigen wollen? Frank war nur ein lieber, rastloser Träumer gewesen. Ein Suchender und Lebenskünstler, der seine Welt erfand und seinen Nächsten nichts Böses wollte. Es war gemein von mir gewesen, darauf zu pochen, er solle Entchen verlassen. Reiner Terror. Frank konnte niemanden verlassen. Das hätte ich wissen müssen.

Ich ging in das Restaurant an der Ecke und bestellte Pizza und ein Glas billigen, aber guten weißen Torres. Dann nahm ich den Strohhut ab und betrachtete mich in der matten, dunklen Fensterscheibe. Eine Fremde mit einem dicken Verband im Haar.

»Skål, Sanne! Skål, Frank! Die Liebe ist eine glatte Schlange, die sich im Gras versteckt. Wenn sie bedroht wird, beißt sie zu. Ihr Biss ist tödlich. Nur die Stärksten überleben das Gift. Die Natur ist grausam, weißt du. Nur die Stärksten kommen durch. Frank, du hast es nicht geschafft. Aus irgendeinem Grund war dein Leben im Drøbaksund zu Ende. Und Frida schwirrt herum, außerhalb meiner Kontrolle. In Oslo sitzt jemand gähnend über meinem Manuskript und fragt sich, was das ist. Verlagsleute sind oft auf ihre eigene Art höflich.«

»Sanne, du bist ein Notebook mit gelöschter Festplatte«, sagte ich vor mich hin und hob das Glas, ohne mich darum zu kümmern, dass jemand meinen könnte, ich sei übergeschnappt.

Das Problem war nur, dass ich eine Festplatte besaß mit einer Datei für Verlust. Mir fehlte das Manuskript. Mir fehlte Berlin. Mir fehlte Frida, so wie sie gewesen war, bevor ihre Verrücktheit überhand genommen hatte. Mir fehlte Entchen. Und mir fehlte

Frank. In diesem Augenblick fehlte mir sogar Oslo. Das Geheimnis besteht darin, sich mit dem Unverpflichtenden zu verbünden. Beziehungen und Kummer zu vermeiden. Menschen zu meiden. Denn man kann nicht erwarten, dass etwas von Dauer sein wird.

Die junge Frau macht Vertretung in einer Englischanfängerklasse. Der Rektor der Schule hat sonst niemanden. Aber sie schafft das, obwohl sie nur einen Abschluss der Handelsschule hat. An dem Tag, an dem alles passiert, haben sie »to be« konjugiert. Ziemlich lang kann sie sich nicht an die Konjugation erinnern. Dann geht sie hinter einer Krankentrage her durch viele Korridore. Sie hält ihr Gesicht vor sich wie eine Maske. Einige Stunden später geht sie durch dieselben Korridore zurück. Die Maske ist immer noch da. Sie hat eine Spritze bekommen, um ihr Skelett aufrecht zu halten. Den einen Fuß setzt sie mühelos vor den anderen. Die Gewichtsverlagerung könnte besser sein, aber das behindert sie nicht direkt. Sie haben ihr keine Spritze gegen Masken gegeben, also könnte die ihre, soweit sie weiß, dauerhaft sein. Ein Mensch, der kein Gesicht hat, trauert vermutlich auch nicht, sondern hat nur einen verborgenen persönlichen Defekt.
Der Mann, seine Mutter und eine Kollegin aus dem Büro kommen zur Beerdigung. Sie finden an ihrem Wohnzimmertisch Platz. Sie kocht ihnen Kaffee und setzt ihnen gekauften Kuchen mit Makronenfüllung vor, der nach Farbe schmeckt. Aber darüber gehen alle hinweg. Man ist höflich und weint ein wenig. Sie auch. Die Frau geht herum und führt winzig kleine und etwas größere Bewegungen aus, Arbeitsmuster. Sie antwortet, wenn jemand sie etwas fragt. Die ganze Zeit beugt sie »to be«. Die Konjugation rinnt durch ihren Kopf wie ein Fluss. Sie hört ihre eigene Stimme, ohne dass sonst jemand etwas merkt. Nur so kann sie ihre Existenz beweisen: »I am, you are, he/she/it is, we/you/they are.«

Als ich die Wohnungstür aufschloss, klingelte das Telefon von der Spüle her. Also hatte Frida das Telefon wieder vergessen. Ich ergriff es mit beiden Händen und hauchte ein Ja.
»Ist dort Fräulein Svendsen?«, fragte eine Frauenstimme.
»Ja …«
»Haben Sie ein paar Minuten Zeit? Ich bin Franks Mutter.«
Auf einem Bord über der Spüle war eine Büchse kurz davor herabzufallen. Aber ich hob nicht die Hand, um sie wieder an ihren Platz zu schieben. Ich blieb stehen und starrte sie an, um so den Absturz womöglich zu verhindern.
»Sind Sie noch da, Fräulein Svendsen?«
»Ja, ich habe eine Menge Zeit«, sagte ich atemlos. Die Büchse kostete mich Nerven, aber ich konnte das Telefon nicht loslassen, um sie wieder an ihren Platz zu schieben.
»Das waren einige ungewöhnliche Tage, wie Sie sich sicher vorstellen können. Es war nicht ganz leicht, da durchzukommen.«
»Das tut mir fürchterlich leid. Darf ich kondolieren.«
»Gebrauchen Sie nicht dieses alberne Wort, bitte! Ich mag kein aufgesetztes Mitgefühl. Und außerdem kennen Sie mich gar nicht.«
»Entschuldigung!«
»Keine Ursache. Sie hatten schließlich die besten Absichten. Der Grund für meinen Anruf ist folgender: Annemor hat mir von Ihnen erzählt. Sie seien eine gute Freundin von Frank gewesen und hätten sie ganz großartig in Spanien aufgenommen.«
»Wir hatten eine Menge Spaß …«
»Nun ja … Wenn ein Pfarrer anruft und einen die fürchterlichsten Dinge mitteilt, dann ist das nicht gerade ein Spaß.«
»Nein, natürlich nicht.«
»Aber zur Sache. Annemor bat mich, Grüße auszurichten. Sie will Sie auch noch selber anrufen, ist aber im Augenblick zu beschäftigt mit all den Polizisten, die kommen und gehen. Ich habe ih-

nen zwar gesagt, wie alles abgelaufen ist, aber die wollen auf eine alte Frau einfach nicht hören. Unglaublich!«
»Wie ist denn alles abgelaufen?«, warf ich ein.
»Leider hat er dasselbe gemacht wie sein Vater. So was ist erblich, muss ich Ihnen sagen. Aber Frank war ein liebevoller und kluger Junge, der es seinen Nächsten nicht zumuten wollte, ihn an einem Haken an der Decke zu finden. Frank hat immer an seine Nächsten gedacht und sich alle Mühe gegeben. Deswegen kam für ihn schließlich nur noch das Meer in Frage. Ich mache mir Vorwürfe, dass ich ihm keine liebevollere seelische Betreuung habe zukommen lassen, nachdem sein Vater von uns gegangen war. Das war damals nicht üblich. Außerdem war ich ein wenig indisponiert. Zu diesem Zeitpunkt war mir auch noch nicht klar, dass so etwas erblich sein kann. Das las ich später in einem Buch. Auf Kinder von Eltern, die sich an einem Deckenhaken aufhängen, muss man sehr gut aufpassen. Die kriegen einen Knacks, das kann ich Ihnen sagen. Man weiß nicht, ob man um sich schlagen oder ob man weinen soll, wenn so was passiert. Ich tat nichts dergleichen, ich habe einfach das Bett da reingestellt, unter den Haken. Aber ich sehe ein, dass alles seine Zeit hat. Jetzt habe ich es wieder im Schlafzimmer stehen. Franks furchtbares Schicksal hat mich dazu gebracht umzudenken. Er hat immer gesagt, dass das eine makabere Bestrafung des Toten meinerseits sei. Ich hätte längst auf ihn hören sollen. Und wollte ich jetzt so etwas tun, müsste ich in den Drøbaksund springen, um meinen Sohn daran zu erinnern, dass sich Handlungen wie seine nicht verantworten lassen. Unter keinen Umständen«, schloss sie mit rauer Stimme.
»Nein …«, murmelte ich, immer noch atemlos. Ich klemmte das Telefon zwischen Ohr und Schlüsselbein und versuchte, lautlos an die Kaffeebüchse auf dem Bord zu kommen. Ich musste ihr nur einen kleinen Schubs geben, dann war sie gerettet. Aber ich kam nicht dran.
»Weiß man, wie es passiert ist?«, fragte ich vorsichtig.

»*Ich* weiß es. Aber ich habe ja nichts zu sagen im Unterschied zur Polizei. Bei ihm war das erblich. Aber zur Sache … Mir fehlen die Tränen, können Sie sich das vorstellen? Das ist seltsam, denn ich weine oft, wenn ich Nachrichten sehe. Ich bin sehr gegen alle diese Schlägereien und Morde. Frank hat sich nie geschlagen. Er war ein friedfertiger Junge. Die jungen Leute von heute wissen nicht, was sie mit ihrer Zeit anfangen sollen. Deswegen beginnen sie, sich wegen jeder kleinsten Kleinigkeit zu prügeln, nur um ihre Arme und Beine zu bewegen. Das ist trist. Aber zur Sache … Annemor erwähnte, dass Sie nicht wissen, wo Sie wohnen sollen, wenn Sie nach Norwegen zurückkommen. Stimmt das?«

»Ja, in etwa«, antwortete ich und versuchte, rasch nachzudenken. Das ließ sich nicht damit kombinieren, sich zum Bord hochzurecken, um der Büchse einen Schubs zu geben, und gleichzeitig ein briefmarkengroßes Telefon zwischen Ohr und Schulter zu klemmen. Mit einem kläglichen Geräusch fiel das Handy zu Boden. Sofort war ich unten, aber es war zu spät, die Verbindung war unterbrochen.

Ich schüttelte das Telefon und drückte milde auf die Tasten. Aber es wollte nicht kommunizieren. Ich versuchte, es einen Augenblick zu vergessen, um es dann damit zu überraschen, dass ich erneut willkürlich auf irgendwelche Tasten drückte. Vielleicht ließ es sich überrumpeln und stellte den Kontakt zu Franks Mutter wieder her. Als das nicht geschah, haute ich das rote Ding gegen die Mikrowelle und hielt es dann listig ans Ohr. Es gab wieder ein Geräusch von sich! Es gelang mir auch, eine Verbindung zu der Nummer herzustellen, von der zuletzt angerufen worden war.

»Sie müssen wirklich entschuldigen, aber ich bin gestolpert und mir ist das Telefon runtergefallen«, sagte ich übergangslos.

»Haben Sie sich wehgetan?«

»Nicht doch. Störe ich?«

»Überhaupt nicht! Wo waren wir stehengeblieben? Doch, sehen

Sie … ich habe zu viel Platz. Mir wäre es sehr recht, wenn Sie in meinem Esszimmer wohnten, bis Sie etwas Besseres gefunden haben. Seit ich das Bett wieder ins Schlafzimmer gestellt habe, fühle ich mich etwas elend. Ja, dafür gibt es natürlich gute Gründe, weil Frank, meine ich, aber trotzdem … Sie dürfen nicht glauben, dass ich von Ihnen verlange, den Boden zu putzen oder Schnee zu schippen, was man den Leuten aus Nordnorwegen früher angeboten hat. Wir haben einen Hausmeister, und es kommt jemand zum Putzen. Aber je mehr wegsterben, desto wichtiger wird es, dass wir anderen am Leben bleiben. Wir müssen aufeinander aufpassen, nicht wahr?«

»Wie hoch ist die Miete? Ich weiß nicht, ob ich bezahlen kann, was Sie sich vorstellen.« Ich dachte daran, dass ich mein fettes Bankkonto nicht mehr antasten konnte.

»Nicht doch! Die Wohnung ist längst abbezahlt. Ich habe, was ich brauche. Die Zimmer sind da, ob jemand in ihnen wohnt oder nicht. Ich will nichts bezahlt haben, verstehen Sie? Aber Sie müssen natürlich selbst für Ihre Verpflegung sorgen. Und Sie dürfen nicht mit den Türen schlagen. Und dann noch etwas: Ich kann sehr unhöflich werden, wenn Leute Krümel auf dem Schneidebrett und dem Küchentisch liegen lassen. Können Sie das verstehen?«

»Ich bin genauso«, antwortete ich.

»Dann sind Sie eine ungewöhnliche junge Dame. Selbst Annemor mit ihrem Sinn für Tischdekorationen hat wenig Talent zur Sauberhaltung der Küche.«

»Ich bin aber nicht mehr ganz jung.«

»Das klingt vertrauenerweckend. Aber direkt pflegebedürftig sind Sie doch wohl auch nicht? Damit würde ich nicht klarkommen.«

»Absolut nicht«, sagte ich und schob den Verband zurecht.

»Wann kommen Sie und schauen sich das Zimmer an? Sie müssen es sich natürlich ansehen, ehe Sie sich entscheiden.«

»Ich fahre in den nächsten Tagen los. Kann ich Sie von unterwegs anrufen?«

»Das klingt nett. Frank hat auch immer von seinen Reisen angerufen. Immer hat er angerufen. Frank … Und noch etwas …«

»Ja?«

»Es wäre wohl das Praktischste, wenn wir uns duzten? Ich meine, jetzt, wo Sie mich anrufen wollen?«

»Natürlich. Wie soll ich sagen?«

»Marta. Sagen Sie einfach Marta!«

»Gut, Marta. Dann hörst du von mir. Auf Wiederhören! Und danke, dass du an mich gedacht hast!«

»Tschüs, bis dann, gute Sanne! Fahr vorsichtig!«

Flucht

Ich zog mich vom Schlafzimmerfenster zurück. Zwei Männer, einer im Anzug, der andere in einer Lederjacke, standen vor dem Tabakladen auf der anderen Straßenseite. Der im Anzug sah nicht aus wie ein Spanier. Ich durfte bis zur Abreise das Haus nicht verlassen. Die Killer konnten irgendwo stecken und nur auf eine Gelegenheit warten. Das Schlimmste waren die Verstecke hinter den Säulen in der dunklen Garage. Durch die musste ich, wenn ich wegwollte. Es war eine Kleinigkeit, vor ihr zu warten und dann, wenn ein Auto durch das Tor gefahren war, unbemerkt hineinzuspazieren. Es gab dort mehrere Verstecke.

Die Wechselsprechanlage neben der Tür summte. Ich rührte mich nicht. Nach einer Weile summte es erneut. Ich drückte mich an die Wand und lauschte auf meinen eigenen Atem. Der war wenig kooperativ. Plötzlich überfiel das Radio des Nachbarn meine Gehörgänge mit Popmusik. Das war eine Geste. So blieb mir erspart, es noch ein drittes Mal summen zu hören.

Das Packen war in wenigen Stunden erledigt. Ich nahm mir vor, ruhig zu bleiben. Wenn ich in Hektik ausbrach, war ich verloren. Ich trug meine Sachen nach und nach in kleineren Portionen runter, um keinen Verdacht zu erregen. Es sollte nicht aussehen, als wollte ich die Flucht ergreifen. Im Gegenteil, es sollte so wirken, als wollte ich in der Stadt bleiben und hätte deswegen alle Zeit der Welt.

Nachdem ich alles ins Auto geladen, die Wohnung abgeschlossen und den Schlüssel dem Hausmeister gegeben hatte, nahm ich ganz deutlich Zigarettenrauch in der Garage wahr. Mit großer Wahrscheinlichkeit hatten sie von meiner Abreise Wind bekommen. Ich hatte zwar die Reisedecke über meine Sachen ausgebreitet, aber es war mühelos zu sehen, dass Gepäck unter ihr lag.

Erst stand ich da und lauschte in die Dunkelheit, dann fasste ich mir ein Herz, machte Licht und rannte zum Auto. Dass ich es erreichte, ohne von jemandem gesehen zu werden, war eine so große Erleichterung, dass ich ganz vergaß, Angst zu haben, und die enge spiralförmige Rampe der Freiheit entgegen hochbrauste. Es hatte die ganze Nacht geregnet, und als ich über den Bürgersteig rumpelte, sah ich, das sich die Straße in einen Fluss verwandelt hatte. Irgendwie hatte ich im Hinterkopf, dass man die Straße in einem ehemaligen Flussbett angelegt hatte. Wahrscheinlich hatte jemand weiter oben eine Schleuse geöffnet, um mich an der Abreise zu hindern. An den seitlich geparkten Autos stand das Wasser bis zu den Türen. Meine Verfolger hatten jedoch nicht in Erwägung gezogen, dass ich einen Honda CR-V fuhr. Dieser planschte erstaunt durch die Wassermassen, ließ sich aber sonst nichts anmerken. Nachdem ich dieses große Hindernis überwunden hatte, kam mir die Entfernung Sitges – Oslo fast komfortabel vor.

Nach einigen Stunden Fahrt durch eine Landschaft, die mir fast paradiesisch erschien, wurde die Umgebung karger, bis dann nur noch weiße Kalkfelsen mit einem Minimum an sichtbarer Vegetation übrig blieben. Niemand schien dieser Erde Dünger, Wasser und Saatkörner zu gönnen. Alle ließen sie mit zerrissener Haut, Sprüngen und Brüchen liegen, die verwitterten Eingeweide der sengenden Sonne preisgegeben.

Auf dem Weg zum Atlantik musste ich die spanische Hochebene überqueren. Sicherheitshalber wählte ich den kürzesten und plausibelsten Weg. Da ich nicht wusste, welche Autos die Killer fuhren, musste ich ständig aufpassen, dass ich nicht von verdächtigen Männern überholt wurde, die mich wenig später auf einem einsamen Straßenabschnitt zum Anhalten zwingen konnten. Mein schlimmster Verdacht war, dass Frida diese Verfolgung angezettelt hatte. Dass sie mich verpfiffen hatte und das auch noch für ein sinniges, psychologisches Spiel hielt. War Frida dazu imstande?

Die Antwort lautete, dass Frida zu allem imstande war. Sie befand sich außerhalb meiner Kontrolle.

Schließlich brauchte ich Benzin. Inzwischen mussten jedoch mehrere Dutzend Kilometer zwischen mir und meinen eventuellen Verfolgern liegen. Ich wollte wieder einen vollen Tank. An der Tankstelle waren viele Autos und Menschen, und ich redete mir ein, dass ich mich dort ganz sicher fühlen könne. Ja, ich erlaubte mir sogar, einen Baum zu bewundern. Er war himmelhoch, gerade erst hatten seine herzförmigen Blätter ausgeschlagen. Er sprach zu mir wie eine Espe, ähnelte aber einem umgedrehten Reisigbesen und war alles andere als eine Espe. Trotzdem überkam mich rasendes Heimweh, tranceartig, sodass ich fast vergessen hätte, die Toilette aufzusuchen, nachdem ich getankt hatte.
Der Gedanke, dass mir Frida und ihre Verbündeten auf den Fersen sein könnten, hinderte mich nicht daran, dass sie mir fehlte, und zwar so, wie sie gewesen war, bevor sie verrückt wurde. Mir fehlten ihre Geschichten, die uns durch Europa begleitet hatten. Sogar ihre gnadenlosen Bemerkungen über meine Person fehlten mir. Ich starrte in den Baum und versuchte Frida heraufzubeschwören, um ihr, wenn möglich, eine kleine unhöfliche Bemerkung abzutrotzen. Aber das gelang nicht. Sie hatte das Manuskript abgeschickt, mir die Fahrertür vor den Kopf geknallt und war gegangen. In vollständiger Übereinstimmung mit ihrer eigentlichen Natur.
Es hatte sie sicher einiges gekostet, es mit jemandem wie mir auszuhalten. Sie hatte dem Spaß, den Lügen und sexuellen Ausschweifungen entsagen müssen. Nicht zuletzt hatte sie auf wunderbare Besäufnisse und Erlebnisse der Todesnähe bei rasendem Tempo auf der Autobahn verzichten müssen.
Aber in einem Punkt hatte sie sich geirrt: Es war mir gelungen, meine wenigen Habseligkeiten ins Auto zu packen und dieses unbeschädigt zwischen den Betonsäulen hindurch aus dem Keller zu fahren. Ich war direkt auf eine Straße gekommen, bei der es sich um die reinste Sintflut gehandelt hatte. Es war mir ebenfalls gelungen, ohne größere Schwierigkeiten die richtige Landstraße zu finden. Jetzt, anschließend, wurde mir klar, dass mir Fridas provo-

zierender Vergleich mit einer frisch geschlüpften Laus Kräfte verliehen hatte, von denen ich nicht gewusst hatte, dass ich sie besaß. Man konnte sich schließlich nicht alles bieten lassen.

Etwas nördlich von Zaragoza ragten drei Gebirgsformationen mit weißen, wie emaillierten Gipfeln in den Himmel. Bis dahin war ich eine Ewigkeit durch eine steppenartige Mondlandschaft gefahren. Hier war es jemandem eingefallen, dem Herrgott mit Bewässerung unter die Arme zu greifen. Eigenartig, was die Menschen mit etwas praktischer Intelligenz und Tatkraft zustande brachten! Künstlich grüne, frisch bestellte Felder soweit das Auge reichte. Ich fuhr zu schnell, sodass ich nicht sah, was eigentlich angebaut wurde. Nach den gelben und grünen Farbnuancen zu urteilen konnte es alles Mögliche sein.

Etwa dreihundert Kilometer von Burgos entfernt tauchten links von der Straße Windmühlen auf. Die Straßendecke spiegelte in der Hitze. Eine Linie führte schnurgerade wie mit einem Lineal gezogen in die Zukunft. Das Navarragebirge zerschnitt diese Linie brutal. Vor Logroño im Geburtsland des Rioja tauchte eine weite gewellte Landschaft auf mit frisch gepflanzten Weinreben, pinienbewachsenen Anhöhen und mittelalterlichen Städtchen. Pedantische Olivenhaine und säuberlich gestutzte Hecken zwischen den Fahrspuren gab es auch.

Irgendwo mitten auf der Autobahn kam plötzlich ein großes eidechsenartiges Geschöpf angekrochen. Im Bruchteil einer Sekunde bildete ich mir ein, dass wir einen Blick tauschten, ehe es im letzten Augenblick nach rechts flitzte und sein Leben rettete. Frida!, dachte ich feierlich sentimental und kam zu dem Schluss, dass ich jetzt alle Verfolger hinter mir gelassen hatte.

Die Berge, die Straßen und die sich ständig verändernde Natur inspirierten mich, die Seitenfenster zu öffnen und Kirchenlieder zu singen. Vielleicht waren es auch die Pilger. Sie folgten in kleinen Gruppen oder zu zweit einem markierten Weg, der oft parallel zur Autobahn verlief. Sie waren sonnenverbrannt, verschwitzt und hatten einen Stab und einen Sack. Ich versuchte mir über den Grund klar zu werden, warum sie dort Buße tuend wanderten. Was sie wohl dachten? Vielleicht konnte ich einen ganzen Roman über die Wanderung eines Pilgers nach Santiago de Compostela schreiben. Ob Frida auf eine Wallfahrt ohne Auto mitkommen würde? Wohl kaum.

Da ging mir auf, dass Frida und ich wohl keine Reisen mehr zusammen unternehmen würden. Das war vorbei. Ob ich mit meinen schwachen Beinen dahintrottend Buße für Diebstahl, Untertauchen, leichtfertige Bekenntnisse, Selbstverteidigung und verantwortungslose Geschwindigkeitsüberschreitungen tun würde, lag ganz und gar innerhalb meiner eigenen Verantwortung. Diese Buße musste ich in jedem Fall in Einsamkeit tun. Mit guten Weggefährten konnte man nicht rechnen. Natürlich war das etwas, was ich ausprobieren konnte, dachte ich, während der Honda auf der linken Spur dahinraste, als wollte ich noch vor Einbruch der Dunkelheit sämtliche Schatten aufsammeln.

Am frühen Abend traf ich in Burgos ein. Nachdem ich etwas hin und her gefahren war, stieß ich auf eine Einbahnstraße hinauf zur Kathedrale. Ich nahm mir ein Zimmer im »Mesono del Cid«. Von dort aus konnte ich die Kirchenfassade, den Springbrunnen und die vielen Treppen sehen.

Frida hätte gesagt, die Nachmittagssonne habe das romantische Hotelzimmer in eine höllische Zelle verwandelt. Ich schlüpfte aus den Schuhen, machte eine Literflasche Wasser auf und öffnete die französischen Fenster. Der kalte Fliesenboden war wie ein elektrischer Schlag. Wenn ich jetzt doch nur warme Dielenbretter gehabt hätte! In diesem Augenblick war die Sehnsucht nach einem Holzboden der Inbegriff allen Sehnens. Diese Böden können zwar auch kalt sein, fühlen sich jedoch schon nach wenigen Sekunden behaglich an und knarren, um vor Eindringlingen zu warnen.

Die Schatten dehnten sich bereits ganz lang, als mich das Signal eines Jagdhorns von einer unsichtbaren Bühne erreichte. Das erinnerte mich daran, dass alles verschwinden würde. Nicht hier und jetzt, aber nach und nach. Alles würde verblassen und mir den Rücken zuwenden. Die Menschen. Das Manuskript.

Eigentlich war Frida im Recht. Ich hatte das Ganze in die Länge gezogen. So getan, als wüsste ich nicht, dass es vorbei war. Wahrscheinlich wollte ich die Trennung oder die anschließende Leere vermeiden. Es fiel mir mit jedem Mal schwerer mit dieser umzugehen. Der Zahl der Manuskripte, die ich noch durchleben konnte, war ebenfalls eine Grenze gesetzt. Vielleicht handelte es sich bei diesem um das letzte?

Ein Flugzeug kam aus dem Nichts und schrieb weiße Linien an einen Himmel, der die Farbe von Unterwäsche hatte. Der Lärm kam später wie bei einem Film, bei dem der Ton nicht mit dem Bild übereinstimmt.

Ich hatte gehofft, dass zum Schluss alles stimmen würde. Dass alle Ereignisse, Fragen und Gefühle ihre Berechtigung haben würden. Aber so war es sicher nicht. Etwas oder jemand sprengte immer den Rahmen eines Romans. Genau wie in der Wirklichkeit. Sie waren Folge eines unsauberen Schnitts oder eines Flirts mit etwas, was man nicht in den Griff bekam. Bestenfalls blieb das Ganze ein Rätsel, oder es stellte sich die Illusion ein, dass man später alles erfahren würde. Aber konnte man das ertragen? Alles zu erfahren?

Ich lauschte dem Springbrunnen. Ein altes Fahrrad stand an die Umfassung gelehnt, und ein paar Jugendliche saßen auf der Kante des Beckens und lachten. Wir hörten dasselbe, aber ich zweifelte daran, dass wir auf dieselbe Art lauschten. Für mich hatte das Wasser mehrere Töne. Vor allem das ansteigende Brausen, wenn es in die Luft geschleudert wurde. Dann ein tröpfelnder Unterton, ehe es zwischen den alten Pflastersteinen im Sand versickerte und verschwand. Der Oberton war ebenfalls deutlich. Ein Strom, der über die Ufer trat und wie Entwickler auf Farbbilder wirkte.

In der Wassersäule dort unten auf dem Platz bildete sich ein Regenbogen, und ich begriff, dass ich mich unter einer riesigen Glasglocke befand. Die Geräusche und das Licht waren da, wirkten aber synthetisch und unwirklich. Oder vulgär wie eine aus Plastik gegossene Landschaft. In gewisser Weise war meine Anwesenheit in diesem Zimmer in einem viele hundert Jahre alten Haus nur eine Bestätigung, dass alles ewig so weitergehen würde. Nichts würde sich zum Besseren wenden, eher zum Gegenteil. In allem lag eine Leere.

Ich wusste, dass mir mein Gemütszustand einen Streich spielte, aber das half nichts. Unter dieser Glasglocke, die mein Leben war, wurde mir – wie vielleicht schon Frank zuvor – die Sinnlosigkeit deutlich. Ich starrte auf den hohen Farbbogen im Wasser. In wenigen Sekunden würde das ein Bild sein, an das ich mich erinnerte oder das ich vergaß. So flüchtig war das Dasein. Hatte man Glück, dann lebte man eine Weile in der Erinnerung von jemandem weiter.

Wie viele Ebenen konnte eine Fiktion haben? Die Personen in der Geschichte. Die Erfahrung und die Empathie des Autors. Das Unterbewusste, das die Bilder hervorbringt. Das Bewusstsein, das ordnend eingreift. Die Traditionen, die einem bestimmten Genre anhaften. Soziale und literarische Erwartungshaltungen. Das tatsächliche Leben im Augenblick des Schreibens. Die geografische Beschränkung. Die Unruhe des Autors. Angst. Wut. Verstimmtheit. Bitterkeit. Einsamkeit.

Waren die, die mein Manuskript vielleicht gerade jetzt lasen, imstande, einen Sinn in dem zu entdecken, was ich hatte ausdrücken wollen? Hatte ich ihnen genügend Hinweise gegeben, damit sie die Chance hatten, Fridas oder Franks Persönlichkeit zu sehen? Und die Entchens? Vielleicht hatte sich die Autorin allmählich von ihren Personen verführen lassen und nur noch getan, was diese ihr auferlegt hatten? Was wäre geschehen, wenn mich Frida in der Garage bezwungen hätte und jetzt mit dem Auto nach Hause führe? Der Schluss wäre ein ganz anderer gewesen. Konnte man sich vorstellen, dass Frida mich provoziert hatte, mich um den Autoschlüssel zu prügeln, damit ich meine Stärke bewies und die Kraft fand, mich auf den Heimweg zu begeben? Hatte sie diese letzte Aktion geplant, damit ich sie verlassen konnte? War sie es, nicht ich, die zugesehen hatte, dass Sanne Svendsen die Hauptperson wurde? War es ihre Aufgabe gewesen, mich zu provozieren, damit ich das einsah?

Da klingelte es aus dem Rucksack. Ich warf mich über ihn wie über einen Rettungsring.

»Sanne? Hier ist Entchen.«

»Oh!«, erwiderte ich erleichtert.

»Ich glaube, er hatte sich auf den Weg gemacht, um uns zu suchen … Im Obduktionsbericht steht, dass er ertrunken ist. Er war über die Reling geklettert, oder sie hatten ihn hinübergeworfen …« Ihre Stimme war nicht ganz fest. »Sie waren zu zweit. Sie werden gerade vernommen, streiten aber alles ab. Sie sagen, sie hätten sich nur ganz zufällig mit ihm in der Bar unterhalten.«

»Soll das heißen, dass man sie festgenommen hat? Dass sie jetzt niemanden mehr verfolgen können?«, fragte ich atemlos.

»Ja, Gott sei Dank! Aber es ist jetzt trotzdem zu spät für alles. Alles ist so sinnlos.«

Sie hatte vollkommen Recht, und doch hatte ich das Gefühl, aus einer altmodischen Taucherglocke zu entkommen. Endlich bekam ich genug Sauerstoff, ohne das Gefühl zu haben, mein Gehirn stehe unter Druck.

»Sie lassen sie doch hoffentlich nicht gleich wieder laufen?«, fragte ich.

»Nein, die haben wohl ziemlich viel auf dem Kerbholz. Man hat sie leider viel zu spät gefasst … Ich hätte sie anzeigen sollen, obwohl Frank gesagt hat …« Ihre Stimme versagte.

»Wie geht es dir?«, fragte ich nach einer Weile.

»Es geht … Es muss gehen! Und du? Bist du auf dem Heimweg?«

»Ich bin in Burgos.«
»Wo ist das?«
»Im spanischen Hochland, Richtung Meer.«
»Was willst du da?«
»Schlafen. Außerdem war ich noch nie hier. Ich wohne fast in einer Kathedrale.«
»Morgen ist die Beerdigung«, sagte sie mit zitternder Stimme.
»Graut es dir davor?«
»Ja. Aber es wird gehen. Ich wünschte mir, du wärst hier.«
»Ist das dein Ernst?«
»Natürlich ist das mein Ernst. Meine Schwester hilft mir mit den Kindern, meine Schwiegermutter ist mit ihren Sachen beschäftigt. Aber ich kann mit ihnen nicht reden. Eigentlich kannten sie Frank nicht. Nicht so wie du und ich.«
Ich hatte Mühe, Luft zu bekommen, und wollte nicht, dass Entchen deswegen in Verlegenheit geriet.
»Danke«, brachte ich schließlich über die Lippen.
»Da ist noch was, was ich genauso gut gleich sagen kann, obwohl ich dann anfange zu heulen.«
»Heul nur!«, murmelte ich.
»Nach diesen Wochen … Ich meine … ich verstehe Frank immer besser. Dass er dich nicht aufgeben wollte.«
»Danke, ganz meinerseits!«, sagte ich.
»Und noch was: Ich habe dich sofort wiedererkannt, obwohl du dich für jemand anderen ausgegeben hast. Du weißt schon … damals vor dem ›Harlekin‹.«
»Warum hast du das nicht gesagt?«
»Seit Frank mir dein Buch gegeben hat, war mir klar, dass da etwas ist … Aber irgendwie mochte ich das Buch trotzdem. Ich sagte das nicht, weil ich mich rächen wollte. Nur habe ich zu Rache kein sonderliches Talent. Ich bin eher neugierig. Außerdem hat sich dann gezeigt, dass du eine Freundin bist.«
»Wenn ich zur nächsten Bank komme, werde ich sofort das Geld

überweisen. Was verbraucht ist, zahle ich in Raten zurück«, sagte ich.
»Das eilt nicht. Ich habe jemanden damit beauftragt, die Antiquitäten zu verkaufen. Ich will diese unglückseligen Sachen nicht mehr sehen. Ich löse alles auf. Was du ausgegeben hast, kannst du als Reisestipendium von Frank betrachten.«
»Danke, aber das ist doch nicht richtig, wir müssen doch …«
»Und noch was«, fiel sie mir ins Wort. »Zieh nicht bei meiner Schwiegermutter ein! Sie macht dich fertig. Du wirst kein Wort schreiben können.«
»Dieser Gedanke ist mir auch schon gekommen. Sie hat es gut gemeint. Ich werde ihr Bescheid geben.«
»Ja. Aber warte bis nach der Beerdigung! Sei so nett!«
»Ist es schlimm?« Ich räusperte mich.
»Viel schlimmer, als ich es mir vorgestellt habe. Aber eigentlich hatte ich mir überhaupt nichts vorgestellt. Ich hatte nie daran gedacht, dass Frank einmal weg sein könnte … jedenfalls nicht weiter als bis Drammen oder auf den Holmenkollen. Nicht richtig …«
»Willst du darüber sprechen?«
»Nein, wirklich nicht!« Entchen weinte.
Wir benutzten die Pause dazu, beide zu weinen. Wir ließen uns das bei Telenor oder wie diese Firma in Spanien heißt ein stattliches Sümmchen kosten.
»Ruf mich an, falls was ist! Oder auch einfach nur so.«
»Danke! Wann bist du zu Hause in Norwegen?«
Merkwürdigerweise konnte ich ihr dieses Wort »Zuhause« nicht zum Vorwurf machen. Ich hatte das Gefühl, es sei in einem anderen Leben gewesen, dass ich mich über so etwas geärgert hatte. Ich konnte sie auch nicht darum bitten, den Pfau aus Meißen für mich aufzuheben. Den musste ich opfern.
»Ich weiß nicht recht, vielleicht dauert es eine Woche. Ich fahre an der Biscaya entlang nach Osten durch das Baskenland und dann weiter durch Frankreich und Deutschland.«

»Wieso durch das Baskenland? Dort sprengen sie sich doch in die Luft oder schießen sich gegenseitig tot!«
»Auch nicht mehr als anderswo. Das wollen uns die Zeitungen nur einreden.«
»Komm gut nach Hause!«
»Ja …«

Während der Zeit, die es dauerte, Frank unter die Erde zu bringen, ging ich wenige Meter von meinem Hotelbett entfernt in der eiskalten Kathedrale herum. Als ich wieder ins Freie trat, wurde mir klar, dass es mir nicht gelungen war, die Demut eines Pilgers aufzubringen. Das stärkste Gefühl war nicht Andacht oder Frieden, sondern Kälte. Mit ihren gotischen Türmen und überladenen Vorsprüngen glich die Kathedrale einem riesigen, noch nicht mit Puderzucker verzierten Pfefferkuchenhaus mit ovalen und kreisrunden Fenstern. Seit Jahrhunderten war es hier kalt. Ich glaubte zwar nicht, dass es sonderlich üblich war, während einer Beerdigung wütend zu sein, aber für mich war das nötig, um überhaupt weiterleben zu können.
Kein Mensch in dieser Kathedrale kannte Frank. Je mehr ich fror, desto wütender wurde ich. Ich wollte das nicht. Frank war nicht tot! Ich wollte ihn zurück, sobald ich wieder in Oslo war. Entchen und ich konnten ihn gut gemeinsam haben. Ich war zu jedem Kompromiss bereit. Warum hatte man diese Kirchenwände eigentlich gebaut, wenn sie nicht wütende Gebete erhören konnten?
Voller Tempo schwirrte ich in der Stadt herum und geriet so auch an den ausgetrockneten Fluss Arlanzón. Er führte kaum Wasser. Die Sandbänke waren mit wilden Blumen und Büschen bewachsen. Auch Sitzbänke gab es. Unfreiwillig betrachtete ich die Statue des großen Sohns der Stadt: El Cid Campeador. Ich hatte nicht die Kraft, mich näher mit seiner Biografie zu befassen. Ein Ritter auf einem Sockel mit erhobenem Schwert und einem Bart wie ein Fell. Sicher ein roher und brutaler Krieger. Altersschwarz und von

einer schweren Kette umgeben, die an vier Betonklötzen befestigt war. Als rechne man damit, dass Touristen und anderes Pack den Helden beleidigten. Oder sich die tonnenschwere Statue in die Umhängetasche steckten und verschwanden. Hinter El Cid ragte ein Hochhaus aus den sechziger Jahren auf. Am Dach zeigte ein riesiges Thermometer dreiundzwanzig Grad im Schatten. Ich klapperte mit den Zähnen.
Glücklicherweise fand ich einen Tisch auf dem Platz vor dem Theater. Ich bestellte eine Tasse Kaffee und streckte die Beine in die Sonne. Die Bäume über mir hatten nackte Äste, die nach einem sinnreichen System gepfropft waren. Sie waren gezwungen, ineinander zu wachsen, sodass jeder Baum mit seinem Nachbarn ein siamesisches Dasein fristete. Sie tauschten ihre Säfte aus und verloren so ihre Individualität. Das einzig Persönliche waren Wurzeln und der Stamm. Und als sei das noch nicht genug, musste sich jeder Baum damit abfinden, dass der Nachbarbaum dadurch gedieh, dass das Wurzelsystem von den Familienbäumen durch miteinander verwachsene Äste angezapft wurde. Das war eine groteske Art, einen freien Baum zu behandeln. Er saß nicht nur mit seinen Wurzeln fest, sondern wurde auch von den anderen mit gemeinsamen, in den Himmel ragenden Ästen gefangen gehalten.

Am nächsten Morgen reiste ich über endlose Ebenen mit bestellten Feldern und wenigen Dörfern, die aber alle eine Freude fürs Auge waren, weiter. Das war Spaniens riesige Brust. In der Ferne ragten schneebedeckte Gipfel auf, und im Laufe des Tages bezwangen der Honda und ich Höhen von tausend bis tausenddreihundert Meter. Hätten die norwegischen Trolle von diesen steilen Tälern und Gebirgen gewusst, wären sie vermutlich ausgewandert, und die norwegische Volksseele hätte Schaden genommen.
Dann begann auf der Staatsstraße 630 die wahnsinnige Talfahrt. Die Sonne brannte, und ich hatte die Klimaanlage eingeschaltet.

Irgendwo hielt ich vor einem Hotel an einem Hang. Hinter der Mauer begann ein senkrechter Abgrund. Ich atmete, so gut es ging, die frische Luft ein, die mit den grauen Abgaswolken eines Lasters vermischt war, der gerade mit aufheulendem Motor vom Parkplatz fuhr. Mir wurde leicht übel, als ich in die Tiefe schaute und begriff, was der Honda und ich zu erwarten hatten. Die blauen Berge waren weitaus zahlreicher als jene sieben aus dem Märchen. Mit mehr wurden die norwegischen Erzähler Asbjørnsen und Moe nicht fertig. Es ging steil nach unten. Die Straße erinnerte mit ihren Haarnadelkurven an eine Hühnerleiter, und es herrschte starker Verkehr. Nur etwa anderthalb Personenwagen fanden nebeneinander Platz. Trotzdem sehnte ich mich in das Auto mit seiner künstlich gekühlten Luft zurück. Ich sehnte mich nach der künstlichen Sicherheit der Kühlerhaube und Stoßstange gegen die Wirklichkeit. Bekam ich etwa allmählich Mut? Oder wollte ich einfach nur alles hinter mich bringen?

Männliche Begegnung am Nora-Strand

Erst dachte ich, ich läge mit dem Unterkörper und den Füßen im Golf von Biscaya oder Golfo de Vizcaya, wie er auf meiner Landkarte hieß. In halbwachem Zustand registrierte ich keine baskischen Bomben, hingegen war das Resultat eines ungehemmten Weinkonsums deutlich wahrzunehmen. Die Erleichterung nach beendetem Abstieg und das euphorische Wiedersehen mit dem Meer hatten die Hemmungen beseitigt, die eine Frau haben sollte.

Die Stadt hieß Gijón. Das Laken war feucht und kalt, und der Kopf war warm. Ich stand auf, um der Sache nachzugehen. Es zeigte sich, dass ich auf einem Wachstuch mit einem Laken darauf lag, das so dünn wie ein Zigarettenpapier war. Hier sollte man also teuer dafür bezahlen, dass man behandelt wurde wie ein Wickelkind. Frida hätte sich nie damit abgefunden, in einem Hotel aus dem »Michelin« so behandelt zu werden.

Als sei das nicht schlimm genug, glichen spanische und französische Betten ohnedies häufig reinen Folterwerkzeugen. Die steinharte Kissenrolle war eher für Dinosaurier geeignet, und man musste sie mit seinem Bettgenossen teilen, falls es einen gab. Das Oberlaken war so unter der Matratze festgesteckt, dass es dem müden Reisenden fast unmöglich war, unter die Decke zu kriechen. Das Resultat: in jedem Fall ein wirres Knäuel, das für Bequemlichkeit und Schlaf wenig geeignet schien. Außerdem sollte man selber sehen, wo man mit seinem Schweiß blieb. Keinen Tropfen durfte man zurücklassen. Resolut riss ich das feuchtglatte, graue Laken herunter und versuchte das Bett frisch zu machen. Nachdem ich das getan hatte, war ich hellwach und ging rastlos im Zimmer auf und ab, um mein Gleichgewicht wiederzufinden.

Als ich zu einem viel zu frühen Frühstück nach unten kam, wurde ich von einer Dame überfallen, die rasend schnell sprach und meinen Zimmerschlüssel sehen wollte. Der war in meinem Rucksack natürlich ganz nach unten gerutscht. Während ich herumwühlte, sehnte ich mich von ganzem Herzen nach der Ordnung der alten Sanne und ihren minimalistischen Lösungen. Aber schließlich konnte ich der Frau dann doch den Schlüssel unter die Nase halten. Sie zeigte auf einen Tisch in der Ecke, und ich verstand, dass ich mich an einen der gedeckten Tische setzen sollte. Da tat ich etwas, was Frida gefallen hätte. Ich tänzelte zu einem Platz, nahm Geschirr und Besteck und ging zu dem Tisch, an dem ich zuerst hatte sitzen wollen. Dann sah ich die Serviererin streng an, stellte die Sachen ordentlich hin und setzte mich.

Die Gesichtsfarbe der Serviererin veränderte sich. Aber sie war vermutlich eine richtige Baskin, denn sie folgte meiner Route zu dem anderen Tisch, schnappte sich das Tischtuch und kam zu mir. Anschließend deckte sie lautstark ab und dann wieder neu, und zwar so, wie *sie* meinte, dass es auszusehen hätte. Ich saß da wie eine Anfängerin im Serviettenfalten. Anschließend brachte sie mir kalten, sehr starken Kaffee in einer Spielzeugtasse, zwei eiskalte harte Eier mit blauem Eigelb, kalten, halb verbrannten Toast und Orangensaft. Im Heimatland der Orangen war dieser synthetisch und schmeckte nach aufgelöstem Weingummi.

Mein Appetit war nicht der beste, was ich der Serviererin nicht zum Vorwurf machen konnte. Mir kam der Gedanke, dass Frida dieses Fünfsternehotel für einen Witz gehalten hätte. Sie hätte gesagt: »Ich mache einen Spaziergang und finde heraus, was wir unternehmen können.« Die verschiedenen Rollen, die ein Mensch annimmt, haben etwas Magisches. In bestimmten Situationen gleitet man einfach in sie hinein. Warum sollte ich das nicht auch tun?

Ohne mich von eventuellen Promillen daran hindern zu lassen, nahm ich den Fahrstuhl in die Tiefgarage. Ich fuhr aus der wohlgeordneten Stadt mit dem langen Strand hinaus. Die Straße wand sich steil hinab und hinauf durch eine idyllische Landschaft mit blühendem Geißblatt in den Felsspalten, Alleen, die

an Regenwälder erinnerten, Misthaufenduft, Autowracks und morastigen Feldwegen zwischen giftgrünen Wiesen und hohen Bäumen. An einigen Stellen schien es unmöglich zu sein, Wurzeln zu schlagen.
Ich folgte einfach der Straße und verirrte mich zwischen menschenleeren Felsgebirgen. Ich glaubte, dass ich dort ans Ufer kommen müsste. Einmal begegnete mir in einer Kurve ein Autowrack in rasendem Tempo, und ich hatte alle Hände voll zu tun, ihm auszuweichen.
Ich hatte die Brandung schon lange im Ohr, ehe ich das Meer sah. Dann tauchte zwischen steilen, waldigen Hängen eine schmale Bucht auf, Nora-Strand. Plastik und Schrott, Gartenstühle, denen ein Bein fehlte, Bierdosen, zusammengeknüllte Zeitungen, Wegwerfgrills und anderer bunter Müll lagen überall verstreut. Am Strand unterhalb der Anhöhe, von der die steile Straße hinabführte, stand ein verfallenes Haus mit einem handgemalten Schild, auf dem »Café« stand. Hinter den Fenstern hingen verschossene Spitzengardinen und auf einer Wäscheleine verblichene Kleider. Die schief hängende Tür war geschlossen. Die Abwesenheit von Menschen hatte jedoch nichts Beruhigendes. Kein Tier, keine Bewegung, nur Wäsche, windgebeugte Bäume, Brandung und Wolken, die wie rasend versuchten, die Sonne zu ertränken.
Ich parkte ganz unten auf dem Sand und setzte mich auf einen morschen Baumstamm fünfzig Meter weiter, um das Meer zu genießen. Hinter mir lagen das Gespensterhaus, die Kluft mit dem undurchdringlichen Wald, die Straßen und das Auto. Wäre ich Frida gewesen, dann hätte ich gesagt, dass ich meine Angst vor dem Unheimlichen herausforderte.
Ein Kratzen wie das Geräusch von tausend Larvenfüßen auf Kies brachte mich dazu, mich umzudrehen. Wie ein lauernder Riesenkäfer kam ein Autowrack wie das, mit dem ich beinahe zusammengestoßen wäre, den steilen Hang herabgeglitten. Mit einem Ruck blieb es nicht weit vom Honda stehen. Zwei junge Männer

mit Bierdosen in der Hand purzelten heraus. In diesem Augenblick gelang es den Wolken wirklich, die Sonne zu verdecken. Ich war in einen Kriminalfilm geraten und wusste nicht, wie lange er bereits lief. Es konnte sich um die Szene vor dem Ende handeln. Es kam mir in den Sinn, dass sich die alte Sanne dieser Szene nie ausgesetzt hätte.

Bier trinkend ging einer der beiden langsam um den Honda herum. Der andere suchte etwas in der Hosentasche und bedachte mich mit einem gleichgültigen Blick. Ich drehte mich wieder halb zum Meer um und blieb sitzen, ohne mich zu bewegen. Eine weit fortgeschrittene Trance bedrohte meine Atmung. Der eine Mann trug eine Lederjacke und Jogginghosen, der andere einen zerlumpten Collegepullover und Jeans. Wären sie einem auf der Karl Johans Gate begegnet, hätte man vielleicht fünf Kronen in den Pappbecher getan, den sie einem vermutlich hingestreckt hätten. Aber hier hatten sie die Oberhand – und außerdem jeder eine Bierdose. Sie würden sich nehmen, was sie haben wollten.

Ich versuchte aufzustehen, aber das war scheinbar unmöglich. Der ältere mit der Lederjacke und schwarzen Bartstoppeln entsprach bis aufs i-Tüpfelchen meinen schlimmsten Vorurteilen. Jetzt öffnete er die Tür auf der Fahrerseite des Honda. Mein Herz setzte einen Schlag aus, Kontrolle war unmöglich. Gemächlich stieg er ein und legte die Hände aufs Lenkrad. Der Schlüssel steckte in meiner Hosentasche. Wie lange noch? An seinen Bewegungen erkannte ich, dass er das gesamte Armaturenbrett untersuchte, dann beugte er sich aus dem Auto und sagte etwas zu seinem Kumpan. Anschließend schauten beide in meine Richtung. Ich blickte starr zurück. Mir war klar, dass das eine recht untaugliche Waffe war.

Mit flackerndem Blick kam der jüngere auf mich zu. Ich zwang mich, jeden Zentimeter zwischen uns abzumessen, ohne dass ihn das aufgehalten hätte. Schließlich blieb er auf seinen breiten Füßen in ausgelatschten Stiefeln vor mir stehen. Die Spitzen ragten wie Hörner auf. Wahrscheinlich hatte er die Stiefel fünf Nummern zu groß gekauft oder gestohlen. Trotz der frischen Meeresluft roch er durchdringend. Seine Schenkel unter der engen, verschlissenen Jeans waren kräftig, und die Faust, mit der er die Bierdose hielt, baumelte herausfordernd unter der Ausbeulung im Schritt. Mit einer Hand riss er sich seinen Pullover vom Leib und ließ ihn in den Sand fallen. Sein Brustkasten war nicht so imponierend wie der seines Kumpans im Auto, aber unter dem T-Shirt trotzdem recht muskulös.

Ich zwang mich, seinem Blick zu begegnen oder dem, was einem Blick ähnelte. Aber ich war nicht die richtige Person, um zu beurteilen, ob mir das auch gelang. Es war mir immer noch nicht gelungen aufzustehen. Er hätte einen seiner spitzen Stiefel heben und mir das Gesicht eintreten können. Ich sah meine Zähne und Kieferknochen bereits zwischen dem anderen Unrat verstreut.

Da tat er, womit ich nicht gerechnet hatte, ein Trick wie von einem kleinen Jungen, der seine Kindergärtnerin mit einem Stück Schokolade bestechen will. Er schenkte mir ein strahlend weißes Lächeln und reichte mir seine Bierdose. Dann deutete er auf den Honda. Auto gegen Bier. Endlich kam ich wieder auf die Füße. Nicht ohne Anstrengung, aber zumindest stand ich.

Er sagte etwas auf Spanisch, und ich schüttelte den Kopf. Dann begann ich, mich auf den Wagen zuzubewegen. Jetzt passiert's, dachte ich. Sie schlagen mich nieder, finden den Schlüssel und fliehen der Freiheit entgegen. Ich liege hier, bis das Meer mich mitnimmt. Das dauert nur ein paar Stunden.

In diesem Augenblick stellte ich auch Mutmaßungen darüber an, wie es in Franks Kopf ausgesehen haben könnte, unmittelbar bevor er von der Fähre nach Kiel gesprungen oder geworfen worden war. Erst ein Vakuum. Dann hatte er einen lähmenden, lichten Augenblick, größer als die Angst, größer als die Hoffnung. Das gnadenlose Wissen darum, dass die Grenze überschritten war. Und so weise war das Gehirn eingerichtet, dass

das zu einer vollkommenen Lähmung führte, die andauerte, bis alles vorbei war.
Wie die eigentliche Szene ausgesehen hatte, konnte ich nicht mit Sicherheit wissen, aber die Lähmung hatten wir gemeinsam. Ich befand mich an einem menschenleeren Strand an der Biscaya und in einer Szene, die ich möglicherweise genau wie Frank vorausgesehen hatte. Trotzdem trat diese Lähmung auf, während der man darauf wartete, es endlich hinter sich zu bringen.
Aber falls ich geglaubt hatte, dass diese Gnade andauern würde, hatte ich mich geirrt. Im vollkommenen Widerspruch zu meinen Grundsätzen schwankte ich auf das Auto zu, nickte dem mit dem dunklen Bartwuchs zu und hielt mich mit einem klammen Griff an der Wagentür fest. Er grinste mich schief an, als würde er etwas unpassend mit einer alten Dame flirten. Dann fasste er sich in den Schritt und hob etwas an, was er dort hatte.
Ich wartete kurz und machte dann eine Bewegung in seine Richtung. Das gefiel ihm offenbar nicht, denn er fauchte mich an, aber immer noch mit zusammengebissenen Zähnen grinsend. Dann deutete er auf den leeren Schlitz, in dem der Schlüssel hätte sitzen sollen, und schaltete ganz nebenbei den CD-Player auf Inferno. Eine Opernarie mit Andrea Bocelli. Ich glaube, dass sie mir eine mentale Stärke verlieh, die ich nicht besaß, denn ich führte meine Idee bereits aus, ehe ich noch über ihre Konsequenzen nachgedacht hatte. Auf Englisch und wütend-verbissen beschuldigte ich ihn, den Schlüssel an sich genommen zu haben. Erst wirkte er leicht desorientiert, wahrscheinlich verstand er nicht jedes Wort, sondern nur den ungefähren Sinn.
Anschließend wurde mir klar, dass sich ein Wunder in vielen Varianten ereignen kann. Die aktuelle Variante bestand darin, dass drei Menschen dazu imstande waren, im Sand herumzukriechen und nach dem Autoschlüssel zu suchen, den ich in der Hosentasche hatte. Die Lähmung war vergessen. Mein Kopf arbeitete mit Hochdruck, um einen plausiblen Grund oder Vorwand zu finden,

mich ins Auto zu setzen, den Schlüssel im Zündschloss herumzudrehen und den steilen Hang hinaufzurasen. Wenn nötig, musste ich dem Schwarzbärtigen die Autotür auf die Finger hauen und ihn ein Stück mitschleifen. Sie würden mich in ihrem Autowrack verfolgen und aus diesem alles herausholen. Ich hatte den stärkeren Motor, aber die Jungs umso mehr Testosteron. Ich sah das Ganze bereits als eine Art James-Bond-Film vor mir.

Nachdem wir mehrere Minuten lang an den Stellen gebuddelt hatten, an denen meine Füße Spuren im Sand hinterlassen hatten, war ich doppelt so erschöpft wie die Athleten. Hätte ich nicht gewusst, dass sie scharf auf mein Auto waren und dies der einzige Grund war, dass sie mir bei der Schlüsselsuche halfen, dann hätte ich glauben können, sie wären freundlich gesinnt, lägen ganz uneigennützig auf den Knien und buddelten nur im Sand, um einer unbekannten Frau zu helfen.

Nach einer Weile wagte ich, das Faktum anzuerkennen, dass ich Durst hatte. Ich trieb die Rolle des abgefeimten Bond-Girls zum Äußersten und begann zu heulen, ohne den Versuch zu unternehmen, mir mit etwas anderem als den Fingern die Nase zu putzen. Das wirkte auf die beiden, als hätte sie jemand aufgezogen. Sie beugten sich noch tiefer über den Sand und suchten noch beharrlicher. Der ältere gab mir seine tropfende Bierdose, und ich leerte sie gierig. Die zwei tauschten einen Blick. Ich schüttelte die leere Bierdose und sah verzweifelt vom einen zum anderen und dann wieder auf die Dose. Dann nickte ich in Richtung Auto und sagte müde in einem seltsam klebrigen Englisch: »Ich hol mehr.« Anschließend stand ich versuchsweise auf. Meine jungen Freunde unterbrachen die Suche und machten sich daran, sich die letzte Dose Bier zu teilen.

So ruhig schwankend wie noch nie in meinem Leben bewegte ich mich zum Auto, das mit offener Tür und »Amor ti vieta« auf voller Lautstärke dastand. Mit dem Herzen in der einen Hand und gestützt auf die andere stieg ich von der Beifahrerseite aus ein und tat so, als würde ich in dem Fach unter dem Sitz kramen. In Wirklichkeit zog ich den Autoschlüssel aus der Hosentasche. Die beiden saßen immer noch im Sand. Der Jüngere hatte die Bierdose zum Mund gehoben und schaute übers Meer. Der Schwarzbärtige schaute halb in meine Richtung.

Wie lange zwei solche Burschen doch dazu brauchen, um sich mit einer Dose Bier zu verlustieren, dachte ich. Dann setzte ich alles auf eine Karte, warf mich auf den Fahrersitz, steckte den Schlüssel ins Zündschloss und drehte ihn herum. Der Motor heulte auf, und es gelang mir sogar noch, die rechte Tür zuzuziehen. Mit offener Fahrertür raste ich los. Sie schwang hin und her, während ich wendete und auf die Straße fuhr.

Als es mir gelungen war, den Wagen zu stabilisieren, und den Abhang hinaufraste, warf ich einen raschen Blick auf den Strand. Die beiden standen nebeneinander, als hätten sie gerade eine synchrone Bewegung ausgeführt. Sie starrten in meine Richtung. Bocelli versuchte, mir die Trommelfelle einzudrücken. Sie hielten jedoch. Vor lauter Übermut wollte ich abstellen, drückte aber den falschen Knopf. Mit zuckersüßer Stimme dröhnte das Radio los, und Saxofone bliesen mir das letzte Ohrenschmalz aus den Gehörgängen. Aber jetzt ließ ich das Lenkrad nicht mehr los, um etwas dagegen zu unternehmen. Felswand und Abgrund umklammerten mich fast.

Ich wollte nicht das Risiko eingehen, dass die beiden mir in ihrem Wrack folgten, und sei es nur, um mich zu verspotten und mir lästig zu fallen. Ich gab soviel Gas, wie ich nur wagte. Eine Kurve folgte auf die nächste, und ich musste aufpassen, ob ein Fahrzeug entgegenkam. Das wäre dann mein letztes Erlebnis gewesen. Erst auf der Hauptstraße nach Gijón hatte ich wieder das Gefühl, dass mein Herz beim Schlagen seine Position nicht dauernd veränderte. Und erst als ich in die Stadt hineinfuhr, fühlte ich mich sicher genug, dass ich es wagte zu flennen.

Ich fuhr direkt in die Tiefgarage unter dem Hotel und blieb sit-

zen, während sich das Tor automatisch hinter mir schloss. Dann zog ich den Schlüssel aus dem Zündschloss, putzte mir gründlich die Nase, fuhr mir mit einem Labello über die Lippen, an denen ich genagt hatte, und nahm dann direkt den Fahrstuhl zum Zimmer 301. Dort schloss ich die Tür hinter mir ab, nahm eine Flasche Wasser aus dem Kühlschrank und trank im Stehen. Dann zog ich mich rasch aus, schlüpfte in den Hotelbademantel und ließ mich aufs Bett fallen.
Nach einer Weile stand ich jedoch wieder auf, ging mit meinem Notebook online und öffnete in der Hoffnung meine Mailbox, dort Menschen und Trost zu finden. Es war wenig wahrscheinlich, dass Franks Mutter über Internet kommunizierte. Was Entchen anging, konnte man es nicht wissen. Zumindest würde ich zur Erhöhung meines persönlichen Glücksgefühls Unmengen Viagra und Kredite angeboten bekommen. Ein schlüpfriger amerikanischer Absender ließ sich natürlich immer damit entschuldigen, dass er meine sexuelle Identität nicht kannte und auch nicht wusste, dass ich dem sexuellen und ökonomischen Glück nie näher gekommen war als mit Frank.
Es gelang mir, zu meiner Mailbox Kontakt aufzunehmen. Sie enthielt nicht weniger als dreiundsiebzig unseriöse Angebote. Entchen schrieb also keine Mails. Während ich den Schrott löschte, blieb mein Auge plötzlich an etwas Bekanntem hängen. Den Finger einen Millimeter über der Löschtaste sah ich, dass es eine Nachricht vom Verlag war.
»Danke für das Manuskript! Ich freue mich bereits auf die Lektüre. Stimmt es, dass Sie auf Reisen im Ausland sind und deswegen keine feste Adresse haben? Es wäre praktisch, wenn ich Sie in nächster Zeit telefonisch erreichen könnte. Würden Sie bitte bestätigen, dass Sie diese Mail erhalten haben? Ich lasse von mir hören, sobald ich das Manuskript gelesen habe. Ich bin schon sehr gespannt. Gute Reise!«
Eine Person, der ich nie begegnet war, hatte mit ihrem Namen

unterschrieben und behauptete, meine Lektorin zu sein. Ich ging neben dem recht großen Doppelbett auf und ab und anschließend ins Bad. Ich trank direkt aus dem Wasserhahn. Dann kehrte ich an den Schreibtisch zurück und zu dem Stuhl, auf dem man eigentlich nicht sitzen konnte. Aus mehreren Öffnungen in der Decke fiel Licht wie in eine Katakombe.

»Vielen Dank für die freundliche Mail! Das Manuskript ist nicht fertig. Dass es überhaupt abgeschickt wurde, war eine Art Unfall oder ein Anfall von Persönlichkeitsspaltung. Der verzweifelte Wunsch, es endlich loszuwerden, veranlasste mich auch, es auf der Festplatte zu löschen und die Diskette mit der Kopie in einen Müllsack zu werfen. Anschließend kam ich auf andere Gedanken. Ich wäre Ihnen dankbar, wenn Sie mir das Manuskript zurückmailen könnten, damit ich Korrekturen ausführen und den Schluss schreiben kann. Im Übrigen fahre ich gerade eine Rallye an der Biscaya, bin aber bald wieder in Oslo. Freundliche Grüße!

Sanne Svendsen.

P.S: Sollten Sie sich entschließen, das Buch herauszugeben, wäre ich für einen baldmöglichen Vorschuss dankbar, denn meine Reisekasse ist leider leer. S.S.«

Der unbekümmerte Ton und das Angeben mit dem Autofahren waren nicht ganz mein Stil. Die Lektorin würde womöglich denken, dass ich alles auf die leichte Schulter nahm. Aber jetzt war die Mail abgeschickt und konnte nicht mehr zurückgenommen werden. Als ich vom Schreibtisch aufstand, hätte ich schwören können, Frida pfeifen zu hören.

Sanne, jetzt bist du wirklich auf Touren!, dachte ich. Du musst zusehen, dass du dich an deinem eigenen Rockzipfel festklammerst, sonst kommst du nicht mit.

Spät am Abend machte ich einen Spaziergang ans Wasser. Auf einer Mole stand das Denkmal einer Frau mit ausgestrecktem Arm, Haare und Kleid flatterten im Wind. Wahrscheinlich winkte sie jemandem Lebewohl, der vor mehreren hundert Jahren übers

Meer gefahren war. Sie stand im Gegensatz zu den Reiter- und Heldenstandbildern in Europa nicht auf einem Sockel, sondern nur eine Stufe erhöht in einem Kreis. Sie war mehr als dreimal so groß wie ich und aus einem Metall, das eine Oberfläche wie kochendes Blei hatte mit blasenschlagenden Rissen und Unregelmäßigkeiten. Mir gefiel ihre provozierende Sehnsucht nach etwas, was längst verloren war. Außerdem stellte es eine Befreiung dar, eine Statue ohne Pferd und Eier zu sehen. Ein eindeutiger Bruch mit den sich aufbäumenden Rössern und überdimensionierten Hinterbacken, geblähten Nüstern, erhobenen Lanzen und all der Selbstverherrlichung in den mausetoten Blicken. Sie gab sich auch nicht als die junge Jungfrau Maria aus.
Auf Fridas Art fotografierte ich sie vor dem schäumenden Golf von Biscaya und den Konturen der Schiffe in der Ferne.

Letzte Etappe

Am nächsten Vormittag verließ ich das Hotel, nachdem ich für den 2. Mai die Fähre von Kiel nach Oslo reserviert hatte. Bilbao, das ich hinter Fabriken und Vorstädten ahnen konnte, wirkte so befreiend hässlich, dass ich einfach vorbeifuhr. Ein Schild flog vorüber: »La Franca, Playa la Franca«.

Anschließend geriet ich in einen Wolkenbruch, auf den genauso plötzlich Sonne und leichter Dunst folgten, dazu grüne Täler, Felder und Obstbäume, blühende Rosen in Vorgärten und kurvige Straßen, von denen man immer wieder auf die Autobahn gezwungen wurde. Vogelchöre übten und waren durch das Schiebedach zu hören, und schwarzweißes Vieh ätzte sich kauend auf die Netzhaut. Irgendwo stand es wie zum Fotografiertwerden unter einem Regenbogen aufgestellt mit einer Scheune als Hintergrund. Heckenrosen sprangen mir förmlich entgegen, als führe ich durch ein beruhigendes Videospiel für die ganze Familie. Zwischendurch warf frisch aufgeblühter Flieder seine Duftbeutel durch das Schiebedach.

Am Abend fuhr ich über eine Anhöhe und hinunter in die Küstenstadt San Sebastian. Sie lag an einem halbmondförmigen Strand, der von größeren und kleineren Inseln beschützt wurde. Links von der Stadt thronte ein Leuchtturm. Dorthin kam man mit einer Seilbahn. Ich mietete Zimmer 408 im Hotel »San Sebastian« und ging mit meinem Notebook wieder online. Meiner unbekannten Lektorin war es gelungen, mir das Manuskript zurückzuschicken!

Die Wirklichkeit wurde leuchtend hell, obwohl es im Zimmer inzwischen bereits dämmrig war. Ich konnte Frida vor sich hin pfeifen hören. Wie ein nordischer Elch begab ich mich auf wackeligen Beinen in den Sonnenuntergang und die schönste Stadt, die ich je gesehen hatte. Unbeschwert ging Frank neben mir her. Das war auch in Anbetracht der Wirklichkeit kein Verrat mehr, an niemandem. Für eine recht lange Zeit ließ ich Verlust und Unruhe hinter mir. Ich setzte mich auf eine Bank am Hafen und entwarf eine Reiseroute sowohl für das Manuskript als auch für das Auto. Da tat das rote Telefon seinen nächsten Zug.

Ich erkannte die Stimme, und nach einer Weile verstand ich die Worte so leicht, als stammte er aus Bergen. Günter!

»Ich denke jeden Tag an dich«, sagte er mit seiner angenehmen Baritonstimme.

Ich versuchte mir mit ihrer Hilfe seine Gesichtszüge vorzustellen.

»Aber … das ist nett!«, erwiderte ich.

»Wo bist du jetzt?«

»In der schönsten Stadt der Welt, in San Sebastian«, antwortete ich unvorsichtig.

»Kann ich nicht mit dem Flugzeug kommen?«

»Das schon, aber ich reise morgen schon weiter. Ich bin auf dem Weg nach Hause.«

Natürlich bemerkte ich, dass ich dieses verhasste Wort aussprach, aber ich entschuldigte mich damit, dass es einem auf Deutsch mühelos über die Lippen kam. Frida hätte vermutlich eingewandt, dass es einfacher gewesen wäre, Oslo oder Norwegen zu sagen.

»Kann ich dich besuchen, wenn du zu Hause bist?«, fragte er.

Frida wäre mit diesem Ansinnen sicher viel besser klargekommen als ich. Ich machte eine viel zu lange Pause und sagte dann: »Ich habe sehr viel damit zu tun, dass Buch fertigzustellen, an dem ich gerade schreibe. Außerdem weiß ich noch nicht, wo ich wohnen werde.«

»Aber später? Kann ich später kommen?«

»Ich werde wohl noch eine Weile beschäftigt sein«, sagte ich eine Spur reserviert, ohne ganz abweisend zu wirken.

»Willst du mich auf dem Rhein begleiten, wenn du fertig bist?«

»Das klingt herrlich, aber …«

»Ich werde die Kajüte modernisieren. Vielleicht werden wir ja gleichzeitig fertig? Mit dem Buch und der Kajüte? Was meinst du?«

Ich versuchte zu lachen, aber etwas saß mir im Hals. Mir wurde klar, dass ich in der schönsten Stadt der Welt war und mit einem Menschen sprach, der einen Tag und eine Nacht lang alles gegeben hatte, und dass ich, ohne mich sonderlich anzustrengen, diesen Menschen von der Festplatte gelöscht hatte. Nun empfand ich Unmut, dass er sich gerade jetzt zu Wort meldete und mich bei meiner Leichenschändung an Frank störte.

»Vielleicht sollten wir uns darüber unterhalten, wenn wir mit allem fertig sind?«, schlug ich vor.

»Versprichst du das?«

»Nicht ganz, nur vielleicht«, erwiderte ich, um ihm einen Fingerzeig zu geben.

»Ich rufe dich auf jeden Fall an. Du hast doch meine Nummer noch?«

»Ja, die ist im Telefon gespeichert.«

»Dann denk an mich! Du musst wissen, dass es mir ganz wichtig ist, dass du an mich denkst.«

Genau diese Bemerkung war es, die meinen gesamten Unmut beseitigte. Er war nicht gefährlich. Er würde mich schon nicht auffressen. Er würde mich nicht verbrauchen und auch nicht quälen. Er war viel zu weit weg, um meine sexuellen Möglichkeiten gegen meinen Willen auszunutzen. Er war nur ein Mensch unterwegs auf dem Rhein.

»Ich denke an dich. Ganz sicher! Da kannst du dir sicher sein!«

Es entstand eine Pause.

Ich wusste nicht recht, was er gerade tat. Er räusperte sich, dann sagte er leichthin: »Ist San Sebastian schöner als Köln?«

»Ja, ich fürchte. Aber es hat keinen so schönen Dom.«

»Wo liegt das? Kommt man dort mit einem Binnenschiff hin?«

»Vermutlich nicht. Es liegt am Golf von Biscaya nicht weit von der französischen Grenze. Hier ist die Dünung ziemlich schwer.«

»Okay. Dann muss ich eben fliegen?«
»Das musst du wohl. Danke für den Anruf. Ich denke, wie gesagt, an dich …«
»Auf Wiedersehen …«
»Adieu!«

Hinter San Sebastian ging es durch die Regionen Bayonne und Bordeaux, die für ihren Schinken und ihren Wein berühmt sind, zur Porzellanstadt Limoges und dort in das Hotel »Richelieu«. Ich kam spät an und fuhr früh weiter und bekam diese Stadt deswegen nie zu Gesicht. Sie hat die Ehre, ein Geheimnis zu bleiben.
Dann kamen die riesigen, wogenden, senfgelben Felder. Die Wälder waren weiter in der Ferne, dafür dunkler und rätselhafter. Ich fuhr dem Frühling in Nordeuropa entgegen. Ab und zu, wenn ich das Tempo verlangsamte, empfand ich eine seltsame Sehnsucht nach allen Stätten, an denen ich vorbeifuhr und von denen ich wusste, dass ich sie nie erleben würde. Das Leben oder die Reise war wie das Schreiben. Ständig musste man sich entscheiden. Oft wusste man nicht, ob man das gewählt hatte, was gut für einen war.
Sanne, du hasst Genres!, sagte ich mir plötzlich, nachdem ich mir unzählige Kilometer den Kopf nach genialen Romanenden zermartert hatte, obwohl ich bereits wusste, dass das Ende ein Faktum war, ganz abgesehen davon, dass ich vergeudete Anstrengungen verabscheute. Aber wer hat eigentlich die Literatur ein für alle Mal in Genres gezwungen? Waren das die jahrtausendealten, stockkonservativen Mannsbilder des Kulturestablishments, die immer noch wie Polizeiagenten herumschlichen und mit dem Pranger drohten?
Was war mein Manuskript eigentlich, falls es je zwischen zwei Buchdeckel kam? Ein Reiseroman mit Flucht als Nebenthema? Flucht vor einem Mann, der wahrscheinlich nie eine Bedrohung dargestellt hatte? Im Gegenteil, es zeigte sich, dass *er* versucht hat-

te zu fliehen, dass ihm diese Flucht aber nicht gelungen war. War das in Wirklichkeit eine Reise nicht als Flucht, nicht wegen des Geldes, nicht für die Literatur, sondern zu mir? Wie das bei aller Fiktion der Fall ist? Und wenn das so war, hatte mich diese Reise verändert?

In Fridas Sinn holte ich aus dem Motor, was er hergab. Ich entschied, dass ich mich in meinem Buch um eine Art Ehrlichkeit bemüht hatte. Es war nicht an mir, zu entscheiden, in welchem Grad das geglückt war. Oft verraten Autoren die Ehrlichkeit, die alle gute Kunst auszeichnet. Entweder weil sie sich selbst nicht gut genug kennen oder weil sie bewusst das vermeiden, was qualvoll ist. Was sie armselig oder unzulänglich erscheinen ließ. Ich hatte mich entschieden, mich endlich einmal nicht dafür zu schämen, dass das Kellerkind einen Platz errungen hatte. Ab jetzt sollte sie das Licht nicht mehr scheuen. Nicht weil sie es verdiente oder weil sie interessanter gewesen wäre als andere literarische Gestalten, sondern weil sie mir am nächsten war. Alle meine Überlegungen und alle meine Worte waren eigentlich die ihren.

Endlose gelbe Felder bildeten einen runden Horizont vor einem schwarzen Himmel. Dann kam der Regen. Schwer zerplatzten die Tropfen auf Kühlerhaube und Windschutzscheibe. Die Wischer arbeiteten mit einförmigem Gesang. Die Flüsse, die ich überquerte, führten viel Wasser! Ich machte das Radio an und stellte den Sender »Musiques« ein.

Die riesigen Laubwälder wurden aus dem Regen geboren, während ich zusah. Ich fuhr durch dünne grüne Schleier. Die Fahrt wurde zu etwas Organischem, Natürlichem, dazu brachte der starke Wind ganze Wälder dazu, sich niederzulegen und gleichzeitig zu gebären. Und trotzdem war immer etwas aus dem Tritt. Als würde es stets ein Individuum geben, das versuchte, aus der Sicherheit auszubrechen.

Wäre Frida dagewesen, hätte ich ihr eine Tasse Kaffee eingießen können. Wir hätten darüber sprechen können, dass das Dasein

mit einem fast fertigen Manuskript nicht der Rausch war, den man erwarten könnte. Je weniger übrig war, desto näher kam die Auslöschung.
Das Auto fuhr gut. Das Leben bestand darin, sich über das Wetter und die Verkehrsmittel zu freuen. Oder eben zu ärgern. Ich war auf der Straße zu Hause, nicht in einem letzten Kapitel. Der Weg war der Rausch, die Abschiede waren es nicht.
Es fehlte mir, dass ich über ein paar Dinge nicht mit Frida diskutieren konnte. Es erstaunte mich, dass ich das nicht getan hatte, als dazu noch die Möglichkeit bestand. Über das Dichten etwa. Dass man es auf sich nimmt, die Leben anderer Menschen zu lösen. Man ordnet ihr Leben nach verschiedenen Möglichkeiten und fühlt sich gelegentlich recht wohl, weil es einem gelingt, Entscheidungen für seine Personen zu treffen. Aber wenn es ums eigene Leben geht, ist und bleibt man ein Amateur.
Ich hätte gesagt: »Frida, wie kann es sein, dass der Tod, der das einleuchtendste Ende eines Menschenlebens darstellt, so unnatürlich und melodramatisch wirkt? Wie ein aufgeklebtes Klischee?«
Bei der halsbrecherischen Geschwindigkeit, mit der ich fuhr, hätte ich nicht verstanden, was Frida antwortete. Deswegen fuhr ich bei der nächsten Raststätte ab. Ich stieg aber nicht aus. Ich verriegelte die Türen, lehnte mich zurück und schloss die Augen. Hinter den Lidern brannte ein Feuer, zu dem ich mich nicht bekennen wollte. Meine Hände zitterten wie bei einem Alkoholiker, der gerade eine Woche durchgesoffen hat. Ich faltete sie fest vor der Brust.

Das Telefon klingelte in Düsseldorf, und die Nummer von Franks Mutter erschien auf dem Display. Ich lobte mich, dass ich mit dem roten Ding inzwischen einen fast professionellen Umgang pflegte.
Nachdem wir ein paar Höflichkeiten ausgetauscht hatten, sagte sie: »Du musst nicht glauben, dass ich erwartet habe, dass du an-

rufen würdest, ganz und gar nicht. Ich wollte dir nur von der Beerdigung erzählen. Die war sehr schön und unbeschreiblich traurig. Annemor war glänzend. Sie ist so begabt und tüchtig. Jetzt will sie wieder studieren. Und dann haben sie diese Männer eingebuchtet. Sie haben mit irgendwelchen Dingen gedroht. Ich hoffe, dass sie so schnell nicht auf freien Fuß kommen. Die haben so einiges auf dem Kerbholz und sollen anschließend aus dem Königreich ausgewiesen werden. Geschieht ihnen recht! Ich selbst fühle mich nicht ganz wohl. Etwas anderes ist aber auch kaum zu erwarten. Nicht in meinem Alter. Ich werde mich jedoch am Leben festkrallen. Es gibt genug Tote auf der Welt. Viel zu viele. Alle meine fünf Freunde … und jetzt Frank … Man muss dafür leben, was man gehabt hat. Das müssen viele. Man ist nicht allein. Ganz und gar nicht … Hör mal, hast du über meinen Vorschlag nachgedacht?«

»Ja, Marta. Das war sehr großzügig von dir. Aber jetzt habe ich was zum Wohnen, sogar zentral«, log ich.

»Man kann nicht zentraler wohnen als ich in Majorstuen«, erwiderte sie nachsichtig.

Die Bar, vor der ich saß, hieß so ähnlich wie »Schweine-James«. Die Gäste saßen in der Dunkelheit ganz eng unter Heizstrahlern. Die meisten wirkten verlebt und etwas übergewichtig. Sie waren ernst oder lächelten, gestikulierten und unterhielten sich oder hörten einfach schweigend zu. Jeder hatte seine eigene Ausstrahlung. Von einigen ging unfreiwillige Einsamkeit aus. Man erkannte sie nicht nur an ihren Gesichtszügen, sondern auch an ihrer Statur und ihren Bewegungen. Das rührte mich. Ja, es berührte mich. Als sähe ich mich selbst in verschiedenen Verkleidungen.

»Ich bedanke mich vielmals, aber es ist vielleicht das Beste, wenn ich allein wohne, schließlich arbeite ich zu Hause.«

»Genau das wollte ich mit dir besprechen. Nachdem ich eingehend nachgedacht hatte, kam ich darauf, dass das vielleicht doch für zwei selbständige Frauen wie uns etwas eng werden könnte.«

»Das könnte gut sein«, erwiderte ich.
»Dann sind wir uns also einig?«
»Allerdings.«
»Was wollte ich noch sagen …? Also, ich würde dich gerne einmal zum Abendessen einladen. Ich könnte dir Fotos aus Franks Kindheit zeigen. Er war ein liebes, aber sehr ernstes Kind.«
»Ja, danke. Ich komme gern.«
»Gut! Trinkst du Wein?«
»Natürlich!«
»Frank hat stets einen guten französischen Rotwein zum Essen mitgebracht. Er war immer so aufmerksam. Aber das weißt du ja … Fährst du durch Bordeaux?«
»Ja«, erwiderte ich und unterließ es, sie darüber aufzuklären, dass ich diese Gegend schon hinter mir hatte.
»Ausgezeichnet! Seit der Beerdigung trinke ich Wein, statt Schlaftabletten zu nehmen. Das ist natürlich nicht so schön, aber … Darf ich dich bitten, einen Karton für mich mitzubringen? Ich bezahle ihn natürlich.«
»Gern. Aber ich darf, glaube ich, nur ein paar Flaschen mitnehmen.«
»Hast du nicht ein großes Auto?«
»Doch, aber der Zoll … Es gibt für so was Vorschriften.«
»Die werden doch wohl nicht das Gepäck einer Dame durchsuchen und sie verdächtigen zu schmuggeln!«
»Doch, genau das befürchte ich. Aber ich kann die erlaubten zwei Flaschen mitbringen und den Rest im staatlichen Spirituosenladen kaufen, wenn ich nach Oslo komme.«
»Das ist nett. Aber mach nicht zu viele Umstände! Dann ist das also abgemacht zwischen uns zwei selbständigen Frauen.«

Das Mädchen sitzt vor dem verwitterten Stall auf einer Kiste. Sie schneidet Bilder aus alten Illustrierten aus. Jetzt wählt sie eine schöne Dame in einer Hollywoodschaukel, die von zwei

Blumenschalen flankiert wird. Sie schneidet langsam, damit die Ränder gerade werden. Dann hält sie das Bild eine Weile in der Hand und betrachtet es. Schließlich steckt sie über die Ecken vorsichtig gummierte Fotoecken. Nachdem sie es einen weiteren Moment in der Hand gehalten hat, leckt sie die Fotoecken behutsam an und klebt das Bild in eine große Kladde. Nur sie weiß, dass sie sie einmal in der Schule aus dem Schrank mitgenommen hat, als sie Ordnungsdienst hatte. Die Kladde hat gelbliche, feste Seiten. Den Kopf schräg geneigt betrachtet das Mädchen das Bild und spürt, wie sich seine Mundwinkel zu einem Lächeln verziehen. Dann nimmt sie die Feder für Schönschrift und taucht sie in das Tintenfass, das sie vor sich auf einen flachen Stein gestellt hat. Sie schreibt mit geraden, deutlichen Buchstaben: »Mama sieht mir beim Lesen zu.« Das Papier ist nicht dafür geeignet, dass man mit Tinte darauf schreibt. Die ordentlichen Buchstaben verschwimmen. Sie seufzt und legt die Feder beiseite. Dann nimmt sie ein paar ausgeschnittene Fotos aus einem vergilbten Umschlag und breitet sie auf der Wiese aus. Auf einem ist ein lächelnder Mann mit Pfeife zu sehen. Er steht an eine Wand gelehnt und hält einen kleinen Jungen an der Hand. Nachdem sie es ebenfalls in die Kladde geklebt hat, schreibt sie mit Bleistift: »Papa sieht mir beim Fahrradfahren zu und hält dabei meinen kleinen Bruder Frank an der Hand.« Die Buchstaben des Namens Frank verziert sie mit Buntstift. Winzige Blumen, Punkte und Herzen. Über die zwei ausgeschnittenen Bilder klebt sie das Farbbild eines weißen Hauses in einem Garten. Am unteren Rand ist gerade noch eine Allee zu erkennen. Das Vordach über der breiten Treppe zur Haustür ruht auf Säulen. Die Wände sind mit roten Rosen bewachsen. Aus einem Fenster im ersten Stock beugt sich ein Mädchen und winkt. Unter diesen Ausschnitt schreibt sie: »Von meinem Zimmer aus winke ich den anderen zu.« Sie bleibt noch eine Weile sitzen und schaut sich die Bilder an, dann räumt sie ihre Sachen in einen verschlissenen braunen Ranzen, der nur noch einen brauchbaren Verschluss hat, der andere hängt an einer Schraube.

Am 2. Mai stand ich auf dem sechsten Deck der »Prinsesse Ragnhild«, als diese am Norwegen-Kai ablegte. Bald würde ich Kiel hinter mir lassen. Rechts sah ich eine bewaldete Landzunge mit standesgemäßen Villen aus einer entschwundenen großen Zeit. Eine Marina mit Segelbooten gehörte dazu. Links lag die Stadt, sie war nicht so hässlich, wie ein Hafen mit Kränen, die wie Raubvögel über die Lagerschuppen hinwegragten, und schwarze Schiffe das nahelegten.

Auf Steuerbord ruderten sechs Männer in einem schmalen Boot um ihr Leben. Das Boot schoss durch das matte graue Wasser. Man hatte den Eindruck, die Ruderer hätten nur Oberkörper, Arme und Köpfe. An der Hafenausfahrt machte ich den Leuchtturm aus und einen hellen Streifen Horizont. Das Deck unterhalb meiner Kabine war blau mit weißen und grauen Installationen und einer Schiffsglocke aus Messing. Eine Hand voll Männer verschwanden, nachdem sie ihre Routinearbeiten erledigt hatten. Enorme, funkelnde Ankerketten kamen zur Ruhe.

Jetzt erzitterte der Rumpf. Wir glitten vorwärts und streiften fast ein Seezeichen mit einem roten Licht auf der Steuerbordseite. Eine siloähnliche Statue ragte in den Himmel. An der Mündung vor mir konnte ich in einem grünlichen Schimmer Sandstrände ausmachen. Nach einigen Minuten Fahrt riss der Himmel auf. Der Horizont wurde zu einem milchweißen Streifen. Eine waldbedeckte Landzunge auf Backbord erinnerte mich an den Zweitagebart eines Riesen. Er lag mit dem Kopf im Wasser, die Füße an Land, dazwischen ein riesiger deutscher Bierbauch.

Um 18.10 Uhr hätte ich mir eigentlich ansehen wollen, wie wir unter der Brücke über den Großen Belt hindurchfuhren. Stattdessen saß ich im À-la-carte-Restaurant und konnte von dort aus nur ein kleines Stück Meer sehen.

Um 18.20 tauchte die Brücke trotzdem vor uns auf, die größte Europas, achtzehn Kilometer lang zwischen Seeland und Fünen. Ich war auf dem Rückweg und sehnte mich nach allen Brücken, die ich nie sehen würde.

Am Abend tanzte eine Dame mit Entchens Haar, aber ihrem eigenen großen Hintern Swing mit einem Lastwagenfahrer, der sie offenbar nicht kannte, sie jedoch angesehen und akzeptiert hatte. Er hatte eine gewisse Sicherheit bei seinen Manövern: »You are so wonderful tonight«. Die Band hatte Hemden mit Harlekinmuster an und langes Haar wie in den siebziger Jahren. Als eine kreischende Frauenstimme verkündete: »Die Showtime beginnt jetzt und dauert zwanzig Minuten«, mussten die beiden sich loslassen. Aber sie lehnte nicht ab, als er sie auf einen Drink an seinen Tisch bat.

Ich stand auf, holte meine Jacke in der Kabine und ging an Deck.

Dort draußen spazierte Frida die Strandpromenade von Sitges entlang. Sie war in der Bar des Hotels »Terramar« gewesen. Dorthin brauchte man zu Fuß eine Dreiviertelstunde. Wir gingen oft dorthin. Mit offener Windjacke, das Haar vom Wind zerzaust. Jetzt schlenderte sie am Skateboardfahrer und an der Familie auf Inlineskates vorbei und an dem älteren Ehepaar mit dem winzigen, wichtigtuerischen Hund, der immer ins Blumenbeet neben der Bank aus Stein schiss. Niemand versuchte den Hundekot zu entfernen. Es wurde immer mehr. Der alte war eingetrocknet. Die eingeschrumpelte Oberfläche warnte optimistisch, dass alles zu Erde werden würde, wenn man ihm nur Zeit ließ. Jetzt kam Frida an dem jungen Mann vorbei, der seinen großen Hund die Treppe zum Strand hinunterhetzte, obwohl überall Schilder mit »Gosso No« hingen. Sie war am Platja de Terramar, Platja de la Barra und Platja de la Riera Xica vorbei. Sie war bis zum De la Ribera gekommen, wo der alte Mann Sonnenstühle zu vier riesigen Stapeln zusammengetragen und mit einer Kette gesichert hatte. Das Ge-

schäft war heute nicht gut gelaufen. Das Wetter war nicht auf seiner Seite gewesen. Sie kam an dem Park vorbei, in dem nachts die Katzen wohnten. Einen Augenblick stand sie an der Mauer zum Strand. Goldbraune Dachziegel bildeten eine gewellte Mauerkrone. Am Wasser gingen ein paar Menschen entlang. Der Wind versuchte, ihnen die Kleider vom Leib zu reißen. Drei Fischer standen unbeweglich auf einer Steinmole und machten dann plötzlich diese seltsamen Bewegungen, die darauf schließen ließen, dass sie die Angelrolle einholten. Ein kleines Kind, das schon längst hätte im Bett liegen sollen, saß allein unterhalb der Mauer und grub mit einer roten Schaufel im Sand. Ein Schaumstreifen rollte vor dem dunklen Horizont heran. Einen Augenblick später schlug er mit voller Kraft zu und spuckte gewaltig über die Fischer auf der Mole hinweg. Frida ging die Treppe zum Platz vor der Kirche La Punta hinauf. An diesem Abend leckte die Brandung besonders gierig in den Felsgrotten. Wasser mit Luft vermischt wurde mit gewaltiger Kraft hineingedrückt. Vielleicht dachte sie daran, dass sich Sanne jetzt auf offener See befand. Der einzigen Stelle, an der sich der Körper frei bewegen konnte. Oder still versinken. War Frida oder war ich es gewesen, die sich an das Tableau mit dem Mädchen erinnert hatte, das versucht hatte, sich von einem Leuchtturm werfen zu lassen? Und ehe ich noch wusste, wie das zugegangen war, sah ich Frida bereits auf die Kante steigen. Jetzt lehnte sie sich in den Wind und schwebte mit ausgestreckten Armen wie ein großer Vogel im Flug.
Zwei schwarze Containerschiffe begegneten sich fast am Rand des Gesichtsfelds und erinnerten mit ihren Masten an einen Tausendfüßler, dessen Beine in den Himmel ragten. Die schwarzen Rümpfe vereinigten sich zu einem langen, als verschlinge der eine den anderen. Langsam glitten sie zusammen und bildeten anschließend vor dem Horizont wieder eine immer länger werdende Linie. Dann wurden an einem gewissen Punkt die Schiffe wieder zwei voneinander getrennte Körper, die sich in entgegengesetzten

Richtungen voneinander entfernten. Als hätten sie nie das Fahrwasser des anderen gekreuzt.

Um 8.40 Uhr am 3. Mai glitten wir in den Drøbaksund. Die Festung Oscarsborg lag nach Backbord, und ein matter Dunst über dem Meer ließ die Sonne isoliert über der Landschaft stehen. Ein einzelner Fischer angelte in einem offenen Boot. Die Idylle existierte noch in der Heimat. Morgenträges silbergraues Meer mit grünlichen Sandbänken am Ufer. Seezeichen, die an raffiniert in der Tiefe befestigte Stricknadeln erinnerten. Und Möwen. Sie trieben am Himmel, als sei dieser ein umgekehrtes Gewässer. Die Häuser an Land umgeben von Kiefernhügeln. Ein gelbes stand auf einer tiefgrünen Wiese und trocknete sich nach dem Morgenbad ab. Dann wanderte die Schiffslaterne nach Steuerbord. Ich stand allein hinter einem Rettungsboot in der flauen Brise.
»Wenn du dich von einem trennen müsstest, was würdest du behalten? Die Wirklichkeit oder den Traum?«, fragte ich.
»Die Wirklichkeit«, meinte Entchen.
»Den Traum«, sagte Frida bestimmt.
»Was ist schlimmer, sich selbst zu verlieren oder den Traum?«
»Sich selbst«, antwortete Entchen, ohne zu zögern.
»Den Traum«, meinte Frida kaum hörbar.
»Hier war es! Das ist Franks Stelle!«, sagte ich und lehnte mich über die Reling.
Eine weiße, schräge Dünung von einem Schiff, das längst vorbei war, brach. Dann lag das Meer wieder ganz glatt da, als sei nichts vorgefallen.

Vielen Dank dem kühnen
Fahrer
Inspirator
Kritiker
und Provokateur
der diese Reise möglich machte

Inhalt

Das Kellerkind	*5*
Sichtbarkeit und Scham	*14*
Protest	*24*
Frank	*32*
Der Traum von New York	*44*
Spuren im Sand	*58*
Unglaubliche Wirklichkeit	*71*
Gelegenheit macht Diebe	*79*
Berlin	*87*
Der Dirigent und die Verrückte	*96*
Wer hat das Gesicht des Bösen?	*106*
Puppen im Grenzland	*113*
Prag bei Frost	*127*
Eine Ahnung des Kommenden	*136*
Advent	*144*
Der Weg durch Deutschland	*155*
Eine italienische Mutter	*166*
Im Licht der Weihnachtskrippe	*172*
Winter in Venedig	*187*
Das rote Telefon	*198*
Der Weg am Rhein	*212*
Ein Kanal in Straßburg	*225*
Die Stadt der Päpste	*237*
Begegnung in der Provence	*245*
Eine unvollendete Magisterarbeit	*259*
Die Kälte in Cadaqués	*270*
Barcelona	*278*
Nicht alle Hunde beißen	*286*
Männliche Passion	*298*
Die Katzen von Sitges	*309*

Botschaft ohne Gesicht 320
Die Diebe trennen sich 331
Die Frau unter dem Deckenhaken 346
Flucht 355
Männliche Begegnung am Nora-Strand 368
Letzte Etappe 379

Herbjørg Wassmo

Dinas Vermächtnis

Roman

»Satte, unterhaltsame Literatur
für lange Winter- und kurze Sommernächte.«
Süddeutsche Zeitung

Norwegen, Ende des 19. Jahrhunderts: Als junge Frau hat Dina von Reinsnes so manchen brüskiert. Sie hat ihren 20 Jahre älteren Ehemann den Berg hinuntergestoßen und den Mann, den sie liebte, erschossen, weil er sie verlassen wollte. Doch nur ihr Sohn Benjamin hat davon eine Ahnung.
Inzwischen ist Dina mit Anders verheiratet, der den einst reichen Hof mehr schlecht als recht führt, lebt aber in Berlin mit dem Studienfreund ihres Sohnes zusammen. Als sie nach Jahren heimkehrt, um sich mit ihrer Vergangenheit auszusöhnen, wird sie nicht gerade mit offenen Armen empfangen. Nur ihre Enkelin Karna, die nichts von Schuld und Vorwürfen weiß, empfindet ungetrübte Freude. Erst ihr wird es möglich sein, all die Geheimnisse auszusprechen und das Vermächtnis ihrer Großmutter zu begreifen.

»Hier wurde eine der großen Familiensagas geschrieben,
für die Skandinavien seit dem 19. Jahrhundert berühmt ist.«
Die literarische Welt

Knaur Taschenbuch Verlag